전영경
시전집

전영경
시전집

전용호 엮음

현대문학

전영경.

주막동인, 1960년대.

주막동인과 함께. 왼쪽부터 전광용, 정한모, 정한숙, 전영경.

고려대 강사 시절.

수도여사대 시절.

동덕여대 학생들과 함께.

『나의 취미는 고독이다』 표지.

시집 『김산월 여사』 일러스트 컷.

전영경의 시집들.

작고 전날 그린 아내 얼굴.

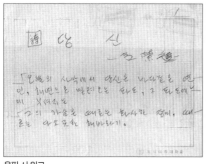

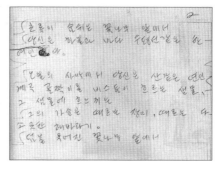

육필 시 원고.

〈한국문학의 재발견-작고문인선집〉을 펴내며

　한국현대문학은 지난 백여 년 동안 상당한 문학적 축적을 이루었다.
한국의 근대사는 새로운 문학의 씨가 싹을 틔워 성장하고 좋은 결실을
맺기에는 너무나 가혹한 난세였지만, 한국현대문학은 많은 꽃을 피웠고
괄목할 만한 결실을 축적했다. 뿐만 아니라 스스로의 힘으로 시대정신과
문화의 중심에 서서 한편으로 시대의 어둠에 항거했고 또 한편으로는 시
대의 아픔을 위무해왔다.
　이제 한국현대문학사는 한눈으로 대중할 수 없는 당당하고 커다란
흐름이 되었다. 백여 년의 세월은 그것을 뒤돌아보는 것조차 점점 어렵
게 만들며, 엄청난 양적인 팽창은 보존과 기억의 영역 밖으로 넘쳐나고
있다. 그리하여 문학사의 주류를 형성하는 일부 시인·작가들의 작품을
제외한 나머지 많은 문학적 유산은 자칫 일실의 위험에 처해 있는 것처
럼 보인다.
　물론 문학사적 선택의 폭은 세월이 흐르면서 점점 좁아질 수밖에 없
고, 보편적 의의를 지니지 못한 작품들은 망각의 뒤편으로 사라지는 것
이 순리다. 그러나 아주 없어져서는 안 된다. 그것들은 그것들 나름대로
소중한 문학적 유물이다. 그것들은 미래의 새로운 문학의 씨앗을 품고
있을 수도 있고, 새로운 창조의 촉매 기능을 숨기고 있을 수도 있다. 단
지 유의미한 과거라는 차원에서 그것들은 잘 정리되고 보존되어야 한다.
월북 작가들의 작품도 마찬가지다. 기존 문학사에서 상대적으로 소외된
작가들을 주목하다보니 자연히 월북 작가들이 다수 포함되었다. 그러나
월북 작가들의 월북 후 작품들은 그것을 산출한 특수한 시대적 상황의

고려 위에서 분별 있게 이해되어야 할 것이다.

　이러한 당위적 인식이 2006년 한국문화예술위원회의 문학소위원회에서 정식으로 논의되었다. 그 결과 한국의 문화예술의 바탕을 공고히 하기 위한 공적 작업의 일환으로, 문학사의 변두리에 방치되어 있다시피한 한국문학의 유산들을 체계적으로 정리, 보존하기로 결정되었다. 그리고 작업의 과정에서 새로운 의미나 새로운 자료가 재발견될 가능성도 예측되었다. 그러나 방대한 문학적 유산을 정리하고 보존하는 것은 시간과 경비와 품이 많이 드는 어려운 일이다. 최초로 이 선집을 구상하고 기획하고 실천에 옮겼던 한국문화예술위원회의 위원들과 담당자들, 그리고 문학적 안목과 학문적 성실성을 갖고 참여해준 연구자들, 또 문학출판의 권위와 경륜을 바탕으로 출판을 맡아준 현대문학사가 있었기에 이 어려운 일이 가능하게 되었다. 이런 사업을 해낼 수 있을 만큼 우리의 문화적 역량이 성장했다는 뿌듯함도 느낀다.

　〈한국문학의 재발견-작고문인선집〉은 한국현대문학의 내일을 위해서 한국현대문학의 어제를 잘 보관해둘 수 있는 공간으로서 마련된 것이다. 문인이나 문학연구자들뿐만 아니라 더 많은 사람이 이 공간에서 시대를 달리하며 새로운 의미와 가치를 발견하기를 기대해본다.

2012년 3월

출판위원 김인환, 이숭원, 강진호, 김동식

　　전영경은 한국문학사에서 잊혀진 시인이다. 오랫동안 문학사전 역할
을 해온 이선영의『한국문학논저별유형총목록』의 작가 색인에 전영경의
이름은 빠져 있을 뿐만 아니라 2008년에 근대문학 100년을 기념하여 소
명출판에서 간행한『약전으로 읽는 문학사』에도 전영경은 누락되어 있
다. 다만 1990년대 이후 전후문학 연구가 폭넓게 진행되면서 전영경에
대한 석박사 논문을 비롯한 연구 목록이 문학사전에 등재되기 시작하
였다.

　　그러나 전영경은 그렇게 쉽게 한국문학사에서 잊혀도 될 만한 시인
이 결코 아니다. 그는 1955년《조선일보》신춘문예와 1956년《동아일보》
신춘문예에 당선하여 등단하였고, 등단 후 10년도 되지 않아 네 권의 시
집을 상재할 만큼 활발한 창작 활동을 보였던 시인이었다. 그의 시는
1950년대 한국시의 주류였던 순수 서정시의 흐름에 파문을 일으켰고 이
후 시사 전개에 적지 않은 영향을 끼쳤다. 전영경의 시에 대한 문학사적
평가는 이제라도 다시 이루어져야 한다.

　　전영경은 함경남도 북청 태생의 시인이다. 중등학교 문학 교과서에
소개되어 잘 알려진 김동환의 시「북청 물장수」의 배경 공간이 북청이
다. 한반도의 북단에 위치한 북청은 그 지역 출신자들에게 일종의 변방
의식을 갖게 한 공간이다. 우리 역사에서 지배 세력의 중심 지역이 된 적
이 없는 소외 공간이면서 북으로는 높은 산맥이 있고 남으로는 바다가
있는 이 지역의 환경이 북청 출신자들에게 변방 의식을 갖게 하였을 것
이다. 우리 역사의 중심지에서 벗어나 있으면서 외세의 침략에 쉽게 노

출되었던 지역의 특성에서 형성된 문화는 그만큼 결속력이 강한 것이었고, 공동체에 대한 상상력도 남다른 면모를 띠게 하였으리라고 짐작된다.

전영경은 열 살 무렵 북청을 떠나 서울에서 성장하고 서울에서 살다가 생을 마쳤다. 전쟁과 분단 이후 북청은 그의 생애에서 다시는 돌아갈 수 없는 공간이 되었다. 전영경의 시에서 고향 북청은 먼저 유년의 기억과 결합되어 나타난다. 그에게 도시는 돈과 권력과 자아 중심의 세계이고 고향은 자연과 가족과 이웃과의 관계 속의 세계이다. 전영경의 고향 시편들은 유년 시절의 기억을 북쪽 지방의 풍경과 이야기들로 섬세하게 그려내고 있다. 이런 점에서 그의 시는 언뜻 백석의 시를 연상케 한다. 다른 한편 그의 고향 시편들은 국경 지대에서의 역사적 경험을 서사화하는 데에 바쳐진다. 네 번째 시집 간행 후 약 10여 년의 절필 끝에 발표한 장시 「원인의 삼별초의 근인」은 전영경이 가진 변방 의식을 역사적으로 조감하면서 자기 긍정에 이르는 계기가 되었다.

그럼에도 불구하고 전영경의 시 세계는 도시시의 범주에 속한다. 전쟁 직후 서울은 분단 자본주의 체제의 중심지가 되었다. 전영경의 눈에 비쳐진 서울은 거대한 속물들의 도시였다. 돈이 지배하는 세계, 돈이 있으면 무엇이든 살 수 있고 돈이 없으면 가난과 비굴과 모멸의 삶을 강요당하는 것이 현실이었다. 첫 시집 『선사시대』에서 전영경은 전쟁 직후의 현실을 폐허로 묘사하였고, 두 번째 시집 『김산월 여사』에서 돈이 지배하는 도시의 풍경을 비속하고 거친 일상어들로 풍자하였다. 서른일곱 살의 매춘부 김산월을 통해 전영경은 돈이 지배하는 폭력적인 문화에 대응

하는 욕설과 비속어로 순수 서정시가 주류를 이룬 한국시에 현실의 맥락을 끌어들였다. 세 번째 시집 『나의 취미는 고독이다』에서 전영경의 현실 풍자는 좀 더 정치적인 문제들로 확대된다. 친일 관료이면서 광복 후 남한 사회의 권력자가 된 이간구 각하, 미국 신학대학 출신으로 친미 세력이 득세한 시대에 지배 엘리트로 행세하는 오도성 목사 등과 같은 허구적 인물들을 내세워 전영경은 신랄하게 현실의 부조리를 풍자하였다. 네 번째 시집 『어두운 다릿목에서』는 4·19 이후에도 달라지지 않은 현실에 대해 자조하고 비관하는 소시민의 내면이 전영경 특유의 설화적 시 형식으로 제시되어 있다. 요컨대 전영경이 생전에 간행한 네 권의 시집은 도시 서울이라는 자본주의 체제의 중심부를 직접 대상화하여 그 비속한 속물성을 날카로운 풍자 언어로 담아냄으로써 순수 서정시 중심의 당대 시단에 정치적 상상력의 맥박을 불어넣었다. 전영경의 이러한 시 세계는 1960년대 김수영과 1970년대 김지하의 시로 대표되는 현실 비판과 풍자시의 흐름에 물꼬를 여는 역할을 하였다고 평가할 수 있다.

이번에 간행하는 『전영경 시전집』에는 전영경의 시집 네 권에 수록된 작품 전체와 장시 「원인의 삼별초의 근인」 외에 시집에 수록되지 않은 그의 발표작 29편을 발굴하여 수록하였다. 세 번째 시집 『나의 취미는 고독이다』의 재판 발행 시에 추가된 작품 10편은 그동안의 전영경 시 연구에서 배제되어왔다는 점에서 발굴 작품에 해당한다. 이번 『전영경 시전집』을 통해서 문학사에서 중요한 역할을 담당하였던 시인임에도 불구하고 시인 자신의 오랜 절필로 인해 문학사에서 잊혀진 시인이었던 전영경의 시 세계에 대해 활발한 재평가가 이루어지길 기대하는 마음 간절하다. 한국문학사를 위해 너무나 소중한 기획인 〈한국문학의 재발견 – 작고 문인선집〉을 마련하여 전영경 시전집 간행의 기회를 준 한국문화예술위원회, 노령임에도 인터뷰에 응해주고 시인에 대한 여러 이야기들을 들려준 전영경 시인의 부인 이영숙 여사, 미진한 원고 때문에 약속된 기일을 수차례 어긴 필자의 게으름을 오래 참고 기다려준 현대문학에 진심으로 깊은 감사의 말씀을 드린다.

2012년 3월
전용호

* 일러두기

1. 이 작품집은 전영경 시인이 발표한 모든 시들을 발굴하여 정리한 시전집이다. 시집의 수록 순서는 시집별로 제1부는 『선사시대』(1956), 제2부는 『김산월 여사』(1958), 제3부는 『나의 취미는 고독이다』(1959), 제4부는 『어두운 다릿목에서』(1964)의 작품들을 옮겨 실었고, 제5부는 한국문화예술진흥원이 간행한 『민족문학대계』 제12권에 수록된 장시 「원인의 삼별초의 근인」을 전재하였으며, 제6부는 시집으로 묶이지 못한 발표작 29편을 발표 순서대로 수록하였다. 제3부에는 『나의 취미는 고독이다』의 1960년 재판 간행 시에 추가된 작품 10편을 포함하였다.

2. 시전집의 판본은 제1부에서 제5부까지는 시인이 간행한 시집을 기준으로 삼았고 제6부는 발표지의 작품을 기준으로 삼았다. 시집에 수록된 작품 중 신문이나 잡지 발표작과 다른 내용이 있는 경우 시집 작품을 기준으로 수록하되 필요한 경우 주석을 달았다.

3. 전영경의 시는 연작시가 많은데, 시집이나 발표지에는 연작시의 소제목을 작품의 큰제목 아래 모아서 달고 작품에는 번호만 표시되어 있지만 이 시전집에서는 연작시의 소제목을 작품마다 번호와 함께 표기하였다.

4. 이 작품집의 표기법과 띄어쓰기는 현행 한글맞춤법에 따라 쓰되, 필요한 경우 주석을 달고 시적 의도로 보이는 부분은 예외로 두었다. 단, 시인의 시적 의도를 손상할 우려가 있는 부분이 많아 가능한 한 일차적으로 시집과 발표지의 원문대로 수록한다.

5. 외래어는 원문대로 표기하되, 필요한 경우 주석을 달았다.

6. 원문의 한자는 되도록 국문과 병기하되 시의 맥락을 이해하는 데 문제가 없는 경우에는 국문으로 바꾸어 썼다. 특히 제5부 장시 「원인의 삼별초의 근인」의 경우 원래 발표된 작품에는 인명과 지명이 나올 때마다 한자어가 병기되어 있지만 이 시전집에서는 작품 중 처음 등장하는 인명과 지명에만 한자어를 표시하였다.

7. 명백한 오식은 바로잡고, 설명이 필요한 부분에 대해서는 엮은이가 주석을 달았다.

차례

제1부 _ 선사시대

제2부 _ 김산월 여사

제3부 _ 나의 취미는 고독이다

제4부 _ 어두운 다릿목에서

제5부 _ 원인의 삼별초의 근인 • 349

제6부_시집 미수록 발표작

해설_전영경의 생애와 시 • 517

제 *1* 부 선사시대
先史時代

장미사건薔薇事件

고독을 앓은 병실에서
장미꽃 꺾어 들다 천사天使는 장미꽃은 공기公器를 깨틀렸다.
장미꽃 꺾어 들고.
마음 둘 곳, 몸 둘 곳 없는 천사의 가슴 위에
바람이 불면
님은 어데로 가고.
님은 달과 해를 따라 싸우러 가고.
마치 기적이 있었던 것처럼
깨어진 공기, 공기와 더불어 장미꽃이 피고.
지면, 쪼각 쪼각에 피었다 지는 장미꽃을 향해, 천사는
미소微笑를 뿌렸다.
마음 둘 곳, 몸 둘 곳 없는 천사의 가슴 위에서
달과.
해는 고개 넘으로 기울어지고.
장미 꽃봉오리, 봉오리를 따라 세상을 버려야 하는 까닭은
천사,* 천사가
장미꽃은 공기를 깨틀렸기 때문이 아니라
고독을 앓은 병실에서
저 머얼리 달과.
해는

| * 수문사판에는 '使天'으로 되어 있다.

백조白鳥를 따라
고개 넘으로 숨어 버렸기 때문이다.

반半 인간人間

1

파아랗게, 그렇다. 파아랗게 이루워진 청자靑磁. 청자 빛
하늘 속
에 짙어 가는 밤과 더불어, 비가 내리고.
내가 내리고.
비 내리는 처마 밑에 서 서.
짙어 가는 청자 빛 하늘과 더불어, 기인 머리카락을 추겨 올리며,
비둘기 고웁다던 비둘기가 학살虐殺을 당한 옛날에 서 서.
비 내리는 처마 밑에 서 서.
다시 기인 머리카락을 추겨 올리며, 나는 나와 너와 당신의 작은 생
애를 생각다가 세상은 끝난 줄만 알았다.

2

파아랗게, 그렇다. 파아랗게 이루워진, 나와 너와 당신의 작은 생애
에도 비가 내리고.
비둘기 고웁다던, 그렇다. 비둘기 고웁다던 비둘기가,
학살을 당한 옛날에 서 서.
아버지를 생각다가.
어머니를 생각다가.
오빠를 생각다가.
누이를 생각다가.

사랑하는 사람을 생각다가, 그렇다. 이웃을 생각다가.
청자.
청자 빛 하늘 속에
짙어 가는 밤과 더불어 구구구………, 하다가.
끝내 짐승처럼 울었다.
처마 밑에 비가 내리고, 그렇다. 내가 내리고.

이유理由 없는 반항反抗

산새도 구슬피 우는 갯마을은 고개 넘에 있었고.
삼밭 저 쪽 성황당城隍堂이 있는 마을을 돌아 서 사무친 울음.
울음이다.
파아란 보리밭, 보리밭 이랑을 따라, 나비를 쫓던
다시 나비를 쫓던 소년은
실은 바보였다.
고개 하나를 두고 마을에서도 남북전쟁南北戰爭이 있었고.
보리밭 능선, 그 저쪽엔 공동묘지共同墓地가 있었고.
포성이 잠잠히 가라앉은 날.
애비와 에미와 오빠와 누이와, 그리고 이웃을 묻어야 했고.
부푸른 젖가슴과도 같이
줄비 진 무덤엔 무고한 부병이 숨어 있었고.
하이얀 비석에 눈이 부셨고.
산새가 구슬피 우는 느티나무 위에
하늘이 있었고.
주검이 있었다.
자꾸 꽃이란, 꽃이란 꺾어 놓고 보자던 순이도 죽으면 마지막이었고,
················또다시
나비를 따라
나비를 쫓던 소년少年이 있었다.

병病든 자각自覺*

― 섭씨攝氏 0도度** · 해빙解氷 · 봄 · 초원 · 꽃 · 나비 · 나비가 있어 봄은 더욱 좋았습니다.

라이락 무성한 그늘 밑에

오월은 있었습니다.

소녀가 붉으스런 얼골을 가리우며 아니나 다를까.

계절을 매혹魅惑했습니다.

솟구친 녹음을 헤쳐 소녀는

난맥亂脈을 이루웠습니다.

라이락 무성茂盛한 꽃가루 속에 묻혀 나비는 바다를 잊었습니다.

바다.

몇 번인가, 파도가

소녀의 유방乳房을 스쳤습니다. 이방인異邦人처럼………***

소녀는 붉으스런 보조개에 부끄러움을 가리우는 걸랑,

필시 계절을 잉태孕胎했는가 봅니다.

― 섭씨 0도.

그 어느 날 나비는 학살虐殺을 당했습니다.

---

* 이 작품은 1961년에 간행된 『한국전후문제시집』(신구문화사)에 「소녀는 배가 불룩했습니다」라는 제목으로 다시 발표되었다.
** 수문사판에는 '攝氏 · 度'로 되어 있다. 『한국전후문제시집』에서 전영경은 수문사판의 첫 1행을 3행으로 나누어 '攝氏 0度 / 解氷 봄 초원 꽃 나비 나비가 있어 / 봄은 더욱 좋았습니다'로 고쳤다. 여기에서는 수문사판을 기준으로 하되 '攝氏 · 度'는 오식으로 보고 '攝氏 0度'로 표기한다.
*** 『한국전후문제시집』에는 이 말줄임표와 아래 19행 '구구구구구' 다음의 말줄임표와 쉼표를 모두 삭제하였다.

슬펐습니다.
소녀는 엽서葉書와 더불어 목놓았습니다.
실컷 울었습니다.
병든 잎을 지우며 구구구구구……, 비둘기 날르든 날,
소녀는 배가 불룩했습니다.

목석木石의 절규絶叫

비둘기마저 학살을 당한 소개 터 위에 비가 내리고.
내가 내리면.
술이라도 먹고 죽고 싶은 것은
나의 성격의 그 어딘가를 마구 부수고 싶은 까닭인가.
비 내리는 밤이면 사약이라도 먹고 죽고 싶은 생각에
곤드레가 되어 가는 것은,
술이라도 먹고 죽고 싶은 생각이 한두 번이 아니었기 때문이다.
저무는 소개 터 위에서
크라르넷트가 울고.
북이 울면,
으레 나는 술집으로 달린다.
비 내리는, 비 내리는 밤이면,
사약이라도 먹고 죽고 싶은 생각에 곤드레가 되는 것은
다시 저무는 소개 터 위에서
비둘기마저 학살을 당한 소개 터 위에서
비둘기는, 우리 비둘기는 어데로 갔을까.
비둘기를 생각다 끝에
곤드레만드레가 되어 말뚝이라도 안고 딩구며, 내 나이 스물하고.
스물하고도 아홉을 받고.
차고 하는 것은
부서져 가는 나의 성격의 어디에서
크라르넷트가 울고.

북이 울고.

내가 울기 때문이다.

내가, 그렇다. 내가 울어야 하는 까닭은 오늘도 비 내리는 소개 터 위에서

그 무슨 무거운 흐름.

무거운 흐름과도 같은 것이 흐르기 때문이다.

십 년+年

파아랗게 짙은 느티나무 그늘에 턱을 고이고 앉아
목을 놓고 부르고 싶은 것은
(……………………………………………)
짙은 느티나무 그늘에서 고향이 무척 그리웠기 때문이다.
느티나무 잎 사이로
파아랗게 짙은 달빛 뿌리우고.
두견이 우는 처량한 달밤에 상여여, 고운 상여여 나가라.
요령도 없이 나가라.
두견이 목청에 맞춰 상여는 흔들려 가고.
너는 고향도 없이 가고.
파아랗게 짙은 느티나무 그늘에 턱을 고이고 앉아, 목을 놓고 실컨*
울고 싶은 것은 쫓겨 온 고향이 못이나 박힌 듯이 가슴에 저려 들기 때문
이다.
짙은 느티나무 그늘에서 너는 고향도 없이, 너는
목을 맬 허리끈도 없이
다시 느티나무 잎 사이로 파아랗게 짙은 달빛 뿌리우고.
네가 뿌리우고.
목 쉰 모가지를 비벼잡고 어슬레 어슬레 두견이 목청에 맞춰 고운 상
여의 뒤를 따라야만 했다.
비 고인 물에는 달빛 뿌리우고.

---

* '싫건'으로 되어 있다. '실컷'이 현대표준어나 시인의 다른 작품에서 '실컨'이 자주 나오므로 이와 같이
표기한다.

성체행렬聖體行列

짐승처럼 복받치는 울음을 노래로 날리며, 고운 상여는 고개를 오르고.
고개를 따라 이루어지는 대열隊列을 따라 땅거미 떼는 대열을 이루고.
무모한 전쟁이 언제 있었느냐는 듯이 땀을 빼는 대열을 따라, 살을
날리며
고운 상여는 무거운 하늘을 따라 고개를 따라 짐승처럼 울었다.
이끼 낀 나의 마음에도 상여喪輿는 흐르고, 이끼 낀 너의 마음에도 상
여는 흐르고, 왼통 널려서 죽기도 수태한 싸움과 더불어, 이끼 낀 우리들
모두의 마음에도 상여는 흐르며, 살을 날리여,
죽기도 수태한 대열과 더불어,
죽기도 수태한 연륜年輪과 더불어,
땅거미 떼는 꾸김새 없이 나의 이름을 노래로 부르며,
땅거미 떼는 꾸김새 없이 너의 이름을 노래로 부르며,
왼통 널려서 죽기도 수태한 싸움과 더불어, 땅거미 떼는 꾸김새 없이
우리들 모두의 이름을 노래로 부르며, 살을 날리며 고운 상여는 무거운
하늘을 따라, 고개를 따라, 고개를 오르며
짐승처럼 울었다.
아물 새 없이 피 흘려온
나와.
너와.
우리들 모두의 이름을 노래로 부르며,
조국祖國아!
살을 날리여………….

농군農軍

물 구비를 넘어 물 구비와 함께 떠나려 가는

황토 재 지친 고목나무 뒤를 따라, 먹구름 메가꾼 하늘을 따라, 해마다 장마철마다

짙푸른 벼 잠뱅이, 너의

품에 자즈러지게 흐느껴 울던 조국인가.

실버들 가지 발버둥치는 재축 아래 닥아 온 세월과 함께

터무니없이 부푸른 사람들, 부푸른 사람들은

둥 둥 바가지 쪽과 함께

왼통이 널려서 바다로 가고.

목숨해 온 피 땀과 함께

떠나려 가는 서릿길 가슴과 함께

물 구비, 구비로 휘살 지으며 흘러가는 사람, 흘러가는 사람들은

둥 둥 바가지 쪽과 함께

왼통이 널려서 바다로 가고.

산기슭 풀리어 금시 누우런 기폭을 나부끼며 갈가리 부딪쳐 까실까 실허기에

살길을 찾어 풀벌레처럼 삼삼거리던 겨레와 함께

이빨 사뭇 흘겨 모두 다 모두가 다아 살어서 애껴 오던 조국과 함께

수수깡, 조팝, 고사리에 숭늉으로 이어 오던 홀애비도 홀에미도, 기인 머리태를 드리우던 순이도

머슴의 뒤를 따라, 황소의 뒤를 따라, 인제 또 바람을 따라야 하는 무서린 설움도

둥 둥 바가지 쪽과 함께
왼통이 널려서 바다로 떠나려 보낸 조국인가.

문화사대계文化史大系

능금나무와 함께 살아온 목숨들끼리 술잔을 빨며, 형벌刑罰과 함께
세상을 버린 까닭을 이애기하며
조상祖上은 소와.
몽둥이에 매어 터밭 사흘갈이와.
전설傳說과.
빠알간 능금나무 밑에서
옛 말과도 같이 살았다.
파아랗게 쏟아지는 종소리와.
인정의 그늘에서
기약 없는 어느 머언 후일을 위해
청산靑山이 있
고.
소가 있
고.
……………………………….
다시 형벌과.
형장刑場과 함께 살아온 목숨들끼리 술잔을 빨며.
빠알간 능금나무 위로
자꾸 하늘을 찾아야 하는 까닭은
꽃과도 바꿀 수 없는 능금나무 위로 파아랗게 쏟아지는
전설과.
가슴들끼리 모여 사는 옛 말, 옛 말과도 같은

세상이 있
고.
이웃이 있
고.
터밭 사흘, 터밭 사흘갈이와 함께
시퍼런 뿔을 쓰는
폭군暴君이 있었기 때문이다.

유민遊民의 허무虛無

꽃이 지는 어느 날, 막다른 골목으로 꽃이 지는 그 어느 날, 악마는
소년에게 쫓기어
장미꽃을 팽개치고 골목으로 쫓기며
파아란 제복의 악마는 돌아서면서 픽 웃었다.
소년은 서서 울고.
그 모가지 때문에 지친 나도 울고.
세상에서 한 번은, 한 번은 아웅해 보는
그 어느 세상에서
오해를 가져 보는 악마, 악마는 소년에게 다시 돌
아와,
(사탕을눈깔사탕을꽉쥐어준다)
악마, 역시 외로움에, 다시없이 외로움에 꽃과도 같이 싸여 가는, 그
어느 세상에서
그 어느, 어느 세상을 쫓기며
몇 장의 기와장과.
다시 가슴에 안기고 싶은 장미꽃과.
그 무슨 까닭에
그 무슨 꽃 도적이라는 누명 때문에
곱게 울어야 하는
옛날. 그 어느 옛날에 서서
곱게 울어야 하는, 그 어느 옛날에 서서 악마도 울고.
나도 우는 여기는 벌인가.

무덤만이 줄비친 여기는, 그 어느 세상이기에 나무 하나, 꽃나무 하
나 없는 여기는

그 어느 하늘 아래인가.

꽃이 지는, 꽃이 지는 어느 날.

하늘이 쏟아진다고, 하늘과 별과, 그 무엇이 파아랗게 쏟아진다고 무
서워하는 세상.

그 어느 세상에서

한 번은 파아란 제복의 악마의 뺨을 갈기는 세상에서

아래 입술을 깨물며

그 모가지, 모가지 때문에 지친 나도 너도 우리 모두 다 가슴속 하이
얀 그늘 위에

또다시 소년의 오른손이 올라가면 빗돌을 세워 보는 우리들이다.

역사歷史

○을 그리며 여자 없는 비애에, ○을 그리며, 선과.
점과.
그 무엇을 찾는 결의 때문에
봄을 기둘리는 지평선 위에서
○을 그려야 하는 오해와 더불어
선과.
점과. 여자 없는 비애에 살고.
그 무엇 때문에 선을 그으며, 그 무엇 때문에
점을 찍어야 하는
음모에 살고.
○을 그리며 여자 없는 비애에 공명할 수 있는
빛을 따라
직선이 있고.
그 무엇을, 그 무엇을 찾는 결의 때문에 직선 상에
사상과.
체계와.
형이상학이 있는데
노예는
자꾸 ○을 그려야 하는 오해와 더불어 점을 슬퍼하고.
다시
○을 그리며 여자 없는 비애에, ○을 모색하는
모가지 때문에

모가지, 모가지 때문에 따스한 손을 거부하는 …………
……, 고.

고독孤獨에의 학살虐殺

피투성이가 된 우리 모두의 가슴 위에 꽃나무를 심어 보는 수녀修女의
자학自虐.
시시한 가슴 위에도 꽃은 피어야 하는가.
슬픔보담도 우리들에게 슬픔보담도
괴로운 몸짓, 괴로운 몸짓을 가져다주는, 나비는
꽃나무 위에서 학살을 당하고.
학살을 당하는 꽃나무, 위에서 꽃나무, 꽃나무는 분별分別없이 학살을
당하는
대량大量의 비극悲劇 때문에
눈을 가리우고.
아웅 하는
우리 모두의 가슴 위에서도
무거운 침묵을 가져 보는 꽃나무 때문에
수녀는 잠을 청해 보다가도
슬픔이 가기 전에 괴로운 몸짓을 위해
우리 모두의 가슴.
우리 모두의 가슴 위에서 꽃을 피워 보는 것이다.
시시한 가슴, 시시한 가슴 위에서도 꽃이 피어야 하는 까닭은
피투성이가 된 나와.
너와.
당신의 가슴 위에서
흘러오고 흘러가는 구름을 잡고.

(행복은그렇다행복은삼년후에온다)고.
꽃나무를 분별없이, 꽃나무를 분별없이 심어야 하는
무언의 결의 때문에
우리들에게 슬픔보다도 괴로운 몸짓을, 우리들에게
슬픔보담도 괴로운 몸짓을 강요하는
시시한 가슴 위에서 꽃을 피우기 위해
수녀, 수녀는
그 무슨 도전挑戰을 가져 보는 것이다.

한목寒木

기러기는 하늘 따라 울고, 기러기는 하늘 높이 우니까.

처량한 것은 달밤인가.

한목寒木.

가지마다 매어달린 모가지 모가지마다 찬바람이 불면 순이의 오빠
역시 달밤을 따라 울고.

내사 그저 순이가 그리웠을 뿐이다.

내사 그저 고향이 서러웠을 뿐이다.

기울어진 바다 짙은 빛깔을 우러러보는

순이의 오빠는 노오란 배추 꼬리를 씹으면서 구멍가게 앞 노상에서

달밤을 따라 울고.

가지 가지마다 매어달린 모가지 모가지마다

고향이 서려 있고.

찬바람이 불면 기러기는

하늘 따라 울고.

기러기는 에미를 따라 울고.

다시 기울어진 바다 짙은 빛깔을 우러러보는

순이의 오빠는

노오란 배추 꼬리를 씹으면서

구멍가게 앞 노상에서 따스한 가슴, 따스한 가슴이 그리웠다.

기러기는 하늘 높이 우니까.

금일今日의 사고思考

처마 밑으로 억수가 쏟아지는 이 밤이 가기 전에, 나는 나의 가장 안에서

따에 발을 붙이고, 나와 당신을 딛고⋯⋯⋯⋯, 스스로를 넘어다보는

밤을 딛고.*

주검을 딛고 일어서렵니다.

처마 밑으로 억수가 퍼붓, 그러나 나는 따에 발을 붙이고.

나는 나의 가장 안에서

당신과 술잔을 기울이며

주검이 싫으면서도 주검, 주검과도 같은 것을 이얘기하다가도, 나의 가장 안에서

당신의 **뺨**을 갈겨야 하는

아니 당신의 **뺨**을, 다시없이 갈겨야 하는 시간을 딛고 멸사봉공滅私奉公.

시간이 싫으면서도

우리 모두 다 시간이 싫으면서도 시간을 딛고 일어서야 하는 까닭은, 나의 가장 안에서

주검, 그렇다. 주검이 싫으면서도 머언 후일을 위해 싸움.

싸움이 벌어지기 때문에

꽃들과 사랑이 가기 전에

| * 수문사판에는 '닫고'로 되어 있다.

이 빠진 술잔을 빨며 서로 주검과도 같은 것을 이얘기 하다가도
우리, 우리 모두 다 몸가짐을 떨면서까지
쓸개 빠진 사나이처럼 울음을 가져보는 것인지도 모릅니다.
처마 밑으로 억수가 쏟아지는 이 밤이 가기 전에.

봄 소동騷動

삼월은 가고 사월은 돌아와 있어도.

모두 다 남들은 소위 대학 교수가 되어 꼬까옷에 과자 부스레기를 사들고 모두 다.

자랑 많은 나라에 태어나서

산으로 바다로 금의환향을 하는데

걸레 쪼각 같은 얼골이나마 갖추고 돌아가야 하는

고향도 집도 방향도 없이

오늘도 남대문 막바지에서

또다시 바지저고리가 되어 보는 것은 배가 아픈 까닭이 아니라, 또다시

봄은 돌아와 꽃은 피어도.

뒤받쳐 주는 힘 없고.

딱지 없고 주변머리가 없기 때문에

소위 대학 교수도 꼬까옷도.

과자 부스레기 하나 몸에 지니지 못하고.

쓸개 빠진 사나이들 틈에 끼어

간간히 마른 손이나마 설레설레 흔들며 떠내 보내야 하는 남대문 막바지에서

우리 모두 다 막다른 골목에서

우리 모두 다 밑천을 털고 보면 다 똑같은 책상물림이올시다.

삼월은 가고 사월은 돌아와 있어도.

봄을 싣고 산으로 바다로

아스라히 멀어만 가는 기적 소리.

못다 울 설움에 목이 메인 기적 소리를 뒤로 힘없이.

맥없이 내딛긴* 발끝에 채이는 것은

어머니 돈도 명예도.

지위도 권세도 자유도 아무것도 아닌, 아무것도 아닌 돌멩이뿐이올시다.

| * 수문사판에는 '내 딛킨'으로 되어 있다.

선사시대先史時代

느티나무 위에 금속분처럼 쏟아지는

하늘이 있었

고.

깨어진 석기石器와 더불어, 그 어느 옛날.

옛날이 있었

고.

금속분처럼 파아랗게 쏟아지는 햇볕 속에서* 무고하게도

학살虐殺을 당한 것은 당신과 같은

흡사 당신과도 같은

포승 그대로의 주검이었었

고.

느티나무와 더불어, 그 어느 옛날이

있었

고.

지도자指導者가 있었

고.

깨어진 석기, 석기 속에 말없이 흩어진

이애기와.

그 어느 조문條文과.

* 수문사판에는 '햇 속에서'로 되어 있고, 《조선일보》 1955년 1월 5일자 신춘문예 당선작에는 '햇볕/속으로
무고하게도'로 되어 있다. 시행은 수문사판을 따르되 '햇 속에서'는 오식으로 보고 '햇볕 속에서'로 표기
한다.

그 누구의 남루한 직함職啣과.

때 묻은 족보族譜가 있었

고.

꿈이 있었다.

몇 포기의 화초를 가꾸다가

느티나무와 더불어, 그 어느 옛날에

서 서.

세상을 버린 것은

금속분처럼 파아랗게 쏟아지는

하늘을 향해

황소가 움메…………, 하고 울었기 때문이다.

선善의 연구研究

멍이 든 누에처럼, 노오란 이빨의 수인囚人은
뽀오얗게 뿌리우는 햇볕 속에서
향수에 젖
고.
빠알간 벽돌담을 끼
고.
병든 장미薔薇라도 꺾어 든 따스한 가슴들이 그리웠기에
멍이 든 누에처럼, 노오란 이빨의 수인은
고사리 같은 흰 손을
뽀얗게 뿌리우는 햇볕 속에 옮겼다.
병든 장미라도 꺾어 든 순이의 토실토실한 손이 그리웠기에
빠알간 벽돌담을 끼
고.
버섯처럼 돋아난, 노하다 노하다 지친
모가지마저 내흔들고, 그렇다. 찌푸린 얼골에도
봄은 오
고.
찌푸린 얼골에도 봄은 하늘을 타고 오는가.
멍이 든 누에처럼, 노오란 이빨을 드러내며
수인은
빠알간 벽돌담에 금을 긋
고.

버섯처럼 돋아난 노하다, 노하다 지친 모가지, 모가지마저 내흔들고,
그렇다. 고사리 같은 흰 손을 깨물며 히히히·················

·········,* 길게 웃었다.

다시 수인은

빠알간 벽돌담을 끼

고.

허물어진 음모陰謀와도 같은 선혈을

뽀오얗게 뿌리우는 햇볕 속에 뿌렸다.

구름은 동으로만 흘러가고.

*수문사판에는 '·········'이 길게 두 행에 걸쳐 있고, 원 발표지인 《조선일보》에는 '깨물며 / 히히·········'로
행이 분리되어 있다. '·········'로 긴 웃음소리를 표현한 것으로 보고 행을 나누었다.

최초最初의 충돌衝突

비둘기는 봄 오기 전에 나래를 차고, 이끼 긴 바위를 찾었다.
천년을 숫 적어 온 성벽城壁에 따라.
비둘기는 음모에 가담했고.
이끼 긴 바위를 따라.
천년을 숫 적어 온 성벽을 따라.
동서東西 남북南北이 있었고.
집단이 있었고.
노한 노한 바지저고리가 있었기에
수태한 싸움과 더불어
거북은 장미를 훔치려다 무수한 화살에 쓰러지면서도 어머니, 어머니인 조국을 마저 불렀다.
줄비진 무덤을 따라.
비둘기는 쭉지를 드리우고 원정遠征에서 돌아오는 날.
타다 남은 한 루 노송老松 위에서
다시 비둘기는 음모에 가담했고.
이끼 긴 바위를 따라.
천년을 숫 적어 온 성벽을 따라.
비둘기는 봄 오기 전에 나래를 차고,
이끼 긴 바위를 꽉 받았다.
이끼 긴 바위도
천년을 숫 적어 온 성벽, 성벽도
비바람에 허물어지고.

버섯, 버섯형의 비바람에 산산이 부셔지고.
아무의 권위도 질서도 그 아무것도 믿지 않는, 여기는 벌.
뽀오얀 젖빛 안개 속에 뒤덮힌 여기는 벌판인가.

공동묘지共同墓地

나비는 바다를 생각하고.
나비는 들국화로부터 나래를 쳤다.
아침이다.
일요일의 공동묘지共同墓地는 승지에 돋아난 버섯처럼,
일제히 하늘을 향해
항의抗議를 한다.
(이것이무고한인간의말로올시다)하고.
나비는 둥그랗게 ○을 그리고.
바다.
나비는 수심水深을 생각하고.
다시 나비는 둥그랗게 ○을 그렸다.
무수한 계절의 뽀오얀 변조變調에 따라 이루워지는
일요일의 공동묘지는 승지에 돋아난 버섯처럼
일제히 하늘을 향해
항의를 한다.

이목당李木堂에게 보내는 각서覺書

빠알간 꽃보다 진한 가을의 언덕 위에서, 꽃보다도 진한 얼굴을 곱게
엮어 가리우며 우리들은 서로 한 송이의 꽃과도 같이
　서로 목을 끌어안은 채 꽃보다 아름다운 이애기, 이애기 끝에는
　우리, 우리들은 오해와도 같은 것보다도
　그 무슨 결의, 결의에 목이 메어
　꽃보다 아름다운 전설을 위해 꽃보다, 꽃보다도 진한, 서로.
　서로의 가슴을 빠알갛게 태워 보는 우리들은 꽃보다 진한
　가을의 언덕 위, 저기 저만치 황소가, 꽃보다 아름다운 우리들을 위
해
　황소는 사못 다정스리 뿔을 쓰고, 가을은
　꽃보다 진한, 빠알간 꽃보다도 진한 낙엽을 지우며
　그 무슨 결의에 목이 메어
　꽃보다 아름다운 가을의 언덕 위에서 꽃보다 아름다운 가을을 위해.
　그 무슨, 그 무슨 사념과.
　몇 권의 시집과.
　당신과, 당신과의 각서를 사주로 보내야 하는, 꽃보다 진한 낙엽 앞
에서
　저기 저만치 황소가
　꽃보다 아름다운 우리들을 위해
　다시 황소는 사못 다정스리 뿔을 쓰고, 가을은
　서로 목을 끌어안은 채 두 볼을 부비대는 우리들의 가슴을 흐르면
　꽃보다 진한 얼골을 곱으디 곱게 엮어 가리워 가는,

우리들은 서로.

우리들은 서로, 서로의 가슴을

한 송이의 꽃과도 같이 빠알갛게 태워 가야 하는 것이다.

심판審判

악마는 꽃가루 속에 숨어 히히히 웃고.
꽃밭 저쪽 바위를 따라
나비는 덩실덩실 춤에 겨워 고독을 사러 온 소녀를 마저 잃었다.
소녀는 장미를 꺾다 울고.
영영 돌아오지 않은 세월 속에서
소녀는 악마에게 쫓겨 꽃밭 저쪽 바위에 숨어, 돌아오지 않은
따스한 손과 더불어
꽃을 꺾다 꽃에 쌓여 가는 오해와.
바위에 숨어
해 저무는 지평선을 향해 열여덟, 열여덟 고든 가슴을
지평선, 지평선으로 옮겼다.
(……………………)
동東.
서西.
남南.
북北과.
두고 온 꽃과.
따스한 손과.
오해를 뒤 돌아 봄이 없이 달려라
소녀는
동으로, 남으로 북으로…………….
악마에게 쫓겨 달리고.

그러나 영영 돌아오지, 돌아오지를 않은 세월 속에 두고 온 것은
싸늘한 바위, 바위뿐이다.

노자전老子傳

　어느 세상에서든지 명월明月은 곱으디 곱은 웃음이며, 이빨, 이빨 밖
무수한 피투성이의
　꽃밭 속에서도 웃어야 하는
　형벌刑罰이며.
　족足이
　며.
　파아란 공포恐怖이며. 꽃들이
　며.
　나비이기에
　병든 꽃, 병든 꽃잎들의 질서 때문에
　명월은
　청산靑山에 기울어 지
　고.
　천지지간天之地間.
　어느 세상에서든지
　꽃나무, 꽃나무 가지 가지에 걸려
　화조가 되
　고.
　풍월이 되
　고.
　님이 되는 까닭은
　이빨 밖에서

조용히 곱으디 곱은 웃음을 웃어야 하는 오해誤解가
있기 때문이다.

만년晚年

빠알간 과수원果樹園은 고요함의 끝 가는 곳에 구름을 흘려보내며, 노인은

잡초 우거진 성돌 위에 앉아 아들을 기둘렸다.

서른 이는 흙으로 돌아갔다.

뽀오얀 계절에 따라 이루워지는 빠알간 밀도密度 속에서 호올로 가엾은 적막을 누르고.

인제 빠알간⋯⋯⋯, 폐마癈馬와 녹쓰른 철조망과 웃음 걷운 자부子婦와.

빗과, ⋯⋯⋯⋯능금 짙은 햇볕에 옮아가는 눈이 빛났다.

서른 이는 모두 다 흙으로 돌아가고.

노오랗게 이룬 실조失調에 따라 여윈 두 뺨에는 맑은 이슬이 방울로 맺쳐

다시 빠알간 밀도 속에서 노인은⋯⋯⋯⋯.

가을.

하늘 끝 가는 곳에 구름을 흘려보내며

빠알간 밀도 속에서 호올로 마지막 울음을 울었다.

(⋯⋯⋯⋯⋯⋯⋯⋯⋯⋯.)

잡초 우거진 성돌 위에 앉아 노인은 석고石膏처럼 움직이지 않았다.

사십 년간四十年間

기울어진 파아란 언덕을 따라 열기꽃*이 해마다.

해마다 오해와 더불어 열기꽃이 피었고.

산으로 간 할아버지는 끝끝내 종으로 열기꽃에 쌓여 산으로 가시고.

산으로 가시던 다음.

다음 해에

오해와 열기꽃을 뒤로

아버지는 바다를 건너갔다.

주렁주렁 달린 바가지, 바가지에 매어달려, 이민 열차에 흔들려 가는

남도 사람들이 늘 적마다

할머니는 질화로를 끼고.

오해와 열기꽃을 뒤로 바다로 건너간 아들을 생각다 우시는 날이 자꾸 늘었고.

기울어진 파아란 언덕을 따라

해마다, 해마다 오해와 열기꽃이 풀리고 질 때마다

소년은

어머니의 성화에 못 이겨 바다를 건너간

아버지에게 편지를 썼다.

소년은 능금을 따 먹는다고………….

그리고 우리들은 대대가 소작인이였었고.

강냉이에다 감자 조밥을 먹었고.

| * 북한어로 해당화의 꽃.

기울어진 파아란 언덕을 따라.

가시밭 이랑을 따라.

봉오리, 꽃봉오리마다* 피어오르는 꽃나무 위에서

기울어진 파아란 언덕을 내려다볼 수 있는

능금나무 위에서

소년은 자랐다.

기울어진 파아란 언덕, 언덕을 따라, 오해와 열기꽃이 해마다 해마다

오해와 더불어 열기꽃이 피는

북쪽 바다 가까운 기울어진 파아란 언덕을 따라

버들피리를 불며

소 치는 아이들과 더불어 소 잔등 위에서

소년은 꿈이 많았다.

| * 수문사판에는 '봉우리, 꽃 봉오리 마다'로 되어 있다.

대량大量의 비극悲劇

찌푸린 얼굴들은 가슴이 그리워,
비둘기마저 학살을 당한 언덕 위에서 찌푸린 얼굴들은
가쁘게 눈을 찾았다.
멍멍 개가 짖고.
바람과 달빛과 나무와……………………, 그리고 윙윙거리는
바람 포기에 쌓여 가는
벌.
(여기는원시그대로의벌이올시다)
하나, 둘, 달빛에 뿌리우며, 간단없이 쓰러져 간, 바람과 달빛과 나무
와 권위와 질서와.
마지막 조항 같은 것에
발을 구르며 소리치는 언덕 위로
천 년을 숫 적어 온 바위가 있을 뿐이다.
가을.
찌푸린 얼굴들은 가슴이 그리워,
비둘기마저 학살을 당한 언덕 위에서 바위를 안고.
다시 찌푸린 얼굴들은 가쁘게 하늘을 찾았다.
(……………………………….)
바람과 달빛과 나무와 권위와 질서와, 그리고 바위와 나와 너와 당신
과.
마지막 조항 같은 것에
발을 구르며 소리치는 언덕 위로 뻗은

벌판을 따라,

크라르넷트가 울고.

북이 울고.

(여기는원시그대로의벌판이올시다)

여성女性의 발언發言

1

파도치는 가슴, 가슴의 방향方向은, 애정. 이미 구름은 우리 모두의 가슴을 지나고.

쓰디쓴 과거와 미래와 아름다운 오류誤謬와.*

하늘빛 짙은 파아란 언덕과.

설움과. 과거過去는

우리 모두의 가슴에서 허물어지고, 무너진 바위.

바위와도 같이 무거운 가슴.

그 무거운 가슴이기에

시간時間을 딛고 일어서면 파도치는 가슴, 파도치는 가슴 때문에 이 남자.

저 놈팽이의 품에 안기어 가는 항아리.

무쇠 항아리에

멋대로 따스한 인정이 흐르고.

쌀쌀하고도 매서운 배신背信과 시기와, 또 허무와.

공포恐怖가 일시에 흐르는 제멋에 겨워 사랑을 나누어 가 보자는 데 있는 것이다.

* 수문사판에는 '誤謬.'로 되어 있다. 《조선일보》(1956. 1. 30.)에 「여성女性의 항의抗議」라는 제목으로 발표된 작품에는 '誤謬와.'로 되어 있고, 2연 11행의 반복 표현에서도 '誤謬와.'로 되어 있어 이와 같이 고쳤다.

2

주검과도 같은 것이 싫으면서도 방향은 무덤, 무덤과 같이 쓸쓸함이
싫으면서도

무쇠 항아리를 고집하는 여인女人.

이웃과 너그러운 풍경風景을 바라보면서 꽃들과.

비둘기, 비둘기들의 가슴을 딛고 일어서면 어두움과.

목석木石과. 이얘기가 될 대로 흐르다가도 그 무슨 오해誤解.

오해로 말미암아 하늘이 노오래지는 까닭은

꽃들과 흐르다가도 될 대로 쓰러지고, 쓰러지다가도, 아무도 모르게
될 대로

쓰러져 가야 하는 우리.

우리 모두 다 산산히 부셔져 쪼각난 거울 앞에서

파도치는 가슴의 방향 때문에

쓰디쓴 과거와 미래와 아름다운 오류와.

애정에 결박을 당하면서

싸움을 수태 가진 어깨쭉지와.

주름 잡힌 얼골을 비쳐 가며

아무렇게나, 아무렇게나* 둥글게 흘러가 보자는 데, 흘러가 보자는
데 있는 것이다.

| * 수문사판에는 '아무렇게나, 나아무렇게나'로 되어 있다.

68

흥분興奮을 잘하는 장군將軍

손을 흔들며 소리쳐도 대꾸 없는 여기는 막막한, 그 어느 세상도 아닌 여기는
　그 어느 누구의 영토이기에
　깃발 하나 모가지 하나 나부끼지 않는가.
　하늘을 향해 싸늘히 식어 가는 가슴 위에 손을 가져 가 보는 오해와
함께
　꽃이 지고.
　꽃이 지는 계절 앞에서
　시시한 가슴들이 가고.
　시시한 가슴들이 흘러오는 부지 하 세월 때문에
　우리, 우리들은 화심에 살다가도
　우리 모두 다, 달밤을 따라 울고 달밤을 따라 울다가도 검은 만또를
걸치고, 우리 모두 다.
　깃발 하나 모가지 하나에 외로히 돌아가 보는 것이다.
　이미 성벽은 허물어지고 무너졌는데
　또 하나의 나와 당신과, 그리고 또 하나의
　우리, 우리들을 향해 손을 흔들며 소리치는 여기는
　그 어느 세상이기
　우리들 시시한 가슴이나마, 우리들 시시한 울음이나마 뿌려 가는 여
기, 여기는
　그 어느 누구의 영토이기에
　또다시 우리 모두 다 검은 만또를 걸치고, 또다시

부지 하 세월 속에서

우리 모두의 모가지 모가지에

꽃조차 서러운 얼골로 대하는구나, 하고.

깃발 하나 모가지 하나 나부끼지 않는 하늘을 향해 싸늘히 식어 간 가슴 위로 비둘기를 날려 보는 것이다.

사도행전 使徒行傳

1
흐르다, 흐르다 지친 모가지는 꽃이 되고, 나무가 되고, 소가 되
고…………, 강江아
우리 모두 다 흐르다 보면
헛세상과 더불어 살아온 모가지 때문에 울어야 했
고.
무슨 사촉使嘱이 있을 때마다
까마득한 옛날에 서 서 누굴 기두림이 없이, 누굴 기둘려 가
는, 그러한 질서와 더불어 곤드레가 되어 가
는
고든 가슴들끼리
그 무슨 결의決意, 결의 때문에
우리 모두 다 꽃이 되고, 우리 모두 다 나무가 되
고, 우리 모두 다, 모두가 다아 소가 되어 가
는, 까닭은
벌, 벌판을 따라 곤드레만드레가 되어 가면서도
한 번씩은 바람에 날리며
웃음 지어 보자는 데 있는 것이다.

2
다시 흐르다, 흐르다 지친 모가지가 달이 되고. 해가 되

고.

또다시 흐르다, 흐르다 지친

모가지, 모가지 때문에 달밤을 따라 울

고.

어느 까마득한 옛날, 옛날에 서 서

우리 모두 다 흐르다보면

닭이 세 번…………, 우는 아침과도 같은 것을 믿어 가

는

까닭은 꽃과.

나무와 소.

소와 같이 뿔을 쓰다가도 지치면

우리 모두 다 고든 가슴들이기 때문에 헛세상, 헛세상과 더불어

한 번, 한 번씩은 바람에 날리며.

닭이 세 번 네 번 다섯 번 우는 아침과도 같은 권위權威를 믿어 가자는

데 있는 것이다.

간음姦淫

1

그는 눈이 커서 겁쟁이다.

가을.

어느 일요일…………, 장미와도 같은 객혈喀血을 대야에다 토하면서 잊지 못할 계집의 사타구니를 잊지 못해서가 아니라,

어느 일요일日曜日 날.

그는 객혈에 취해 낮잠에 골았다.

휘둥글해 누워 눈을 비비 꼬며 생각했다.

그 어느 날 밤에 간음姦淫한 계집을 잊지 못함은, 결코

그는 눈이 커서 겁쟁인가 보다고 그렇게밖에 생각했다.

슬펐다.

2

그는 눈이 커서 겁쟁이다.

남들이 그러기에, 그는 그럴싸하고 이즈러진 유산遺産을 버리지를 못했다

더벙 머리 사나인 그는, 하루 어느 날 밤 간음한 계집을 찾아

쓴 미소微笑를 던졌다.

하마트면 옆집 마님한테 들킬 뻔했다.

그는 눈이 커서 퍽 겁쟁이다.

타락론 墮落論

별빛 모두어 가는 바람, 바람결에 서 서 누굴 기두림이 없이 몸 하나.
마음 하나 둘 곳 없는 하늘 밑에서, 나무는
나무들끼리 바위는 바위들끼리 짐승은 짐승들끼리 춥고 배고픈 것은
도시 하늘이 높으기 때문인가.
머언 먼 후일을 위해 별을 헤이다가도
나도 밑천을 털고 보면 돈맛을 아는 놈.
너도 밑천을 털고 보면 시간을 아는 놈.
우리 모두 다 밑천을 털고 보면 세계마저 아는 놈들이기에
지난날 이 잡놈 저 잡놈 술 취한 놈들과.
어깨동무 끝에
눈 내리는 십이월과.
입때 죽지 않고 살아 있다는 기쁨과.
정성스럽게 깔아 놓은 요와.
이부자리는 이부자리대로 방을 지키고 있을 것을 쓸쓸하게 생각하면
일 년 열두 달 삼백예순하고도 닷새를 벼개에 얼골을 파묻친 채 울며
일체의 슬픈 유산과.
전통까지도 부정하는 나머지 끝내는 한세상 아무렇게나 살자고
가늘게 어깨쭉지를 떨던 어제와.
하루의 스물네 시간을 직업적 의식에서 해방되었다는
불가사의한 안심 때문에
숨 한 번 크게 쉬지 않은 나무는 나무들끼리 바위는 바위들끼리 짐승
은 짐승들끼리, 봄을 기둘리고.

풀 없이 맥없이 고개를 숙인 우리는 우리들끼리 가볍게 뺨을 치고 쓰
디쓴 술잔을 기울이며 꿀꺽꿀꺽 들이키는
어지러운 마음의 거리에서
에잇, 우리 모두 다, 우리 모두 다 밑천을 털고 보면 가냘픈 몸 하나.
몸 하나 애정 하나 둘 곳 없음을 한탄하면서
봄을 기둘리는 것이다.

삼등인간三等人間

기름진 배가 이빨을 쑤시며 자동차에 흔들려 가면 찬바람이 도는
그 어느 정거장에서
봄을 기둘리는 믿음만은 아스라히 하늘이 되고.
아스라히 가슴이 되는데
격하기 쉬운 아들은 몇 번인가.
자가용에 흔들려 가는 부녀자의 좁은 어깨와.
어머니의 어깨를 생각다가는
파아란 풍경에 도시 돌아앉은 가슴은
돈 없는 슬픔에
강이 아니면 바다, 바다가 아니면 오동나무가 한 주 서 있는 오동나
무 집으로 달리어 가는 결의는
아스라히 꽃이 되고.
이 빠진 대포 잔을 기울여 가는 믿음만은 아스라히 나무가 되고, 바
위가 되고.
모가지가 되는데
웃음이 지난 계집을 차고 흐르던 자동차의 굵직한 크락숀 소리에
누우런 이빨을 드러내면서
돈 없는 슬픈 사람들끼리 어깨동무 끝에
박고 차고 뒹굴던 가슴을 쥐어 잡으며 산산히 찢기운 노래가락들을
날리며, 살을 날리며 돌아가야 하는, 산은 머언데
돈 없는 슬픈 사람들의 반항은 이러한 것인가.
봄을 기둘려 가는 믿음만은

다시 이 빠진 대포 잔을 기울여 가다가도

꽃나무에 걸려 있는 달.

꽃나무에 걸려 있는 달을 잡으려고 떠나가야 하는 돈 없는 슬픈 사람
들은

아스라히 강이 되고 바다가 되어 보는데

끝내 격하기 쉬운 아들은

끝끝내는 따스한 어머니의 품이 자꾸 그리워 우는 삼등인간이올시다.

고경주전씨군섭지비故慶州全氏君燮之碑

어느 날 나는 주막을 찾았다.

지난날 그저 슬프다고만 채칙하던 벗의 전사의 부보訃報를 듣고,

나는 곤드레만드레가 되었다.

철없는 별의 밤거리에서 슬픈 멜로디이가 흘러나왔다.

암담한 밤을 뚫고

나의 검은 마음에도 흘러들었다.

나는 기녀妓女의 볼기짝 갈기던 것을 잊고 혀바닥을 차 가며 나는 곡
했다.

하염없는 눈물에 하늘은 가로수 위로 끝없이 우러러 가는 하늘이었다.

나의 주말週末과도 같이

나는 오늘도 한사코 낙엽과 더불어 그러한 낙엽과 비애를 채집採集했다.

더욱이 나는 슬픈 족속族屬과는 내일을 거부했다.

나는 기녀의 볼기짝 갈기던 것을 잊고.

순교자殉敎者의 밤과 더불어, 이렇게 나는 곡해야 했다.

벗의 전사의 부보를 손에 들고, 어느 날 나는 주막을 잊었다.

그러나 우울에 짙어가는 푸라다나스의 뒷거리에서

그 어느 날 낙엽을 위해서라도

벗아 때때로 잊음 많은 거리에서

나는

곤드레만드레가 되어 가아야만 했다.

SUCH IS LIFE*

황소가 있다는 마을의 돌담에 호박꽃 피었다는
어느 일요일입니다.
나비는 바다를 찾기로 했습니다.
나비는 잊음 많은 일요일 날 늦잠을 잤습니다.
잠꾸레기였습니다.
노오란 상복喪服을 입은 나비는 성황당城隍堂 고개를 넘어야만
바다를 찾았습니다.
수림樹林을 뚫고 목탁木鐸이 들려 왔습니다.
잡초雜草.
따발총에 넘어진 소녀는
성황당 고개 언덕에 누워 있었습니다.
길이 묻혔습니다.
일요일. 바다로 가는 나비는 묘지墓地 없는 푯標말에 주저앉았습니다.
홀적했습니다.
상복을 입은 나비는 바다를 넘어다 봤습니다.
엄청난 생각에 잠겼습니다.
성황당 고개 넘어 마을의 돌담에서, 호박꽃은
빙그레 웃음을 터트렸습니다.
산울림이 있었습니다.

* 《연희춘추》 1953년 10월 1일자에 「묘지墓地 없는 푯標말」이라는 제목으로 발표 후 제목과 본문 일부를 수정한 이 작품은 전영경의 첫 발표작에 해당한다.

황소는 성황당 고개 위로 고함을 질렀습니다.
노오란 상복을 입은 나비는 묘지 없는 푯말 위에서
깜박 졸았습니다.
나비는
마을 바다 일요일을 잊었습니다.

정의正義와 미소微笑

창을 열어라, 그렇다. 창을 열어라, 숙아 창을 열어라
그곳에 우리들의 하늘이 있고.
자유自由가 있고.
조국祖國이 있다.
창을 열어라, 그렇다. 창을 열어라
그곳에 우리들의 삼월三月이 있고.
님이 있고.
봉오리, 봉오리마다 피어오르는 꽃봉오리마다
꽃이 있고.
기울어진 바다 빛 짙은 싱싱한 하늘을 따라
종소리를 따라
정의正義와 미소微笑가 있다.
창을 열어라, 그렇다. 창을 열어라, 숙아 창을 열어라
그곳에 파아란 바다를 생각하는 사나이가 있고.
의미意味가 있고.
목적目的이 있고.
....
대추나무와 뽀오얀 집과 교회당敎會堂의 둥그런 지붕을 따라
비둘기가 있고.
모두 다 모두가 다아, 멍이 든 고든 가슴들끼리 울린 만세를 따라
멍멍 개가 짖고.
창을 열어라, 그렇다. 창을 열어라

기울어진 바다 빛 짙은 싱싱한 하늘을 따라
구구구구구구구…………, 비둘기 날르는
그곳에 우리, 우리들의 팔월八月이 있고.
어진 백성이 있고.
정의와 미소가 있다.

불안不安의 문제問題

옷소매를 붙잡지 마러, 나는 강으로 바다로 주검을 딛고.

꽃을 피우며 살아온 스물.

스물하고도 몇몇 해를 딛고 살아온 방향은 강.

강이 아니면 바다.

이별이 싫으면서도 꽃들과 사랑이 가기 전에, 주검이 싫으면서도 꽃들과 사랑이 가기 전에 당신을 딛고.

꽃들과도 같은 것이 싫으면서도

재떼미 속에서

시시한 가슴, 시시한 가슴을 위해 술잔을 빨다가도

꼬장꼬장해진 성미 때문에

술잔을 기울이다가도

어깨쭉찌를 드리운 채 누우렇게 병든 꽃나무와.

몇 권의 소설과.

시시한 가슴 때문에

춥고 배고픈 비둘기, 비둘기들의 따스한 가슴을 안아 보다가도 비둘기를 놓쳐 버리는 것은, 그 무슨 까닭.

무슨 까닭이 있어서가 아니라 미안합니다마는 주검.

주검과도 같은 것이 싫으면서도 하늘을 향해, 뿔을 쓰다가도 지치면

황소와도 같이

고함을 질러 보는 것은

또 하나의 당신을 딛고 일어서기 때문에

꽃을 피우며 살아온 스물하고도 몇몇 해를 딛고, 뿔을 쓰다가도

술병을 차고 강으로 바다로.
나는 산 넘어 산으로 술병, 술병을 차고
산으로 죽으러 가는 것이다.

우미관優美館 근처近處

집도 많은 집도 소개 터도 자동차도 많은 애비도 많은 우리들의 이웃도 많은데

낡은 기와장을 아무렇게나 줏어 올린 복덕방 처마 밑에서

분명 가을은 좋다는데

소리 없이 지는 낙엽 때문에

나도 울고 너도 울고 우리 모두 다 울다가도

붉게 타는 나무랑 꽃이랑 꺾어 들고 밤마다 별마다에 가슴을 밟고 다가온 하늘이 자꾸 높아진다는 것은

그 무슨 생각이 필경 높은 데 있기 때문인가.

또다시 하나씩의 별을 치어다보며 우리 조고만한 고향 하나와.

우리 조고만한 어깨 하나를 일으키다가도

춘풍추우 모진 계절 앞에서

인제 남은 것이 있다면은

인끼 없는 생활과.

축축히 이끼 낀 마음과.

우리 모두의 설움과 아름다움에 대신하여 짜장 오랜 시련을 두고.

뼈마디 굵어진 열 손꾸락과.

발뿌리에 채이는 벽돌 부스레기와.

무서운 생활의 결말과도 같은 불쌍한 동포는 여기 이렇게 십 년.

길게 잡아 십 년.

짧게 잡아서 삼 년.

삼 년 후를 매정하게 쓸쓸하게 가슴 아프게 땅을 치며 울며불며 기둘

리는 최돌이네와.

눈과 눈썹 사이에 여러 오리 잡혀 있는 화류계 노파와.

닷돈짜리 호떡에 침을 흘리던 어제의 소년은

끝내는 집도 많은 집도 소개 터도 자동차도 많은 애비도 많은 우리들
의 이웃도.

그 많은 물건도 짐짝도

그 어느 것, 어느 것이든지 한 번씩은 내 것이 되고 네 것이 되고, 우
리 모두의 것이 된다는 믿음에

그 무슨 희망, 희망과도 같은 것을 가져 보는 우미관 근처에서

열여덟 봄과.

양담배와 싸구려를 팔다가도 지탱해 갈 수 없는

몹시도 시장한 목숨 때문에

바람이 되어 보는 것이다.

젊은 철학도哲學徒의 수기手記

흐르는 것은, 흐르는 것은 바위도 아닌 우리, 나무도 아닌 우리들이
기에

꽃나무, 꽃나무 밑에서

하늘을 향해 바위도 아닌.

나무도 아닌 아무것도, 아무것도 아닌 시간을 딛고.

우리들은 아무렇게나 쓰러져 가 보자는 우리들은

끝내는 별을 헤고.

끝끝내는 무에게 물어 보고 난 후에 오는 산 같은 피로로 말미암아

쓰러져 가 보자는 정의와.

되는대로 웃어넘기자는 미소와.

어쩌자는 웃음이 오뚝이 모양으로 가로 서고 모로 서고, 혹은 팔을
끼고 노래가락이 되면 허물어진 마음의 닻줄과.

어쩌자는 웃음은

술병과 나란히 앉아서

시시한 몇 마디의 말을 도구로 얼마나 많은 목숨들이 오가는 인정을
미끼로 얼마나 많은 목숨들이 꽃들과.

연결시키려는 이 최초의 모진 사상은 아무렇게나, 아무렇게나 바위
가 되어 보고.

나무, 나무가 되어 보고.

그 무슨 오해에 쌓여 비둘기를 날려 보다가 비둘기.

비둘기와도 같은 가슴과.

바다 빛 짙은 하늘과.

바람과 별과, 그리고 꽃나무 위로 파아랗게 쏟아지는 꽃나무 위로

바람과 무, 무에의 결의에

흐르는 것은 바위도 아닌.

바위도 나무도 아무것도 아닌 우리.

우리들이기에

해와.

해와 달은 꽃나무 사잇길에서

아무렇게나 쓰러져 가 보자는, 아무렇게나 쓰러져 가 보자는 까닭은

바다 빛 짙은 하늘이

그 무슨 오해에 쌓여 구구구구구 비둘기를 날려 보다가

둥글었기 때문이다.

존재存在와 허무虛無

1. 나무와 바위의 의미意味

머언 먼 어제의 가지가지 전설과, 꽃들의 아름다움을 이야기하기 전에 나무와 바위.

바위와도 같은 오해 때문에

그 무슨 결의에 목이 메어 꽃이 지고.

부슬부슬 꽃이 지는 날 아침에는

우리 모두 다 거울처럼 울고, 거울처럼 할퀴다가도 우리 모두 다

꽃나무와 같은 결의에 왼통 널려서

죽기도 수태한 이웃과.

시간을 딛고 일어서다가도 푸르름이 무성한 유월의 언덕 위에서

낡은 기와집 처마 밑에서

검으데데한 연구실 복도에서 푸르름이 무성한 유월을 안고 학살을 당한 것은

피 어린 목적과.

치사스러운 의리와.

구두 바닥 소리를 요란스럽게 낸 까닭이 아니라, 때 묻은 가슴들이 무섭도록 살을 날리며 뜯고.

물고 싸움을 가진 까닭이 아니라, 나 하나.

나 하나만을 무섭도록 와이야에 목을 걸고 생각한 까닭이 아니라, 꽃나무와 더불어 구름 아래 뭉쳐선 흩어지는 먹구름 아래에서

기적을 바라던 순간.

그 순간에
거울 속 눈시울에 주름으로 나타나는
슬픔이 하늘이 되고.
바람이 되기를
며칠 몇몇 해를 바스러지게 부르며 말며 불리웠기에
끝내 바람은 나무가 되고 바위가 되어 보는 것이다.

2. 나무와 바위의 무의미無意味

다시 저마다의 가슴을 오르내리는 하늘과 바람과 별은
어제의 풍경에
도시 꽃나무 앞에서
노한 청춘과 함께
뽀오얀 한 줄기의 불빛 때문에
그 무슨 결의에 목이 메어 꽃들과 더불어, 우리.
우리들의 최후의 저항선에서
끄스른 벽돌 담 사이사이에서
또다시 저마다의 가슴에서 푸르름이 무성하던 유월과, 뫼 마른 구월
을, 구월을, 안고.
인제 자랑도 부끄러움도 아닌.
푸른, 정연코 푸르른 가슴을 안고, 아무렇게나 겪어 온 세월 속에서
두터운 벽도 이웃도 못 미더웠기에
무수하게 학살을 당한 형제들을 위해 일제히 나무와 바위.
바위와 같은 무거운 자세를 갖춰 보는 것은

그 어느 날 풀벌레 소리 가득 차 있는 희망과.

초조와 떨리는 손으로 줏어 모은 낙엽에 묻어 두고 온 꽃들을 찾아
방향도 없이

어데로 방향도 없이 어데로인지 쭉지를 드리우고 날른 비둘기.

비둘기들의 방향 때문인가. 그렇다 뽀오얀 한 줄기의

불빛을 벗 삼아 엄숙하게 서 있는 파출소.

그 파출소의 순경에게

그 실은 머언 먼 어제의 가지가지의 전설과.

꽃들의 아름다운 이얘기, 이얘기보다는 막막한 벌, 막막한 벌판을 안고.

숨어서 쳐다보는 하늘을 안고.

별의 사잇길에서

비둘기의 행방을 행방을 물어 보고 싶은 생각들이 들었기 때문이다.

신新 하므레트

1. 로마네스크

비둘기를 날려 보는 비둘기들의 가슴들끼리 사랑을 나누고, 우리 한
번은 모두 다 죽어야 하는 세상에서
삽쌀개가 꼬리를 흔들면
하늘같이 믿고 싶은 모가지 때문에 오빠는 몽둥이를 깎어 들고.
누이는 앙칼스런 얼골을 붉켜 가야 하는 까닭은
우리 한 번은 모두 다 남처럼, 우리 한 번은
그 누구 대신 살아 보다가도 웃음에 팔려 가는 재미에 아버지는 술잔
을 기울이고.
누이는 아들을 고집하고.
능금 한 알 때문에 서로 피투성이가 되고.
우리 한 번은 모두 다 죽어야 하는 세상에서, 비둘기.
비둘기를 날려 보다가도
버드나무에 목을 맨 이웃 과수와.
달밤이 있었고.
끝내 오만상을 찌푸리는 하늘과.
하이얀 협박장과.
우리 사람들이 모였다가는 흩어지는 우리 사람들은
그 누구 대신 살아 보다가도.
꽃이 지는 날 아침에는 가래침을 뱉으며, 꽃이 지는 날 아침에는 차
라리 흰 이빨을 드러내며 미치고 싶은 세상, 그 어느 세상에서

우리 한 번은 그 누구와도 같이

우리 한 번은 그 누구와도 같이 꽃나무를 가꾸다가도 미치고 싶은 까닭은

하늘같이 믿고 싶은 모가지.

모가지를 가꾸다가도

우리 모두 다 한 번은 몽둥이를 깎어 들었기 때문이다.

2. 오해誤解

살아평생에 우리, 우리들은 살아평생에 어찌 보면 먼지.

어찌 보면 먼지, 먼지가 아니면 재. 재가 아니면 이얘기. 이얘기가 아니면 신화. 신화가 아니면 그 무슨 오해.

그 무슨 오해가 아니면 그 무엇일까.

우리들은 이 모양 이대로 우리.

우리들은 요 모양 요 꼴로 쓰러지고.

영영 돌아오지 않는 여인과도 같이 아무리 시시하기로

아무리 내가 시시하기로 살아평생에 까닭 없이 자란 모가지 때문에 까닭 없이 울어야 하는 달밤, 달밤이 나는 좋아 아무도 없는 광야에 서 보고.

까닭 없이 느티나무 밑에 서 보는 것인지도

우리 모두 다 모르는 세상에서

순이는 오빠를 기둘리고.

오빠는 누이를 생각다가 두고 온 고향이 서러워 달밤을 따라 울고.

그림자를 따라 울다가도 까닭 없이 쓰러져 간 밤.

밤마다 달밤을 따라, 느티나무에 기대어 달밤.

달밤을 따라 울면 살아평생에 나도 두견이 목청에 맞춰 슬피 우는 버릇과.

까닭 없이 자란 모가지.

모가지 때문에 순이를 생각다가,

그 무슨 오해 때문에,

나도 한 번은 몽둥이에 맞어 보는 것이다.

3. 묘지墓地에의 틈입자闖入者

슬픔이 가기 전에 우리, 우리들은 술잔을 기울이며 꽃들과.

당신의 가슴과.

우리들의 여운과 밤을 위해 어둠과도 같은 것을 이얘기하다가도 주검과도 같은 것을 이얘기하다가도

쓰러져 가 보자는 형제들과.

우리들 시시한 가슴과.

가슴 위에

뚝 뚝 꽃잎마저 떨어지는 결의.

우리가 살지 않으면 아니 되는 세상에서.

지레밟은 언덕, 지레밟은 언덕길을 지레밟으며 가신 님.

가신 님을 딛고.

나두야 울었다.

이천 년 전 호올로 적막을 누르며 죽어 간 사나이의 울음.

사나이, 사나이가 지레밟은 비둘기.

비둘기들의 가슴 위에

비가 내리는 아침을 향해 종이 울고.

종이 울기 전에 우리들은 술잔을 기울이다가도

몽둥이를 딛고.

우리들의 여운과 밤을 위해 전투 준비.

우리가 살지 않으면 아니 되는 세상에서 우리가 살지 않으면 아니 되
는 세상.

그 어느 세상에서

호올로 적막을 누르며 죽어 간 사나이처럼 어두움.

어두움과도 같은 것을 이얘기하다가도

발을 구르며 꽃들과 당신의 가슴과.

형제들의 얼골을 지레밟으며

우리 모두 다, 우리 모두 다 쓰러져 가 보다가도 우리들 시시한 가슴.

시시한 가슴 때문에

비둘기를 날려 보는 비둘기들의 가슴들끼리, 비둘기를 날려 보는 비
둘기들의 가슴들 끼리끼리, 끝내 싸움과도 같은 것을 가져 보는

언덕 위에서

때 묻은 목숨들과.

어제의 만세 소리와.

머언 어제의 풍경들을 가까스로 닦으면서도, 끝내.

끝끝내 주검은 부정할 수가 없었다.

제2부 | 김산월金山月
여사女史

김산월金山月 여사女史

풀 한 포기라도 뿌리를 박는 땅은 있다는데

내려 갈기는 방망이에 얻어맞으면 죽고 죽으면 땅속이나 시궁창에서
썩게 마련인 세상은 밤.

그 많은 밤의 거점에서

눈물과 괴로움의 누하동 셋방에서

인제 남자는 여자 앞에서 상갓집 개와 같다고 넋두리를 하다가도

고독과 영감을 안고.

수제비국과 낯짝을 뜯어먹으며 살아온 해사한 얼굴만이 살아서 수작
을 떨다보면 열한 시 싸이렌은 안타까운 사정을 재촉하고.

무엄한 달빛은 창틈으로 기어들고 모든 세상 진미 때문에

잠자리 맛 때문에

손길은 애정의 표시, 사시장춘 애정의 요구도 될 수 있는

근로와 숫한 거래에서

뻔뻔스럽기 한량없던 넓적다리 때문에

그의 가슴에서 저도 모르게 절구통같이 팍 퍼진 어깨팍 쭉지를

그의 어깨팍 쭉지에 얹으며

그의 안가슴에서

정복을 당한다는 쾌감과 함께

마주 닿는 입술과 입술은 한평생을 맹세하는 가무잡잡한 입술이기에
속되고 다급한 것인가.

열여덟, 열아홉, 그리고 유두분면의 명월관 시절이나, 보따리장수를
하던 어제나 지금이나 악착같이 살 생각도 없었지마는

구태여 죽을 맛도 없어서

조심스럽게 초졸하게

다모토리* 한 잔과.

기웃기웃 흘러 다니다보니 고집과.

줏어섬긴 교양과.

애교와, 그리고 그리고 젖통을 드러내 놓고.**

소위 돈깨나 있다는 것들과.

소위 벼슬아치나 얻어 한다는 것들과, 소위 잘났다고 우겨대는 것들과, 소위 낫살이나 처먹었다는 것들과, 소위 오입깨나 한다는 것들의 환상을 더듬으며

가슴을 쓱쓱 쓸기도 하다가

사내란 동물은 함부로 부르기 쉬운 이름은 아니라고.

봄바람과 함께

뚜껑 없는 화물 열차에 몸을 싣고.

꽃잎에 잘못 머문 정거장이 서른하고도*** 서른하고도 일곱 살인가.

---

* 큰 잔으로 파는 소주. 혹은 술을 큰 잔으로 마시는 일.
** 신구문화사판에는 '들어 내 놓고'로 되어 있다.
*** 신구문화사판에는 '설흔하고도'로 되어 있다. 이 시전집 제2부에 나오는 '서른'은 신구문화사판에는 '설흔'으로 표기되어 있음을 밝혀둔다.

속續 김산월金山月 여사女史

추억이나 닭의 다리 같은 것을, 그렇지 않으면 해사한 낯짝이나 들어 누워서 뜯어먹으면서

살아온 어제와 오늘을 위해 내일을 위해서 먹세 한 잔 두 잔을 들다 보면 넋두리 때문에

밀려오는 파도에 몰아치는 비바람에 비 오듯 눈물이 앞을 가로 막는 것은 현실인가.

우러러보는 비취나 옥이나 노리개 따위는 있다지마는, 사업이라 하고 이미 잡힌 집이나 영감 따위는 있다지마는, 이미 뺏어진 오십을 지나고.

인제 육순이 가까운 대머리를 붙잡고.

꽃다운 서른하고도 일곱, 사기그릇 같은 가슴을 안고 썩어가는 누하동에서

베개머리를 붙잡고 앙탈을 부려도 속알머리 없는 실속 없는 잠자리 라든가 능글맞은 수작이라든가 때때로의 주책없는 바깥출입 때문에

어쩌다 갓 서른에 본 아이새끼 때문에 먹다 남은 개뼉따구 같은 야윈 두 다리를 펴 보다가도

그 고우시던 이마 위에 깍정이 손길을 가져가 보다가도 거울을 가까이 하다가도 다급한 허벅다리나 허리를 안아주던, 젖가슴을 쓱쓱 쓸어주던 허비던, 그 사나이들의 추억이나 닭의 다리 같은 것을, 그렇지 않으면 해사한 낯짝이나 들어 누워서 뜯어먹으면서 쓰디쓴 술잔과 더불어 살아온 반평생을

술잔과 더불어 잔주름이 간 한평생을, 술잔에 사내를 바꾸다 보낸 죄 값이라고 생각하면서도 버섯이라고 생각하면서도

왈칵 치미는 분노는 불쾌라 할까.

어처구니없는 질투라 할까, 어쨌든 성격도 다르고 인생관도 다르고 처세하는 몸가짐, 역시 달라야 하던 이유 하나만으로 왈칵 치미는

구역은 되는대로 장단이 되고.

뻗치는 대로 아무렇게나 짜증이 되고 고집이 되고.

어쩌다 교양이 되다보니 두루 엮어 온 서른일곱은, 어쩌다 열두 달 치고 삼백예순닷새를, 어쩌다 조심조심 정복을 당하던 날 아침에는

주판을 튕기다가도 암컷으로서 수컷에게 교태를 부려야 하던 밤을 위해 분내음이며

퀴퀴한 내음, 잡스런 여인에게서 나는 암내 같은 것을 피우면서

속아 살다 꼬여 살다 돈 때문에 보채다 몸 팔다 버린 산월이는

보신을 위해서

뻣어진 대꼬챙이 영감과 더불어 닭의 다리를 뜯는 것이다.

여색女色

낯빛 하나 꾸기는 일 없이 최돌이하구만 이야기하고 최돌이하구만
춤을 추던 머언 면.
　어제의 꽃잎 같은 풍경들은
　자꾸 소설처럼 생각하고 나면 남는 것은
　그 타락한 애정 속에서도
　뜨끈뜨끈한 감격과.
　최돌이 오오바 품 안에서 오들오들 떨면서도 따스하던 체온을 슬그
니 즐겨보던
　지루하던 홍분과 야바우 같은 생각 끝에
　몸부림 맘부림 끝끝에
　달빛에 취하고 파도 소리에 젖으면서도
　살아 있다는 의미와 쓰디쓴 현실의 압박감이 가슴을
　두방망이치고 나면
　일체의 부채와 자살과도 같은 것을 생각하는 나머지 콩 볶는 듯한 기
관총 소리가 들려오고, 고지를 탈환하는 형제들의 아우성 소리가 들려
오고.
　꼬신꼬신 마른 어머니의 기막힌 울음소리가 들려오고
　그리고 술을 안 먹으면 괴롭기만 한 세상에서
　파들파들한 육체와 함께
　열두 바다 건너 이국땅을 후닥후닥 생각하고 나면
　인제 두고 온 고향과.
　헐값으로 부를 수밖에 없는 재산 목록에는 헌 고무신짝 같은 사랑과.

험악한 이별을 항상 피하기 위한 돈과 화장품과.

그 밖에 배운 바 있는 약간의 전문 지식과.

그리고 그리고 아무렇게나 줏어섬긴 교양과 순정과.

바람을 무기로 벌죽 벌죽 웃어 가면서

박 전무에게도 순정을 팔구, 강 지회에게도 순정을 팔구, 수많은 애 띤 놈팽이들에게도 돌아가면서 공평하게 순정을 파는

우리의 애리는 스물두 살이라는 무섭도록 아까운 나이와 함께

간혹 간지럽던 자죽과 함께

발등을 꼬옥 눌러 주던 최돌이를

다시없이 생각하는 끝에

기인 한숨을 짓고 힘껏 입술을 깨물어 보다가도 정착지 없는 여권과 도 같은 것이 사정없이 손바닥에 쥐어 주는 날이면

소꿉장난처럼 마음대로 돼 주지 않은 애정의 정체를 기적소리에 신 고.

한 잎 두 잎 꽃잎 떨어지는

그 어느 징글맞은 놈팽이의 가슴에서 떠나가 보는 것이다.

루바이아트[*]

1. 여수 女獸

순이가 담벽에다 금을 긋던 사월은 오고 너는 가고, 나는

여기 이렇게 내 나이를 손꼽아 보다가도 바람결에 들려오는

슬픈 가락과 장단에

그저 둥글게 파문을 그리는

인간 세계의 밑바닥, 그 밑바닥에는 경제, 경제뿐만이 아니라,

어찌 보면 농간과.

어처구니없는 횡포와.

폭력이 양의 껍데기를 쓰고 이리 짓 하는

종로나, 달디단 음성이 오고 가는 명동 거리의 어느 처마 밑에서

주검을 강요하던 전쟁도 사내도 마구 간 폐허에서

붉은 입술에 담뿍 웃음을 싣고.

뼈아픈 과거를 생각하는 건 가급적이면 절약을 하는데

낚시에 걸리는 뻔뻔스러운 얼굴들이 치어다보일 적마다 굴욕적인 감

정과 상처 받은 인격에

호의로 해석하려 들지 않은 무리들에게

콱 배앝고 싶은 가래침을

꿀꺽 참아야 하는 진정은 밤이 되는가.

---

* 루바이야트. 페르시아의 시인 오마르 하이얌이 지은 사행시집四行詩集으로, 시인 피츠제럴드에 의해 영
  역 출판되면서 세계적으로 유명해졌다.

고물고물 무얼 생각하기 전에

필요 이상으로 사랑과 즐거움의 도가니 속에서 어슴푸레한 가슴은 등불에 여위어 가는데, 이미 숨결은 거칠고 독기가 오르기 시작한 시간 위에서

계집의 속판은 빠안히 들여다보이면서도

아주 걷잡을 수 없는 무엇인가.

모를, 그 무엇인가.

이름도 직함도 모르는 꼬리표도 없는 무서운 비밀을 가슴에 안고

목을 축이는 뒷골목에서

그 모든 것이 무마되고 보상이 된다면은

가느다란 모가지나마 빼어 들고 안 맞는 노래나 불러 보자던 한평생을 심각한 해부와.

비판과 고민 끝에

이건 사람이냐 하고.

중절모를 노려보고는

젖 먹던 시절의 밸까지 왈칵 목구멍으로 치밀어 오르는 것은 구토, 그렇게 말하기에도 쑥스럽고, 욕망 그렇게 말하기에도 계면적고, 오입과 사업, 그렇게 두 개의 명사를 한꺼번에 늘어놓아도 난처하고.

어쨌든 자신도 모르는 모든 오해 때문에

참다못해 오줌을 싸다가도

마지막 세상은 우리들끼리 끝나는데

목숨이 붙어 있다는 증거는 가끔 떴다 감는 두눈 뿐인가.

2. 구라파 지도

바람에 나부끼는 만국기 밑에서

종이 울리면 서른하고도 일곱이란 쇠사슬이 썩은 닻줄과도 같이 끊어지는데

묵은 땅에서 어제의 청춘을 조용히 밭 갈면 산과 들과 강과 가파로운 바다, 그 모든 것이 앉아 돌아가고 서서 돌아가고 꺼꾸로 돌아가고.

끝내는 어두운 마음과 함께

인제 남은 것은 가슴도 아닌, 시간도 아닌 세계도 아닌, 아무것도 아닌 파도스와 함께

풀잎같이 구차한 생명은

옳고 그른 것이 문제가 아니라고 이 소리 하고 저 소리 하다가도

단추를 벗기고 스프링 소매를 빼어 돌리는데

숨길 수 없는 감격과도 같은 것 때문에

실없는 이야기를 하고 서로 헤어져야 할 목숨 앞에서

말을 안 듣는다고 도끼질할 권리는 어데서 줏어 배웠는지 파괴하고 술 먹고 입 맞추고 젖가슴을 만지고 계집질하고

세고 약한 것이 문제가 아니라고.

감투 운동을 하는 딱부리 제군과.

유행가처럼 사랑해서는 안 될 딱부리 제군들과 함께

절대의 배니티와 함께

어깨춤 팔춤 다리춤 끝에

다시 종이 울리면 다방에도 드나들고, 다시 종이 울리면 음악회에도 드나들고, 다시 종이 울리면 중국 요릿집에도 드나들고, 다시 종이 울리면 댄스 홀에도 드나들고, 그리고 호텔에도 드나드는 고깃덩이의 대가는

중뿔나게 나이롱 치마가 되고, 그리고 그리고 문명의 이기를 자랑하는 왼손 약지의 다이야 반지가 되고, 이어링이 되고, 그리고 그리고 그리고는 무 배추가 되어 보다가도 어느 누구에게 이야기 못할 가슴의 상처를 안고.

그 쌍것 같은 놈들 앞에서
얇은 재빛 눈알을 치떠 보면서
좌충우돌 끝에
돌팔매 같은 무서운 말 끝에
이십 년 전으로 돌아가다가는
패가망신을 하는가.

또다시 종이 울리면 내일은 없고, 오늘만이 있다고 이러구 저러구 꾸미구 보태구 짜구 손을 비비다가도
웃음에 따르는 고통 때문에
낯선 지리와 낯선 사투리 때문에
거울 앞에서 오랜 세월을 두고 영토 문제 끝에
시시비비 끝에 일차대전과 이차대전 끝에
프랑스 제 사 공화국과 동서 도이취 연방과 후랑코의 스페인과 알프스 산맥과 하천과.

영세 중립의 스위스와도 같은
철의 장막 넘어 항가리와도 같은 상판대기보다도
가스랑거리는 가래와 함께
숱한 멍이 든 시퍼런 엉뎅이에 손이 앞서는 것은
봄은 돌아와 꽃은 피었기 때문이다.

인생이란 무엇인가 묻는 주책없는 청년靑年

꽃나무 앞에서 다사하던 이십 년이 가고부터
고독과 밤 깊도록 우정을 가슴에 안고.
악성 빠하의 무한이나 베에토벤의 운명에 귀 기울이면서부터
바다 같은 것을, 억지로 산 같은 것을, 억지로 억지로 나무 같은 것
을, 억지로 억지로 억지로 바위 같은 것을 짐승 같은 것을 생각하고는,
다시 가난에
울분에 뺨을 후려치고 앙탈을 부리던 십 년이 가고부터
약하기 때문에 슬프게 살아가고, 아름답기 때문에 서럽게 살아가는
반은 자포자기 반반은 호기심과 심술에서
그 모든 것이 오해로 끝난 인사와도 같이 담배를 배우고 쓰디쓴 술잔
을 기울이고 아치럽게 막무가내던 앵무를 사랑하고, 그 다음에는
허허 만주 벌판과도 같은 가슴과 함께 민하게 마구재비로 꼬리치는
뱀과 동침을 하고는, 아무렇게나 빨고 먹고 싸고, 우라지게 놀고, 그 다
음 그 다음에는 중학교 때 읽은 하므레트와도 같은 가슴과 함께
일천구백오십 년 유월 이십오일 오전 다섯 시 몇 분과도 같은 가슴과
함께
딱 부릅뜬 눈과 꽉 다문 입술과.
어처구니없이 떨리는 두 주먹과.
괴죄죄한 목숨과 와들와들 오한이 도는 헛기침을 하고는, 아무렇게
나 아무렇게나 실례하고 잘못하고 뉘우치고 땀을 빼고 육실하게 배라먹
게 맴돌던, 그 다음 그 다음 그 다음에는
법이 멀고 주먹이 가까운 세상에서

새삼 치사스럽게 배가 아프고 비위에 거슬리던 삼 년, 그리고 까까웃에 따따부따 볶이우던 기나긴 가을 봄이 가고 동지섣달이 가고 겨울이 가고 어제가 가고부터

당신의 너털웃음은 곳에 따라서는 몽둥이가 되고, 곳에 따라서는 언덕이 되고, 곳에 따라서는 국보 남대문이 되고, 당신의 너털웃음은

진정 쌀가마가 되고, 진정 진정 돼지 뒷다리가 되고.

당신의 너털웃음은 여러 가지로 민족이 되는 꽃나무 앞에서

에이쌍, 계집이란 금테를 둘른 계집이건, 자가용에 무거운 몸을 실은 계집이건, 앞치마를 둘른 계집이건, 유두분면이건, 바람과.

꽃과 달과 에레지, 그리고 그리고 E. A 포우의 이야기를 들려 달라는 계집이건, 그리고 그리고.

그리고 계집은 범죄자의 항구, 그리고 그리고 그리고.

그리고는 별도 많은

별도 많은 서대문에서 구멍가게에서

참다못해 휙 돌아서 퇴퇴 침을 뱉고는

우리의 하바나 종로하고도 공동변소로 달리어 간다.

명동 백작伯爵과 종로 씨氏

1. 카라마조후의 형제초兄弟抄

하루 오백 환이면 백오십 환짜리 백양 한 갑과 백 환짜리 냄비우동과.

오십 환짜리 커어피 한 잔과.

그리고 향수와도 같은 것을 느낄 수 있는 친구만 있으면 비가 오나 바람이 부나 어느 처마 밑에서

피도 감격도 긍지도 없이 다방 나일구나 도심에서 스탠드 빠아 양양에서

고만이스트 머시스트 앤드 질러 뻗으러 질 네이숀 때문에

번지수가 다른 정치를 논하고.

경제를 논하고 물가지수가 어떻다고 되지못하게 기염도 토하고.

그렇지만 직업의식에 사로잡히면 무거운 흐름이 흐르고, 그렇지만 그렇지마는 밥 먹고 냉수 마시고 오줌 누고 똥을 싸다보니, 젠장 더럽고 아니꼽고 눈깔이 뒤집히고 창자가 뒤틀려서

멱살을 잡아채다가도

귀뚜리 섧게 우는 밤이면 별도 좋고 헤드라이트도 좋고, 이렇게 길게 뻗은 쿳숑도 다 좋고, 이렇게 이렇게 귀뚜리도

섧게 우는 밤은 가을인가.

하루 오백 환에서

쓰다 남은 돈 이백 환을 갖고.

기인 긴 밤을 비지를 안주 삼아 독한 소주를 받거니 권커니 하면서 취하면서

끝끝내는 전봇대로 이를 쑤시든 말든 도라무깡통을 베고 잠을 자든
말든 간에

죽어서 썩어서 없어지기 전에

십오야 달이 걸려져 있는 한 그루 오동나무를 심어 놓고.

나팔이나 불어 볼까.

2. 구토嘔吐

어쩌면 어쩌면 그것은 분노, 어쩌면 그것은 굴욕, 어쩌면 그것은 아
이 유아 낫싱, 가부시끼 낫싱 피차 낫싱, 쎄임 쎄임 낫싱, 어쩌면 그것은
장미꽃 같은 꽃인데

믿음이 없는 가슴과 가슴이 차지한 하늘은 숫제 하나인데

쓸개 빠진 홀애비나 수캐들 틈에 끼어 대포만 쾅쾅 놓다가 철다구니
없이 받고 차고 받으며 싸움이나 하자던 엽전들은, 지금은 열두 하늘 날
아 아브라함 링컨의 나라에

몽마르트나 쌍제리제, 그리고 세에누 강이 있다는 빠리에, 그리고 그
리고 지난날 청년들이 험하다던 현해탄 파도 타고 밀선 타고 조국을 등
지고 니홍에, 지금은 지금은 다들 가고 없는 명동이나 미도파 근처에서

똥개나 송사리 떼가 어깨동무를 하는 종로에서

지난날 뚜껑 없는 화물차에 실려서

남쪽으로 내려가던 슬픈 상혼만이 살아서 질서 정연한데

목숨. 이 대단한 목숨들은 엊저녁 누구 회계는 오십만 환이니 구십만
환이니 하고 기름진 화제가 들려오는 종로하고도 관철동에서

안방이나 침실이 아닌 여기서 뒷골목도 아닌 여기서 다다미 넉 장 반

의 이층에서

　암탉이 우는 것 같은 노래가락에 맞춰 젓가락 장단에 신이 나면

　포옹. 사방 한 자 두 치밖에 안 되는 이 품 안에서

　되지못하게 유혹을 하고 유혹을 받고 정복을 하고 정복을 당하다가도

　상식이 통하지 않는 절벽 같은 가슴들은 이 사람 아다라시이가 어뎃

노, 하고는

　한 번만 안겨 보는 것이다.

3. 김산월의 증언證言

　수캐나 똥개나 송사리 떼까지도

　여자 앞에서는 정치가가 되고, 철학자가 되고, 소설가가 되고, 시인

이 되고.

　박사가 되고, 소위 구차스러운 미래의 애처가를 자처하여도 보고, 세

상일에 모르는 것이라고는 하나 없는 인격자가 되어 보는데

　개기름이 번지르 흐르고 뽐내고 까다롭고 물을 칼로 베어먹던 신사

들도

　곱으디 곱게 엮어 꾸며진 다홍치마 앞에서

　뾰죽한 수 없이 죽어 버리면 한 줌의 재밖에 남을 것이 없는

　이 우라질 위인들은 남자로 태어난 것에는 미안하다는 말 한마디 주

고받음이 없이 살아서 숨어서

　여자는 다정하게 솔직하게 사전 통고도 없이 넓적다리 하나를 와락 쳐

들은 마리린 몬론, 술은 값지고 기분 나이스의 캐나디안 위스키, 그리고

잠든 시간만 빼놓고는 진종일 돈벌이 생각과, 그리고 그리고 돈 앞에서는

개똥도 되고 올챙이도 되고 중뿔도 되고, 그리고 그리고 그리고는
바람이 불면 천군만마 사이를 오락가락하는 국장도 되고.
사장도 되는 세상에서 서울에서
동대문에서, 에라 깡통이나 차 볼까.
수캐나 똥개나 송사리 떼까지도 홀애비까지도
여자 앞에서는 고맙고 영광스럽고, 황송스런 예언자가 되고, 과학자
가 되고, 백과사전이 되는데
가끔 던지는 말투는 배때기에서 빨래줄이 나오고, 이마에서
사꾸라꽃이 핀다는 유식은
무식이 되고 무식이 유식이 되고 다짜고짜 웅변이 되는데 무허가 건
축이 되는데
머리를 끌어 올리고 분을 두드리고 눈썹 루우즈를 다정하게 그린 산
월이 앞에서는
배고프고 인생이 무상하기 때문에
절로 웃음이 나오고, 절로 기침이 나오고, 인생이 무상하기 때문에
절로 가래침이 삼켜지는
우리들의 마음에 이미 폐허가 된 지 오래인, 이 쑥밭에 콩크리트로
기초를 하고.
벽돌을 쌓고, 기와장을 올려 놓고 보면
아삼푸레한 등불이 아삼푸레한 등불이 비치는
여기는 사막인가.

속續 명동 백작伯爵과 종로 씨氏

1. 기계機械

개새끼는 개새끼대로 식칼이 가고, 어깨는 어깨대로 주정뱅이는 주
정뱅이대로

다정하게 목침이 날으고, 고함이 오고 가고, 배때기는 배때기대로 띵
따라는 띵따라대로 올챙이는 올챙이대로 미안하게 다급하게

목덜미 위로 두 수 더 떠보는 요지경 속에서

옳지 못한 홀애비는 홀애비대로 신세타령이 노래가락으로 변하여 에
헤야가 나오다가도 쑤세미 같은 마음을 걷잡을 수 없다면서 한쪽 다리를
들면서까지 개새끼가 되어 보

는, 우리의 최후의 백작은 이번에는 씹다 뱉은 라이스 카레를 토하면
서 떠나가

는, 여기는 더러운 돈이지마는 받아들고.

손을 잡아보고 싶은 뭇 친구들이나 입 맞춰 보고 싶은 이웃들이나,
그리고 무슨 약속이나 허락, 그리고 그리고 흥분된 어조로 꼬이고 달래
고 돈을 뿌리고, 다시 없이 호감을 사 보겠다는 살을 섞어 보겠다는 오입
쟁이들이 들락날락하

는, 여기는 꼭지 떨어진 호박이나 바람맞은 과부들이 저마다 익살을
부려가면서 호들갑스럽게 엉덩이를 좌우로 흔드는 여기

는, 망태나 밀가루 자루 같은

구제품 같은 것을 걸치고 기름진 놈팽이나 어느 색골이나 거지발싸
개 하나쯤 얻어걸리지나 않을까 하고 동에 번쩍이고 서에 번쩍이는 명

동, 우리

의 명동에는 선생님도 아시다시피 우리의 종로에는 선생님도 아시다시피 뚝심이 있고, 배짱이나 야로오가 있고, 어깨나 야지나 야바우가 있다 뿐이 아니라, 족같은

것이 있다 뿐이 아니라, 금테두리를 빼고는 무엇이든지 다 있는 이 거리에서 포탄이나 폐허를 가슴에 안고, 춘자를 안고.

아래 위 눈가풀이 하우 두 유우 두우를 하니 밤은 깊었는가.

2. 코기도 엘고 쑴

아지 못할 초조와 지리멸렬된 감정 때문에

요강대가리는 이 골목을 빠져나가 사랑이라든가 실연이라든가 따따부따 같은 복잡한 수속이라든가 절차가 필요치 않은 수작이 필요치 않은 낯익은 술집에서 주정뱅이나 배때기나 올챙이들 틈에 끼어 얌생이가 되기 전에

어깨 어깨동무를 하면서

밥이 되기 전에 고래고래 이놈아를 부르고 쨍구를 개 돼지를 부르고 허우대를 삿대를 싼 오브 베치를 부르면서

다시 똥이나 밥이 되기 전에 아무렇게나 소리소리 지르며 떠나가

는, 우리의 최후의 백작, 최후의 백작은 악이 받치면 횡설과 수설, 그리고 크레샴의 법칙이 어떻고, 쓰레기통의 장미꽃이 어떻고, 구데기가 어떻고, 그리고 그리고 밸이 어떻고 뒤틀린 창자가 어떻고, 썩은 꽁치 대가리가 어떻고, 시퍼런 개눈깔이 어떻다고, 우리 우리의 최후의 종로 종로씨는 암컷 눈에 수컷만 보인다는 식으로 철두철미 개차반이 되어 보

는, 여기는 사기꾼이나 데데한 도박꾼이나 익살이나 고집으로만 통하는 샤이록 같은 아저씨들이 빨며 핥다가도 이빨이 물어 뜯

는, 여기에서 투비 올 나트 투 비이가 들려오는 여기에서 명동에서

슬픔 때문에 살아온 한세상을 위해 술이 취하면은 젖가슴을 찾으며 부서지면서 떠나가

는, 여기에서 명동에서 종로에서 개새끼는 개새끼대로 얻어터진 채, 어깨는 어깨대로 날개와 쭉지를 드리운 채, 배때기는 배때기대로 떵따라는 떵따라대로 올챙이는 올챙이대로 들것에 리어카에 자동차에 담기운 채, 코기도 엘고 쑴 코기도 엘고 쑴을 연발하면서

미꾸라지는 타다 남은 가슴을 안고, 걸레쪼각 같은 불쌍한 여편네나 아우성 같은 시래기 같은 가여운 자식들이 기둘리

는, 저 머얼리 청량리 밖이나 왕십리 밖, 그렇지 않으면 마포로 피투성이가 되어 버이버이 찾아가야 하

는, 바람이 있다는 삼각지 밖 이태원으로 흑석동으로 허비며 찾아가야 하

는, 우리들은 곤드레가 되다 못해 구역을 하고 구역을 하다못해 딸꾹질을 하는 우리.

우리들은 하루에도 몇 번씩 실은 쥐구멍을 찾는 아버지들이올시다.

라스트 타임

처마 밑에 떨어지는 빗방울을 지루한 대로 하나하나 세던, 그 좋은
세월도 다 놓쳐 버리고.

지금은 와지끈하고 마구 부서지는 소리와 함께

으슷으슷 춤기만 하던 세상도 젓가락 장단과도 같은 음악도 가락이
변하여 퀵 퀵 슬로 슬로 퀵 퀵 하던 품도

유우 노오 아이 노오의 가쁜 호흡도 지나친 오바 쎈쓰도

정체 모를 미소와 함께

저 머얼리 보이는 야산과.

허허벌판을 구비 짓고 있는

실오리 같은 마음은 시의 나라도 아닌 그림의 세계도 아닌 거점이 철
따구니 없이 무한으로 확대되는데

용서하구 못 하구, 엣다 여자란 동물은

오직 지각만이 살아서 용서하구 못 하구 있구 없구가 아니라,

뎅강.

뎅강 소동을 일삼다가도

다시 돈 냄새만 풍겨 주면 남의 서방을 빼앗으려고.

끝없는 출범을 재촉 끝에

피란민 열차에서 당하던 때와도 같은 고통과.

어처구니없는 모욕과.

그리고 수심에 흔들려 가야만 하던 무에의

초조한 체인지 포지숀과 함께

국회의원의 딸이건 금테를 둘렀건, 명월관 출신이건, 무식한 카페 여

급이건, 아무렇게나 벌리건, 어쨌던 고등을 나오고.
대학을 나왔건 간에 엉뎅이가 클수록 조국이라는 명사와 함께
부르기 힘든 여자란 이름과 함께
강이 되고 바다가 되고 피곤한 대로 고동이 되어 보다가도
군더더기와 같은 목숨들은 한 번은 홍재원이나 미아리나, 그렇다
망우리 같은 곳에
가야만 하는 진정은 까뗌인가.

도라무깡통 같은 질투嫉妬 때문에

그로부터 기인 세월을 현실을 생활을
비비며 꼬며 갈팡질팡 구두창이 닳도록 살아온 당신이기에
무슨 까닭은 쥐도 새도 없다고 생각하면서
강을 강으로 보고.
수평선이 있다는 바다를 바다로 하늘로 모두어 가는 구름을 구름으
로 보고, 창을 열고 아스라히 피어오르는 아침을 아침으로 보고, 강에서
바다에서 구름에서 돌아와 올챙이가 되고, 토인이 되어 돌아앉은
당신이기에 뚝심이나 어깨를 부리다가도
세상 살아가는 것, 되도록이면 쉽게 살자던 것이, 그저
그놈의 뿌옇게 진한 곰탕을 실컷 먹으며 살자던 것이, 협박이 아니라
공갈이 아니라 공명정대를 위해 배꼽이나 허리띠를 붙잡고 늘어지다가
도 뚝심이나 어깨나 야로오가 다시 나오면
삐루병으로 대갈통을 갈겨야만 몸과 마음이 가라앉는 국일관 뒷골목
에서
나라의 서열로 따진다면 각하 다음인 우리들은
낙오되고 선택할 자유를 잃은 쓸개 빠진 사나이들 틈에 끼어,
어제의 무용담이 나오고.
칼과 발이 날으던 종로 네거리의 싸움이 나오고.
썰바텍스가 나오고, 날라리가 나오고.
어제의 다정하던 왈가닥 친구들의 말 못할 에이 상이 나오는 왈가왈
부 앞에서
곤드레만드레가 된 우리들의 입에서 구멍에서

온갖 것 다 뿌리치면서까지

이 새끼는 똥 같은 소리를 하고.

이 새끼는 모가지를 부벼잡고 우라질 끝에

가슴팍으로 어깨쭉지 위로 주먹이 가고, 이 새끼 이 새끼는 어쩌자고 노랭이같이 돈과 명예, 그리고 계집 없이 무슨 취미냐고 다짜고짜 무식하고.

교양이 없는 건 헐 수 할 수 없다면서

배라먹고 뒤지고 곤두서는 호로자식들, 옘병 앓다 땀도 못 내다 죽을 놈들, 에잇 이 새끼

옆꾸리에서 빨래줄이 나와야 알 텐가 끝에 더품*을 물던 끝에는

도라무깡통을 안고서 목쉰 소리로 인생은 인생으로서의 면허장 같은 것이 필요하고, 운짱은 운짱으로서의 사내는 사내로서의 면허장 같은 것이 필요하고, 계집은 계집으로서의 나무는 나무로서의 바위는 바위로서의 면허장 같은 것이 필요하다는, 우리의 이웃은

우리들의 술꾼은, 다시 도라무깡통을 죽어라고 꼭 끌어안고 입장이 곤란한 힘을 주면서

나 죽고 너 죽고 사생 결판이 나야만 한다는

우리, 우리들의 친구는 실은 대일본제국으로 후꾸오까로 에히메로 쫓겨간 다나까네 와리바시와 그릇과 세간을 도맡아 세도 잡은 당신이기에

되지못하게 악착같고 심술궂고 도레미탕같이 민한 당신이기에

모가 없이 횡재도 할 수 있었고.

익살꾸러기 왕바탕이나 고집을 부릴 수도 있었고.

행패도 마음 내키는 대로 실속 있게 계집 다루듯이 도매끔으로 싸구

| * '거품'의 옛말 혹은 황해도 사투리.

려를 연발할 수 있었던 찌거기는 워디가 되고.

니디가 되고 쩌거 뚱시가 되는 남대문에서

우리들은 미스터 김이 되고, 우리들은 미스터 악질이 되고, 미쓰 춘자가 되고, 우리들은 미스터 임질이 되고, 미쓰 종삼이 되고.

심지어는 미쎄스 산월이가 되는 동대문에서 서대문에서

꼭지 떨어진 도마도가 되고 호박이 되는 종로에서 서울에서, 이 세상에서

밥이나 된장이나 먹고 똥을 싸다보니 배가 아프고, 쑤세미같이

가슴이 찢어질 것만 같은

당신의 품에서 강에서 바다에서 하늘에서, 다시 강으로 바다로

구름으로 돌아가 보는 당신의 품에서

우리들 모두가 존경하는 넓적다리가 아프기 때문에

끝끝내는 도라무깡통 같은 질투 때문에

개새끼가 되어 보는 것이다.

존경尊敬하는 음매부淫賣婦

봄도 오기 전에 몇 포기의 화초 때문에 먹살을 휘어잡고 야로오라도
불러 보고 나면

뼈를 갈고 살을 어여내는 것 같은 울음이 왈칵 솟고.

끝내는 봄도 오기 전에 몇 포기의 화초 때문에

의심 제일주의의 처세 철학과.

침도 안 바른 거짓말과.

각각 다른 비극의 성질을 가지고.

굶주린 이리와 같이 입술을 더듬고, 앞가슴을 더듬고.

그러나 솥뚜껑 같은 손이 와 닿았을 때에는 머리에서 발끝까지

스물두 살이라는 다섯 자 세 치의

긴장은 긴장대로 호흡은 호흡대로 육체는 육체대로 돈과 애정의 거
리에서

하루 세끼의 주식과 몸치장 때문에 원대한 목적 때문에

입술을 허락하고 젖가슴을 허락하고.

사마구를 달았다고 으시대는 꼴이 차마 보기 싫어서 치마저고리와
속치마를 훨훨 벗어 던지고 몸까지 허락하는 결의에 살아온 꽃들.

그 어느 것보다도 모두가 모두가 다아 가볍게 바라던 하늘과.

저 고개 넘어 산 넘어 들과.

푸르름은 삼월이 되고.

사월이 되면 애숭이 가슴들을 태우는 존재가 되지 않을 수 없는 꽃나
무가 되어 보는 것은

꽃나무 가지에서

돈과 이권, 그리고 아름다운 꿈이 가랑잎처럼 마구 쏟아지기 때문인가.

밤도 가고 낮도 다아 가는데

옷매무시를 고치면서

속았다고 하면 자기 자신을 모독하는 것 같기에

그 무지막지한 것들과.

뚱땅지같은 인정을 이야기하고.

의리를 이야기하고, 간혹 가혹한 처사에는 소통대통 나무래다가도

그 어느 말부림 손부림 끝에

주먹다짐이 오고 가면 철두철미 개차반이 되어 가는

종로하고도 삼가 오백오 번지의 이십삼 호에서

또다시 머리가 흩어지고 치마폭이 어지러워지는 것은

하루에도 조국을 몇 번씩, 그리고 하루에도 고향을 몇 번씩, 그리고 하루에도 늙은 부모를 몇 번씩, 그리고.

그리고 하루에도 한강을 몇 번씩 생각하기 때문이다.

괴뢰사傀儡師

1. 피에로

하늘이나 우두머리 같은 친구들만이 유들유들하게 살이 찌는 이 세상에서

돈과 여자, 그리고 생활과도 같은 것과.

그 밖에 소위 기쁘다는 것과, 노여움에 슬픔에 우는 가지가지 사상과.

여러 가지 감정과도 같은 것이 돈과 여자와 이해관계를 맺는 이 세상에서 현실에서

바위라든가 나무라든가 꽃과도 같은 것이나마 이해하고자 하는 욕망 때문에

절대와도 같은 것에 대한 향수 때문에 암시 때문에

산과 호수는 머언 데 있어야 하고.

청춘과 봄과 잔디는 푸르러야만 한다는 술꾼은 똥 같은 소리를 주저리주저리 늘어놓던 끝에

밤이 깊도록 술에 취하고.

거칠고 못나도록 악담에 가슴이 찢어지도록 새시와 패설, 그리고 농갈에 쌍소리에 흥이 겨운 이월이 가고, 삼월이 가고.

구름이 가듯이 사월이 오면

안심이 될 수 있는 아름다움 때문에

우선 웃음을 참다못해 피어나는 것은 꽃인가.

2. 자살구락부自殺俱樂部

대체로 하늘이나 우두머리 같은 친구들만이 벼슬깨나 한다는 친구들
만이 돈과 씨름을 하고, 양단 치마저고리를 두른 계집과 씨름을 하는 이
세상에서

그까짓 한 주먹만큼도 못 되는 땅덩어리에서

사실은 인간으로 사내로 태어나지 않았을 것을 자꾸 생각하는 목숨
의 아침과, 실은 동물로 계집으로 조개로 태어나지 않았을 것을 되지못
하게

생각하는 목숨의 밤과, 따따부따 볶이우는 산월이로 인천 손님으로 고
무신짝으로 태어나지 않았을 것을 짓궂게 생각하는 목숨의 어제 때문에

인분과 황금으로 맨들어진 위치에서

따지고 보면 아무 뜻도 없는 이 세상에서

우리들은 목마르면 마시고, 소위 여자 생각이 나면 사랑하고,

소위 결혼이라는 것을 되지못하게 신청을 하고,

겸손이 숨어서 달이건 행복이건, 또는

영원이건 이치에 어긋날망정 이 세상에 없는

그 무엇을 갖고 싶은 까닭에

그 무슨 역사와 영원의 양자 중에서 떠날 수 없는 까닭에

뎅강뎅강 흰소리나 개소리 끝에

나는 나의 세대에서 떠날 수 없음을 깨달았다 하고, 우리들은 가장
많이 사는 것, 이것이 우리들의 전부라고 하고, 그리고 우리들에게 여덟
시간을 노동할 수 있는 직장과 가정과 휴식을 얻을 수 있는 생명력과 뼉
을 기회 있는 대로 부서지도록 이용해야만 한다는

우둔한 백성들의 슬픈 매개 개념이 부주연 끝에

우정과 의리가 다방 바닥에 떨어진 담배 동강이만도 못한 인생과 인정이 서글퍼 식은 차를 마시면서

사상, 그것은 새빨간 거짓말. 주의, 그것은 더욱 새빨간 거짓말. 이상, 그것은 노다지 새빨간 거짓말. 질서 그것은. 권위, 그것은. 역사, 그것은. 학문, 그것은. 그리고 순수, 그것 역시 새빨간 거짓말이기 때문에

쓴웃음을 참다못해 더럽구 징그럽구 아니꼽구 구찮구 히히 끝에

그 모든 것이 치사스럽고 메시꼬운 이 세상에서 꽃을 생각하는

우리들은, 우리들 세대의 최후의 백작인가.

다스 게마이네[*]

두 팔을 어깨 위로 휘어감은 모가지는 허겁지겁 끝에

야금야금 산마루로 뻗기 시작하다가도 고요를 타고 때로는 모질게 구비치고.

그렇지만 한번 가면 돌아오지 않는 강물을 타고 떠나가야 하는,

그렇지만 그렇지마는 허물어진 성벽은 데이데이 잇몸까지 드러내어 웃으면서

또다시 작대기 같은 세상과.

허구많은 돈과 가파로운 자기가 무서워서

능금빛으로 붉어오던 얼굴은 마침내는 가지빛으로 변하다 못해

목을 놓고 문을 차고는

돈푼이나 꺾어 던지는 국장이나 고급 노랭이 앞에서

쓴 도라지꽃 보듯한 가벼운 생각 끝에

해브 노오 해브 예스 앤드 오케를 난발 끝에는

스물하고도 몇몇이라는 양심은 체중 열여섯 관과 함께

부서지도록 비우에 거슬리면 부모구 혈육이구 체면이구, 그리고 사업이구 약속이구 그것이구 다 팽개치고, 이렇게 미친년같이 뛰어들어 타협을 하자구 사내를 사지를 물어뜯던 젖가슴 사이로 주울줄 땀방울이 밑으로 하수도로 흐르면

히히 마이 따아링과 함께

파도 높은 색주가 종로나 허구많은 우울이 오고 가는 싸구려 명동 어

| * Das Gemeine. 독일어로. '통속성'이라는 뜻. 다자이 오사무가 1937년 동명의 단편을 출간한 바 있다.

느 처마 밑에서

　그리움에 참다못해 뭇 사냥과 춤으로 발버둥으로 울먹울먹 하다보면
움두 쿰두 없이 딴정은 이 자식이 되고 개자식이 되고.

　아이 돈 캐아 유우 돈 캥 캥이 되고 하늘이 되어

　신선놀음에 도끼자루 무듯이 살다보면 너 나 할 것 없이 우리 모두
다 한 몸.

　한 덩어리가 되어가는 데는 어쩌면 쎄임 쎄임인가.

　망할 놈의 핼로 다음에는 커어피 두 잔을 사이에 놓고.

　리즈 테일러가 좋다고 우기던 졸장부는 영화관으로 가고, 그 망할 놈
의 핼로 다음에는 달디 쓴 술잔을 빨며 산월이가 좋다던 뚱보는 인천 가
두를 드라이브하고, 그 망할 놈의 핼로 핼로 다음에는

　황금마차에서 스탭을 밟으면서 당신이 제일이라고 속삭이며 껴안고
돌아가던 탐관오리는 유성 온천으로 달리어 가는

　이 밤이면 하늘도 좋고 달도 좋고.

　별도 좋고 이렇게 길게 뻗은 팔자도 좋고, 이렇게 이렇게 난처하듯
외면도 하는 사내도

　그이도 임자도 두구 보면 좋은 현실에서

　파장 두구 두구 뒤섞인 기인 한숨 끝에 안절부절 끝에

　당신의 찌그러지는 가슴 한 끝과 함께

　앵두같이 야물고 고추같이 맵디매운 빠알간 입술을 더듬다보니, 에헴.

　여기가 종점인가.

돼지 뒷다리 같은 생명生命과 함께

1. 전신轉身

뽀뿌라나 산이나 바다 같은 것이 수평선 같은 것이 모가지 같은 것이 개빽따구나 시시한 것이 으레 바가지가 되

고, 뻘으리가 되고 고동이 되

고, 구름이 되는 음란의 도시 소돔과 고몰에서

돈 떨어지고 담배 떨어지고 구두창마저 떨어지는

우리들의 가슴속에서 가끔 대포 소리가 나

고, 엠완 소총 소리가 나고, 우리들의 가슴속에서 가끔 탱크가 지나가고, 육군 중령이 지휘하는 이개 대대의 병력이 적을 무찌르고, 가레이 시민들의 아우성 같은 깃발이 나부끼

고, 지뢰 같은 것이 폭발하면 고독과 도끼자루 같은 생각과 주검의 우주에서 공간에서

한때 올챙이를 자처하던 계절에 박은 보이 후렌드들의 사진 한 장을 시시비비에 붙이고 잠시 뚫어지게 보다가, 이 자식은

이 자식은 꼭 메주뚱이 같구, 이 녀석은 꼭 벌레 빨아먹은 것 같구, 이 새끼는 꼭 옷또세이* 같구, 이놈은 꼭 꿀에 빠진 송아지 같구, 에잇 이 놈팽이는

밤낮 말고삐 같은 이야기를 주런주런 늘어놓는데

카추샤가 어떻구, 파우스트의 어느 구절이라든가 니이체가 어떻구,

| * 일본어로 '물개'라는 뜻.

에고라든가 캐피타리즘이라든가 빠아쿠샤가 어떻고, 돌대가리라든가 즉
자라든가 파시스트라든가 파리라든가 청계천이 어떻구, 똥이 어떻구, 이
친구는
　　지금 울어봤자 신통치 않은
　　킹 싸이즈라든가 통이 크다든가 길다든가 어쩌구 저쩌다든가,
　　에잇 에잇 시시하고 데데하
　　고, 모든 것이 누추하기만 하던 열아홉 한참 때 사진 앞에서
　　우리의 춘자는 오줌이 마려울 뿐이다.

　　2. 아로우하 오에 아로우하 오에

　　다시 입을 빌리면 어쎄닝의 시가 흘러나오
　　고, 고오갱이나 곡호, 그리고 마티스 같은 곤란한 그림이 진열이 되
고, 항가리 광상곡의 리스트나 절벽 같은 슈만의 멜로디에 도취되
　　고, 치레한 가슴을 열면 스물하나에 머리를 얹고, 스물하고 다섯에
속는 줄 뻔연히 알면서도 못 이기는 체하고 넘어갔고, 청춘에 애정을 주
리고 살려니 억울하고, 그건 애정도 아무것도 아닌 애정의 도적질에 지
나지 않는 고독에서 뉘우침에서
　　사슬에서 해방이 되자 돈도 꽤 모았다는 소문대로 옷차림도 사루마
다도 냄새도 최고급이니 돼지같이 먹
　　고, 소같이 우둔하고 당신의 뒷다리같이 칙칙한 몸가짐과 젖가짐과.
　　넓직한 궁뎅이 역시 고기덩이 역시 관록이 붙어서
　　주위에 모여 드는 수캐들도 무슨 은행가니 무슨 국장이니 무슨 영감
이니 하

고, 목덜미에 살이 찐 계급과 비계덩어리들과 얼려서 꽃이 되고 고집이 되
고, 족이 되는 케이오 자자와 아무트 지자들 앞에서
우리의 산월이는 가볍게 똥이 마려울 뿐이다.
인제는 고리타분하기만 하고 지저분하기만 한 나로 인해, 인제
인제는 치사하고 더럽고 개똥같이만 보이는 너로 인해 우리로 인해,
콤박이 들어 있고 파우와 루우즈가 들어 있고, 아이샷트와 마네킹과 손수건이 들어 있고, 그리고 코오티와 빵구 난 스타킹과 쓰다 남은 휴지와.
오해와 찢기운 당신의 사진과 야부레다가 들어 있는 핸드빽 속에는
한 여인의 꾸겨진 생애와 이별과 고독과.
간밤의 호텔 베트 속에서 아무렇게나 띠어주던 약속 어음과 영어 단어장과.
뭇 오입쟁이들의 전화번호가 갈기갈기 적혀져 있는 수첩과.
돼지 뒷다리 같은 목숨과 함께
콱 먹고 콱 취하고 콱 살다가 콱 죽기 전에
우리 우리의 청춘과 춘자와 산월이는 미도파 옥상에서 오줌을 싸고 똥을 냅다 갈기
고, 콱 콱 공갈이나 때려 보는 것이다.

양단 치마저고리와도 같은 저항抵抗

능금을 따다 낙원을 쫓기운 것이나 다름없이, 화초를 따다 꺾다 창피를 당한 조선 호텔 근처의

미애는 고요하고, 반도 호텔 근처의 애리는 좀 소란하고, 대원 호텔 근처의 리지는 좀 차고 아리고, 금수장 호텔 근처의 지혜는 좀 듣겁고 토실토실하고,

종점인 용산이나 서대문이나 청량리 근처의

혜숙이는 정숙하고 고정하고 우둔하고.

무너진 벽돌 부스레기와도 같이 말 못 할 사정이 있는

대구나 부산이나 대전이나, 헌 구무신짝과도 같이 말 못 할 사정이 있는 인천의 숙희는 말씨부터 수집고 표정부터 굵고 검으데데한데 능금을 따다 낙원을 쫓기우다 못해 냄비와 수젓가락만으로 구제품만으로 시작한 살림이지마는, 제법

쟁반이니 주전자니 접시니 하나둘 늘어가는 세간살이지마는,

실은

전쟁에서 시궁창에서 죽지 못해 사는 목숨들이지마는

지금은 으젓하게 적산 가옥 같은 것을, 재봉틀 같은 것을, 래디오 같은 것을, 그리고 죄라면은 일찍이 학교를 다녔다는 것과.

배운 것밖에 없는 책상물림. 그 밖에

죄일 수 있는 것은 역사를 한다는 것과. 그 밖에 그 밖에

죄일 수 있는 것은 하루 세끼의 빵을 구공탄을 장만치 못했다는 것과. 그 밖에 그 밖에 그 밖에 죄일 수 있는 것은

먹는가 먹히는가 하는 명동에서 먹는가 먹히는가 하는 종로에서 청

계천에서

등쌀에 참다못해 자가용 같은 것을 권력 같은 것을 수류탄 같은 것을
뚱딴지같이 생각했다는 것과. 그 밖에 요릿집에서

빠아에서, 그리고 그리고 네거리에서

땅딸보 같은 것을, 뚱딴지같이 생각했다는 것과, 변소간에서 낚시질
을 했다는 것과.

먹는가 먹히는가 하는 뻐스에서 전차에서

하와이나 인디안이나 잡것들을, 그리고 그리고.

그리고 남남북녀 같은 것을 히히 생각했다는 것밖에는

도시 두 자 몇 푼어치의 깍정이 손길이 닿지 않았다는 것밖에는

그것이 죄일 수 있다면은 누명을 쓰고, 그것이 그것이 죄일 수 있다
면은

포승에 두 손을 묶이우고.

그것이 죄일 수 없다면은 조선 호텔 근처에서

반도 호텔 근처에서 대원 호텔 근처에서 금수장 호텔 근처에서

때 묻은 추억과도 같이 말 못 할 사정이 있는 피란지에서

더 춥고 바람이 불기 전에

기러기 오기 전에 열아홉 곧은 마음.

순이의 품 안에서 능금을 따다 낙원을 쫓기운 것이나 다름없이,

화초를 따다 꺾다 창피를 당한 뒷골목에서

오줌이나 갈겨 볼까.

페페 르 목고*

　주먹과 고지식한 발길에 채어서 죽었으면

　벌써 열 백 번도 더 죽었을 이 자식은 구름과 별과 어지러운 하늘을 안고.

　사자 같은 웃음을 벌떡벌떡 웃어보다가도

　배라먹을 놈들이 어떻구, 오금을 못 쓸 년들이 어떻구, 가부간 놈과 년은 아침부터 지저분하고, 그것같이 냄새가 나고 가슴이 아프고, 바루 그것같이 그것같이 구린내가 나고 다리가 아프고.

　뼈마디가 쑤시니 미도파 고지에서

　은은히 들려오는 대포 소리에 놀라고.

　똥물에 튀겨 죽일 새끼들의 아치러운 소포 소리에 구두발 소리에 번지고.

　예스 노오 오케의 꼬부랑말에 모리꾼의 굵직한 호령에 부로오카들의 엄호 사격에 소스라쳐 곤두서는 사뵈 고지에 비가 내리고.

　바람이 불고 삼월이 멀다 하고 꽃이 피면 동서남북으로 흩어진 스탠드 빠아에서 외양깐에서

　말고기나 미친개들이 타다 남은 청춘을 안고.

　시간과 공간, 그리고 과거라는 것을 제각기 가슴에 안은 당구장에서 순대국집에서 와싱통 카레이지에서

　소위 고독이라는 물건을 사구 팔구 마시고, 소위

　불안이라는 물건을 절망이라는 물건을 사구 팔구 마시고, 소위 지혜라

---

* 〈Pepe Le Moko〉는 줄리앙 뒤비비에 감독, 장 가방 주연의 1937년 영화로 우리나라에서는 '망향'이라는 제목으로 개봉하였다.

는 물건을 의리라는 물건을 계집이라는 물건짝을 사구 팔구 마시다가도

지난날 얻어 채이다 못해 시퍼렇게 멍이 든 궁뎅이를 털면서

떠나가는 밤은 아침으로 통하는 것뿐인가.

인제는 대담할 수밖에 없는 포수들은 아무렇게나 감자 자루를 휘둘을 수밖에 없고.

조용한 중국집이나 드나들면서 짜장면 두 그릇에 실속 있게 놀아날 수밖에 없고, 하루 밤에 천오백 환이면 싸구려 여관의 이부자리를 두텁게 깔 수밖에 없는 무지막지한 사나이들에게 사냥꾼들에게

나는 당신을 사랑한다는 약간 싱겁고.

당신은 나의 천사, 나의 생명은 대체로 지저분하고, 당신은 나의 사람, 나의 태양, 나의 전부는 어처구니없이 신파조 같은

나의 무엇들은 꺾어 서서

가운데 다리가 어떻고, 올라 탈 수밖에 없는 배가 어떻고, 뾰쪽할 수 없는 모가 없는 현재가 어떻다는 쟁갭이 소리에

솥뚜껑 소리에 옛다 던지는 깡통 소리에 주먹과.

고지식한 발길은 구름이 되고 별이 되고 어지러운 하늘이 되는 수도 서울에서

먹다 남은 국물이나 얻어먹는

우리들은 간판도 없고 벼슬도 몽둥이도 없고 그 많은 돈도 빽도 구멍도 없고, 그리고 아무것도 없고 보니 금의환향커녕 우리.

우리들의 페페는 낯짝이나마 쳐들고 선소리치면서

돌아갈 곳 없는 바지저고리들이올시다.

누하동樓下洞 시대時代

서울이 좋다는 것은 우선 남대문이나 각하나 전차 같은 것이 판자집 같은 것이 있고, 날씬한 사내자식들이 있고, 시들어 썩어가는 꽃 같은 계집 역시 있다는 것과.

종로나 명동이 좋다는 것은 우선 주야로 조국을 염려하는 애국자나 보신각이나, 전쟁에

포탄에 허물어지고 무너져 남은 벽돌 부스러기의 명월관이나 우미관 같은 것이 있다는 것과, 그리고 으리으리한 미도파나 오피스껄이 많다는 소공동이나 오입쟁이나 주정뱅이나 다정한 아저씨 같은 분들이 우글우글 있다는 것과.

끝내 노래와 춤으로 화대로 살아온 산월이가 엮어 왔다는 인왕산 기슭 누하동이 옛 모습 그대로 아직 철없이 꽃이 지지리 피고 꽃이 소리 없이 진다는 것과.

낮이 낮이나 밤이나 꼭 껴안고 포옹한 채 긴장된 유쾌와 흥분의 삼 년간을 보내고, 그것이 끝나면 죽어 버리고 싶다는 스틱이나 모자나 하이힐의 어깨동무가 있다는 것과, 뚝심이 있다는 것과.

밤마다 오줌을 싼다는 춘자가 있다는 것과.

저 머얼리 하늘로 솟은 니꼬라이 성당 종소리를 들을 수 있다는 서울에서 다시 이 세상에서

수표교 다리에서 화신 옥상에서

겨드랑 땀내 뒤섞인 분냄새를 소북이 맡을 수 있는 하늘 아래의 자유가 무섭다는 것을 깨달았다는 시인과.

그 밖에 방향과도 같은 것, 그렇다 서울하고도 누하동이 좋다는 것은

지긋이 남산이나 북악, 그렇지 않으면 낙산 밖 청량리 교외 망우리를 내다보면서

나도 바람둥이였고 그이도 바람둥이였던 갓 스물, 한창이던 갓 서른 곧은 마음을 더듬으면서 고통을 참으면서

지금은 시가전 같은 것이 끝난 폐허, 대지의 미소와 함께

늘어진 젖가슴을 안고 행복에의 안내서를 쓰려는

그로부터 기인 세월을 부나비같이 너울거리며 고집쟁이 김 백작한테로 돌아가든지 박 선생한테로 돌아가든지, 다른 어느 놈팽이하구 놀아나든지, 난봉 같은 걸 부리지 않으면 살아갈 재간이 없었던 어제와 오늘의 꾀죄죄한 영광 앞에서

우리들 세계는 하나밖에 없는데

아직 당신도 아다시피 종로에는 질투와 야심의 우주가 있고, 아직 당신도 아다시피 명동에는 에고이즘이나 관용, 그리고 바람이 있고, 그렇다 서울하고도 누하동이 좋다는 것은, 누하동이 좋다는 것은

사내를 사내로 보니까 까다로워진다는 산월이가 있기 때문이다.

사본私本 김산월金山月 여사女史

서귀포가 있다는 제주도나 남쪽 바다 물결 높은

그 어느 항구에 가까스로 밀려갔던 친구들이, 다시 돌아와 자리 잡은 나일구 이 주변에서

우선 서으로는 고색창연한 모습을 갖추고 있는 중국 대사관이 소리 치면서 있고.

깃발 밖 담을 둘러싸고는 딸라 상인과.

주책없이 너털웃음에 호기를 띠우는 밀수업자와, 코 밑에 수염을 자 랑삼는 자칭 정치가와 국회의원과.

소속 불명의 부랑자 틈에 끼어 가끔 기관총과 대포를 쏘는 뿌로카와 허우대를 피우며 굵게 살어야 한다는 주정뱅이와.

그리고 세리나 말단 취체관의 고기밥밖에 되지 않은

송사리 떼에 지나지 않은

양품점 주인아저씨들이 구데기처럼 득실거리는 이 길도 아닌 저 골 목에서

어쩌자는 몽둥이 때문에

소시민 소시민들은 밀리다보면 미래라는 것도 없으려니와.

과거, 그 자체도 없는, 도대체 맹세라는 거치장스러운 것이 필요치 않고, 즉시 딱 짤라 처벌되었다는 전례가 없는 엽전들은

술과 까다로운 계집 앞에서

밑도 끝도 없이 짜증을 내다가도

머언 바다나 아침과도 같은 사상 때문에

때로는 우주처럼 쓸쓸하고.

때로는 자살처럼 아름다운, 보다 인간적인 얼굴들이 핏기 없이 순결을 찾다가도, 때로는 솔직한 아가씨라든가 음악이라든가 자동차의 크락숀 소리라든가, 때로는

때때로는 우리들 최후의 항구, 사보이 호텔 근처 순대국집에서 동방싸롱 근처 빠아 다이야몬드에서

돼지 뒷다리같이 에이 에이 끝에

목불은 석불보다 못하고, 석불은 금불보다 못하고, 금불은 생불보다 못하다는 어느 다정한 소설가의 객담을 들어가는 밤은 산월이도 돌아와 있고.

꾸어온 보리짝 같은 낯짝도 돌아와 있고, 산으로 바다로 고깐차로 항구로 실리어 갔던 호박도 절구통도.

인제 무쪽 같다던 순이도 피어서 돌아와 있다는데

마치 절벽과도 같이 비명과도 같이, 마치 오줌싸개와도 같이, 어쩌자고 이놈의 새끼는 가슴이 아프다면서까지 골골하면서까지

오입쟁이들 틈에 끼어서

세상은 좋고 아름답다면서

자꾸 모가지가 절단이 나도록 술을 마시는가.

제 **3** 부 나의 취미는
고독이다

고향故鄉

― 이 시는 나를 기르고 가르쳐 주시고, 나를 애껴 주시던 백부,
  지금은 생사조차 알 길이 없는 고향에 계신 백부님께 바친다. ―

바람이 부는 언덕 아래 돌각담을 끼고 가깝게는 철따라 빠알갛게 익
어가는 능금나무가 있고.

능금나무가 있는 마을을 구비 구비 돌아서

남으로는 이씨나 김서방이 산다는, 그 십리 밖에는

파도치는 봄 바다가 있고.

그 바다 수평선 머얼리에는 일찍이 아버지가 청춘을 바쳤다는 이웃
나라가 있다는데

어쩌면 구름은 두만강 쪽으로만 밀리어 가는가.

어느 조상 때부터라고는 할 수 없지마는

장죽을 무시고 꺽꺽 막히는 무슨 놈의 고집과.

불통과 해수병으로 열기꽃에 쌓여 모래알 같은 조밥과.

감자밥에 흐뭇한 인정에 생명하다 못해, 백부나 숙부, 그리고 일가들
이 소리소리 치면서 연명하다 못해 밀리다 못해 도끼 자루나 괭이 들고.

어느 조상이 뿌려 놓고 간 씨앗이며

어느 조상이 거두다 팽개친 호박이며 수숫대를 바라다보면서

그 어느 조상이 돌아앉은 고개머리에서

하다못해 호미 들고 며칠이구 몇몇 해를 어이 버이 지켜 오다 못해
몰리다 못해 쫓기우다 못해 삼수갑산 같은

두메산골로 아낙을 앞세우며

해삼위나 북간도 같은 곳으로 살길을 찾아 떠나가고는 돌아오지를

않았다는 고향은

한세상 잊고 묻힌 무덤과 조상이 뿌리박고 있는

어거지 떠거지가 사는 함경도하고도 물장수로 이름 있는 북청.

질화로를 끼고 만령이나 당나귀에 소금을 싣고

후치령을 넘어가던 옛 이야기 같은 것으로 덕담을 주저리주저리 늘어놓던 기나긴 가을밤 앞에서

고독하다는 것은 정말 죄임에 틀림이 없다는

아버지는 술잔을 받으면서

바람이 부는 언덕 아래 돌각담을 끼고.

인제 세상도 변하구, 산천도 변하구, 내 것 네 것 탓하지 않던 인심도 변하구, 칠순, 그렇지 칠순이 훨씬 넘었을 와당태 할아버지도, 스물일곱에 과부 된 보배 할머니도 돌아갔을 꺼구, 아랫동네 주열이나 저 건너 물방아간 홍섭이 아들이나, 주촌의 그이 역시 살아 있다면 몇이구, 아무 육촌은 갓 서른이구, 정월 대보름이나 추석이면 꼽새 춤을 추던 오돌이나 쇳돌의 형제는, 물장단에 닐리리아를 부르던 갑순이는 어떻구, 석탄 백탄으로 흥을 돋구던 철돌이는 일제 때 보국대에 가 죽었구, 아깝구 서럽구 원통하구, 그렇지 그렇지, 인제.

영영 가고 오지 않는 조상을 위해서

다시 아버지는 술잔을 받으면서

우리들은 해방이 되지 못한 채 죽어 간다면서

풍경화 속에 능금이 그려져 있는 벽의 그림을 뚫어지게 보는데

산 너머 또 산 너머 고개 너머 아득한 구름 끝 천리 밖에서

철따라 능금은 빠알갛게 익어만 가는 것인가.

춘자와 이웃 아주머니를 불러놓고

춘자와 이웃 아주머니를 불러놓고 세상만사 마구 줏어들은 대로
생명체와 기계와 도구는 다른 것, 입에서 침과 거품을 튀기면서
나도 세상 잘못 살았다는 말입니다.

오늘은 허탈한 감격 속에서 낙엽을 밟으면서

아침부터 취직입네 돈입네 하고 쫓아다녔지마는 다방에서 똥을 싸고
와신동 카레이지에서 오줌을 세 번 갈기니 해는 서산 마루턱에 걸리고,
봄이다 꽃이다 사랑하는 사람이다, 에잇 에잇 살려서

길러서 죽일 놈들입니다.

여러분 말이지마는 아다시피 모르다시피 몇 개의 방공호와 복병이
숨어 있음직한 도오치카*와 폐허와, 그리고 아기자기한 웃음과 폭탄을
안고 있는 평화, 그리고 비에 젖은 극장의 광고판 앞에서

역사는 갈판 질판 판가리 리유에 유감에 감격에 격하기만 하고, 세월
과 시간은 간데 온데 없이 이모 저모로 목판,

막판, 판자집 집집마다 천세 만센데

식솔은 많고 배가 고프고 젖멕이가 하도 보채기에 팔 것은 없고 살아
가야겠기에 돈을 만들어 쌀을 팔려고 보재기에 두루 꾸려 동대문 시장에
가지고 나간 것은

인제는 넝마 값밖에 따지면 쌀 한 말에 고기 한 근에 무연탄 일곱 개
값밖에

따지면 냅다까려 뻐기고 덤비고 손짓 발짓 종자라고 우기면 만 환하

| * 토치카tochka. 콘크리트로 구축한 견고한 방어 진지.

고도 팔천 환, 금이다 옥이다 마음인데

당신의 웃음에는 아직 순진한 데가 있는데

세월을 잘못 만나 자꾸 주름이 갑니다.

여러분 말이지마는 내게도 찬란한 봄이 있었지마는 열한 시 오 분에

열두 시 십 분에 밤에 맺어졌던 로맨스가 있었지마는 먹고 자고 또 먹고.

눈물도 없이 버림받은 인생이지마는

냄새는 코를 찌르고 식욕은 나고 기브 미이 쪼꼬렛 먹던 것도 좋고.

우리들은 먹기 위해 삽니다.

우리들 사정이나 알아 달라는 말입니다.

하늘이 내 것이고 별이 내 것이고 달이 둥글고 밝고 내 것인데

나는 무식해서 세상 잘 모르겠는데 어쩌는데

세상 보다시피 흐르고 가고 나이 먹고.

아이새끼 달리고 쫓겨서 밀려서 대구까지 부산까지

바람에 갈대같이 살아서 고생사리 고사리같이 말라서 비비며 꼬며

곪아서 터진 사랑과 마음 안팎을 위해서

다시 쫓아서 서울까지 파도치는 바다를 안고 왔습니다.

나 오늘 홧김에 취했고 용서합시다.

춘자와 이웃 아주머니를 불러놓고 세상만사 마구 줏어들은 대로

앗다 생명체와 기계와 도구는 다른 것.

입에서 침과 거품을 튀기면서

나도 세상 잘못 살았다는 말입니다.

우리들은 먹기 위해 낳습니다.

우리들은 죽기 위해 낳습니다.

바람과 함께 비가 오고 구름이 뒤덮은 이 바닥에서 시궁창에서

나의 가슴은 절망일 수밖에 꽃이면 어떤가 낙화할 수밖에 사는 것 움

직이는 것일 수밖에 없는

　우리들 사정이나 알아 달라는 말입니다.

나는 성 쌓고 남은 돌이다

나는 성 쌓고 남은 돌, 비바람에 천대를 받다 남아서, 나는
성 쌓고 남은 못 믿을 세상에서
돌멩이가 아니면 바위, 바위가 아니면, 다시 무엇인지 모르지마는
나는 성 쌓고.
나는 성 쌓고 남은 돌, 하늘과 땅 사이에서
나는 웃음이 아니면 가슴에 피는 꽃이 아니면 소나무 틈으로 보이는
산이 아니면 마음과 세월, 그리고 동지섣달 둥근 달이 아니면 흰 구름을
안고 부셔지면서 오는 것이 이상도 하다는 가슴을 찾아 떠나는
나는 나그네, 세월도 가고 인생도 가고 마음만 남아서 할딱거리는 낡
은 선체와 같이, 나는
오늘도 이 거리 이 골목 뒷길에서
북을 치며 나팔을 불면서 동네 아이들 부르고 동네 처녀들 곡마단이
왔다고 북을 치면서
우리 사는 엽전 나라에서
나는 취미 없는 사람, 무모하고 진부하고 식민지 교육을 받은 나는
불교나 유교, 그렇지 않으면 한문학에서 아무렇게나 이어서 받아서 얻은
고집과 창밖으로 가래침을 테테 뱉으며 장죽 끝으로 땅바닥을 치면서 돌
아앉은 노론 소론 천석 만석 망한다는 인생과 고개 넘어 산 넘어 아득한
삼국과 구름 끝 신라의 샤머니즘이 아니면 장단이 아니면 춤이 아니면
주먹이 아니면 대포로 무장한 민주주의를 마시며 자시며 먹으면서도
나는 폐허가 아니면 광야를 달리는 뭇 발굽 소리가 아니면 총소리를
들으면서

사내로 태어난 한탄을 하면서 생활 전선을 수비하는 것이다.

어깨나 발길을 앞세우면서 미워하며 싸우면서

백 환짜리 천 환짜리 만 환짜리 무데기와 같이 살아서 돈 주고 술 사고 계집을 사면서 엮어서 꾸며서

누데기 같은 가슴이 아니면 구제품 같은 목숨이 아니면 깨어진 사발 따위의 술잔이 아니면, 다시 가슴을 적시면서 울고 가는

청동 소나기가 아니면 번개, 먹구름에 덮혀 비가 쏟아지는 것은

구만 리가 아니면 십만 리 하늘 아래에서

나의 안가슴에서 세탁을 하는 아낙이 있기 때문이다.

나는 성 쌓고 남은 돌, 비바람에 천대를 받다 남아서, 나는

성 쌓고 남은 아버지가 아니면 아저씨가 아니면 이웃이 아니면 애인이 아니면 사랑하는 이것이지마는

어쩌면 하늘이 아니면 태양이 아니면 소방대가 아니면 주정꾼인데

인생을 살러 온 것이 아니고 인생을 꿈꾸러 온 것이 아니고 냉수 마시러 왔고 돈 벌이하러 왔고 술에다 밥 말아 먹으면서 취하는 기분에 소통대통 나무래면서 인생을 살러 온 것이 아니라 인생을 살러 온 것이 아니고 인생을 늙어 죽으러 왔지마는

친구와 술과 글에 묻혀서

생각나는 사람, 생각은 밤이 가면 만리장성도 별수 없는

나는 줄 타는 광대, 어이 에잇, 곡마단 단장, 요 요잇, 관중은 박수갈채. 발을 구르며 어쩌면은

나는 웃음이다 가슴에 피는 꽃이다, 소나무 틈으로 보이는 산이다.

마음과 세월, 그리고 동지섣달 둥근 달이다, 다시 웃음이 아니면

가슴에 못 박혀서 살아 죽어 사는

나는 성 쌓고 남은 돌이다.

투우闘牛
— 전체 사원을 모아놓고 무식한 사장이 열변을 토한 것을 시로 엮어 초한 것이다. —

나는 기분파로 애국과 애족과 정치를 몹시 좋아하기 때문에

순 무소속으로 국회의원에 일차에는 삼석으로 낙선하고 이차에는 작
대기 둘인데

절대 다수로 차석으로 떨어진 위인이지마는

권력과 명예는 없지마는 돈과 주먹은 있겠다 자동차 두 대와 처자 자
부 도합 일개 소대와 무식과 투쟁 경력 십여 년 몇 개월을 가산하면 자손
만대로 유산을 물려줄 수 있는 장안의 사장이지마는 에 말이지마는

그 우라질 계집 하나에 속을 썩히고 있다는 말입니다.

우리 회사는 자본금 이 억에 주식회사에 맨주먹 하나에 토건부와 무
역부가 아다시피 있고, 사장 비서실 소속으로 직속 영화부가 있는데

나는 본시 원래 무식은 하지오마는

애국과 애족의 정치 경제인으로 문화와 문명의 선봉으로 기계와 세
멘과 모래를 가지고 철근과 마치로 노동으로 수출과 수입과 밀수로 돈으
로 자본으로 예술을 하고 하는데

어려서 젊어서 열아홉 갓 스물을 전후하여 갓 서른까지도 소설이나
문학이나 연극이 아니면 배우 감독 찌꺼기 같은 것을 밤마다 꿈마다 생
각다가 나이 사십 고개에서

우리 회사를 차려 꾸며놓고 사장이 되었지마는 돈과 정치와 계집밖
에는 모르지마는

세칭 패할 줄 모르는 투우라고 하지오마는

비상한 수완과 관록으로. 김 전무도 아다시피 심 상무도 고 부장도

아다시피 내 마누라 내 자식놈 내 이웃 친구놈들도 아다시피 비상한 수완과 관록으로 밑도 끝도 상부 하부 중부도 없이 자수성가로 돈부스레기를 당신들에게 일급이다 월급이다 하고 자선이다 사업이다 건설이다 하고 모자라게 유감하게 어김없이 지불이지마는 따분하지마는 조금 미안 찹찹이지마는

불평불만 싫으면 나가고 좋으면 있고.

나도 조부는 갑신정변인가 갑오년에 개혁에 운동에 상투를 깎고 자주와 독립에 벼슬을 했고, 가친은 기미년 만세를 부르고 압록강을 왔다 갔다 왕래했고, 왜놈 떼놈 무찔렀고, 나도 조부나 가친에 부끄럽지 않게 팔일오에 육이오에 자주와 독립에 만세에 자유를 부르고 찾고 기뻐서 정치를 했는데

우리 김 전무, 심 상무도 아다시피 사원 일동도 아다시피 우리 명륜동 댁도 부산 댁도 삼척동자도 알지마는

나는 기분파로 애국과 애족과 정치를 몹시 좋아합니다.

자랑도 광고도 아무것도 아니지오마는

나는 본시 원래 무식은 하지오마는

족보를 캐면 밀양 박씨에 대대로 대감에 가문이 좋고 이조 오백 년, 어느 임금에 이조판서를 지낸 박 박씨가 바로 구대조니, 이 박 사장 동국이도 애국과 애족의 정치를 몹시 좋아하는 것입니다.

여러 동지들 주색에 정치를 겸하니 영웅호걸이 아니겠습니까.

백두산 천지에서부터 제주도 한라산 영봉까지 삼천리금수강산에 삼천만 동포, 반만년의 역사에 찬란한 문화, 신라의 김유신에 고구려의 을지문덕에 임진왜란의 이순신 장군, 그리고 율곡에 박지원 박가가 있습니다.

유명 무명 이것저것 가리면 많습니다.

나두 일찍이 공산당과 빨갱이, 그리고 그 앞재비 일당을 때려 부수고

패고 차고 밟고 받고 때리고 죽이고 이를 갈면서 멸공 전선에서 싸운 투사치고 정치가였지마는

나는 기분파로 애국과 애족과 정치 경제를 몹시 좋아합니다.

다시 말하면 나는 기분파로 애국과 정치 경제 사업을 몹시 좋아합니다.

나는 몹시 흥분을 좋아합니다. 사랑합니다.

오늘은 간단하지오마는 이것으로 그치겠습니다.

이간구李間九 각하閣下

— 남산에서 돌팔매질을 하면 김씨나 이씨 집 마당에 떨어진다.(속담) —

1. 종縱과 횡橫

나는 대한 제국에 태어나서 나는 대일본 제국 조선 총독부의 벼슬아치를 얻어 군수가 되고.

가장 세도 당당하던 경찰부장이라는

높은 자리 하늘의 별 같은 것을 거쳐서

체조 끝에

자자손손에 위대할 수밖에 없는 도 참여관이 되고 각하가 되어

중추원 참의 이간구 각하가 되었는데

밤과 벽이라는 것은 하난데

각하, 각하가 말씀하시던 윤리라든가 도덕, 그리고 각하가 호령호령하시던 삼강오륜은

주먹과 발길들이 아래위로 날뛰는 이 거리에서

먼지를 날리는 만또를 걸치고.

인제 바가지가 되었고, 바지가 되었고, 저고리가 되었고, 방정맞게 홑바지 저고리가 되었고.

점잖게 허공이 되다보니 하늘과 땅 사이가 너무 넓어서

공허, 마음 한구석이 비었으니 암소 갈비라는 것을 먹어라, 된장찌개라는 것을 훌렁훌렁 마셔라, 김치 깍뚜기라는 것을 썹어라, 마음 한구석이 비었으니 담배라는 것을 피워물어라, 쪽지라는 것을 써라, 마음 한구석이 비었으니 연애라는 것을 해 보다가 그것 역시 시원치 않으면 바짓

바람으로 냉수만 찾으면서

있는 소리 없는 소리 되는대로 소소리 흐느껴 울면서

내가 다짜고짜구 네가 망할 자식이, 어쩌구 어째, 우리가

개 돼지보다 못하구, 돼먹지 않게 무에라구 지랄이라구 씨부리면 한세
상 살자구 했지 언제 두 세상 살자구 했어, 이건 너무하는데 지나치는데

헤헤헤 우둔하구 요령부득인 건 헐 수 할 수 없다면서

오른손을 두 손가락 사이로 넣고 꾸겨진 주먹을 불쑥 내보이면서

양심은 비겁한 자의 겉치장 같은 것, 그렇구 그런 것과 더덕더덕 붙
은 입과 코와 귀와.

그 대머리와 허세만이 가쁜 숨을 쉬다가도

뜸자리 같은 눈만이 살아서 부라리는가.

2. 공명 정대를 위해서 이건 정말 협박脅迫

그 구멍과 같은 입으로 밥을 처먹고 말하고 키스하고, 그 구멍과 같
은 입으로 술을 먹고 토하고, 그 구멍과 같은 입으로 가래침을 테테 뱉는

그이는 그것 때문에 그놈은 그 우라질 새끼는 염병할 계집 때문에 가
타부타 죽어가는 시늉을 하다가도 그날 밤에 부슬비가 내리던 그날 밤에

술이라는 것에 취해 혀 꼬부라진 말끝에

정신없이 집이라구 있는 방향으로 걷고 뻐스타고 합승타고 오막살에
외양깐 같은 하숙에 돌아가서는

저 달도 좋고 놈도 좋고 새끼도 좋고 넌도 좋고 너도 좋고 나도 좋고
우리.

우리 모두 좋다면 수선스럽게 요를 깔고 훌렁훌렁 멋대로 옷이라는

것을 벗어 제치고는 자리 속에 들어가 발딱 누우면 납작하다 못해 형편
무인지경인 낯짝에

낯짝 대신에 코에 걸면 코걸이가 되고 귀에 걸면 귀걸이가 되는

이놈의 세상에 엉뎅이 보러 왔지 상판대기 보러 온 것은 아닙니다.

각하가 말씀하시던 윤리라던가 도덕 그리고 각하가 호령호령하시던
삼강오륜은

실은 할아버지 같은 어른들이 지켜야겠는데, 실은 실은 아버지 같은
분들이 고집해야겠는데, 실은

실은 실은 형님 같은 친구들이 우러러 받아야겠는데

위로 위로 무슨 꺽쇠 같은 대군의 몇 대 손, 위로는

좌상과 영의정을 골고루 지낸 바 있는 이씨 가문의 후신, 대대로 판
서와 참의와 참봉 같은 것으로 주사 같은 것으로 이어 왔다는 집안인데

세월이 바뀌자 고리대금 같은 것으로 꾸며온 살림살인데 양반인데

이건 정말 공갈, 이건 정말 어깨, 이건 족, 이건 정말 시시하고 데데
하고 메스꺼운 놈들, 쥐새끼보다도 못난 놈은 매 맞아야 알아, 이 자식을
때려라, 차고.

받고 갈기는 댓가는 술값이 되고 고기값이 되고.

하루 밤을 즐기는 화대값이 되는데 본 대로 느낀 대로 바른 대로 말
입니다마는

이간구 각하, 이건 정말 믿을 수 없는 가슴들을 위해서

공명정대를 위해서 협박입니다.

조국상실자 祖國喪失者

— 소위 위대한 위인들은 짧은 인생의 항로에서 명예라는 티끌을
자기가 생명한 시대에 남기고 간다.(S. 스펜다) —

1. 해방解放

각하의 말씀을 빌리면 깃발에 만세 소리에 살아온 백성들 각하의 말
씀을 빌리면 아우성에 어깨동무에

옳소에 생존과 멸망을 같이하는 가난과 슬픔과 고독, 그리고 설교 비
슷한 애국 애족과 울분 아닌 무엇과 무엇이 본의 아닌 옳소에 손바닥이
절단이 나도록 박수와.

기립, 그리고 그리고 장단을 맞추던 사나이들 틈에서

이놈들 이 고얀놈들 왜 되지못하게 못살게 구느냐, 일제 삼십육 년에
벼슬아치를 얻어 했을망정, 수탈을 했을망정, 먼지를 날리며 각하가 되
었을망정, 이놈들

나도 만세를 불렀다는 말이다.

각하의 말씀을 빌리면 목단강이나 함경도에서 북어 대가리를 뜯으며
고깐차에 무지게 흔들려 온 깃발과 함께

북해도나 구주 탄광에서 상하이에서 멀미를 하면서 토하면서 찾아온
만세 소리나 아우성과 함께

이 하늘을 머얼리 가고픈 하늘, 이 하늘은

천재와 예술가를 사랑과 외로움과 쓸쓸한 이별을 주고받는

어느 다소곳한 하늘인데

이별이나 기침을 하기엔 가슴을 쥐어뜯기엔 너무나 슬픈 계절인데

가끔 밋밋하게 가로 세로 바람벽이나 웃음 속에서 가끔.

바람이 불고 비가 내리고 어쩔 수 없이 눈이 내리면

만세를 소리소리 부르던 사람들이 아우성이나 어깨동무에 지친 이웃들이 오가는 뭇 사나이들과 함께

오고 가는 어느 다정한 여인의 치마자락이나 옷소매를 붙잡고 우물쭈물해온 고개머리에서, 그러한 여인의 구린내나 마음이나 사모님이 사는 언덕 위에서, 그러한 그러한 사모님들의 허벅다리 같은 세월 속에서

한 해가 가고 두 해가 가고부터 달이 뜨면서부터

얼음이 풀리고 삼월이 오면 묵은 땅에서

장미를 피우게 하는 시간을 딛고.

다시 해와 저 달과 모진 비바람이 불면서부터

그것이 무엇인지는 모르나 허무와 같은 것

그러한 것과 생각하는 생활을 위해서

도시 흥분할 필요도 없고 마음 안팎을 태울 필요도 없는 명륜동이나 가회동이나 안국동 막바지에서

촌스럽게 웃어보는 것은

각하 각하가 변소깐에서

만세를 불렀다는 그 사실 하나 때문에

가끔 촌스럽게 웃어보는 것뿐입니다.

2. 핼로 미스다 김 어쩌구 저쩌구 앤드 베리 나이스

역시 위대할 수 있었던 것은 군수, 역시 위대할 수 있었던 것은 도 장관이 아니면 도 참여관, 역시 위대할 수 있었던 것은

봄비가 내리던 윤사월 어느 날.

그 공으로 표창이 되어 훈 삼등이 하사되고 중추원 참의를 거쳐 어마 어마하게도 각하가 되었을 때의 감격과 같은 것.

역시 위대할 수 있었던 것은

과거, 큰기침을 하면서

호령 지령할 수 있었던 어제.

뭉게구름이 가까운 하늘에 돌고 있는

식민지의 개찰구에서 로오타리에서

구라운드에서 연미복에 검은 만또를 걸치고 바람을 피하면서

코 밑에 저축한 카이젤 수염을 쓰다듬으면서 각하를 몰라보느냐고 다짐을 받던 이 위인인데

깃발이나 자유나 독립을 얻었다고 했다고 해방이나 만세를 불렀다고.

이놈들 핼로 어쩌구 저쩌구, 이놈들 이 고얀 놈들 미스다 김이나 박 앤드 코리안 어쩌구 저쩌구 시끄럽구, 이놈들이 고얀 놈들

새끼손가락만도 못한 놈들 디이스 이즈 어 해브 노오 오케 베리 나이 스 앤드 앤드 유우 나쁘다 어쩌구

저쩌구 법석이구 야단이구 어쨌든 간에

비가 오든지 눈이 내리든지 사월이 가고 오월이 오든지 새가 울고 꽃 이 피고 구월이 다가오고 낙엽을 밟든지 간에

달이 가고 해가 가고 이 해도 마구 가고 구름이 가듯이 세월이 가도

인제 쭈굴쭈굴한 곰보딱지 영감이 다 되었어도

각하는 각하가 아닌가 말이다.

이 땅에서 목숨한 위인치고 혁명 투사 앤드 우국지사 앤드 애국자 아 닌 사람이 없었고, 이 땅에서

발붙이고 엉뎅이 붙인 친구치고 도적놈 앤드 사기꾼 아닌 이웃이 없

었고, 이 땅에서 이 땅에서
　　마시고 노래하고 돌아가면서
　　춤춘 광대치고 꼭두각시 아닌 출신이 없고 없었는데
　　이놈들 이 고얀놈들 발가락만도 못한 놈들 따지고 보면 이 위인도 인생의 항로에서 명예라는 티끌을 주책없이 과부 궁뎅이 다루듯이 생각할 때마다 빠꼬다 공원에서
　　대열에 끼어 만세를 불러 볼 것을
　　두만강이나 압록강을 넘어나 보다가
　　서대문 호텔에서 두어서너 달쯤 묵어 볼 것을
　　후회 막심해 보는 이 늙은이지마는
　　그래도 지난날에는 빗돌이 세워졌던 이간구 각하올시다마는
　　민주주의, 이렇게 깃발이나 독립을 앞세우며 만세 부르는 좋은 세상이 곤두박질을 해도, 이렇게 이렇게도
　　조국이 빨리 오리라고는 미처 꿈에도 몰랐다는 죄밖에
　　그 죄밖에는 없는
　　나도 살아생전에 팔월을 위해 꼭 한 번만 두 손을 번쩍 높이 들고.
　　말부터 조심하면서 살겠다는 말이다.

오도성吳道成 목사牧師

— 이 백성이 입술로는 나를 존경하되 마음은 내게서 멀도다 사람의 계명으로
교훈을 삼아 가르치니 나를 헛되이 경배하는도다.(마태복음 15:8-9) —

1. 에잇치 피이 디

내가 일찍이 미국에 있을 때 내가 일찌기 콜롬비아 대학 피이 에잇치
디 코오스를 부득불한 사정으로 중퇴하던 때만 하드래도

오 주책은 아니고 미스타 오도성이었고.

푸린스톤 신학교에서 박사 학위 논문을 제출하던 때만 하드래도 지
금과 같이 오 주책은였어도 구름을 타고 학같이 금의환향을 꿈꾸던 선비
지 딱타 옷또세이는 아니었고.

그러면 당신들도 아다시피 대학에서

무슨 과장을 지내고 뽑혀서 벼락 학장 감투를 거쳐 다시 본업인 교회
로 돌아온 전 과장 전 학장 오도성 목사이지마는

목사, 그 자체도 직업이기에 천만다행, 정업이기에 얼굴 체신 몸가짐
따위는 서지마는

나로 말하라 할 것 같으면

내가 일찍이 미국에서

콜롬비아 대학에서 뿌라운 박사에게 명함조 백*을 들이미니 말입니
다, 푸로펫서 오의 애매모호하면서도 구체적인 타이틀이 붙은 신성 불가
침론을 읽고 감동했다 했고, 내가 일찍이 푸린스톤 신학교에서

| * 현문사관에는 '명함 쪼백'으로 되어 있다.

엘리옷 총장의 칵텔 파아티에 초대를 받았을 때 말입니다, 한 번도 아니고 두 번째의 영광을 받았을 때 말입니다.

목구멍 소제를 하느라고 죠니 워카 잔을 입술에 대는 순간 말입니다.

이 사람인 딱타 오도성의 인격에 학문에 교양에 솔직히 말입니다마는 경의와 절찬을 애끼지 않는다고 했고.

내가 일찍이 미국에서 아라스카 경유 도오꾜 경유.

비 내리는 김포 비행장에 감개도 무량하게

미끄러지면서 억수가 퍼붓는 서울에 입성하면서

그리움에 지친 첫날밤의 반도 호텔에서

이거 어데 한 대 얻어터지고 보니 주먹에게

내가 일찍이 미국에서 교회에서 원조 물자를 수집한 때 본 기억도 새로운 구제품을 걸친 너덜너덜한 양복쟁이에게

감지덕커녕 배은망덕도 유분수라면서 사람을 몰라본다면서

나는 삼천만 동포 하고 소리쳤습니다.

그 후 정계에서 종교계에서 그 후 특히 교육계에서

윗 대가리나 엄지 손가락의 비위를 척 척 맞추면서 그것을 붙잡고 늘어지면서 그것을 그것을 긁으면서

정치적 수완이 늘어서

가타부타 없이 행정적 사무적 능률이 뛰어나서

내가 일찍이의 과거형은 쑥 들어가고, 나의 지금의 현재형이나 미래형의 설교조나 웅변조가 아니면 팔딱팔딱 뛰는 감정조로

자기의 모범적인 입신이나 출세나 회전의자 같은 것을 뽐내기 위해서

종횡으로 활약이 약여한 바 있어 무 자라듯이 자라서 나라에서

장 차관이 바뀔 때마다 하마평이 입버릇처럼 오르내릴 때마다, 역시 역시 알아준다는 말이야, 역시

피이 에잇치 디와 에잇치 피이 디를 구별한다는 말이야, 학자를 대접할 줄을 안다는 말이야 하면서

국제 정세에서부터 국내 정치에 이르기까지 창세기에서부터 노아의 방주에 이르기까지 뚜루룩 현대 신학에 이르기까지

모르는 것을 빼 놓고, 아는 것만을 앗다 앗다 광범위하게 줏어섬기며 하는 말이 이래도 교육계에서 일류 대학의 이류 과장을 거치고.

전무후무한 행정 조치를 취하던 삼류 학장을 지내고.

지금은 썩어서 곯아서 너털너털 거리는 야인이지마는 줄이 닿기는 위하고 고위층하고는 무어니 뭐니 해도 대한민국에서는 누구보다도 오주책 도성 박사라면 통한다는 것을 알아 달라는 말이다.

2. 술 담배 안 하고 아들딸 많으니 낙이란 그것밖에

나의 마음은 본시 가시, 나의 수족은 식칼을 겸한 도끼자루, 그래서 손발보다 입이 앞서니 나쁜 놈치고는

도적놈치고는 하늘이 무너져도 고집을 필요로 하는 것을 필요로 했고.

억지나 춘향을 위해서는 무자비한 궤변과 과감한 행위에 아첨이 필요 이상으로 필요하다면은

오늘과 내일을 위해서는 고집 이상으로 궤변과 과감한 행위에 아첨 이상으로 물어먹으면서

친구 동료, 그리고 상하 할 것 없이 물어먹으면서

어쩌자고 말끝마다 침이 튀고, 어쩌자고 말끝마다 제 자랑이 나오면 남을 헐고, 어쩌자고 말끝마다 설교를 할 때마다 말입니다마는

과거, 그 자체는 아름다운 것이라면 쓰디쓴 것은 역시 과거라면서

가을이 가고 눈이 오고 바람이 불면서부터

속아왔다고 신경질이 잦았고, 무엇에 속았는지 살릴놈 죽일놈들 같
으니를 소리소리 질렀고.

하늘과 산이 마주친 수평을 치어다보면서

지붕과 벽이 벽과 지옥을 내다보면서

학문이나 벼슬아치나 인생을 살아온 학자라면 학자, 벼슬아치라

면 벼슬아치, 인생이라면 인생이지만 잡탕이라면 잡탕이지마는

어쨌든 나만이 잘 되면 그만, 나만이 잘 살면 그만이고, 어쨌든 나만
이 제일이고 최고고, 그렇구 그러니 살맛이 있을 수밖에 없고

없으니 말입니다마는 한강을 건널 수밖에 없고 없습니다마는

동남아시아를 다녀올 수밖에 없고 없습니다마는

그 후 교육계에서 종교계에서, 그 후 특히 정계에서

또다시 윗대가리나 엄지손가락의 비위를 척척 맞추면서

그것을 붙잡고 늘어지면서, 그것을 그것을 긁으면서

미인계를 쓰면서 붙잡고 늘어지며 긁은 바람이 있어

내년 이맘때면 차관을 할 것이고, 내후년 이맘때면

빈총을 수없이 맞고 맞으며 막으면서

치고 받고 밀고, 그리고 발길질을 하면서

장관에 오를 것을 생각하니 오늘 밤은 그냥 있을 수가 없어

저녁을 치킨 비후 사라다를 사겠다는 말이다.

나의 눈은 영 콤마 삼, 나의 눈은 난시를 겸한 근시, 그래서 금테 안
경을 코에 걸고 보니 기생 오빠치고는

직업치고는 교육자 겸 목사, 무너진 감투치고는

졸장부, 졸장부가 아니면 병신 같은 친구, 바보 같은 위인, 모자라는
이웃이지마는 돈이면 다 되는 줄을 알고 있고.

천만의 말씀, 명예나 권력이면 만사가 해결이 되는 줄을 알고 있고,
천만의 말씀, 손이나 입이나 넓적다리면 통하는 줄을 알고 있고, 천만의
말씀, 내가 담겼던

몸과 마음은 깨끗했고.

청렴하다보니 사과 궤짝이나 갈비틀 같으면 왼손으로 거절하고 큼직
한 돈보따리 같은 것이면 오른손으로 받아들이는

사모님치고는 미국을 다녀왔고.

부인치고는 국제무대에서 활약해 왔고, 무너진 감투의 와이프치고는
자동차가 있다 뿐이 아니라 식모까지 있고.

이래봐도 차관을 거치면 일국의 장관깜인 전 과장 전 학장 오 주책
도성 박사 목사, 이 사람은

우리 집 주인 양반인데

술 담배를 안 하고 아들딸 많으니 낙이란 그것밖에 모르는 위인이올
시다.

시인詩人 김천하金天何 씨氏

— 욕망은 꽃을 피우나 소유는 모든 것을 시들게 한다.
   인생은 사는 것보다 꿈꾸는 편이 낫다.(M. 푸루우스트) —

나의 초상화 속에는 무수한 탄흔과 상처투성인 영광과 찢기우다 못해 분김에 꾸겨진 세월이 난자하게 가슴을 치면서 다가오는 것은 백묵과 흑판을 빽으로 꾸며온 체인지 포지숑과.

깍쟁이의 이름 두 자와 성씨가 가냘프게 헛기침을 하면서 돋보기 넘에서

당신의 시선을 피하는 것은 이유가 있다든가

적당한 생각이나 고리타분한 이론 학설 따위가 아니라, 학생 제군들 입학금 내고 등록금 걸고 도박하면서

나의 초상화와 같은 것, 얼마나 우둔하게 살아왔으면 돈도 없고 집도 없고 얼마나 얼마나 우둔하게 살아왔으면 몸과 마음이 양복걸레와 같은 스타일, 위는 위대로 아랫바지는 바지대로 멋대로 걸쳐진 당신의 초상화는 나의 십 년이 아니면 이십 년 후의 초상화가 아니면 자화상.

슬픈 역사를 엮기 전에

바람 앞에서 전전도 해 보고 긍긍도 되풀이하는 흑판 앞에서

연애 한번 씨원하게 하지도 못한 서러움에서 자라서

사십객이 되어서

깍두기 오이 열무김치에 반해서 고추다 호박이다 노변이다 겨울이다 기인 긴 밤이다 평화다 전쟁이다 아침이다 하루다 세월이다 술이다 그렇다 꿈이다 마지막이다 칠십 년까지

우둔하게 팔십 년까지 백까지 살겠다고.

고개 너머 바다 건너, 어쨌든 산전수전 다 겪으면서

나팔 소리 들으면서 청춘은 가고 슬픈 세월은 남고 숨이 차고 벅찬 교단에서 지옥에서

돈 때문에 생활 때문에 자식새끼들 때문에

마치 어둔 시골 산협 고독한 간이역 역장처럼 신호에 따라서 걸어서 계단을 밟아서 올라가서 문을 열고.

우둔한 생각만 하고 앉은 교실에서 인제 슬슬 해 볼까.

오늘은 몇 장, 제 오장 제 오절 따분한 시간이구나, 이놈아 너는 어느 고등학교에서 왔어 꼭대기에서 피도 마르지도 않은 녀석이 관상도 제대로 쓰지 못한 자식이 싫으면 밖으로 나가, 가족적 분위기 쌍통을 깨트리누나 적시누나 대갈통을 깨뜨려 버린다.

헤겔 니이체 엘리옷 말로오 진리, 오늘은 이만, 거리로 나간다.

잘못 디딘 발끝이 사람을 죽이누나, 헐 수 할 수 없다.

관리 국회의원 무역회사 사장 타락한다 가슴에 오는 비는

옛사랑 찾아오는 비, 가는 비에 흠뻑 젖으면 이럴 때는 종로나 명동 어느 네거리 한복판에서 나는 나의 초상화 속에서 신라의 달밤.

피를 토하면서 강으로 가고 바다로 가고, 끝내는 산으로 가야만 하는 나는 나의 가장 안에서

우선 오늘은 돈 때문에 생활 때문에 자식새끼들 때문에 에잇 생명 때문에 아침과 같은 사상을 안고 하늘이 되어보는 것이다.

나의 초상화 속에는 무수한 탄흔과.

상처투성인 영광과 찢기우다 못해 분김에 꾸겨진 세월이 난자하게 가슴을 치면서 대꾸 없이 소리 큰소리치면서 손찌검으로 욕바가지로 구둣발로 거꾸로 모로 되는대로 받고 차고, 박살탕으로 패고 죽이고 싶은 것은

나의 자화상 속에 낙화유수와 같은 세상이 있기 때문이다.

나비
— 금을 캐려다 구리를 캐고, 구리를 캐려다 금을 캔다.(속담) —

버릇없이 꾸며진 얼굴, 입 코 눈 이마 할 것 없이 민주주의, 상탁이면 하 역시
탁할 수밖에 없는 여자는 입이 둘.
상은 밥 먹고 말하고, 경우에 따라서 입 맞추는 것이라 하고.
그리고 하는 이것저것 얻어걸리면 잡수시는 것.
물건이 좋고 나쁘고 크고 길구 가릴 것 없이 느닷없이 대담하게
생긴 입이 하나 아닌 둘이기 때문에
달이 떠도 돈, 해가 떠도 돈, 사실 그래 돈 있고 사람이 있고, 실은 돈 벌이 하러 세상에 왔지 무엇하러 왔어, 우선 돈이구 다음에는
옥색 마고자를 입고서 남의 집 귀한 총각을 바람나게 하고.
사랑과 통곡의 사잇길에서
여러분 익스큐우즈 미이, 사내들한테 매 맞아 죽을 소리는 작작 하겠습니다마는
아침에는 꿋 빠이 저녁에는 하우 두 유우 두.
사랑에 있어 그렇고, 명예 지위 사치에 있어서 그렇고, 연애니 애정 무역이니 본능적인 욕구 시기 질투에 있어서도 또한 그렇구, 우선
돈이 제일이고, 다음에는 그 놈, 이 녀석이지마는
지당파의 사내자식 안방에 모셔놓고 갈비다 고기다 기름이 흐르는 것을 먹여놓고, 다음에
다음에는 달이 뜨고 해가 지면 밤이 온다는 것은 상식 이하지마는
어쨌든 잠자리 맛이란 아유 징그러워 점차 가경 진경에 들어간다마는

여자 계집 간나이새끼는 입이 둘, 그래서

망할 간나이새끼는 말이 말이 말이 많다는 말이 말이란 말이다.

다시 그러면 여러분 익스큐우즈 미이 쌍통을 깨뜨리기 전에

그러면 여러분에게 행주치마 입에 물고 눈만 빤짝이던 세월도 추억도, 인제는 청춘도 가고 없는

나의 과거, 보잘것없는 자화상이나마 털어 놓고, 그 놈 이 녀석 개자식들의 환상을 더듬으면 나의 과거는

그것 아리랑 쓰리 쓰리랑 고개지마는

한때는 날나리 같은 것이 없지 않아 있었지마는 지금도 그러하지마는

부모가 시키는 대로 부끄러움을 타면서

시집이라는 것을 가기는 갔지마는 풋고추나마 달았다는 위인은

세상만사 모르는 철부지 부잣집 도련님

생이별 분김에 철썩 언어걸린 작자는 부랄 두 쪽만 가진 천하의 걸작 기생오라버니, 셋째 넷째 그저 그것이 그렇구 다섯 번째 눈이 맞은 자식이 지금의 애인인데

돈 주고 몸 주고 길러서 따먹어 보자고 별러보고 따져보고 얼러서는* 허락도 없이 키쓰하고 씨름하고 능선을 따라 전투 준비 사격 공격에 이어서

맘부림 몸부림의 절차가 끝나면 다 시시하고 허무하고 맹랑한 것.

인생은 이렇고 그런 것 한숨 개탄과 후회를 섞어가면서도

별 도리 없이 살아 엮어 가야만 하는 팔자소관 앞에서

버릇없이 꾸며진 얼굴, 입 코 눈 이마 할 것 없이 민주주의 지당 만당 파지마는

| * 현문사판에는 '얼려서는'으로 되어 있다.

그 아래 하는 물건치고 상, 상치고는 위의 위, 신사 제군에게 맹세만이 아닌 실력으로 과시, 무료 봉사로 제공 공급 마음 소비를 위해서

한편으로는 돈돈나리 보배 청산을 불러가면서

넓고 좁은 바다 파도치는 종로 뒷골목에

나비라고 불리울 쓸쓸한 빠아를 열었으니 소리치면서 이용하기로 약속하기로 하고.

인생이 가기 전에 청춘이 가기 전에 웃음이 가기 전에 낙이란 그것밖에

간판을 걸고 신장개업 만세를 불러 놓고.

바야흐로 세상은 흥분하는데

우선 남자, 이 세상에 남자 없이 무슨 취미, 무슨 취미냐 말이 말이란 말이다.

나의 마음은 항군가

― 내 마음은 호수요, 내 마음은 촛불이오, 내 마음은 나그네요,
내 마음은 낙엽이오. (김동명) ―

나의 마음은 항구, 아들딸 있고, 물질 정신 연애는 해서 무얼해 시시
하고.

거지같은 세상에서 발싸개 같은 안방에서

이웃과 아래에서 이 사람들 이것은 농간, 사기가 아니면 협잡, 시기
가 아니면 무엇 이것은 이것인데

고서에 의하면 주색잡기에

술과 여자를 좋아하면 벼슬도 하고.

사업도 되고 국물도 생기고 투전까지 겸하면 산다는 것도 재미는 있
는데

나의 마음은 절벽, 나의 마음은 구름, 구름이 아니면 연기, 가고 오고
떠나는 것은

세상, 무슨 놈의 세상인지는 모르지마는

어쨌든 소라는 것이 있고, 개 돼지라는 것이 있고, 어쨌든 물이라는
것이 있고, 강이나 바다라는 것이 있고, 하늘이라는 것이 있구, 또 있고.

어쨌든 어쨌든 해와 달과 별과 밤과 낮이 가슴을 찾아온 것이 아침인데

전차를 타고 뼈스나 합승을 타고 찾아온 것이 밤인데

하루가 스물네 시간, 대체로 한 달은 삼십 일, 대체로 일 년은 열두
달 삼백예순닷새, 가을 봄 여름이라는 세월은 가고.

대체로 이것은 상식 같은 것이지마는 웃고 우는

나의 마음은 항구, 고동도 없이 배가 오고.

배가 떠나는 기쁨과 슬픔이 설레이는 파도 속에서

당신에게 말하지마는 세상의 사내자식들은 모두가

모두 도둑놈들, 사랑한다고 사람 죽이누나, 개값밖에 되지 않는 것들이 큰소리만 치고 속아 살아온 것만도 분한데

그 위에 돈이다, 사업이다 무역이다 출세다 약속이다 바람이다 하고 불어가는 대로 좌지우지, 임질이다 매독이다 그 위에 공갈이 아니면 협박 조개로 태어난 죄의 의식밖에는 기억이 없는

나는 계집, 삶아먹든지 고아 잡수시든지 죽이든지 마음대로 하시고 다만 저에게

자유와 평등, 그리고 해방 위자료까지는 필요 없고, 다만 저에게 저에게

다시는 이런 저주와 피비린내 나는 학대와 생활과 욕된 과거의 현재와 구역을 지상의 천주에게

천상의 천주께 돌리기로 하고, 사랑을 위해서

폭탄과 증오를 안고 신속하고도 과감 용감하게

나의 주변에 지뢰를 파묻고 사정을 하면서 덤비는 놈 털면서 가는 자식 등등의

등을 치면서 죽여서 모조리 꺾어서 잡아먹겠습니다.

인생이 하나 아닌 둘, 빌어먹을 모가지가 둘이었기에 다행, 하나는 간데온데 가고 없고 또 하나의 인생과 모가지 때문에

발광도 해 보고 점잖게 주정 지랄도 해 보고, 서럽게 살다 지친 지금, 영원이란 간사하고 모진 것 행복이란 어리석은 것, 이것이 그것 싸구려지마는

남대문 시장이나 동대문 시장 미도파 백화점에서

그 많은 상품들이 매매가 되듯이 몸과 마음을 쇼오위인도에 진열하

면서

연애는 자유로운 것, 뭇 사나이들을 위해서

나의 마음은 항구, 사랑은 자유로운 것, 뭇 사나이들을 위해서

우선 개방하기로 하고 다음에는 폭탄과 증오를 안고, 신속하고도 과감 용감하게

당신에게 당신들에게 말세가 오기 전에 타락하면서까지

복수라는 것을 하겠습니다.

잘 살자고 한 것이 사람답게 계집답게 고지식하게 살자던 것이 쌍통을 깨뜨리고 보니 이년 개년 망할년이 되어서

꽃이 되고 나비 되고 봄이 되어 계집 암캐가 되어 수캐를 부르며 낚으며 고기 되어 살며 밥이 되어 엮어온

어제 오늘 내일을 꿈꾸는

나의 마음은 항구, 격하기 쉬운 이 가슴을 담배와 쓴 술잔으로 가꾸면서

나의 마음은 자유항, 천 톤에서부터 만 톤 사이의 뭇 사나이들이 순교자와 같이 출입하는

나의 마음에 불이 났습니다.

우선 우선 소방대 대장부터 불러야겠습니다.

속續 나의 마음은 항군가

해 지고 달이 뜨면 님을 찾아 죽고 싶다는 말인지 살고 싶다는
소린지 오다 가
다 가타부타 살았는지 죽었는지 소식도 없이 살아서
목욕하고 싶다는 말인지 어쩌자는 말인지 모르지마는
나도 모르고 알 바 아니지마는 어깨를 치고 받고.
발길로 차고 밟고 넘어서
정신없이 꾸겨서 팽개치다보면 쓰레기통에 버려져 있는 것은
하수도 시궁창에 길바닥에 뒹굴고 있는 것은
나의 마음이다 칠부 이자로 빌려줬던 나의 마음이다 술집에서 외상
으로 매겼던 나의 마음이다, 사랑할 수 없는 너에게
억지로 거짓말을 미나게 꾸미면서 돈이 있다 양옥에 자가용을 샀겠
다 인제 그대 생각만 있으면 꿀 같은 행복에 영원에 순정이다, 그대 생각
만 있으면 해와 달같이 모시면서
여왕같이 받들겠다고 억지로 억지로 바친 나의 마음이다, 나의 마음
이다.
나의 마음은 항구, 양반 상놈 고관대작 어데 있고, 소감 대감 어데 있
고, 나의 마음은 절벽, 나의 마음은
구름이 아니면 연기, 가고 오고 떠나는 것은 세상.
무슨 놈의 세상인지는 모르지마는
어쨌든 목욕탕에 가면 이 놈이 이 자식이 아니면 이 새끼로밖에는 보
이지 않는 것들이 되지못하게
돈이 있다고 사장을 한다고 자동차가 있다고 멋이 있다고 뽐내고

가풀가풀 우물쭈물 얌전을 빼면서

도덕이 어떻고 사람이란 의리가 있어야 한다고 예절이 있어야 한다
고 엉터리 같은 자식들,

도덕이 아니면 의리 예절이 어떻다고

똥배 어떻다고 번지고, 이놈들

호박씨 까는 새끼들이 몽둥이로 상판대기 아니면 볼기짝이 아니면
코허리를 종아리를

기둥 같은 허벅다리를 이 우라질 놈.

새끼 망할 자식들 세 대 다섯 대쯤 좀 매 맞아 뻗어보면 발광도 해보고.

점잖게 주정 지랄도 해보고 서럽게 살다 지친 지금, 주먹이란 간사하
고 모진 것.

발길이란 어리석은 것, 이것이 그것, 싸구려지마는

남대문 시장이나 동대문 시장 미도파 근처에서

밤은 자유로운 것, 뭇 계집들을 위해서

나의 마음은 항구, 아침은 자유로운 것, 뭇 계집들을 위해서

나의 마음은 항구, 격하기 쉬운 이 감정을 소화제와 커어피로 가꾸면서

정신적으로 육체적으로 단련받기가 고되겠지마는 정신적으로

이모저모 마타부타 어루만지며 녹여서 기분을 내면서

다시 만지면서 흥분하면서 육체적으로

그 일을 치르기 전에

우선 양복저고리를 벗고 바지를 벗고 와이샤쯔를 벗고 구두끈을 푸
는 때와 같이 빤쯔를 벗어 요 밑에 넣고

일을 치르고 난 다음에는

냉수를 찾고 마시다 입맛을 다스리면서

빨래가 끝난 뒤에 툭툭 털면서 밧줄에 거는 거와 같이 빤쯔를 줏어

입고, 그리고 입 맞추고는

　산다는 것 차라리 꿈이면 좋겠다면서

　식은땀을 닦으면서 돌아누우면 단잠과 함께

　아스라히 피어오르는 것은 동상이몽, 꿈인가.

　앞에서 끌어주고 뒤에서 밀면서 엮어서 호랑이에 쫓겨서 깨어나면 또다시

　나도 모르고 알 바 아니지마는

　어깨를 치고 받고 발길로 차고 넘어서

　정신없이 꾸겨서 팽개치다보면 쓰레기통에 버려져 있는 것은 하수도 시궁창에 길바닥에 뒹굴고 있는 것은

　나의 마음이다.

　이 거리 저 거리 뒷골목에서

　줏어섬긴 나의 마음이다, 마을에서 도시에서 전선에서 죽었다

　살았다가 남은 나의 마음이다.

　나의 마음은 항구, 인제 나의 마음은 수출해야겠습니다.

아름답다 슬프다 모두가 넋두리 같은 것

나는 생명하는 것이 아니라, 나는 실은 생명 비슷한 생존 같은 것을 직업 삼아, 아 인생은 직업, 아름답다 슬프다 모두가 넋두리 같은 것, 봄이 오고 가

을이 가고 계절이 바뀌어가는 것은 언덕을 넘어 고개를 찾아 떠나는 나그네의 설움이 아니면 무

엇, 흰 구름을 잡고 고개 넘어 산을 찾아 떠나가는 나는 생명하는 것이 아니라, 나는 실은 생명 비슷한 생존 같은 것을

직업 삼아 벗 삼아서 꽃을 찾기도 했고, 나비를 따라 바다나 수평선이 보인다는, 항구를 찾기도 했고.

그리고 이 모든 고독 아닌 주책 때문에 오가다 만나는 사람마다 친구마다 붙잡고는

동양이 어떻고 서양의 물질문화가 어떻고, 정신 물질 이것이 어떻다고 입이 아프도록 횡설과 수설을 늘어놓다보니 이미 해는 서산에 기운 지

금의 나의 마음은 바다, 파도치는 바다, 이 바다에서

나서 이 바다에서 살아서 이 바다에서 이 바다에서

마누라 생각 자식 생각 고향을 생각다보니 이마에는 밭고랑 같은 주름이 늘어서 버섯이 돋아서

죽어서 묻혀서 엮어온 세월을 탓하는 것은 아니지오마는

그렇고 그런 것이 청춘, 청춘이 아니면 인생, 무엇인지 잘 모르지오마는 삼각형의 에이 삐 씨의 에이의 정점이 아니면 타원, 그렇고 그런 것인데

우리 사람들은 멱살을 휘어잡고 싸우다보면 이웃사촌, 이웃사촌이

아니면 아저씨나 선생님 같은 친구, 이런 고연 팔자 속에서

먹다 남은 커어피나 고기점이 아니면 먹다 남은 사등뼈라도 두루두루* 줏어 모아서 있으면 부탁한다면서

생떼 아니면 주먹구구가 아니면 총소리 다음에는

신음 소리 대포 소리 무리 죽엄 속에서

나는 너를 보내놓고 시라는 것을 쓰고.

소설이나 딱지 붙은 고서를 읽어 뒤적거리는 것은, 나는

너를 보내놓고 세월을 보내놓고 시간을 딛고 죽어서 죽어서 사는 것이다.

윗집에는 김서방이 살고 아랫집에는 이첨지가 사는데

위아래 할 것 없이 자가용과 텔레비와 바둑이 있다 뿐이 아니라 피아노까지 있는데

박 서방은 어쩌자고 돈을 벌겠다는 욕심 없이 속이 상한다고 술만 마시고 독하게 사는지 알 수 없고, 어쩌자고 밤은 가고 청춘은 남고 멋은 남아서

오늘은 날라리, 내일은 헤이딩 주먹 발끝이 앞서는데

마시자 부어라 노래다 춤이다 돈이다 바가지다 따질 것 없이 마누라다 애인이다 시간이다 약속이다 고요히 창을 열고 별이다 구름이다 봄이다 모란이다 술은 외상이다 해볼 테면 해보고 고소하려면은 소송하고 징역 시킬랴면 감옥살이를 시키라는 말이다.

나는 생명하는 것이 아니라, 나는 실은 생명 비슷한 생존 같은 것을 직업 삼아, 아 인생은 직업, 아름답다 슬프다 괴롭다 모두가 모두 넋두리 같은 것, 개소리 같은 것, 꽃이 좋다 이 자식아 나비를 따라 바다를 간다,

---

| * 현문사판에는 '루두두루'로 되어 있다.

죽일놈 헤이 맘보 춤이나 추자, 그렇다면 좋다, 목에 핏대를 올려가면서
　　우리들은 한 번은 죽는다.
　　끝내는 울음이다 죽은 놈은 말이 없고 산 놈은 속이 답답하니까
　　술이나 퍼먹을 수밖에 없는 것이다.

명정초 酩酊抄

— 옛것은 멸하고 시대는 변하였다. 내 생명은 폐허로부터 온다. (쉘레) —

1. 유우 아 젠틀맨 아이 암 노예奴隸

나도 잘못 태어나서 이 모양 요 모냥 요 꼴이지, 맘보 쯔봉을 입었을 망정, 이 자식아 나도

국회의원이나 무역 회사 사장의 무얼로 얻어걸렸으면 요지경이나 따라지신세는 우선 아닐 테고.

이 망할 자식아 같지않게 구린내만 피우지를 말고.

이 좋은 세상에 이 좋은 서울에서

고독이나 쓸쓸한 웃음이나 무섭도록 서러운 볼기짝을 팔고 사는 명동에서

술이나 한잔 사보라는 말이다.

나도 잘못 돋아난 버섯이어서 그렇지, 전전 시대 같으면 포도대장은 못 되었을망정 정이품은 되었을 꺼구, 나도 세상 잘못 만나 그렇지,

전 시대 같으면 육갑이나 떨면서

가문이나 손때 묻은 족보나 앉아 따지면서 사업이요 오입이다 하면서

청춘과 인생을 보내고 곱게 늙을 뻔한 팔자소관 앞에서

나도 밑천을 털고 보면 위로 증조부는 판서를 지냈고, 조부는 만세를 불렀고, 나도

밑천을 털고 보면 아버지 대엔 만석꾼이었다 뿐인가, 계동에 대궐 같은 집뿐인가, 그뿐인가, 가을 봄 없이 철없이 조석 없이 화초를 가꾸면서

남부럽지 않게 살아온 서울깍쟁이지마는

이 자식아 너 좋고 나 취하는구, 옳지 못해 시시껍적해, 고재 좆자랑
하듯 대학교만 다니면 제일이구, 교양은

털끝만큼도 없는 이 자식들아 유우 아 젠틀맨이고 아이 암은 노예라
면 그만이지 술이 취하이 오늘 이만하이 미안하이 헤이 친구.

내일 또 만나자는 말이다.

저 개 같은 놈이 아직 살아 있어, 저 강도 같은 놈은 아직 대로를 활
보하고 있어, 저 죽일놈은 아직 아직 죽지 않고, 이거 몇 해만에 만나니
다짜고짜 돈이다 계집이다 삼각동 댁이 어떻다고 거품을 물면서 씨부리
는 꼴은

차마 눈에서 불이 나 볼 수 없고.

오른쪽 귀로 듣고 왼쪽 귀로 흘려버리기에는

너무나 벅찬 이 거리에서

주먹으로 말하면 한 대쯤 갈기고 싶은 이 골목에서

빽이나 돈만 있으면 빽이나 돈을 꿈꾸면서

닭의 다리 같은 것을 허리에 차고.

나도 한번은 재어보구 싶은 세상이다.

2. 묘비명墓碑銘

나도 잘못 태어나서 더럽게 살아왔지만, 나도 잘못 태어나서 바가지
나 깡통을 차면서 살아왔지마는, 이 자식은

빈대떡 같은 얼굴에 여드름 자죽이 아직 남아 있는 이 자식은 이 자
식은 내일 만 환보다는 오늘 단돈 백 환이 절실하게 필요하다는 것을 아
는 서투른 오입쟁이지마는

냉수보다 술을 좋아했고.

술이나 안주를 줏어 먹다보니 주정뱅이가 된 이 거리에서

후대구 박대구 있어 먹고 놀다보면 낮이 낮이나 밤이나 어떻게 해볼 수 없는 쟝글에서

호미 들고 괭이 들고 씨를 뿌리면서

입에다 빠알갛게 발랐을 때에는 키쓰는 이리로 도라꾸는 이리로

대한민국 시간은 아직 여덟 시 반, 아홉 시 전이고.

묻지도 않는 신세타령과 함께

삼 년 전에 부산에서 먹은 막걸리 트림이 왈칵 목구멍까지 솟으면 고개도 들지 않고 뒷골목을 빠져 나오는

그것은 주먹, 그것은 발길, 그것은 그것은 서른다섯인데

먹구는 그것만 했기에 사랑은 가고 연애는 하고.

근로 봉사로 엮어온 슬픈 세월을 위해서 이렇게 처량하게 하이얗게 눈이 내리는 밤이면 술이라도 먹으면서

나뽀리나 말세유 같은 항구를 생각하면서 수속도 없이 사랑하는 사람을 생각하면서

절차도 없이 이런 주막의 기항지에서 머언 항로에 오르고 싶은 시간을 딛고.

죽구 싶은 다정한 밤이면 머슴자리 몇 해에 저축도 없이 꾸며온 생활을 어깨에 짊어지고 술이 취하는가.

흥분하오 벗구서도 안 서는데

이 사람이 이게 개 눈에는 똥만 보인다더니, 이 사람이 이게 이게 한 대 얻어터져야만 번쩍 정신이 들겠는 모양이지, 자 그런 게 아니구 입으로 말할 때에는

거짓이구, 마음으로 말할 때에는 진정이니 이 사람들 들어보게

달이 가고 해가 바뀌었으니 나이값이나 하면서

기가 막히게 살아온 과거를 더듬으면서

인제 피차 늙어가는 처지에

그럴 것 없이 색시는 가락에 맞춰서 노래나 한 곡조 하고.

우리는 가락에 맞춰 술이나 마시고.

강짜는 하여서 무엇하리에 주먹 장단에 춤이나 추면서

보고 지고 보고 지고 그럴 때엔 피를 토하고.

그것도 마땅치 않으면 목놓고 울다가 그것도 마땅치 않으면 허비고
뜯다가 무섭게 살다가, 그것도 마땅치 않으면

고개 너머 홍제원이나 청량리 밖 망우리나 북망산에

상여도 없이 요령도 없이 조국을 두고.

고향을 두고 뿌리 빠진 친구들 두고.

나는 간다 나도 간다는 말이다.

속續 명정초酩酊抄

날라갔던 비둘기가 다시 날라오고, 그런 의미에서 락키 보이, 이 자식은

그런 의미에서 서울 와서 술을 먹으면 와락 울음이 솟을 것만 같다는 이 자식은 이 자식은

숙녀 앞에서 넓적다리가 어떻고.

임질이 어떻고, 숙녀 앞에서 그것이 어떻다니 이 자식아 그럴 것 없이 나 좋고.

너 좋은 대로 한 코 뜨고.

둔하게 생긴 모양에 비해서 입술이 몹시도 가벼운 사나이의 가슴에서 정이 들면 살고 싫으면 그만두고, 이 자식아 이 망할 놈아 잠자리 맛이란 알아, 다리를 걸면서 씨름을 하는 걸, 순풍에 돛을 달고 배 타고 노 젓는

인간 최대의 예술, 오늘 김형은 처음이고, 박형 강형 취하는데

다시 나무토막 같은 사나이의 가슴에서

달 밝은 밤이면 울음이 솟고, 이렇게 잊지 못할 밤이면 사나이의 가슴에서

인생도 가고 전쟁도 가고, 인제

남은 것은 자학, 어쩌자고 이래 꼭대기에서

피도 감격도 마르기 전에 청춘도 가 인생도 가, 같지않게 빌어먹을 놈의 새끼들이 한 잔 아닌 열 잔이면 어떻고, 주먹이면 어떻고, 총칼이면 어때, 피도 감격도 이 밤도 가기 전에

우리 친구 하나 소개하지 미쓰 밤마다의 밤파이어 백, 보는 대로 느

끼는 대로 순수한데

　이마는 서울 코리어고 눈은 가심치레한 개 눈깔이고, 그 크다란 콧구멍으로는

　오십 톤짜리 탱크도 다닐 수 있겠고.

　또다시 자랑 많은 사나이의 가슴에서

　죄와 벌, 라스코리니코프, 어쩌구 어떻던 이 위인이 발견한 남성과 여성, 그리고 중성 명사 같은 분별과 함께

　바다로 갔던 사나이가 돌아와 있고.

　강이나 산으로 갔던 사나이들이 포탄을 안고 한자리에 모인 서울에서 비극과 희극 명사, 판단과 저항, 그리고 그리고 모든 것이 인제 끝났구, 선이다 악이다 대포밥이다. 주제넘게 바닥이 나기도 전에 곤드레만드레가 되는 서울에서 종로에서

　상처 투성인 나의 가슴에서 나의 나의 가장 안에서

　날라갔던 비둘기가 다시 날라오고, 그런 의미에서

　술이라도 먹고 먹구지구 살다 지치면

　에이 내가 너를 찾아 죽으러 가는 길은 비가 오고 바람이 불고, 에이 에이 배라먹게도

　왜 사람은 죽으라고 만들었을까.

　우리들은 청량리 밖 망우리 가는 손님이올시다.

　어쨌든 여러 선생님들 앞으로 머언 후일을 부탁하고.

　시간과 여유만 있으면 취미로 몇 번을, 두 번 아닌 한 번은 산보하고 연애하고.

　손 잡고 입 맞춰 보고는

　찌리리 전기가 통하면 두고두구 돈으로 장가가라는 말이다.

사슴

해와 달이 가고 희망과 절망과 하수도 기슭에 생존과 고독과 기인 한 숨과 무너진 가슴의 한 기슭에서 해와 달이 가고.

구름이 바다로만 떼 지어 밀리어 가던 십 년 전 그날부터

이별은 아름다운 것, 이별은 슬픈 것, 이별은 가슴 아픈 것, 이별은 목이 메이는 것.

그러한 모든 것 때문에

고독을 안고 병원을 드나들었고, 기인 한숨과.

쓸쓸히 돌아섰다 뒤돌아보는 광복동에서 무너진 가슴을 안고.

닥치는 대로 싸구려 대포집이나 소주집을 드나들었고, 그리고 십 년이라는 세월이 가고 없는 지금에도 하늘이나 별을 처다보면서

파도치는 영도 어느 바위 틈이나 오륙도 저 머얼리 보이는 청학동 피크닉 같은 것을 뱃고동이 시장끼를 잊게 하는 부산 같은 피난지를 생각하면서

구름이 바다로만 떼 지어 밀리어 간 세월과 함께

외로운 사슴은 보수동이나 남포동 어느 뒷골목에서 조용하게 때로는 독설이나 주먹이 거래하는 막바지에서

와이 와이 주정을 부려보는 삿대질이나 컵이 날르는 사나이들 틈에 끼어

짜증을 내며 슬프게 살아가다가도

냅다까려 시가 어떻고 소설이 어떻고 사회가 어떻고 정치가 어떻고.

그 망할 것 같은 계집이 어떻다고 씨부려 보던 광복동 네거리에서

노 젓는 사공이라면 사공, 깃발이라면 깃발, 만세 부르는 조국이라면

조국, 그러한 언덕과 고개 위에서

　해와 달이 가고, 해와 달을 기둘리다 못해 가슴과 어깨팍 쭉지가 절단이 나던 세월은 간다.

　시비도 아닌 농담도 아닌 도시 주정 비슷하게

　살을 날리며 국제 시장이나 사십 계단이나 대청동 청구 다방 근처에서

　홍정을 하며 목숨해 온 사나이 앞에

　모진 비바람과 추위와 기타의

　죽엄과도 같은 압력과 생의 무더움과, 그 광증과 생활과, 다시 죽엄에 대한 오랜 고민은 푸지게 흐느껴 울다 못해 바람이나

　안개나 구름은 비가 되어 바다로 바다로만 가는데

　당신을 생각다 이렇게 당신을 소중하게 생각다, 저 성당의 종소리 같은 것을 들으며 고독이나 지루한 인생을 필요 이상으로 달래어 보는 세월과 함께

　어느 항구에서 보낸 당신의 가슴 아픈 편지를 안고.

　이 해도 언덕과 고개 위에서

　해와 달이 가듯이 마구 가는가.

GOOD BYE GOOD BYE

1. 화투 花鬪

우리들이 서로 만나 소개 받고 인사한 곳은 부산하고도 국제 시장 변두리의 어름집, 우리들이 서로 만나 편지를 주고받던 곳은 남포동 골목 어느 피난민 수용소 앞, 그로부터

구름에 달 가듯 해와 달이 가고.

인제 나도 잔주름이 가고, 인제 나도 가슴 앓다 약 먹고 고추 먹고.

살아서 아무렇게나 얽어온 인생치고는 버섯, 버섯치고는 독종이지마는

당신에게 푸르우스트나 베이타나 파우스트, 그리고 고오강을 즐겨 이야기하던 사나이치고는 못파상이나 지이드나 카롯샤보다도 슈만보다도 루바이아트의 오오마 가이야나 다자이 오사무를 좋아하던 가슴치고는

나는 지나칠 정도로 무섭도록 바닷가나 아리샤를 찾았고, 나는

그로부터 외로움이나 우울이나 지나간 환상을 더듬으며 즐겨 나란히 걷던 영도다리 난간을 더듬으며 발자취를 따라 이 거리 저 골목을 더듬으며 아리샤 아리샤를 목이 메이도록 울붖던 시간을 딛고 가슴을 찾기를 십 년, 삼 년 후엔 반드시 행복이 오리라고만 믿던 사나이는 그로부터 다정하던 그로부터

뿔을 쓰던 선배 소설가를 따라 주점에 기어들어 값싼 술을 마신 것이 아니라 죽어라 하고 퍼먹었고, 친구나 이웃과 함께

아물지 않은 영영 아물 수 없었던 무너진 가슴을 빚어놓고 이야기하고는

과거는 뭐, 당신의 생명은 바다에서부터 오고, 당신의 여운은 부산에서부터 사십 계단에서부터 오고, 과거는 폐허, 과거는 신앙, 당신의 모든 것은 광복동에서부터 송도 방파제에서부터 아리샤 아리샤 아리샤에게서부터 오고 가면

공허, 나는 너를 보내놓고 미칠 것만 같던 나는 나는 저 색시들 가운데 한 색시와 꼭같이 살리라 하고,

그러나 너를 생각하는 가슴에서는 두방맹이치고, 끝내는 멍이 들다 못해 죽어서 살아서

아무렇게나 엮어온 인생치고는 버섯, 버섯치고는 독종이었습니다.

우리들이 떠받드는 하늘에서 구름이 돌고 비가 오면 바람 속에서

어쩐지 초조하고도 처량하기 짝이 없던 나로 하여금 바닥이 나도록 생명을 필요로 한 것은 바다, 어쩐지 어쩐지

부끄러움과 아쉬움에 지치다 못해 기관총과 폭탄선언을 미칠 듯이 퍼붓게 한 나로 하여금 나로 하여금 주먹이나 어깨나 야지 야로오 구둣발을 강요한 것은 파도, 파도치는 수평선을 내다보면서 파도치는 바다를 내다보면서

물결 높은 바위 위 이쪽에서 아리샤 아리샤 아리샤를 아리샤를 넋 없이 부르면 갈매기는 아리샤라는 자형 비슷이 날르는 파도치는 바다를 내다보면서

나는 가슴을 치면서 울었습니다.

2. 과거는 추억, 그런 것이 청춘이라면 다시 과거는 무덤

아버지는 경주 김씨, 어머니는 밀양 박씨, 그래서 잡종일 수밖에 없

는 나는 너를 색시로 맞어들이는 욕심에서

시계가 가리키는 약속과 시간이 빚어내는 위치에서

혹은 절망하고 혹은 임시적으로 도피하고 자기 위안을 하고 마는 이 좋은 세월과 함께

쎄븐이라는 게 좋다니, 이 무식한 놈도 일흔하고도 쎄븐까지는 죽어 살다 남은 목숨이 붙어사는 세상이 있다면은

너를 언덕으로 믿는 이 하늘 밑에서 살아서

정말 만나지 않겠다면 이유는 묻지 않겠고, 그러나 나는 언젠가는 모델로 글을 쓰겠고, 그러나 나는 가슴 앓은 사나이, 이 사나이를 팽개치고 떠나는 당신은 결코 행복하지 못할 것이고, 그러나 그러나 진정코 아리샤를 사랑했던 나는

나는 너를 납득시키지 못한 광복동에서

귀로에서 증오와 스스로에 대한 고민에 자책에 울다 못해 자살은

나의 마지막 기대, 그곳에서도 나를 찾지 못한다면, 나의

주검은 헌 고무신짝 같은 것이고.

그런 쓴 주검이 기다리고 있는 것이 생이라면 차라리 나는 나의 가장 안에서

바다, 파도 소리에 귀 기울이면서

무너진 하늘을 안고, 무너진 가슴을 안고, 기가 맥히게 엮어온 맘부림과 함께

우리들이 나란히 앉아 찍은 사진의 사나이는 꺼질 것같이 사랑하는 아리샤 옆에서 병들었습니다.

우리들이 다시 만날 때까지

우리들은 저마다의 생각과 생활과, 후렴이 있는 과거를 가진 애정 속에서

어쩔 수 없이 목이 메이고, 어쩔 수 없이 벅차오르는 가슴은 화산이 아니면 타는 태양, 방향과 목적은 하나, 나는 너를 찾아서 구름 밖에서

해석이나 주석 같은 것 필요 없이 바다로 떠나는 아침에는

자유의 앞에 일어날 수 있는 현실과 함께

나에게 있어서는 이 적은 시는 청춘의 마지막 반항, 질서와 권위, 그리고 그 무슨 결의는 나에게 있어서는 엄숙한 세계, 꽃다발과 박수를 받은 다음에 오는 공허, 그것은 주검, 그러나 나에게 있어서는 이 적은 시는 청춘의 마지막 반항.

신명 나는 반항, 반항이었습니다.

우리들이 다시 만날 때, 그로부터 꽃나무를 심어놓고 십 년 후엔 우리들이 다시 만날 때까지

바다나 수평선, 그리고 갈매기를 생각하던 사나이는

살아서 나비넥타이 매고, 연애하고 키쓰하고 술 먹고, 과거를 가진 상처투성이의 청춘을 위해서 소설가는 되지 못하고 시인이 되어 죽어서 살아서 이 항구는 아리샤와 함께 보고픈 바다, 이 바다에서

보고 지고 보고 지다 피를 토하면서

나는 가슴을 치면서 울면서 가슴을 치며 가슴을 치면서 울면서

꼭 나는 너와 죽고 싶었습니다.

그로부터 죽어서 살았습니다.

라 트라비아타

서른하고 다섯 해를 뒤돌아 생각하니 웃음만 나오고, 서른하고 스무 해를 또 더 더군다나 산다면 이번에는

웃음이 아니라, 빠락빠락 악을 쓰면서

타락을 하면서 돈을 모아보겠다는 거리의 사나이, 오늘 밤에는 어데서 취했기에 이렇게 가락과.

노래가 뒤섞인 한숨이 절로 나오는가.

우리 꼭두각시 춤만 추고.

오늘 밤에는 어데서 취했기에 봄은 오고, 날씨는 따스해오고, 가슴은 찢어지고, 사시장철 기다리다 죽어간 사나이들을 위해서 오늘 밤에는 어데서 취했기에

구름이 떼 지어 넘어간 산을 찾아서

고개 너머 아스라히 피어오르는 구름을 찾아 떠나는

시간을 딛고, 담배를 사세요, 하숙을 가세요, 이 자식 버릇없이 나를 공동변소로 안내하겠단 말인가, 이 자식이, 여관, 아저씨 여관을 가세요, 공동변소에 비하면 아주 멋진 마음 파는

별장으로 안내하겠다는데

재수 없게 왜 그런 말씀을 하십니까.

우리의 종착역 미도파 근처에서

다시 살아서 보게 될지 죽어서 보게 될지 두고 봐야 알 일이지마는

움직이는 행인이나 흘러가는 자동차나 조국이 보일 때마다 내가 살아 있다는 것을 느끼니 살기는 인생을 다 살았는데

우선 거리의 자가용을 타고 보고 떠나면서부터

노란 저고리에 다홍치마로 치레하고 남편의 때 묻은 넥타이를 가는 허리에 가볍게 동여맨 이웃 여인을 생각하면서 흔들려 가면서부터 이층에서 보이는 건넛집 과부의

세상모르게 젖가슴과 허벅다리를 내놓은 채 잠든 자세를 생각하면서 흔들려 가면서부터

볶아서 고아서 찢어먹고 싶은 정도로 눈깔이 뒤집히는 이 거리에서 그런 소리하면 부처님도 웃음이 나오는데 웃는 얼굴에는 빨갛게 타는 밤인데

운전수 선생 이럴 것 없이 차를 세워놓고 마시고 탱고를 틀어놓고 오픈 께임으로 춤을 추고 돌아가고, 운전수 양반 이럴 것 없이 거리의 사나이는 술을 좋아하고 당신은 돈을 좋아하고, 여보는 밑에 것을 좋아한다니, 농담이 아니고 되는 소리 안 되는 소리, 까놓고 말이지마는

지금 어데 을지로 입구, 지금 어데 화신 앞, 지금 어데 돈화문 못 미처, 운전수 아저씨 삼천만을 위해서

오늘 밤은 남산 가두를 거쳐 삼각지, 그리고 그 길로 한남동 쪽으로 약수동을 거쳐 돌고 돌아가면 지옥인데

그곳에 두부찌개를 보글보글 끓여놓고 곤히 잠든 자식들의 얼굴을 지키면서 바느질손으로 초조하게 기다리는 아낙이 있고, 그렇소 인생에 상 타러 왔어

술 먹고 놀자고 왔지 노래하고 춤추고 말하자고 왔지, 인생에 졸업장이 필요하다 안 될 말씀.

우선 손을 깨물고 말하지마는

그곳에 우리 집이 있습니다.

오늘도 라 트라비아타 라 트라비아타 마시어라 거리의 멋쟁이 어데서 취했습니까.

아직 이래봐도 마음만은 열아홉인데

— 모든 것은 가고 모든 것은 돌아온다. 존재의 수레바퀴는 영원히 돌아간다.
모든 것은 죽고 모든 것은 다시 꽃이 된다.(니이체) —

나는 여자로 태어났기 때문에 한평생을 몸과.

마음을 비비며 꼬며 염병 앓다 곤두서다 뒤지다 죽어서 살아서 이렇게 소리치며 심으며 가꾸며 허비며 뜯으며 멱살을 쥐면서까지 이렇게 이렇게 버릇없이 되는대로 봄을 찾아 꽃을 따라온 것이 차라리 죄라면, 그것은 벌일 수밖에

이놈의 세상에 뒷다리를 걸면서까지 아이새끼 하나 낳으려 왔다는 죄밖에는

그것이 벌이라면 벌일 수밖에 없는데 직업 중에서도 가장 천한 이름이 붙는 여자라고.

그렇다면 이 자식아 부산 조개면 어떻고.

인천 조개면 어떻구 어쨌단 말인가 말이다.

나는 여자로 태어났기 때문에 한평생을 말과 아가리를 노리면서

엉뎅인가 궁뎅인가를 이리 비쭉 저리 비쭉 이리저리 내흔들면서 여러 가지로 힘을 주면서

이 거리 저 거리 이 골목에서 오빠가 아니면 아저씨, 아저씨가 아니면 이웃사촌과 눈이 맞아 돌아가면서

남달리 슬픔과 행복, 그리고 남달리 남달리 서럽게 매어서 쥐어서 살아는 왔지마는

부엌에서 안방에서, 그런 살림살이는 시시하고, 그따위 애정과 사업에는 야속하다가 아니라 데데하고 더럽고 아니꼬워서, 거울 속에서 이불

194

속에서 무거운 고깃뎅이 밑에서

활개를 치다가도 맘부림 때문에 비는 쏟아지니 물은 범람하고 벼락
은 치고, 곤두서는 이 세상에서

살아서 만났으니 감격할 수밖에

나도 모르고 너도 모르고 우리 모두 다 모르니 약탄 백탄 팔고 가는
수밖에 없는 골목 어구의 담벽을 향해서 한쪽 다리를 가볍게 쳐들면서
나 너 우리 모두들 그것을

빼들고, 조개가 없으면 임금님도 없어 조개 없으면 한국도 세계도 인
구도 없어, 무어가

뭐 같지 않은 것들이 냄새만 피우는 이 거리에서

노래 좋다 괴롭구나 술이 좋다 슬프구나, 눈이 좋다 박아놓고 있는
순간 같구나, 박아놓고 박아놓고도 오백 환이 비싸다고 깎는데

어쩌자고 이 양반 쌀값이 오르는데

사백 환으로 깎아보는가 말인가 말이다.

나는 여자로 태어났기 때문에

한평생을 눈물과 하소연으로 무허가 주점 같은 불안으로 비빔밥같이
살기는 살아 목숨해 왔지마는 옷소매를 붙잡던 사내, 울며 떠나던 사내
자식, 죽어서 썩어서 가는 사내자식들, 이런 쓰레기 같은 자식들을 보낸
다음에는

호박씨 같은 마음을 안고 총소리를 들으면서

대포밥이 되던 생활 전선에서 나는 여자로 태어났기 때문에 한평생
을, 나는 여자로 태어났기 때문에 한평생을 꺾어서 타락해서

중이 제 머리를 못 깎듯이 살아서

오늘 이때까지 엎치며 뒤치면서

밥이 죽이 되고 먹다보니 쓰고 아리고 돌아서 뱉으며 토하다 보다보

니 봄은 통사정을 하면서 말을 타고 오는데

아직 이래봐도 마음만은 일팔이 아니면 열아홉, 이 죽일 우라질 개자식들아 열아홉이라는데 어쨌단 말인가 말이다.

나의 취미는 고독이다

— 한 소녀가 청춘을 안 후에 고독, 불안, 그리고 음악, 그리고 다시
  고독의 수기로 엮은 것을 훔쳐 읽고 얻은 청춘의 일기다. —

나의 취미는 고독, 바람이 부나 눈이 오나 밤이나 라라 따따따나 나
의 취미는 고독, 괴롭다 즐겁다 낮이다. 편지 받고 어머니 생각 고향 생
각, 흰 구름 잡고 오빠께 소식 전하고, 오월의 꽃나무 앞에서 나즉히 불
러보는 것은 가늘게 어깨를 떨며 속되게 울어보는 것은, 그리고 마음 안
팎을 흐르는 것은

강물이 아니면 하늘, 하늘이 아니면 목메인 울음, 울음이 아니면 무
엇, 무엇이 아니면 비, 싸리 비가 아니면 무덤의 비, 가슴에 오는 비는 척
척, 돈 주고 병 얻어 사는 세상은 넓고 좁고 길어서

내 나이 열다섯에 그를 생각해 보고.

내 나이 열아홉에 그를 불러보고 손 잡아보고 입 맞춰보고, 내 나이
내 나이 스물다섯에 그를 당신이라 불러보고 안겨보고 누어보고, 강제로
사랑한다고 유혹해 보고.

저녁을 얻어먹고 산보하고 꾀어서 보내서 일기장에서 꿈에서

포옹하고 범에게 쫓겨서 마구간에서 아들 낳고 딸 낳고 또 낳고 행복
하게 살고 영원하게 사약 먹고 싶은

나의 취미는 고독, 고등학교 때 약간 느꼈고, 소위 대학에 와서 자유
진리 학문이다 딱딱한 무엇에 강의에 싫증을 느껴 창밖을 내다보다 초록
을 생각다보다 얻어걸린 것이 삼월이었고, 사월이었고 모란이 피었다 지
는 오월.

고슴도치 같은 하이칼라에 검으데데한 애인인데

렌의 애가를 읽던 이 시절에 그는 새빨간 보재기에 포장을 싼 시몬의 시몬의 회상을 소포로 보내 왔는데 감격했는데

이때부터 아이스크림같이 나는 고독이 좋았고, 이때부터 대학의 생활 조사표 란에 취미는 고독이라고 기록했고, 이때부터 일주일에 한 번씩 만났고, 사흘이 멀다고 하루가 멀다고 약속 밀회, 언제는 안 만나고는 하루 한 끼 굶는 것보다도 참기 어렵고 만나고 나면 시시하고 고민하고 죽고 싶고 그 후 그는 군대에 가고.

나는 서울에 남아서 아쉬운 대로 걸리는 대로 되는 대로 고를 것 없이 마구재비로 서약도 없이 쪽지 한 장에 만나자는 대로 만나서는

쓴 커어피 한 잔에 꾸며대는 거짓말만 듣고 웃고 좋았고, 챠스이에 짜장면에 두세 시간씩 꿈을 꾸기도 하고 변소도 가고 한숨도 섞어보고 나무도 되고 바위도 되고 꽃도 되다보다 보면 호박꽃인데

대체로 사랑이란 그런 것, 대체로 연애나 추억이란 감정은 이런 것, 산다는 것은 그런 것 이런 것, 커어피나 짜장면 한 그릇 얻어먹는 것, 능금나무 밑에서 다방에서

시간과 약속을 지키는 것이 고독이라는 것을

내 나이 스물하고 부끄러운 나이에 비로소 알았습니다.

나는 빵만으로만 세상만사가 해결되는 줄만 알았던 나는 빵을 먹다 울었습니다.

나는 이 고개 위에서 동으로 갈 것인가 서으로 갈 것인가 나는 그를 사랑할 것인가, 나는 이 고개 위에서

바람이 아니면 눈이 아니면 밤이 아니면 괴로움이 아니면 즐거움이 아니면 편지, 그리고 어머니 아니면 고향을 조용히 생각할 수 있는 음악을 좋아했고 음악이 좋다 말다보니 거리의 사나이들 생각다보니 떡풀에 횟가루를 바르게 되었고.

쥐를 잡아먹다 불란서 향수를 뿌리게 되었고.

뒷축 높은 낏또구두를 신다보니 여드름 자죽이 남고 콧대 덩실하고, 깊숙히 눈이 오물어 들어박힌 남자에게 반해서

흰 구름 잡고 오빠께 소식 전하고.

오월의 꽃나무 앞에서 꿈과 함께

면사포 쓰고 웨이딩 마아취에 발맞추면서 꿈과 함께 마음과 함께 시집을 가고 싶습니다.

나는 저 사나이들 가운데 한 사나이와 꼭같이 꿈꾸고 싶고.

살고 싶고 죽고 싶습니다.

이화자 李花子
— 명예롭지 못한 가난과 돈에 시달리다 죽어간 한 여인의 일기다.
주검에도 사정이 있다. —

1. 천사 天使

우리의 팔도 금수강산 삼천리에서 아무렇게나 모여서 우리의 팔도 금수강산이 좋다 나쁘다 아무렇게나 핼로 오케이 삼천만을 부르며 말면서 아이 라브.

당신도 아다시피 외상으로 뱃속에서 나서 자라서 묻혀서 외상으로 피어서 살아서 고기값을 하는 화자올시다.

소위 미쓰 리하고도 화자올시다.

이 세상 모든 것 웃어 죽겠습니다.

웃는 얼굴에도 침을 뱉으며 세금이 붙고 딱지가 또 붙어서

차압이라는 거치장스러운 것을 당한 여인치고도 동가쯔보올시다.

우리 아버지는 남의 보증을 서고 파산하고 땅 팔고 집 팔고 분김에 어쩌구 어쨌다는데

지금은 부슬비라도 좋고 억수라도 좋고, 그리고 모르겠는데

지금 억수가 쏟아지고 사람 살려 달라는데 그리고 모르고 모르겠는데

오늘도 약속이 있어 외출해야겠고 잠옷을 후닥닥 벗고 코티분에 화장을 하고 거울 앞에서

눈을 감으면 파노라마, 만주 벌판 같은 허허 대지에 하이얗게 눈이 쌓이고, 태평양 같은 파도 높은 바다 위에 자욱히 안개가 뒤덮히고 물레방아 도는 건너 마을의 풍경이 펼쳐지면, 산과 바다와 가파로운 마을은

마음을 아프게 하면서

인제 일어나 투피스가 아니면 원피스를 걸치고 신발 신고.

당신의 사진이 소중하게 들어 있는 핸드백을 열고.

사랑하는 사람이여 돈이여 긴 한숨이여 하고는

다시 한 번 다정하게 웃어보는 것이다.

이 우라질놈의 세상 사내자식이란 모두가 강도올시다.

그렇다면 먹기 위해서 살기 위해서 죽기 위해서 희극 비극 하지마는

우선 창밖은 비가 오고 땅이 질고 홍수가 날 것만 같고 소나기라도
좋다, 어쨌든 비가 오면 가슴의 멍이 풀릴 것 같고 같은데

여러분 이런 때는 정말 납치당한 아버지 생각 돈 없이 집 없이 끼니
걱정을 하시던 어머니 생각, 오빠 생각.

어쩌면 이 일 저 일을 좋겠습니까.

세상만사 모든 것 울어서 될 일이라면 웃고 울면서까지

앞으로 뒤로 가로 모로 손을 높이 번쩍 들고 이것 저것 그것 시키는
대로 쉬엇 차렷 살았지마는

명예롭지 못한 가난과 돈에 시달리다 죽어야만 하는 여인은

일찍이 어머니는 김산월 여사 소위 아버지 되는 위인은 이간구라는
각하라고 하고.

그렇게 태어난 사생아올시다.

2. 나는 너와 죽고 싶다

외롭게 자라서 외롭게 피어서 외롭게 묻혀서 직업에 귀천이 있느냐
면서도 욕되다는 이것에 매어서 연애하고 목욕하고 돌아서 닦고 밥이라

도 먹는다고 거울 앞에서 곱게 웃어보는 꽃, 호박꽃인데

위아래 없이 상품치고는 메이딘 코리언치고는 서울치고는 외인촌에서 개업하는

마이 따아링 쥬인감 쬬꼬렛 딸라 팍스지마는

깎는 게 많고 뜯는 게 많고 바치는 게 많고, 이렇게 달리는 것도 빼앗기는 것도 많으면 외상으로라도 순정을 바치겠다는

우리의 순희와 화자는 순정보다 먼저 안 이것 때문에 사정이 다르고 출발이 다르고 계급이 다르다는 우리의

미스 이화자는 쓴 것 단 것 잡 것 할 것 없이 먹고 뱉고 설사를 하면서도

서울하고도 삼각지 일대 한남동 이태원 해방촌 이 지방에서 돈 벌어 집 사기 전에는 한밑천 잡기 전에는 물고 늘어지면서 결사적으로 남은 청춘을 바치면서 팔면서 한탄하면서

우리의 삼천만을 부르며 말면서 아이 라브 당신 좋다 나쁘다 따분하다 돈이 많다 기뻐서 슬퍼서 울다가도

옥비녀 옥동곳 꽂고 당갑사 열두 폭 치마 입고 싶지 않아서 입지 않는 것이 아니라 보고픈 부모 형제와 이웃과 무슨 원수를 졌다고 담을 쌓은 것이 아니라, 나도 섬기고 싶고 너를 사랑하고 싶고 믿어보고도 싶지마는

여러분 이미 모든 것 몸 버려 마음마저 버려 금이 가고 무너져 깨어져 썩어서 남은 고깃덩이 인간쓰레기입니다.

여러분에게 어쨌던 이 세상에서 미안했습니다.

여러 가지로 죄송했습니다.

우리의 팔도 금수강산 삼천리에서 아무렇게나 모여서 우리의 팔도 금수강산이 좋다 나쁘다 아무렇게나 헬로 오케이 삼천만을 부르면서 말

면서 아이 라브 당신, 좋다 나쁘다 따분하다 돈이 많다 기뻐서 슬퍼서 울다가

산다는 것 자체가 명예롭지 못한 세상에서

죄짓고 많이 살다 마지막으로 라디오의 디이스 이즈 서울 코리어를 들어가면서

더럽게 이렇게 몸부림 맘부림 만세 끝에 사약 먹고 편히 죽어 갑니다.

죽어서 지옥과 천국이 있다면 갈림 사잇길에서

다시 여러분에게 청춘을 개업하겠습니다.

세상 죽고 싶어 죽는 것이 아닙니다. 주검에도 사정이 있습니다.

또다시 유월은 오는가

또다시 오는가, 포개진 가슴 위에 꽃나무를 심어놓기 전에 또다시 오는가, 인제

청춘과 꼭두각시 같은 세월은 가고.

무너진 벽돌부스레기 짓밟힌 황토길을 밟고 산과 산이 마주 선 아아한 끝에서

구름과 하늘, 그리고 바람을 타고.

보리고개를 넘으면서

또다시 유월은 오는가.

찢기우다 못해 난자하게 꾸겨진 얼굴들이 피어서

깃발이 아니면 만세가 아니면 자유, 그렇다 주검일 수밖에 없었던 비극과 함께

우리들은 아낙을 앞세우며 봇짐을 지고.

끌고 참외 오이 밭고랑 논두랑을 되돌아보며 떠나면서

놈들의 총뿌리 대포 탱크를 무찔르던 유월.

한강 낙동강 기름진 터밭에서 하늘에서

원수를 무찔르던 유월, 이빨 자욱 깨물면 유월은 보리고개를 넘으면서부터

그로부터 개베쯔에 보리밥, 게죽에 된장을 먹으며 연명하면서 엮어서 냉수만 마시던 구십 일, 구월이다 상륙이다 연희고지다 만세다 해방이다 살았다는 기쁨이, 어쩔 수 없는 아우성과 함께

시월은 북으로 압록강으로 두만강으로, 북으로 오랑캐를 쫓아 몰고 무찔러 가던 십일월과 함께

눈보라 치는 십이월의 전선에서

영하 삼십 도의 살을 어이는 혹한에서

피난길 튜럭에서 경부선 고깐차 꼭대기에서

남쪽으로 바다로 끝으로 얼어붙은 주먹밥에 목숨하면서

제각기 오들오들 떨면서도 시간과 공간, 과거라는 무거운 것을 부채를 가슴에 안고.

우리들 서로가 지켜온 어머니인 조국.

당신의 아들은 백마고지에서 피의 능선에서 당신의 아버지는 임진강 전투에서 당신의 남편은 동부 전선 고성 전투에서

적이다 돌격이다 화력이다 지뢰다 비행기다 하면서

그리고 장진에서 신안주에서 다시 흥남 철수에서

팔다리를 빼앗긴 당신의 아들이다 아버지다, 눈과 마음을 함께 잃은 이웃이다, 그렇다 당신의 형제들이다, 그렇다 그렇다 우리들 서로가

우리들 서로 서로가 지켜온 어머니인 조국에서

사모친 백칠십오 마일의 휴전선에서

이름하여 흙이라 부르던가 돌이라 부르던가 일월성신이라 부르던가 산천초목 가지가지라 부르던가

이름하여 삼월이라 부르면 파도 소리 만세 종소리 팔월이라 하면서

우리들 서로가 지켜온 어머니인 조국이다.

또다시 오는가, 포개진 가슴 위에 꽃나무를 심어놓기 전에 또다시 오는가.

인제 청춘과 꼭두각시 같은 세월은 가고, 무너진 벽돌부스레기 짓밟힌 황토 길 밟고 산과 산이 마주 선 아아한 끝에서

보리고개를 넘으면서

또다시 유월은 오는가.

희화소묘戱畫素描

우리들이 마시고 취하는 종로에서 명동에서 미도파 근처 명천옥에서
우리들은 마시고 취하고 노래하
는 강이 아니면 바다가 아니면 직접 주먹이지마는
사랑과 돈과 이 집에서 밤마다 모두 사루마다에 싸고 가는 사랑과 돈
과 이 집에서
돈 주고 기분 내고 흥분을 하고, 바람이 되어 돈 주고 업어주고 안아
주고 눕혀주고 마시는 아득한 가슴들은 쑥밭, 언제나 그렇지만 언제나
연락선 부둣가에서 테이프가 끊어진 심정으로
다시 취하도록 마시는
우리 사람들은 산다 산다 옳다면서
이 강산 삼천리 삼팔선 철조망 휴전선을 끼고, 금수강산 방방곡곡에
서 수도 서울에서
종로에서 명동에서 미도파 근처 명천옥에서
재미 어때 재미없으니 술이나 처먹으면서
인생과 세월을 보내면 아침은 오고.
청춘과 시간, 그리고 직업을 떠나면서 황혼이 오면 인제 모든 것.
올 것이 오고 갈 것이 가서 살아서 늙어서 죽어서
별은 쏟아져 되지못하게 밤인가.
이백 환짜리 추탕과 비빔냉면 북어 대가리를 안주 삼아 먹으며 뜯으
며 아멘 소멘 잡탄 만탄 막걸리를 마시면서
영어 쑈오트 안다 유우 모른다 미이 아우아 컨츄리는 머언 데 있는
것이 좋다 나쁘다 그렇다는 북도 사람들, 아라사 루스케 루스케 야쁘니

마이 쑤시 꾸시 다와이 그러한 나라 오랑캐들에게

쫓겨온 북도 사람들은 남도 사람들과 함께

이백 환짜리 추탕 비빔냉면 북어 대가리를 안주 삼아 먹으며 뜯으며 질근질근 씹으면서 화물차에 밀려서 가던 때와 같이 역정을 내면서 팔도 강산 유람을 이야기하고, 낡은 집에서 이밥을 먹었다는 이야기에서부터

깐나 에미나이 쓰세미 판대기 다래 머루 능금 맛이 좋았다는, 꼭지 떨어진 참외 맛이 어떻다는 이야기에서부터 아이 자지 가풀 뿐이라고 자랑은 무슨 자랑이겠느냐고, 부모 형제 이웃 사람들의 고향 이야기에서 부터

만주나 샹하이나 홍콩 일본 동경 불란서 미국 정치 경제 문화 일반 등, 카페 소설 문학 예술 인간 등등, 슬픈 세월을 탓하는

지금은 밤 조국의 시간은 오전 한 시까진데

시계는 왜 봐, 한 되만 더 먹자는 말이다.

인제 술맛도 나니 슬슬 해 보자는 말이란 말이다.

술 먹는다는 것은 인생에 취미 없는 사람들에게는 스포오쯔, 이 나이에 피를 토하면서 연애라는 스포오쯔를 할 수도 없고, 그렇다고 시금텁텁하게 종삼이나 묵정동에까지 찾아가서 오입이라는 스포오쯔를 할 수도 없고 용기도 없고, 야아 우리 왕서방 스타일이 꾸겨지기 전에

술이나 먹고 청춘을 이야기하고.

인생과 청춘, 계절을 이야기하면서

떠나가기 전에 산에 가기 전에, 다시

반 되만 더 먹고 속이 썩으니, 또다시

반 되만 더 먹고 또 먹고 비료가 되어 몸이 비대할 수밖에 없다는,

여보 그러면 우리들은

우선 돈이 없다는 죄밖에는 있소, 돈이고 뭐구 우리들이 마시고 취하

는 종로에서 명동에서 미도파 근처 명천옥에서는
　표준말부터 쓰자는 말이다.

續 속續 고향故鄉

나 사는 서울에서 예전 같으면 목단강행 급행열차로 천리 길.

열다섯 시간의 가쁜 길, 검불랑을 넘어 삼방꼴 석왕사를 지나 고원 영흥 정평을 떠나면서부터 옛 여진의 나라.

여진족과 신라 아니면 고려의 양반들이 쫓겨서 갈기갈기 이어서

살아서 목숨해 온 영토, 본시 말씨부터 토박한 변경.

이씨조선 오백 년에 쫓겨서 갈기갈기 이어서 살아서 밀려서 참새 짜드리가 되어 돌아앉은 함흥을 두고 흥남을 꺾어 마양도를 지나면서 구비구비 바다를 끼고 달려서

나 사는 서울에서 예전 같으면 목단강행 급행열차로 천리 길, 열다섯 시간의

가쁜 길 앞에 눈앞에서

나무를 찍고 땅을 파헤쳐 논밭을 갈아서는

씨를 뿌린 화전민의 후예들이 아무렇게나 가난하게 엮어온 족보나 역사, 그리고 평화를 누리면서

조나 수수를 심어놓고 능금나무가 보이는

돌각담 수양버들 밑에서

호미나 괭이를 놓고 덧저고리 호주머니에서

담배쌈지와 부싯돌, 그리고 아들이 어느 방학엔가 돌아와서 소중하게 여기다 남겨 놓고 간 영어 콘사이스의 인디안 페이퍼를 함께 끄집어내어서

담배를 말아 불을 질르고 한 모금 연기를 내 뿜고서는

땅 팔아 가지고 바다를 건너간 아들이나 이웃 조카나 손주뻘이 되는

영을 생각하는 아버지나 아저씨가 사는 집안과 이웃, 그렇다 그 옛날 어
릴 적에 서로 부랄을 어루만지면서

소꿉장난이나 땅치기를 하던, 기차놀음을 하던 동무들이 사는

내 고향은 덤비기로 이름난 덤비북청.

남으로 바다가 내다보이고 동서북으로는

머얼리에 삼수갑산 백두산으로 뻗어 감자 귀일밥의 풍산으로 떠나던
후치령과 가깝게는 이원 단천이 속한다는 만령, 함경산맥 험한 산과 골
짜구니에는

칡뿌리나 다래 머루, 산돼지나 호랑이나 향기로운 뿔을 자랑하는 사
슴이 산을 타다 마을을 찾아온다는 내 고향은

지금 나 사는 서울에서 남대문에서

예전 같으면 목단강행 급행열차로 천리 길, 열다섯 시간의 가쁜 길입
니다.

고향에 돌아가기 전에 청춘과 인생은 가고 주름은 늘고 사람은 남아서

오늘도 기쁜 품 속에 돌아갈 수는 없는 몸, 슬픈 세월과 함께

목단강행 급행열차의 난이 지워진 시간표 없는 정거장 대합실을 탓
하면서 오만분지 일의 한국 지도를 펴 놓고 여기는 휴전선.

잠시 철길을 따라 북어 대가리를 뜯으면서

기억이 착각이 아니기를 바라면서

도시와 마을을 떠나와서 신북청에서 완행열차를 바꿔 타고 밤나무
꼴의

할머니나 부모 형제를 찾아서 근심 걱정 끝에

마음은 구름을 잡고.

얼어서 묻혀서 사는 산이나 바다나 하늘을 우러러 사는

제 고향으로 가는 것이다.

화전민火田民*

고려가 망하고 이씨조선에
데어 이어 살아 십칠 대 오백 년의 세월을 산이 좋다
사슴과 놀고 산돼지나 여우 호랑이 날짐승과
숨어 대대로 지켜온 함경산맥을 언덕으로
데놈 마우재**를 피하며 험하며 무찔러온
우리들은 응달에서 고집으로 망했습니다.
북국의 눈보라 치는 겨울밤.
하늬바람 북두칠성 별을 헤이며 여러 가지 전설로 엮어 새우는
기나긴 계절은
산을 타고 구름을 밀며 오는가.
도토리나 군밤을 깨물면서
콩을 옹기화로 불에 닦으며 병자호란의 이야기며 동학당 가깝게는
의병 이야기며 기미년 만세.
독립군 이야기에서부터
나라 잃은 설움에 서럽다 못해 나라 없는 사람들의
반항은 다시 어유 등잔불을 돋구며 가물에 흉년에

---

* 「화전민」에서부터 「이것은 도깨비집이올시다」까지 열 작품은 『나의 취미는 고독이다』의 재판(1960)을 인
쇄하면서 추가로 수록한 작품들이다. 전영경은 초판에 수록된 작품들을 '제1부 나의 취미는 고독이다'로,
재판에 추가 수록한 작품들을 '제2부 이것은 도깨비집이올시다'로 묶었다. 그동안의 전영경 연구에서는
재판 인쇄 시 추가된 제2부의 작품들에 대해 언급되지 않았다. 이 10편의 작품은 시집에 수록되어 있지만
실제로는 발굴 작품에 해당한다.
「화전민」은 《현대문학》 1960년 6월호에 처음 발표되었다가 『나의 취미는 고독이다』 재판 인쇄 시 추가 수
록하면서 개작되었다. 이 작품은 『한국전후문제시집』(1961)에도 수록되었다.
** '데놈'은 중국인을 낮춰부르는 말이며 '마우재'는 러시아인을 일컫는 함경도 방언.

나무껍질을 베껴 송기떡 가래떡 하다못해 칡뿌리 메를 캐어서
식량으로 삼던 이야기며 홍두깨나 심청 밝은 달 이태백의 이야기며
김옥균 안중근에 고국.
산천을 떠나가던 당신의 이야기 앞에서
참나무 장작불을 헤치며 한숨짓든 겨울과
밤이 가면 얼음이 풀리는가.
갑자 을축 병인 정묘 무진 오른손을 꼽으며 육갑을 하며 문풍지 바람 소리에
놀래어 떨며 소금을 당나귀에 싣고
두만강을 건너갔다는 소식만 남아 돌아가는 이웃 진개바우네 아바이
나 용매돌 종가인 텀집.
삼대에 세간을 냈다는 난극집 애꼇집.
오소리 노루 산토끼가 살고 더더기 송이버섯 철쭉 진달래 피고 지는
용골 황용골 성째 우백호에 좌청용 노 젓는 배 형국의 마을.
저 건너 동개 이씨네 아무 며느리는 소박 끝에
큰 집 낡은 대들보에 목을 매어 죽었다는 흉가.
침 뱉고 돌을 던지고 지나가야만 된다는 국수당 고개 너머로
수집은 얼굴에 아무는 연지 곤지 쪽도리 가마 타고 시집을 갔다는
덕음이나 안곡 양천 전촌이 보이는 건너 세섬리 속후 당포 이맹기 남
대천을 끼고
찰떡같이 산다는 집난이들.
산과 골짜구니 아람들이 낙낙장송
떡갈나무 험한 비탈길을 오르면 또 산과 산이 첩첩히 돌아앉은
산과 마주 앉아 호령을 하고
산과 마주 앉아 쇠주잔을 권커니 받거니 빚으며 산족을 만나 주먹으

로 지켜온 사람들.

　가을 겨울이 가고 봄이 오면 재 넘어 육십 리 길을 주먹밥에

　통나무 장작 송합단을 우차에 싣고 덜거덕거리며 저자 나드리 길에

　미역이며 고등어 명태 가재미 배애리 고질 인조견 비단 광목 고무신

입쌀을 사들고 당일로 다녀온다는 산사람들.

　추석이나 정월 대보름이면 둥근 달을 머리 위에 이고 어깨춤 사자춤

광대놀음 끝에

　삼월 윤사월이 가고 오월

　오일 단오엔 송편에 기지떡을 찌고 이고

　꽃놀이 그네뛰기 상판씨름.

　유월 칠월 팔월을 맞으며 보내며

　삼 년 석 달 십여 년이 가고 이십여 년, 그렇다 십칠 대 오백 년 세월

을 산이 좋다.

　사슴과 놀고 산돼지나 여우 호랑이 날짐승과

　숨어 지켜온 함경산맥을 언덕으로

　나라 잃은 설움에 서럽다 못해 도끼자루 들고

　나무를 찍고 불을 지르고 파헤쳐 갈아서는

　호미나 괭이 데박을 들고

　씨를 뿌리고 거두는 사람들은

　나라 잃은 설움에 서럽다 못해 나라 없는 사람들은

　짚신을 삼으며 베틀에 앉아 길쌈을 하고

　남정네 아낙 소소할 것 없이 미지에 사는

　가난과 허기 불가항력에

　가마 걸고 숯을 굽고 조 수수 감자밭에 끼니를 때우면서

　우리들은 돌각담과 산.

옛날의 금잔디 동산 숲을 지키는 것이다.

인제 어처구니없던 기억은 사라지고

해와 달이 가듯이 세월이 가고.

인생과 청춘, 그리고 가슴만이 아스라이 꽃이 되는

박수 속에서

우레와 같은 박수와 기립, 목메인 가슴들을 헤치면서

가는 님 오시는 새해를 맞으면서

우리들은 고요히 창을 열고 해와 달을 찾아 다시 이 고개 위에서 또 다시

바다로 가는 강을 따라 굽이쳐 흐르는 물굽이를 따라 떠나려 보낸 것은

비웃고 욕하고 서로가 갉아먹고 난 찌꺼기 같은

무엇이 아니면 폐허가 아니면 시간인가.

인제 어처구니없던 기억은 사라지고

그 어느 누구의 의미와 같은 종이 울리고

어둠이 걷히고.

신념처럼 내닫는 아침이 밝아오면

우리 모두 다 이슬에 곱게 씻기운 얼굴.

그와 같이 피어나는 우리 우리 모두 다

산과 이웃이 마주 향하고 얼굴과 믿음이 마주치는 항시 기쁨 속에서

꽃들과 아름다운 이야기.

이야기보다는 푸르름이 무성하던 벌.

벌판을 안고 숨어서 쳐다보는 하나씩의 별을 안고.

발을 구르며 꽃들과 당신의

당신의 가슴과 머언 어제의 의미를 까다롭게 낚으면서

겨울이 가면 또 봄은 오고.

지극하던 한해가 가면 다시 해가 오는가.

우리 님 가신 길도 이 길인데

해와 달이 가듯이 세월이 가고

인생과 청춘, 그리고 가슴만이 아스라히 바람이 되어

웃음과 노래 피리와 장구 소리에 귀 기울이면서부터

아름다운 풍토는 피와 목숨 많이도 흘려보낸 강을 탓하면서

그 어느 누구의 지혜와 같은 종이 울리고 어둠이 걷히고

신념처럼 내닫는 아침은 밝아서

또다시 해와 달이 되는가.

또다시 해와 달이 되는가.

불완전유희不完全遊戲

— 나에게 있어 이 시대는 가장 친근한 벗이기는 하지마는 이 시대를 이겨낼 힘은 없다.
   이 시대를 대표할 수 있는 권리는 가지고 있다. —

1. 나 사는 화류계에서

당신은 무슨 재미에 사느냐고 물으면 꺾여서 사는 재미란 이 맛이죠,
인제

이마에 주름이 가고 가슴에 허벅다리를 놓고

넝마같이 싸구려가 된 나도

당신같이 지금의 치사스런 당신과 같이 꿈뿐인가.

고독이다 사랑이다 심각한 표정을 짓는 사시장철 복잡한 세상에서

복잡하게 엮어가며 복잡 다난하게 인사를 하면서

변돈을 얻어쓰는 심정 속에서

문풍지에 닥치는 겨울살이 구공탄 걱정 콩나물 김장 걱정.

눈물도 나오고 콧물도 많이 나오는

이 길이 무엇인지 종착역인지 이것도 아닌 급유소인지 그것 역시 모를

곰배 님배 알배 모를배 그런 말씀은 바이블보다도 중요한 말씀.

믿지 못할 세상에서

남자는 말없고 점잖은 분이 진짜라고 우기던 주전자운전수.*

배꼽 아래 나오는 것 없는 좌석에서

우리 마시고 다음에는 돈이면 국일관도 내 것 손이나 만지며 말이나

| * 은어로 '작부'를 이르는 말.

많으면서 허가 없이 남의 집 대문을 이 양반 왜 이러시는지 등록도 없이
서방님이 되실랴고
　　바야흐로 풍경은 좋습니다.
　　수염이 석 자라도 먹어야 양반이라는데 먹어놓고 봅시다.
　　우리가 사는 이 세상은 이렇습니다.
　　당신은 율 부린녀가 새롭고
　　자기 남편을 닮았다는 어떻다는 밤은 깊어서
　　사내가 좋다 계집이 좋다
　　사랑이 좋다 이름은 좋다마는 몹시 까다롭다는 가을은 깊어서
　　나 사는 화류계에서
　　밑천 없이 나서 지조 없이 돈 띄우고
　　부랄 띄우고 무엇 띄우고 보니 물건 값치고는 개값 가죽만 남은
　　나 역시 정신노동 육체노동 하루 스물네 시간에 열다섯 시간을 일하
면 자가용이나마 있어야겠는데
　　그렇게 세상을 좋두루만 살다가 망했지마는
　　왜 이 이가 딱딱거려 사람을 친다 이 새끼가
　　우리 모두 우리 모두가 다 갈보 갈보 갈보올시다.
　　울먹울먹하는 가슴을 두방망이로 냅다 치면서
　　우리 조상이 노론 소론 사색당파 싸움에
　　서로가 목을 베었다는 세월 속에서
　　세월, 너를 보내놓고 울어도 보고 한숨도 쉬어보고
　　쥐어서 배어서 꼬집혀서 되지못하게 살아서
　　동지섣달 둥근 달을 머리 위에 이고 지고 어떻게 보는
　　지금 저의 마음은 미친년 속옷가랭이올시다.

2. 바람

나 사는 세상에 잘못 왔다 가는 길목에 서서 나는 울고 있는
사람인지 짐승인지 무엇인지 모를
말 못할 사정이 있다면은
일천구백삼십 년대의 쎄리프*라도 좋다 우리는
지금 피차 울고 가는 나그네올시다.
나도 이 고개에서 쉬어 갈 수만 있다면 잠시 풀잎을 뜯으며
조용히 쉬어 갈까 묵어갈까 어쩔까.
황홀하던 꿈 피가 들끓던 정열.
지칠 줄 모르던 끈기.
그것은 다 어디로 사라진 것일까.
인생은 계산하고는 다르니까.
그날그날을 벌어먹는 것이 장땡입니다.
우리들이 사는 이 세상은
생명과 바꾸려는 신념이 있어도 힘이 드는 가시밭, 이 가시밭에서 숫
하게 잃어버린 인생을 어떻게 하구, 이 따에다 남향집 짓고 마누라 궁뎅
이를 달래가며 새끼 낳고
아이 낳고 돼지도 길르구 소도 치구 우물도 파구 대추낭구도 심으구
무배추도 갈구 꽃씨도 뿌리구 기어코 이 땅의 구신이 되고 놓구 보구 오
늘 살다 망우리구 어디구 또 떠나 사는
우리들은 똑같은 처지 똑같은 신수 수수꺼끼.
어느 놈 한 놈 놈놈끼리 불쌍타고 울어줄 놈두 씨래기 자식두 두더지

| * '대사', '상투적인 말'을 뜻하는 일본어.

도 없구 거적 한 장 덮어줄 놈두 없는 똑같은 따라지.

죽고 싶어도 죽고 싶어도 죽지도 못하는 목숨.

지금 죽어산다는 괴로움 맘부림 몸부림과 함께

우리 모두의 봄을 띄어 보낸 강을 탓하면서

언덕에서 과거라는 물건을 어루만지며 무엇인가

생각하는 가슴을 위해서

산다는 것, 이렇게 몸서리치게 아프고서야 차라리 해와 달 어제의

바람을 불러일으키면서까지

나이 사십에 되지도 않은 돈을 번다고

이 집 저 직업 이리저리 기웃거리며 흘러서

살아온 오늘 오늘 내일까지

그렇게 많은 사람 수많은 관중들의 틈에 끼어서 굿이나 보며 떡이나 자시면서

우주의 한 끝에서

사람 살려 달라는 비명은 포현과는 달리 자유와 평화, 그리고 우리들은 빵으로만 산다는

그렇게 많은 사람 수많은 관중들의 틈에 끼어서

나도 밥 먹고 죽벌이를 하다보니 나도 이 언덕에서 고개 마루에서 낙엽 줍는 오늘 밤은 역마차 타는 기분, 세월을 자동차 기차 기타를 보내놓고 팔려 가면서

희극 연극하는 가슴들을 위해서

인제부터 사돈에 팔촌 때문에 망했다는 막이 올라갑니다.

나는 당신의 성함이고 족보고 흘러온 역사 따위를 캐어묻자는 것이 아니고

우선 종파를 나누고 문중을 따지고

모든 이 나라의 비극이 종가로부터 나왔다는

오늘 밤은 역마차 타는 기분.

세월을 보내놓고 시간이 어떻다 공간이 어떻다를 딛고

오늘 밤은 술이나 마시면서

노래나 하고 어깨춤 바지춤이나 추면서

당신은 내 마음의 식민지

잃어버린 영토를 찾아 피리를 불면 오늘은 이 바다

고요하고 시들어가는 나무

돌 무너져가는 담벽 흙 공허

비에 젖은 감정을 안고.

꽃이 좋다 따스하다 달 아래 절벽 같은

삼월이 가고 사월은 돌아와 세월을 언덕으로 꽃이 좋다 꽃이 되는 이 나이에

벌써 오한을 느끼는 것을 보면 필시 곡절이 있는 것입니다.

나 사는 세상에 나는 잘못 왔다 잘못 가는 길목에 서서

여러 가지로 생각한 여러 가지 여러 가지 결론입니다.

사월은 돌아와 꽃이 되고.

나비 되고 이 넓은 사막의 바람이 되는데

인생이란 예술은 도대체 무어가 무어기에

우지끈 꺾어든 나이가 서른하고 셋이고 보니 남자란 직업 이건 정말 시시하고 안타깝고 썩은 생선 냄새가 나고 유쾌하지 못한 나날이 해와 달이 쌓이고 쌓이듯이 지금

저의 마음은 피차 울고 가는 나그네올시다.

그것이올시다.

아니 이게 가슴을 드려받고

우리 꾸겨진 몸가짐을 털면 절단 난 마음 한구석에서는
슬프다 음악.
그런 여인이면 알리샤 쥬리엣, 그리고 다시 크라르넷트가 울고 북이
울면 카츄샤.
우리 풍진 세상 울며 왔다 울며 떠나가는
고개 위에서
나는 간다 나를 두고 너를 두고 당신이 떠난 서울에서
우리 어차피 떠나는 이 길에서
우리 우리 한번 손이나 잡고 연애나 합시다.

3. 나는 여자 나는 남자 그렇다

당신의 웃음 띄운 얼굴만 생각해도 가슴이 뛰니 어쩌면 이 나이에
점잖아야 할 텐데
나이답지 않게
인삼 녹용을 자시는 것도 아닌데
이것이 주책이라는 것인 모양입니다.
지난밤에는 글쎄올시다.
잠길에 꿈길에 만리타향 싸리울타리에 오줌을 갈긴다는 것이 아침에
비비며 눈을 뜨니 글쎄올시다 글쎄올시다.
오솜도솜한 비단 요에 세계 지도를 그린 것이 아닌가
전쟁이라는 것과 평화라는 물건
건달 잡것들이 다정하게 있는 망국기 앞에서
여러 가지 마음으로 여러 가지 쥐구멍을 찾아보는 것입니다.

제발 살려 주시기를 바랍니다.

용서구 빌구 엎드려 돈이면 치맛자락이구 바지가랭이구 허다마나하는 세상에서

인제 나는 말입니다.

인생이 싫어졌으니 예수들이나 믿어볼까도 합니다.

우리 모두가 피차 돌아가며 꼬며 비비며 살아가는 세상에서

어쩌면 산다는 것은 침묵 속에서

불길 속에서 에이 야 속에서 세 번 증언한다는

태초의 말씀대로 서로 욕하지 말고 정답게 이야기하며 의지하며,

그리고 있는 없는 꾸민 살림살이나마 차리고 푼돈이나마 만지며 따지면서

술이다 마신다 무정한 마음이다 노래 춤이다

사랑한다 죽고 싶다 어처구니없는 말들이다 사랑한다 죽고 싶다 사랑한다는 말들이다 죽고 싶다는 말들이다 따진다 덤비고 멱살에 주먹에 발길이다.

살릴 죽일 고얀놈들 이러나 저러나 어쩌나 매우나 짜나 간에

우리들은 절차에 예절에 오후에

인생에 녹이 쓸고 곰팡이 끼고 금이 가고 깨어지고 업히고 디디고 올라서면서

어느 누구 가문이기 때문에 탈피치 못하고.

귀족 서민 특권 하인 하수도

다시 한 번 말씀드리지마는 계급이란 지극히 영원한 것은 아닙니다.

당신의 부푼 가슴만 봐도 아랫도리가 후둘후둘하니 어쩌면 이 일이 있은 뒤부터

하나님께 맹세한 것도 아닌데

우리 말끝마다 재수가 붙는다는 말입니다.

몸과 마음이 돈이 되고 부르는 값이 시세가 되는 푸줏간에서

쎄시본에 드람벳트에 안고 돌아가는 시간을 딛고

시간을 딛고 발을 딛고 밤은 가고.

우리들은 자살 종교적 신앙 희망 등을 버리지를 않는다는 데서

병마와 재난과 싸우려는 의지 등을

사랑해야 할 무엇으로 이어가는

우리들은 나뭇가지에 걸린 구름이올시다.

우리들은 고개 넘어서 온 나그네올시다.

님이올시다.

사랑의 기쁨이 사랑의 슬픔이 외로움이 영원히 남은 이 거리에서

행운이라는 나그네

그것은 돌아오지 않는 것.

당신의 웃음 띠운 얼굴만 생각해도 가슴이 뛰니 당신의 부푼 가슴만

봐도 아랫도리가 후둘후둘하니 어쩌면

나 사는 세상에 나는 잘못 왔다 잘못 가는

길목에 서서 울고 있는 사람인지 짐승인지 무엇인지 모르지마는 나

도 말입니다 이 고개에서

꽃이 아름다운 것 우는 새 나뭇가지에 걸려 있는 흰 구름과

폐허, 막막한 목숨 이 가슴에서

저 머얼리 바다에 떨어지는 해와 산으로

기우는 달을 딛고

나도 하늘을 타고 구름을 뚫고 우주를 날라서

지구 한끝 이 곳에 발을 딛고

황홀하던 꿈 피가 끓던 정열.

언덕길을 오르내리면서

지칠 줄 모르던 끈기 어제와 오늘 돈과 명예 현대.

우리들 산다는 것 어쩌자는 것인지 관심사 오로지 크고 적고 역사 자
유 무심타 세월을 딛고

비를 맞으며 낙화와 함께 세월을 딛고

물굽이 굽이 강에 풍덩 뛰어들고 싶은 것은

하나밖에 없는 모가지올시다.

가령 인생을 칠십 팔십 아니 요령 있게

구십을 산다고 합시다.

그러나 나는 지금 이 고개 위에서

다시 어제와 오늘 돈과 명예 현대라는 것이 필요하다니 이렇게 위대
한 물건, 이렇게 이렇게 위대할 수밖에 없는

도덕이다 윤리 철학이다.

이러한 상품을 생각하는 속물이올시다.

바지저고리올시다 올시다.

속續 불완전유희不完全遊戲

　　나의 생애 허허벌판 허지마는 꺾어서 일흔, 서른하고도 하나 둘 셋 한숨밖에

　　그밖에 안 되는 작은 인생이올시다.

　　시간과 세계 절대라는 우주 밖에서

　　비린내 나고 시시하고 따분하고 데데 메시껍기도 하고, 그리고 전쟁이라는

　　폐허 허무 막막 무지에 이은 불안이라는 안녕과

　　절망이라는 평화 망발 발정 정의 의리.

　　기아 아사 사탕 탕진 그것이올시다.

　　기아 기하 하수도 도대체 체신 신구 구구한 억칙 칙칙.

　　그것이올시다.

　　그렇다고 이 세상 세월을 탓하는 것도 기타도 아니올시다.

　　곡마단 같은 현실에 박수뿐이 아니라 갈채 감격 도취 때에는

　　나그네 같은 여정 역정에 사로잡히면서

　　울며 겨자 먹으면서 땅 탕을 치면서

　　오늘까지 살아 엮어온 증인이올시다.

　　무엇이올시다.

　　어머니 속옷 뱃속에서부터

　　이 세상 공간 간신이 태산같이 태어나서부터

　　전쟁이라는 깃에 것에

　　세례라는 것을 발끝에서

　　머리까지 받고

자라온 위인이올시다 무엇이올시다.

그것이올시다.

그러니까 네 다섯 일곱부터

사변 전쟁 봉변 등 해방 자유 만세 깃발 등 육이오 낙동강 공방전 마실령 전투 백마고지 탈환 등등은

나의 소년 청년 만년 시대 대대로부터

꽃이 지는 것을 보고도 낙화에

미풍 풍설에도 눈물짓던 청춘 시절 가절 절세에

일어났던 사사건건들이올시다.

따지고 보면 불우한 시대의 불우한 연대 세대의 고아 아멘이올시다.

우리 시대엔 이런 유 저런 유 유유류의 분별.

만별 천별 판단 단결할 수 없는 희극 비극 연극 극단의 편력 속에서

생명과 사망과 화구 구원 원조 조직이 함께 기둘리고 대기하고 발차하고 있는

옛에서 어제까지 오늘까지

어쨌던 이해할 수 없는

과거, 슬픈 역사를 생각할 때마다 인생이란 그런 것 어떻다는 것인지 몰라 모르니 모르겠고.

덮어놓고 비비며 꼬며 살아서

과거라는 물건 건달에 얽매어 살아서 서서 무엇인가

사업에 사실에 실감 있게 종사하고 있는

위인 인물 물질이올시다.

나는 다만 똥 만드는 기계올시다.

그리고 다짜 고짜 모르겠습니다.

우리의 시대 다짜 고짜 모르겠습니다.

우리의 발언 역사 다짜 고짜 다짜 고짜 고짜 모르겠습니다.

인생을 살아가는 데 변명 같은 것이 있겠습니까.

전쟁의 폐허 허허 막막에 이은 불안이라는 고리짝과

절망이라는 꼬리표, 아니 기아.

기하 하수 수하의 도맷금으로 살아온 저에게

굳이 말 발언 언질이 있다면은

우리 모두, 그리고 다음에는 다짜 고짜 고짜 모르겠습니다.

막걸리 쇠주 정종 타령이나 하던 계절.

역시 배 띄워 떠나보낸 이십대.

그리고 나비다 청춘이다 괴롭고 외롭고 영원할 수밖에 없었던 위치
에서

자유 위한 깃발 만세 해방

민족 독립 복잡 찹찹 다시 자유 앞에서

지금은 애국하고 친애하는 동포올시다.

다시 호사 다정하게 꾸밈없이 이야기하던 기나긴 겨울밤 앞에서

그렇다고 여러분에게

겨울이 가면 봄이 온다고 슬픈 가락으로

인생을 말하고는 싶지 않습니다.

나는 곤란困難해

— 불후의 연인을 그려낸 시인은 흔히 하숙의 평범한 하녀밖에 알지 못하였다. —

남자의 태도에 따라 여자는 천사도 되고
악마도 되고 분에 넘치는
여왕에 대접에
그대 마음을 딛고 정원 등나무 밑에서
오늘의 표정은 무어라 설명하기조차 어려운 의미가 있다.
약속은 없어도 무한히 기다려지는 오후.
나는 말이다.
불도꾸나 산돼지나 동물원의 원숭이를 구경하는 셈치고 난 말이다.
사실이지 뭐야 사내란 점잖고 빼고 나이트고
신산 체해도 모두 더러운 짐승.
여자에게 이유 없이 친절한 것은 더욱 그렇다 남자의 그늘 밑에서
나무가 좋다 시냇물에 실버들가지 밤이면 호롱불에 여위어가는 외딴
집이 좋다.
산이 좋다 다시없이 바람에 웃음에 꽃이 피고 사랑에
짜장면에 이야기도 많다.
강짜에 짜증에 가락에 풍경이 좋다.
사랑이 좋다 나쁘다 고독이 밀물처럼 밀려오면
그냥 울고 싶고
가슴에 소낙비가 오면 가끔 미워지는 그대.
평범을 사랑하는 여자 여자.
남자 그까짓 것들이 찬밥을

눈물과 섞어 먹을 때처럼 개밥에 도토리

개밥에 도토리 울고 싶다 개밥에 도토리 인생이다 인생에 청춘에 죽고 싶다.

구름에 바다

끝없는 하늘에 구름이 가고

가슴을 간장 녹이는 피리 소리에

저만치 보리밭에 소 치는 아이

우거진 덤불 바위에 이끼 개나리 할미꽃 쑥밭 기울어진 언덕

그립다 원보 진식이 그따위들은 여자면 다 저희들 노리갠 줄 아는 놈들을 밟고 일어서면 부서지는가.

머언 바다같이 하늘같이 그립다 그리워서 마구 부서지는가.

우리 얌전하신 공주님은 말도 많아서

입이 크고 쓰고 아리고 곧아서

꺾어지기 쉽고 고아서 까닭 없이 기쁘고 슬프고

보고 지면 다시

사랑이 좋다 사랑이 고독이 좋다.

남자란 신통치도 않은 쌍통을 가지고도 넌쎈쓰

서울에 있어서는 진짜보다도 가짜가 위이고 진정에 실속보다도 위선이 좋고 지배자보다도 약소민족에

식민지가 좋고 젊고 새파란 나이트에

신사보다도 늙은이에 영감에

유둘유둘한 것이 좋고 그것이 좋다는 서울에서 무교동에서

상하 운동에 입후보를 하고

조국보다도 민족보다도 계급이 어떻고

실력에 경제보다도 독재에 주구 주구 반역자가 더욱 좋다는

청진동에서 관훈동에서 안방 아랫목에서 남자의 태도에 따라 여자는
천사도 되고 악마도 되고 분에 넘치는 여왕에 대접에 이상에 불타는
　　지금 나는 인생을 설명하고 싶지 않다.
　　그렇다 알뜰히 믿었던 것에서
　　배반을 당하는 것만 같은 공허와 외로움의 거리에서
　　나는 인생을 설명하고 싶지 않다 나는
　　인생을 설명하고 싶지 않다 친구처럼 연인처럼 다정하게
　　나를 저 바다 끝까지 나를
　　저 손에 발에 머리끝까지 바다같이 하늘같이 별같이 사랑이 좋다.
　　사랑이 좋다 나쁘다.
　　고독이 밀물처럼 밀려오고 그냥 울고 싶고
　　가슴에 소낙비가 오고 가끔 미워지는
　　그대의 통속이 좋다는
　　시간을 딛고 시간을 딛고 사랑이 좋다 나쁘다고 고독이 밀물처럼 밀
려오고 그냥 울고 싶고
　　다시 가슴에 소낙비가 오면
　　나는 강으로 가는 것이다.
　　나는 가끔 곤란하지마는 강으로 강으로 바다로 어디로 가는 것이다.

나도 인생이 싫어졌다

우리는 오이소백에 독한 소주를 빚어놓고 우리는 흘러간 옛사랑을
이야기한다.
검고 슬픈 눈동자에
쉰 목소리로 잔잔하게 밀려오고 까다롭게
웃어넘기던 이런 이야기에서부터
부라보 부라보에
이십 년 흐른 청춘을 이날은 눈물겨웁게 다시 찾는 이 술집에서
우리는 오이소백에 술을 마시면서
우리는 흘러간 옛사랑을 이야기한다.
루시엔느 보와이에의 꿀 같은
봄의 목소리를 들어가면서
여름의 바다나 가을의
단풍을 생각한다.
계절이 지나가고 달이 가고
해가 바뀔 때마다 후랑시이스 쨤의
당나귀를 타고 아쁘리네르의 외롭고 견딜 수 없이 달콤한 시를
나즉히 불러보던 세월을 안고.
로미오와 쥬리엣의
달콤한 이야기 사랑의 이야기에서부터
꿈 많은 엠마에 배신과
고독에 우는 짠느에 쑈오나에 콘스탄.
타는 가슴에 우는 안나에 어브리이느 젤드류우드 다시 로오렌스의

콘스탄의 고개를 넘어서

칼 풋쎄의 산 넘어 산을 넘어서

안토니오와 밧싸니오 싸이록크의 현실에서

비싼 물건치고 헐값인 인생을 이야기한다.

구름을 안고 소낙비를 청하는 이 술집에서

고비 사막으로 간다.

낙타를 타고 미지의 세계 아라비아로 간다.

나를 버리고 십 리도 못 간다는 밤이다.

사십에 접어드는 피부에는

황혼의 그늘이 심하고 이마에는 신작로와 같이 두 줄기의

주름이 지난날을 흥분케 한다.

무도회의 수첩의 쥬리안 듀비비에, 후랑스와 로오제, 외인부대의 다
니엘 다류, 춘희의 그레타 갈보.

이런 애인은 즐겁다.

빠빠라스딴 윗크, 루이 쥬베 이런 애인은 즐겁다.

부라보 부라보에 이십 년 흐른 청춘을 이날은

눈물겨웁게 다시 찾는 이 술집에서

우리는 창살 없는 감옥의

코린느 루세에르 낙화유수에 달도 밝으니 님도 생각나는 이 술집에서

문을 닫아도 문을 닫아도 비에 젖는 감정은

페페 르 목코 페페 르 목코에 페페 르 목코의 의미를 안다.

스토코프스키이의 넘치는 정열을 안고

파도치는 가슴

서럽도록 그리운 가슴.

그대의 얼굴을 찾아서

검고 슬픈 눈동자에

쉰 목소리를 더듬으면서

우리는 오이소백에 술을 마시면서

우리는 오이소백에 술을 마시면서 우리는 흘러간 옛사랑을 이야기
한다.

속續 나도 인생이 싫어졌다

우리는 오이소백에 독한 소주를 빚어놓고 우리는 흘러간 옛사랑을 이야기한다.

검고 슬픈 눈동자에

쉰 목소리로 잔잔하게 밀려오고 까다롭게

웃어넘기던 이런 이야기에서부터

부라보 부라보에

이십 년 흐른 청춘을 이날은 눈물겨웁게 다시 찾는 이 술집에서

우리는 오이소백에 술을 마시면서

우리는 흘러간 옛사랑을 이야기한다.

서울이며 부산이며 영도에서 다시 서울에서

중앙청 담벽이며 고궁이며 세종로며 삼청동 입구에서

알뜰히 믿었던 것에서

배반을 당하는 것만 같은 공허와 외로움의 신촌에서 이 거리에서

가슴마다 눈마다 가슴마다 웃음에 인정을 심어놓고

떠나간 여인을 찾아나서면 가슴속 가슴속으로만 별이 쏟아지는 밤.

오늘 밤은 이 항구에서 지난날의 불평을 정리해 본다.

친구처럼 연인처럼 나를 빌어 달라던 여인.

저를 여기 머무르게 버려 달라던 여인, 사람이 많이 모이는 곳이란 역시

불안하다는 여인, 이 험한 바다에 태어나서

조용히 살구 싶다던 여인, 연애나 결혼을 단념해야겠고 더욱이 동물하고는 결혼할 수 없다던 여인.

몹시 까다로운 소위 여인도 있었다.

빠다에 빵이지 빠다에 빵이지 마늘에 풋고추 된장 시시한 것을 매운 것을 먹는 국산품은 절대로 절대로 시기하고.

질투에 절대로 싫다던 그대.

난처한 웃음에 미안하다는 고맙다는

명예롭지 못한 소위 소위 여인도 있었다.

봄이다 꽃이다 이런 계절의 반란 속에서

남자는 정열적인 남자

음악이나 문학 예술 기타보다 법률에 정치외교과를 나온 남자

돈에 가문이 어떻다는 남자 남자

이 세상에 세상에

남자 없이 무슨 취미냐던 여인.

한국이 좋다 나쁘다 꿈이 어떻다, 그러나 남자 남자 무섭도록 지독한 남자의

그늘 밑에서

조용히 사랑 받는 여인이 되구 싶다던 여인도 있었다.

지금은 남이 된 그대 지금은

남이 사는 그 여자의 집 앞을 바삐 지나가면서

행여나 귀 기울이는 의미를 안다 지금은

만나도 알아보지를 못하는 얼굴의 의미를 안다 의미를 안다.

지금은 남이 된 그대, 지금은 남이 사는 그 여자의 집 앞을 바삐 지나면서

지위 버릴 수 없는 이름

혀끝으로 맴도는 이름들을 나즉히 불러본다.

우정과 사랑이 섞갈리는 시간 위에서

평지에 풍파가 일 때마다 조용히 살구 싶다.

믿음에 고요에 평화에 나도 인생이 싫어졌다 죽어 살며 죽어서 살면서 구역질이 나는 이 골목.

이 거리 이 폐허 사막에서

선생님 또 다른 멋진 여인이 생길 것이라던 여인을 생각하면서

선생님은

또 다른 멋진 여인이 생길 것이라던 여인을 생각하면서 지극히 생각하면서

우리는 오이소백에 술을 마시면서

우리는 흘러간 옛사랑을 이야기한다.

가을도 없고 겨울도 없다.

우리는 단애 절벽을 향해서 가고 있다.

일천구백오십오 년 삼월 삼십 일이 있으리라고는 생각할 수 없다.

지금은 구름에 바다라면 차라리 좋겠다.

알뜰히 믿었던 것에서

배반을 당하는 것만 같은 공허와 외로움의 이 거리에서

서울에서

명동에서 가슴마다 눈마다 웃음에

인정을 심어놓고 떠나간 여인을 찾아나서면 가슴속

가슴속 가슴속으로만 별이 쏟아지는 밤이다.

아 사월 십구 일

— 나는 한 왕조가 오백 년간이나 계속 집권케 한 한국에는 가지 않겠다.(A.J.토인비) —

1. 달이 가고 해가 가고

나는 애국자 나는 정치가, 그렇다 나도 파초의 조국이 싫어졌다.

어쩌면 이 일이 있은 뒤부터

군대 작업복 같은 마음을 안고

남대문 동대문 싸구려 시구문 시장같이 꾸겨진 흩어진 청춘과 세월과 수수께끼 같은 것을 따지면서

눈물과 한숨 배가 고파서 아파서

이 거리 저 골목을 기웃거리면서 돈과 자식.

망국을 걱정하면서 썩었다 곪았다 터졌다.

우리 모두 어깨를 일으키던 이 네거리에서

지도자 지배자 좌우간 간신 신하 상부가 많은 이 나라에서 좌지우지.

우리 지지리 못난 난장판에서

벼슬아치나 감투 탐관오리들을 뿌리째 뽑고 받아서 차고 주먹에 다짐으로 먹살을 잡고 핥고 꼬나서 밟으면서

우리 모두 어깨를 일으키던 이 네거리에서

정치적 독재로부터의 해방.

빈곤으로부터의 탈피 기만과 착취 관권으로부터의 결산 곡학에 아세하는 짱아치와 무문에 곡필에 염치와 배때기 갈비 갈비 갈비를 긁어서

기름진 무리들 물러가라고

우리 모두 어깨를 일으키던 이 네거리에서 우리 모두 다

죽었다 살았다 죽었다 살았다 이것은 언덕 명멸하는 바다의 운명이
다 죽었다 살았다 죽었다 살았다는

밤은 가고 사월은 왔다.

바람은 잦고 꽃이 피고 지는 사월은 왔다.

진부령 전투에서 피의 능선 백마고지

철의 삼각지대에서 동부 전선에서 밀고 또 진격 북으로 쳐들어가던

탱크와 포탄과 우지끈 꺾어든 세월을 딛고

사월은 왔다 바람은 잦고 꽃이 피고 지는 사월은 왔다.

눈물과 함께 빵을 먹으면서

그냥 울고만 싶다 순이의 사월.

사월은 왔다 바람은 잦고 꽃이 피고 지는 사월은 왔다 권력에 아부한
다는 것은 죽어도 생리가 허락지 않는다는 사월은 왔다 그대 무정하던
조국.

그대 무정하던 마음, 사과 꾸레미 옆에서 어항을 지키는 고양이 꼴을
하고 앉아 있어야만 하던 그대 무정하던 따를 딛고, 그대 무정하던 시간
을 딛고

그대 어머니 그대 어머니인 조국과 함께

그대 무정하던 사월은 돌아와서

꽃이 되고 새가 울고

산에 들에 나뭇가지마다 꽃이 되고 새가 울고, 다시 꽃이 되어 피어서

우리 모두 어깨를 일으키던 이 네거리에서

바다가 되고 밀어서 파도 되어 물결치는

이 바다에서 나서

해가 되고 달이 되어 노도와 같이 일어나던 사월인가.

이씨조선 오백 년에 일제 삼십육 년에 더하고 제하고 체포 고문 죽고

찾아서 망명 해방 자유 독립 만세 세워서

리씨 한국 십이 년에 나라 찾은 기쁨에

애국 애족 거족 족보를 묻고 캐고 고마워서

소감 대감 영감 감투 투자 자본을 꾸며 만들어서

먹고 자시다 걸린 관료와 각하들 모신 태평로에서

의사당 앞에서

우리 모두 어깨를 일으키는가.

탱크와 철모, 그리고 공산 오랑캐를 무찔르던 우리의 군대와 우리의 노한 노한 시민들은

세종로에서 중앙청 앞에서 주권의 행진 두 시간 삼십 분 만에 일천 메에터를 돌파코 해무청 앞에서 효자동에서 무너지는 파리케이트 제 일 이 삼 사선을 넘어 쓰러지면서 경무대 앞에서

자유를 달라는 아우성은

노도와 같이 일고 밀고 일어나서

빼앗긴 주권을 찾는 데모와 스크람은 성난 사자와 같이 우리 모두 어깨를 일으키면서

피를 뿌린 이 거리에서 주검과 총뿌리 앞에 무참히 쓰러진 이 거리 이 골목에서

네가 간 태식아 네가 뿌리고 간 피의 광장에서

탱크와 철모와, 그리고 공산 오랑캐를 무찔르던 우리의 군대와 기관 단총과 노한 시민들은

노한 노한 눈들이다.

2. 우리 모두 어깨를 일으키던 이 네거리에서

이씨조선 오백 년에 일제 삼십육 년에 더하고 제하고 체포 고문 죽고
찾아서
　망명 해방 자유 독립 만세 세워서
　리씨 한국 십이 년에 나라 찾은 기쁨에
　애국 거족 족보를 묻고 캐고 고마워서
　소감 대감 영감 감투 투자 자본을 꾸며 만들어서
　먹고 자시고 걸린 관료와 각하들 모신 태평로에서
　의사당 앞에서
　망국을 걱정하면서 썩었다 곪았다 터졌다.
　우리 모두 어깨를 일으키던 이 네거리에서
　지도자 지배자 좌우간 간신 신하 하부가 많은 이 나라에서
　좌지우지 지지리 못난 난장판에서
　벼슬아치나 감투 탐관오리들을 뿌리째 뽑고 받아서 차고 주먹에 다
짐으로 멱살을 잡고 꼰아서 밟으면서
　우리 모두 어깨를 일으키던 이 네거리에서
　정치적 독재로부터의 해방
　빈곤으로부터의 탈피, 기만과 착취 짱아치와 무문과 곡필에 염치와
배때기 긁어서 기름진 무리들 물러가라고
　우리 모두 어깨를 일으키던 이 네거리에서
　해방이다.
　자유에 다시 독립이다.
　만세 소리 아우성 소리 나라 세워서
　리씨 한국 십이 년에

우리들은 된서리와 모진 바람, 그리고 땃벌대 주먹 정치 주먹 경제 문화 여러 파동 여러 가지 기억에서

우선 리씨 한국에 리씨 독재에 리씨 압제 기만 아래에서

장관이나 차관 발령이나 기타 고관대작을 맡게 되면 으레 비서실에는 허 많은 애매모호 아첨하는

화환이나 화분에

너덜거리는 낯짝과 명함 자동차와 함께

그리고 사모님이나 부사모님에게는

부탁한다는 인사와 현금과 수표 두루두루와 함께

그렇다 일천구백오십이 년 오월 이십육 일의 정치 파동, 그렇다 일천구백오십삼 년의 사월 이십칠 일의 국무총리령 제 팔 호의 한글 파동, 그렇다 일천구백오십사 년 십일월 이십칠 일의 사사 오입 개헌 파동, 그렇다 가깝게는 조국과 어진 백성을 모두 다 공산당으로 몰아서 묶어서 도매끔으로 넘기던 일천구백오십팔 년 십이월 이십사 일의 이사 파동.

그렇다 국민이 원하고 민의가 그렇다면 다시

대통령으로 무엇으로 출마하겠다는

당신의 뜻대로 이루워진 일천구백오십 년 삼월 십오 일의 협잡 선거.

그렇다 그렇다 국민이 원하고 민의가

그렇다면 나라고 국민이구 어쨌던 망하던지 살던지

우리는 너무나 학대받은 소시민이었다.

우리는 너무나 굶주려온 농민, 우리는 너무나 혹사당해온 노동자.

우리는 너무도 시시하게 된 놈 안 된 놈 구질구질한 자식 데데하고 육실하고 쓸개 빠진 놈 자식 무슨 새끼 같은 위인들에게서 우리는 너무나 시시하게 시시하게 데데하게 매정하게

밟혀서 주려서 빼앗겨서 묶여서 까닭 없이 재수 없이 어쩌구 저쩌구

구구하게
　　우리들은 꺾여서 죽어살아온 국민이었다.
　　리씨 한국 십이 년에
　　나라 찾은 기쁨에 애국 애족 거족 족보를 묻고 캐고 소감 대감 영감
감투 투자 자본을 꾸며 만들어서
　　먹고 마시다 걸린 관료와 각하들
　　인제 서대문 호텔로 모신 태평로에서
　　우리 모두 씨원하다는 결론, 우리 모두 아픈 이 뽑듯이 우리 모두들
썩은 정치 뿌리째 뽑은 의사당 앞에서 서울에서
　　그대 조국, 그대의 민주주의를 위해서
　　우리 모두 씨원하다는 결론 우리 모두 아픈 이 뽑듯이 우리 모두들
썩은 정치 뿌리째 뽑은 마산에서 부산에서
　　다시 그대 조국 그대의 민주주의를 위해서 마산에서 부산에서 대구
에서 전주에서 광주에서 대전에서 인천에서
　　네가 간 태식아 네가 뿌리고 간 피의 광장에서
　　그대 민주주의를 위하여 그대의 조국과 민족.
　　민주와 자유를 위하여
　　준식이도 꺽달이도 순이도 이웃도
　　우리 모두들 한자리에서
　　삼월이다 팔월이다 하면서
　　우리 모두들 한자리에서
　　우리 우리 모두들 한자리에서
　　해방이다 하면서
　　그대 어머니 그대의 어머니인 조국과 함께
　　또다시 미칠 듯이 목이 메인 만세 만세를 부른다.

1960년*

오늘은 하늘을 두고 맹세해도 좋다.
살았다는 기쁨 이겼다는 기쁨 생존에의 절규 이 기쁨은
네가 사랑하던 조국의 황홀하던 아침이다.
네가 사랑하던 안암동에서
신촌에서 흑석동 막바지에서 네가 사랑하던 동숭동에서
서울에서
네가 울분턴 불의와 부정, 그리고 폭력 네가 뿌리고 간 피의 보람 헛
되지 않아 민주와 자유
삼천만에 이 강산을 찾고
만세 또 만세 만세.
태식아 네가 쓰러진 세종로에서
네가 애끼던 준식이도 꺽달이도 순이도 이웃도 우리
우리 모두들 이 네거리에서
미칠 듯이 목이 메인 민주 한국의 만세를 부른다.
위선과 기만과 협잡, 그리고 다수의 횡포를 딛고
그대 민주주의를 위하여
정의의 깃발 앞세운 마산에서
부산에서 대구에서 갈기갈기 찢기운 가슴들이 가슴을 헤치고.
두 팔을 걸어 올리고 스크람을 짜고 간 전주에서

---

* 이 작품은 「대한민국 만세」라는 제목으로 《조선일보》 1960년 4월 28일자에 처음 발표되었다. 전영경은
『나의 취미는 고독이다』 재판에 수록하면서 제목을 바꾸고 시 본문도 일부 수정하였다.

광주에서 대전에서 인천에서

두메에서 또다시 의사당 앞에서

중앙청에서 경무대 바리케이트 앞에서

타오르던 불길.

다시 말하지마는 밤이란 영원한 것은 아니다 다시

우리들은 기만과 협잡, 그리고 다수의

횡포를 딛고

주검을 딛고 일어났다.

종로 사가에서 을지로 일대에서 서대문 경무대 근처.

엠완에 기관단총 기타 무차별 사격에도 일어났다 굴하지 않고 일어났다.

총칼과 몽둥이 억지공사 앞에

아물 수 없었던 가슴들은

맨주먹을 움켜잡고 이를 갈며 대열을 따라 깃발을 따라 물굽이 굽이 강물을 따라 태식아 태식아

우리 모두 너의 뒤를 따랐다.

사월은 꽃이 피고 꽃이 지는 계절.

이 좋은 세월을 안고

살았다는 기쁨 이겼다는 기쁨, 생존에의 절규 명예 혁명에의

쟁취 만세 이 기쁨은

네가 사랑하던 조국의 황홀한 아침이다.

인제 우리들은 속아서는 안 된다.

우리들은 감투 이권, 그것을 탐내지 말아야 한다.

우리들 손으로 썩은 정치 독재 고집 뿌리째 뽑았다.

시기와 아첨 간악한 권모와 술수.

그리고 권력 인의 장막 무너졌다.
위협과 관제 민의 탐관오리 비겁한 자들 쫓겨났다.
이제 우리들은 민주의 터전 다듬어서
네가 그렇게도 네가
사랑하던 조국.
네가 사랑하던 조국의 황홀한 아침이다.
오늘은 하늘을 두고 맹세해도 좋다.
오늘은 하늘을 두고 맹세해도 좋다.

이것은 도깨비집이올시다*

고대광실 양옥에 치이스와 빠다에
빵으로 행복과 영원과 아기자기한 웃음과 푹신한 침대에 아름답고
곱고
징그러운 밀어에 도색화폭에 누우드에
밤은 깊어 가는가.
속아서 속아서 꾸미고 차리고 보니 이상도 하고.
이상도 하오이다.
오늘을 위해서는 거짓과 돈이면 마다하는 오늘 밤은
차라리 꿈이면 좋고 나쁘고
기분이 어떻다.
양단에 치마저고리에 소가지 바가지
냄비를 긁고.
얼굴이고 체면이고 게딱지 같은 마음이고 벌판이고 사내자식이고 고
사하고
가정, 이것은 도깨비집, 이것은 빈민굴 권위 질서 이것은 독재 정권.
이것은 인민의 민주주의의 적 이것은 이것은
망우리가 아니면 홍재원이 아니면 고향 산천의 북망산 이 고개 위에서
당신이 몸과 마음을 바쳐 빌어서 얻어서
받은 월급 오만 환하고

---

* 이 작품은 「아내에게 ─ 이것은 도깨비 집이올시다」라는 제목으로 《조선일보》 1960년 5월 27일자에 발표되
었다. 전영경은 이 작품을 『나의 취미는 고독이다』 재판에 수록하면서 《조선일보》 발표작보다 약 두 배 정
도 긴 분량으로 개작하였다.

오천 환하고 몸과 마음을 다시없이 구지 구지 없이 지지
지지 지고 업고 이어서 받아서 팽개치면서
돈이다 월급이다 홧김에 마시다 술이다
한 잔이 두 잔이 되고 반 되 한 되 두 되에 취해 셋이 다섯이서
타령이 신세가 되고.
욕이 바가지 솥 요강 뚜껑이 어떻고.
가락이 노래 되어 비비며 꼬며 비꼬다보니 가난이 서러워
슬퍼 울고 어떻고 어떻고.
치사스럽고 되지못하고 셋방살이 곳간살이 마구간에서
자식 낳고 새끼 낳고 돼지같이 기르면서
김치에 깍두기 씨래기국에 된장에
비지에 쓰다 달다 빚을 지며 사는 세상.
메뚜기 오뚜기 탈춤 칼춤에
비명을 올리면서 먹살을 쥐고 잡고
이놈 이년 따지고 덤비며 죽여서 살려서 비벼서 목숨하는 이 세상에서
우리의 가정 이것은 도깨비집이올시다.
가가 호호 빈민굴이올시다.
독재 정권이올시다.
서방님에 아범 외무대신을 겸하고
내무대신 불러놓고 부엌이 밥상이 잡탕이 야단 골탄 약탄이고 서방
님 아범은
우리들의 노예 우리들의 지겟군 엽전에 쌀자루 밀가루 포대가 아니
면 우리.
우리들의 운전수올시다.
도무지 도무지올시다.

오로지 따라지 딱뿌리올시다 올시다.

적극적으로 의식적으로 세월과 이웃을

나무래면서

리씨 김서방 박첨지를 따지며 욕하면서

대한민국하고도 서울하고도 무교동하고도 남대문에서

종로에서 세종로에서 소공동 일대에서

우리 집에서 술집에서 화류계에서

쑥떡에 공론에 언론에 여론에

시시비비에 망할 놈에 죽일년에 민주주의인데

주먹에 발길에 박고 차고 박살탕에 실력에 행사에

시기 밀고에 정 이월 삼월엔 죽고 싶다.

꽃잎에 잘못 머문 사월은

좋고 좋다 나쁘다 따지면서

사랑에 오입에 사랑에 오입에 돈이다 수표다 싸디즘이다 정열의 장미 오월이다 유월이다 칠월 팔월이 가면 따지고 덤비고 먹살이다 구월에 시월 십일 십이월에 크리쓰마스에 황혼에 다시 정 이월이 오고 가면 사랑에 오입에 오입이다.

우리 집에서 술집에서 화류계에서 우리 집에서 술집에서

혁명이다 구속에 징역이다 살렸다 죽였다 법이다.

보안법이다.

우리의 가정 이것은 도깨비집이올시다.

가가호호 빈민굴이올시다.

독재 정권이올시다 올시다 독재 정권이올시다 올시다 올시다.

제4부 | 어두운
다릿목에서

둥글다 못해 모가 났어요

선생님 욕하지 마세요 저를
다급하고 속된 저라는 것을 모릅니다 당신께서는
다만 슬픈 조국에 태어난 죄밖에는 없습니다
함경도 두메산골 그것도 삼수갑산 가까운 장백산맥 줄기에서 화전민
의 후예로 태어났습니다
인간은 생산과 더불어 사회와 더불어 태어났습니다
제가 이 세상에 태어났다는 것은
무슨 의미가 있다던가
이유가 있는 것은 결코 아닙니다
남과 같이 한 번 왔다 한 번은 남과 같이 산으로 가야만 하는
하치않은 의미밖에는 없습니다
오늘도 열다섯 평이 될까 말까하는
낡은 적산가옥
다 떨어진 다다미방에서
우줄우줄 인생을 생각다가
숨이 막힐 것만 같애서
짜증을 내다 못해 몸에 해롭다는 오징어를 질근질근 씹으며 독한 쇠
주를 마셨습니다
조국이여 반항이여
이것은 그것입니까
어쩌자는 것인지 이건 정말 모르겠습니다
용서받고 용서받을 것 없습니다

생각할 것 꾸밀 것 아무것도 없습니다

신당동에서 서울에서

하루에도 몇 번씩 죽어삽니다 이 집에서

몇 권의 소설과 서가에 꽂힌 수많은 전문서적을 손에 닿는 대로 끄집어내어서는

보고 느끼고 활자를 읽다 팽개치면서

이 자식아 그렇다 이 자식아 나는 말이다 일천구백이십 년에 어머니의 뱃속에서 이놈의 세상에 이 우라질 세상에 이 자식아 그렇다

권력이라는 것은 사상이 아닙니다

다만 권력은 집단입니다 권력과 경제 사상은 경제가 그 뒷받침을 합니다

경제가 없이 국가를 형성할 수가 있습니까

명예롭지 못한 나라에 욕되게 살아서

되는대로 주석을 붙여보기도 하고 아무렇게나 이해증진을 위해

즉석에서 해석도 붙여보는

저는 이렇습니다

국가의 혜택이라곤 입어본 기억이 없습니다

어깨를 일으키다가도 쭉지를 드리우고 생각하는 갈대치고는

니이체의 쯔아라토오스트라를 좋아합니다

다만 성실하기 때문에 무력하고 꼼꼼하기 때문에 무능하고 칼날 같은 성격이기 때문에 모질고 차고 답답하고 고리타분하고 변덕이 없기 때문에 기가 막히게 천대를 받아왔습니다

이 일 저 일이 있은 다음부터

씨니즘 역사와 물질의 신비화 개인의 공포 정치 또는 국가의 죄 이상과 같은 이 외의 결과에서

파리채를 들었습니다

얼마나 마음이 어질고 가난하고 쑥대밭이었으면 하루의 열 시간을 파리에 쫓기우고 파리를 쫓고

비를 들고 쓸고 지쳐서는

울상이 되다 못해 바락바락 신경질을 부려야 하고

낮잠을 자고 비비며 꼬며 굵게 살아야 한다고

다짐을 몇 번씩 하겠습니까

이것이 저의 인생 수업입니다

파리채를 든 염라대왕은 지옥에서 왔습니다

고독하기 때문에 빵을 먹었다는 진리를 다시 외우면서

오늘 비로소 집 없는 설움에 돈 없고 주변 없는 슬픔에 잠시 분김을 참다못해 냉수를 찾았습니다

함경도 두메산골 그것도 삼수갑산 가까운 장백산맥 줄기 두메에서 화전민의 후예로 태어나서

지금은 서울특별시 성동구 신당동 서울특별시 삼등시민으로

이십 년을 살아온 것밖에는

이 반항이라는 영원한 주제에서

저는 새로운 모독과 낡은 주제의 차이점에 서서

인제 정말 전통적 특권을 도도하게 포기하고

절망을 품으면서

이 걱정 저 생각을 하는 것입니다

저는 지금 미지의 정의 앞에서

저는 철학상으로도 정치상으로도 인간의 무죄를 부정하는 이론에 찬성했다는 것을 말한 것밖에는 없습니다

그리고 고독한 인간에게만이 자유가 있다는 것을 말한 것밖에는 없

습니다

지극히 평범한 이야기입니다

다시 말하면 토지의 불평등이라던가 생산수단의 다소라던가 과격한 개량이라던가 생존경쟁이라던가 이런 것들이 급속히 사회의 불평등을 창조했다는 것입니다

이것은 식자우환의 결론입니다

저는 도무지 뭐가 무언지 모릅니다

살려주시기 바랍니다

저는 누데기 같은 양복 한 벌밖에는 남지 않았습니다

프로이드류로 말하면 열등의식밖에는 없습니다

정말 제가 사는 이 세상에서 사정이라고는 이것밖에는 없습니다

좁은 세상에 소문나겠습니다

그렇습니다 가난하다는 죄밖에는 없습니다 없습니다

지루하던 장마가 걷히고 칠월이 가고 팔월은 오는가

여름은 가고 가을이 오고

그리고 춥고 배고픈 겨울이 올 것입니다

낙엽만 생각해도 미칠 것 같습니다

어떻게 사느냐 이것뿐입니다

북악에 삼각에 눈이 오면 선생님 애국 애족만 가지고는 배가 고픕니다

저는 오늘 아침도 굶었습니다

사막환상 沙漠幻想

서울에는 우리나라 정부가 있고 선거와 통일 전쟁과 물건을 도맷금
으로 흥정을 하는

쌍통들이 사는 서울

서울에는 민주주의를 비판하는 자유와 고집과 입이 있다

두통거리의 학생과 지성과 판단이 있다

이것은 환경이라는 거치장스러운 내용이다

산다는 것은 노동이다

저마다 괴롭고 슬프다는 것은 사정이 있다

가축과 여자를 지극히 사랑하며 다만 적과 남자만을 상대로 싸움을
할 뿐

가축과 여자

아이들은 절대로 건드리지 않고 죽이지 않는다는

불문율이 있다는 서울

코 베먹고 눈 빼먹는다는 서울에서 어떻게 사느냐 하면 하루 세끼의
밥을

풋고추에

고추장을 찍어먹으면서

정치적 경제적 생활적 적적 덕에

어떻게 산다는 서울

동쪽 끝에는 가도 가도 비가 온다는 왕십리가 있고 서남으로는 노량
진에 영등포

한남동에는 하이웨이에 냉장고와 세탁기 싸워 등

불야성을 이루는 성냥곽 같은 외인주택이 소리치면서 있고

가난한 소시민들의 외양간 같은 삼간두옥들이 아이씨에이 주택들을 부러워하면서

쌍통같이 서 있고

가끔 고깃근이나마 먹도록 정치를 당부하는 이웃사촌들이 조국과 민족의 그늘에서

어둡게 이렇게 산다

우리의 이태원 삼각지에는 가난하고 어질고

밑천이 짧은 외입장이들이 산다

우리의 약수동에는 앙칼지고 모질고 지독하게 돈맛을 아는 관리나 비계덩어리들이 산다 금호동에는 인생과 사업에 실패하고 다시 인생과 사업 황금을 꿈꾸는

어진 소시민들이 비에 젖어서 산다

의사당 시청광장 무교동 근처에서

또다시 덕수궁 앞에서

이씨조선 오백 년 고궁 앞에서 시궁창에서

서울의 쌍통들은 구두 대신 자동차를 신고 다닌다

국물이 있는 쪽으로 무지와 민권이 있는 쪽으로 헌법과 법률 양심이 있는 쪽으로

생활에 하수도가 있는 쪽으로

된장국이 있고

김치에 깍뚜기에 밥에

보리밥에 밀가루떡에 군침을 흘리면서

나직이 다정스레 아니꼽게 변덕스럽게 불러보는

정말 불공평하게 불러보는 쌍통들이 산다는 서울이다

시시한 것일수록 더욱 좋다

생각만 해도 가슴이 아픈 청춘을 회상하면서 꽃나무를 꺾는다

오늘 우리들은 더러운 천사들에게 둘러싸여

서울의 지붕 밑에서

쓰러져가는 이 집에서

생존경쟁 이런 것들이 급속히 사회의 불평을 창조했다고 불만을 토
로하다가도

상한 기억들을 웃어넘기면서

우둔한 건 체중이나 안아본다는

이것은 천하일품이 아닐까

두 연놈의 안방의 사랑은

아교 같고 사탕 같고 꿀 같고 연놈의 한 몸 한 덩어리는

고기 같고 물 같고

언덕과 고개를 넘어서는 연과 놈은

그만 쌍통이 된다는 서울의 밤

서울에서는 돈 없는 쌍통은 사람이 아니다

그렇다 서울에서는 돈 없는 쌍통들은 사람이 아니다 사람이 아니다
아니다

1961년*

이 떡 같은 자슥아 건방진 수작을 그만하이 술이나 마셔
술군이 술을 마시고 노는 거이지
노래나 한 곡조하고
울기는 와 우노
이십 년 만에 우는기다
너도 사내놈이가
나도 모른데이
니가 모르마 누가 아노
혀 꼬부라진 말이 오고 가다 오다
이 밤을 새이면서
가령 말씸이다
오만 오천 환으로 살 수 있는기요
도적질하라는기 아이가
죽으라는기 아이가
이건 생활이 아이다
신생활운동에 골덴양복을 입으이소
자슥들 쇠고기에 빠다에 치이즈를 얻어먹으면서
얼간이들
국민의 구십 퍼어센트가 광목에 물든광목에 국산품을 입고 있는데
모도 진정하이소

| * 이 작품은 『사상계』 1965년 6월호에 「사재私財와 국고금國庫金」이라는 제목으로 다시 발표되었다.

사시이소
잘 살 수 있는 조건이라곤 하나도 없는 나라에서
오늘 밤만이라도 기분을 내시이소
입으로 말로 몸짓으로 되는대로
우리들은 국토개발을 하다가도 인생과 냉수를 찾는다
내가 부산에 살 때 말씸이다
그러니 피난살이 하꼬방살이 말 못할살이 내살이 네살이 이살이 저살이 돼지살이를 하면서
주먹으로 상하에 좌우로 운동을 하면서
꼭두각씨 사자춤이나 추면서
욕이다 바가지를 긁으면서 따지면서
비좁은 남포동을 오르고 내리면서
무더기로 덤비면서
어깨로 쓸면서
죽였다 살렸다 죽였다 살렸다 곤두섰다
흴 때 검을 때
검을 때 흴 때 희고 검고
주전자가 날아왔다
주먹이다 컵이다 과도다 다짜고짜다
대청동 아래서 위에서 싸구려 눅거리 거리거리에서
발길이다 가슴이다 몸이다
이새끼다 개새끼다
쥐새끼다
내가 대구역전에서 말씸이다
한 대 얻어터졌다는 말씸이다

두 대 때 말씀이다

형님에 아우에 아저씨가 가로맡아서

닭의 다리 같은 것을 보이면서

흰 눈에 검은 동자를 무섭게 굴리면서

우선 아저씨는 이런 사람이고

용감한 형제를 더럽게 나무래면서

형님의 국적을 묻는 것이 아이가

아우를 치어다보면서

밥이다 죽이다

우리는 서로 배가 다른 형제올시다

우리들 삼천만은 다만 배가 다른 동포올시다

대구역전에서 조그마한 남북전쟁을 시범한 것뿐 이것도 죄가 된다면
잡아 가두던지 고소하시던지 마음대로 하시고

우리는 서로 배가 다른 형제올시다

오로지올시다

내가 부산에서 대구에서

그리고 서울에서

이 떡 같은 자슥아 건방진 수작은 그만하이 마셔 술군이 술을 마시고
노는 거이지

나도 그대들같이 흥분했다

어떻다는 말인가

나도 세금을 바친 납세자다 국민이다 소시민이다

도끼나 과도를 들고 강도를 한 것이 어째서 도적이가

도끼나 과도 칼빈을 들면서까지 일곱 여덟 가족이 굶다 못해 먹고살
겠다는 양심을 나는 지지한다

소위 펜이나 주판을 만지면서 돌아가는 의자에 앉아 도장을 찍으면
서 국고금을 협잡 사기 횡령 부정에 축재를 하는 건 절도 강도가 아잉가
도적이 아잉가

사재를 터는 건 도적이고 국고금을 잡숫는 건 도적이 아잉 나라

이 나라 수도에서

동대문에서 남대문에서

이 세상에서

죽을 때까지 말씀이다

배가 고프니까 하는 말씀이 아이가

힘든 질문은 싫어요

1. 선생님은 거짓말쟁이

미칠 것 같은 밤이에요 죽고만 싶은 밤이구만 보기도 싫어요 선생님
하고 앉아 있으면 답답하기만 해요
　　선생님은 거짓말쟁이
　　흔한 세상의 애인같이 우리는 왜 못 그럴까요
　　저 음악이 좋지 않아요
　　속되지마는 꼭 마음을 흔드는군요
　　선생님은 거짓말쟁이 거짓말쟁이
　　창밖은 함박눈이 내리는데
　　선생님 우리 거리를 걸어요 나갈까 나가요
　　우리는 지긋이 눈으로 웃으면서 일어선다
　　가슴이 타는데
　　선생님 우리 아이스크림을 먹어요
　　오늘 밤은 지독한 밤인데
　　삼십 년 사십 년 후면 우리도 땅에 묻히겠지
　　선생님은 입으로만 낙엽을 지우셔
　　어떻거면 마음과 몸에서도 낙엽이 뚝뚝 질 수 있을까
　　오늘 밤은 울고만 싶은 밤이구만
　　사쁜사쁜 눈길을 밟으면서
　　선생님은 거짓말쟁이 거짓말쟁이
　　달밤은 어때

달밤은 외롭고 쓸쓸하고 모르겠어요

비 오는 날은 어때

비 오는 날 밤은 어때

서로가 이해가 가는 밤이지요

비를 주룩주룩 맞으면서 걷는 저를 생각하신 일이 있으세요

생쥐를 생각하신 일이 있으세요

눈 오는 밤에 비에 젖은 감정인데

오늘 밤은 선생님하고 걸으니까 행복해요 선생님 사모님은 얼마나 행
복하실까 선생님 선생님 제가 선생님의 동생이었으면 얼마나 좋을까요

춥지 아니 인제 선생님 이야기 하세요

애리는 너무 순진한데

아이 선생님은 형식만 찾고 옛 추억만 찾고

저는 정말 싫어요

옛날 애인 생각만 하고

나는 나이를 먹었으니까

선생님은 나이 몇이에요

나이는 왜 사십불혹이지 설명하고 싶지 않지마는

그만두세요

오늘 밤은 서로가 이해가 가지 않는 밤이다

2. 나는 본질적으로 난해한 사람이니까

선생님 시간을 왜 물어요

슬픈 조국에 태어났기 때문에

저 구름 좋은데

선생님은 구름을 좋아하세요

언제나 땅만 보구다니시면서

나는 지질학자니까

금광을 찾아다니시는군요

노다지노다지 노다지 나는 나이를 먹었으니까

무슨 생각을 하구 계세요

선생님은 무뚝뚝해요 고집이 세고 차고*

나는 고독이 취민데

고독하고 우울하구 선생님은 사막에서 온 사나이

우리는 지금 낙타를 타고 아라비아로 가는 길목을 걷고 있지

선생님은 언젠가 남자란 직업이 힘든다구 말씀하신 일이 있으시죠

여자라는 직업은 어때

힘든 질문은 싫어요

나는 본질적으로 난해한 사람이니까

선생님 보기도 싫어요 정말 보기도 싫어요

나는 나이를 먹었으니까

아이 주책 나는 나이를 먹었으니까

---

* 일조각판에는 '세고 가구'로, 첫 발표지인 『자유문학』 1962년 4월호에는 '세고 차고'로 되어 있다. 첫 발표
지를 따랐다.

인젠 말도 안 해요

침묵은 금언이다

우리 화해를 하지

저하고 걸을 때엔 따분한 말씀은 마시구 아름다운 말씀을 해주세요

가령 애인같이 다정하게 남이 보아도 정말 다정한 애인같이

그럼 내가 사과하지 잘못했어 잘못해

선생님은 제 마음을 다 알고 있는 것 같애요

그럼 나는 인생 복덕방이니까

나는 인생 복덕방이니까

오늘도 국가에서 정한 통행금지 시간은 있고

눈 내리는 밤엔 통행금지를 해제하는 정부를 지지한다는

우리는 오늘 밤을 사랑한다

불란서사람들은 꽃씨를 심어도 밤에 심고 꽃나무를 가꿔도 밤에 가꾼다는

아뽀리네르의 나라 루시엔느 보와이에 이브 몽땅의 조국

세월은 가고 나는 남고

선생님 우리는 지금 미라보 다리를 걷는 거죠

오늘 밤은 무서운 밤인데

선생님 왜 선생님하고 걷는 날엔 입맛을 잃어요

나를 사랑하는 거겠지

그럼 제가 선생님을 사랑한다면 어떻거겠어요

나도 사람이니까

생각해 보아야겠지

나도 사람이니까 나도 사람이니까

3. 오늘 밤은 무서운 밤인데

다시는 만나지도 않아요 걷지도 않겠어요 선생님은 에고 에고이스트
선생님은 어디가 좋은지 모르겠어요
선생님을 미워해야겠어요
나는 표정이 빈곤해서
이것은 지옥이다
선생님은 쌍소리 시인이면서
나도 서정은 있지
그럼 왜 쌍소리에 비꼬고 욕하고 지저분한 것만 모아 쓰세요
세계일보에 날 이야긴데
오늘 밤은 울고 싶은 밤
빠스깔에 갈대 라이나 마리아 리르케 에쎄닝 에쎄닝
달이라도 뜨는 에이쌍 달이라도 뜨는 어쩔 수 없는 밤이면
나도 열여덟 열아홉은 있었지
고개도 들지 않고 뒷골목을 빠져나가 낯익은 술집으로 달리어간다
세월은 가고 나는 남고
나도 이 나이를 하고 웃어본다
이 길은 골고다의 언덕 바다가 내다보이는 이 고개 위에서
선생님은 여자들이 좋아하는 스타일이에요
이 중년신사를 갖고 히야까시구만 이 늙은 것을
웃을 때엔 부끄럼을 타는 소년이라는
그의 어제의 의미 있는 말에
나는 은근히 마음의 동요를 가져본다
그리고 호수에 돌을 던진 다음에 오는 파문을 생각한다

선생님 선생님 지금 선생님은 대학생이었으면 얼마나 좋을까

가늘게 길게 한숨을 쉰다

스물다섯 스물여섯이면 얼마나 좋을까

저를 나무래세요

저를 미워하세요 제가 버릇없지요

우리는 죽으면 어떻게 되어요

죽으면 땅속이나 망우리에 가는 거지

그것뿐인가요

시시하지

저는 병들었어요

본시 장미는 병드는 거지

선생님은 어디가 좋은지 모르겠어요

선생님은 인제라도 늦지 않으니 나이를 먹지를 말아요

우선 내년부터라도

그럼 안 먹지

저만 일 년에 음력 양력 크리스마스 세 번씩 먹을 테니

삼 년 후면 나이가 비슷해지겠구만

정말 그렇다면 얼마나 좋을까요

늙으면 어떡걸라구

아이 늙으면 싫어 싫어요

나는 젊어지고 애리는 할머니가 되고 세상은 거꾸로 되고

이미 다된 세상에서

빨리 늙고 이마에 주름이 가고 마음에 금이 가고 할머니가 되고 할아
버지가 되고

우리도 죽으면 땅속이나 망우리에 가는 이 세상이 싫어요

할 수 없지

심각한 이야긴 두었다 하구 그만하세요

따분하겠지

정말 선생님은 말이 없고 기억이 좋고 무서운 사람이에요

나는 무서운 사람일까

선생님은 대포를 좋아하시니까

응 술을 좋아하는 귀족이지

제가 대포를 사야겠어요

술을 사겠다는데

왜 대답을 안 하세요

저하고 대포하러 가세요 대포 마시러 가요 가세요

애리 애리는 불이 붙는 거는 아니겠지

선생님 다이알 백십구를 돌려야겠어요

소방서를 불러서 무얼해

제 마음에 불이 붙어요

불을 꺼줘요 불을 불 불을

저 음악이 들려요

우리들은 속된 애인 같애요

그렇지마는 선생님하고 저하고는 관계를 시키지 말아요

불을 꺼주지

저 음악이 들리지

저를 괴롭히지 말아요

애리 내 과거를 알면 놀래지 놀래지를 말구 나를 나를 괴롭히지를 말아

나도 살다보니 여기가 종점이지

선생님은 종점에 사세요

나야 종점과 같은 약수동하고도 문화동하고도 문밖에
나는 지옥에 살지
다시는 만나지도 않겠다는 그대 그대의 품 안에서
세월은 가고 나는 남고
저를 안아주세요
흔한 세상의 애인같이 우리는 왜 못 그럴까요
저를 안아주세요 저를 안아주세요
나는 중고품인데
비겁해요
진정해 진정하라니까
저를 모욕하지 마세요 저를 모욕하지 마세요
저를 모욕하지 마세요
오늘 밤은 죽고 싶은 밤이다

4. 달밤은 어때

달밤은 어떠신가구요*
제 과거를 아시면서
이제는 둥글다 못해 모가 났어요
저는 지금 미칠 것 같습니다 그냥 울고만 싶습니다
이 자리에서
저는 이 의미를 알아요

* 일조각판에는 '어떤가구요'로, 첫 발표지인 『자유문학』 1962년 4월호에는 '어떠신가구요'로 되어 있다. 첫
발표지를 따랐다.

신성한 우울에

낮은 낮대로 고민 속에 지나가고 밤은 밤대로 놀라운 갖가지 연구로
흘러갔다

우선 종교를 믿어보지

우선 사내라는 종교부터 믿어야겠어요

그러면 속아서만 살아왔군

속은 것이 아니라 과신에서 온 것이에요

속아서 과신에서

살아 있는 모든 것 인생의 모든 얼굴이 그 축축한 마음으로 몰려들고
이것은 지옥이다

빛나는 사상들이 물밀듯이 밀려와서

지금 살아서 이것은 그것을 구경만 하는 것도 고마운 일

선생님 남자란 종굡니다

아니 여자란 계집도 종교지

아편도 종교죠

히스테리도 신앙이지

그럼 연애는

연애는 스포오쯔야

비 오는 밤은 어떠신가구요

눈 오는 밤은 어떠신가구요

비 오는 밤 눈 오는 밤은 바람이 불고 비가 오고 눈이 오고

구름에 하늘 구름에

삼월은 죽은 땅에서

사월은 꽃이 피고 오월은 묵은 땅에서

꽃을 가꾸다가도

비를 청하는 감정이 앞서요

선생님 돌아가지 마세요

죽지는 않아

일어나시면 안 돼요

저의 마음에서

재미있는 이야기 있지 않아요

요한복음 십삼 장 일 절 말이지

너희는 마음에 근심하지 말라 하느님을 믿으니 또 나를 믿으라는

오늘 밤은 스불론 땅과 납달리 땅과 요단강 저편 해변 길과 이방의 갈릴리여 흑암에 앉은 백성이 큰 빛을 보았고 사망의 땅과 그늘에 앉은 자들에게 빛이 비치는 오늘 밤은

구약 창세기 일 장 일 절의 밤이 되는데

그것은 성경이죠

그럼 남녀 간의 신앙 말이지

남자 여자 신앙에 스포오쯔

남자라는 선수는 비겁해요

된장찌개와 같이 보글보글 끓는 여자선수는

피차 응원단을 부를까

서울운동장인 줄 아세요

달밤에 체조 달밤에 체조 달밤은 어떠신가구요

제 과거를 아시면서

여자만이 가질 수 있는 슬픈 과거는 아름답다

저를 꼬집어주세요

멍이 들도록 말이지

오래오래 기념이 되도록 꼬집어요

상처를 가진 여인이 되구 싶다는 그대 그대의 안가슴에서
나는 우선 변소를 다녀오기로 했다
백메터 선수가 되고 싶다는 밤이다
사망의 땅과 그늘에 앉은 자들에게
달빛 뿌리우는 밤이다

5. 비 오는 밤은 어때

비 오는 밤은 어떠신가구요
과거를 뒤지면서 처마 밑 낙수를 듣지요
그 많은 아름다운 대화들 흘러간 옛사랑을 더듬으면서
산산히 조각난 거울을 주어 모으면서
빗방울을 세지요
저를 아실 거예요
그날 밤에도 길은 머언데 비가 왔어요
궂은비 내리는 페이브멘트를 삼백 환짜리 지우산을 받고 둘이서 그
대와 같이 걸으면서
인생을 저주했지요
저는 사실 남자라는 동물에 중독이 돼 있던 시절이지요
사내만 보아도 오금을 못 쓰던 때지요
사지가 후들후들하고 오한이 들고
그렇지만 지나친 오해를 하실 것까지는 없어요
꼭 삼 년 전의 일이니깐요
그러나 선생님 저를 경계하셔야 해요

위험한 여자니까

실은 복잡한 여자지요

사실은 무서운 과거를 가진 인생이지요

세상의 계집치고 과오라던가

추억이라던가 슬픈 역사를 가지지 않는 여자는 여자가 아니지요

남자들은 어떠신지요

염려하실 것까지는 없지마는 사내란 죽일놈들이야 아름다운 과거를
묻어버리니깐

오늘 밤 저마다의 가슴 속에 무덤을 가진 사나이들을 찾아나선 오늘
밤은

비가 오는가

선생님 저를 선생님의 가슴속에 묻어주실 수 있어요

내 가슴은 공동묘진 아니야

그러면 싫어요

죽은 사람의 소원도 풀어준다는데

다시 부활하실려구

다시는 여자로 태어나지를 않겠어요

밖은 아직 비가 오겠지

눈물이 쏟아지는 거에요 약한 여자들의

그래서 남자들은 비를 좋아하시나봐요

그는 냉수를 청하기로 했다

그날 밤에도 길은 머언데 비가 왔어요

궂은비 내리는 페이브멘트를 지우산을 받고 둘이서 걸으면서

오늘 밤과 같이 인생을 저주했지요

상상을 해보세요

인제는 사내를 생각하는 마음에도 금이 갔어요
사내란 말만 들어도 지긋지긋해요
사내란 죽일놈들이에요
남자란 도둑놈들이에요
사내와 남자를 구별하시는군요
미안하지마는 남자란 좋은 점도 있기는 있지
이를테면 아름다운 과거를 잊어버리는 습관 말이지
잊어버리고 묻어버리니 여자들이 존재하는 거지
가령 존경도 하고 존엄성도 생기고
그럼 선생님 저도 선생님의 가슴에 깨끗이 묻어주세요

6. 눈 오는 밤은 어때

눈 오는 밤은 어떠신가구요
그냥 하늘에서 내리는 밀가루라고만 생각했어요
달밤은 싫어요 비 오는 밤은 글쎄요 모르겠어요
저를 시험하지 마세요
선생님은 지각생이고
낙제생에 지각생이니 열등생이지요
카츄샤 카츄샤에 네프리우드 공작이다
피차 유형지로 가는 골목에서
한잔하실까요
우등생끼리니 두 잔 좋지
우리는 취하면 서로 책임을 지지 않기로 했다

눈 오는 밤은 어떠신가구요

여러 가지 생각에 가지가지 결론을 가지지요

마아티니를 드릴까요

얻어자시는 놈이 어느 것이면 어때

오늘 밤 스포오쯔맨쉽을 발휘해야겠어

술도 스포오쯘가요

연애만 스포오쯘 줄 알면 목적의식이 드러나는 거야

술 마시는 사람에게는 술도 스포오쯔 오입도 스포오쯔

선생님 세상의 남자 여자는 모두 스포오쯔맨 스포오쯔우맨이겠어요

더욱이 남자란 주색을 겸비해야만 영웅에 호걸이란 옛말도 있지 않아요

실례의 말씀

실례의 말씀이라니 말씀을 낮추세요

흥분하시면 건강에 해로워요

조심하지

저를 무얼루 아세요

나무토막으로 알지

그럼 나를 무얼루 생각해

흔히 있는 세상의 짐승으로 착각하지요

기분이 나이쓴데

부라보 잔을 높이 들어

선생님 춤출 줄 아세요

쎅시봉에 도롯도 와룻쯔 탱고 룸바 부르스 지루바 맘보 차차차 쎅시봉에 드람벳트에

와룻쯔를 춰요

탱고는 사색적이고 지성적이고 와룻쓰는 정열의 노동
제가 리이드를 하지요
입 맞춰 입
키쓰는 절대로 싫고 아무렇게나 입 맞추는 밤이다
음양이 제대로 맞으면 세계평화가 절로 오는 거지
입 맞춰 입 입을
이것도 스포오쯘데
진짜면 싫어요
가짜루 한다니까
우선 우리는 타의 모범을 위해 연습을 하는 거지
선생님 저를 꼭 안아주세요
이것 역시 연습이니 오해하면 곤란해
눈 오는 밤에
곤란한 밤에 곤란한 남자와 곤란한 여자
여자는 남자의 품에서
그럼 선생님 저도 선생님의 가슴에 깨끗이 묻어주세요

7. 저를 모욕하지 마세요

선생님도 아시다시피 여자란 이 세상에 아이를 낳으러 온 거 아니에요
저를 모욕하지 마세요
고무신짝같이 다 제짝이 있는 기에요
시련을 당하는 밤이다
이건 지독한 고문인데

대문만 한 마음을 열고 우울하고 괴롭고 무식하게 앉아서 열었다 닫
았다
　　열었다 씨원하다면서
　　감기 드시겠어요
　　실은 미열에 기침이 나지
　　가래침에 피가 섞여 나오고 열광에 떨다보니 세월과 인생은 가고 지
금은
　　화롯불을 안고
　　신음에 바람을 청하는
　　오늘 밤만은 선량한 시민이 되어본다
　　소시민 소시민하고 가난한 어깨를 일으켜보는 오늘 밤은
　　사내로 태어난 것을 후회한다
　　나는 남자로 태어난 것을 후회해 실은 이미 늦었어요
　　선생님 아시다시피 여자란 이 세상에 아이를 낳으러 온 거 아니에요
　　저는 뜨거운 것이 좋아요
　　욕심을 부리지를 말아
　　아직 비리고 어리고 젊고 무던한데요
　　그리고 고고하고 맑은 눈에 지혜롭고 태양같이 이글이글 타고 어뎌
세요
　　나는 맵고 짠 것을 좋아하는데
　　속되니까 그렇지 뭐에요
　　속되다 인생은 다스 게마이네 다스 게마이네 비비지 마시고 꼬지 마
세요
　　달밤은 쓸쓸하고 외롭다는 그대
　　비 오는 밤은 낭만에 무섭고 눈 오는 밤은

서정에 지성에 다시 쓸쓸하고 외롭다는 그대의
왜 이렇게 쳐다만 보세요
그 눈 오는 밤과 같이 쓸쓸하고 외로운 표정을 감상하는 거지
그리고 그 마음에 비밀을 하나하나 읽어가는 거야
심각하기엔 인생이 짧아요 너무
그 얼굴 속에서
모로코나 튜니시아의 아프리카의
지독한 밤을 찾아내는 것이 내 임무이니까
그렇지만 뚫어지게 보지 마세요
도바해협 건너 영국인 줄 아세요
나는 무시무시한 인생을 찾는 거지
저 뒷골목을 찾는 거에요
그렇기도 하지
필생의 사업으로
대단한 기업인데요
기업치고는 투기업이지
본전도 못 찾아요
그만두세요
밑져서 본전인데 뭐
아저씨 밑져서 본전 밑져서 본전인 인생을 찾는 사나이의 밤이다
농담을 마세요
진담이지
사내는 여자의 상품
계집은 남자의 상품 피차 홍정인데
피차 미도파 이층인데

가겠어요

저를 무얼루 아세요

호박으로 알지

내일 다시 만나세요

만나는 거야 힘들지 않지

하지마는 인생을 어떻게 약속해 상품이면 자유재량의 계약에 의해 거래에

약속에 만나는 거야 힘들지 않지마는

어쨌든 만나세요

만나는 거야 내 의사구 자유니까 만나지

이건 자유에의 계약이다

이 선생 그 누구요

이웃에서 던지는 친구의 말이다

김 선생 그 알지 않아 내 영업용이야

괜찮아 괜찮아 이 선생

한잔했오 김 선생

섭섭하게 왜 한 잔이요 다섯 잔을 했지

김 선생 자가용하구 영업용하구 구별해야 돼

멋있어

김 선생께 특별히 소개하지

보통으로 소개해 줘

이 선생 내일 어디서 어떻게 만나기로 했소

스카이 라운지 스카이 라운지

수도 서울의 밤을 감상하기 위해서

계약 없는 자유와 씨니컬한 자유재량에 의해서

피차의 영업용 목적을 위반하면서까지
현실에서 지옥에서
보다 인생을 실천하기 위해서
이 지상에 몸을 던졌다
그는 다음 날 다섯 시 사십 분 약속에 스카이 라운지에서
지상에 몸을 던졌다
이렇게 여자의 일생은 시시하지요
저를 모욕하지 마세요
저를 무얼루 아세요
호박으로 알지
남자 남자 이 세상에 남자 없이 무슨 취미냐던 한 여인은 이렇게 가고
우리들은 서투르게 남아서
다정하던 벗과 짓궂은 이웃과 함께
술과 인생을 찾으면서
미래는 없고
오늘 우리는 다시 밤을 이야기한다

속續 힘든 질문은 싫어요

우리는 왜 못살아요 코도 있고 귀도 있는데 우리는 왜 못살아요
되지못하게 귀족이 많으니까
선생님 슬픔을 잊을 수 있는 농담을 해주세요
여자는 남자라는 물건을 생각할 때마다 행복을 느낀다
행복이라는 것은 지극히 천한 것이다
그런데 하필이면 슬픔일까
고독을 잊을 수 있는 농담이 좋지 지희는 연애를 하니
연애만 해요
사업도 하지요
고슴도치에 여드름투성이의 애숭이하고
그 있지 않아요
있다니 어떤 놈
놈이란 그런 실례의 말씀을
선생님 질투를 하시나봐
그럼 자동차를 타고 다니는 도적놈하고
선생님은 너무 과격하신데요
나는 본시 주먹에 판찌에 헤이딩 당수를 하지 나는
선생님 한잔하셨구만요
섭섭하게 한 잔이라니 석 잔은 했는데
눈이 왔으면 얼마나 좋을까
그렇다 눈이 왔으면 얼마나 좋을까
나희는 연애를 하니 연애를

저같이 늙은 사람이 무슨 연애 무슨 연애를 해요
늙다니 젊기도 전에 늙어
시간과 세월이 가면 여자는 늙는다
눈이 왔으면 얼마나 좋을까
복이 없는 나라에 태어났으니 눈도 안 내리지 뭐야
따분해요
처녀가 따분하면 곤란하지요
허 거 매담 냉수를 꾹꾹 눌러서 한 컵 줘요
방공호 속에 앉아 있는 기분이다
달이 뜨겠군
가난한 애인들은 손이나마 맞잡고 거리를 돌아가는데
선생님은 사모님이 기다리시지마는
난희는 아버지가 기다리시고
지희의 말이다
언니는 연애를 좀 하세요
업어 가는 사람도 없어
바보 바보들
나는 밤낮 닦고 쓸고 칠해도 거들떠보는 자식 하나 없어
나라고 목석일라구
나는 요새 감기에 몸살에 지독하게 병들었는데 앓으면서 어제까지
누워서 께루악의 소설 노상에서를 읽고
오늘 아픈 다리 지친 몸을 이끌면서
위험한 고빗길을 보고 지고
이건 지랄이야 미친지랄
비트족에 실존주의 클럽

사내구 여자구 계집이구 두루두룬데

인생은 아름답다는데

난희는 어때

너는 어때 지희는

우리는 쓰레기통에서 쓰레기처럼 쌓이고 쌓여서는 나이를 먹고

따분해요

지저분하다

우리는 왜 못살아요 손도 있고 발도 있는데 우리는 왜 못살아요

우리를 모욕하지 마세요

나는 그대의 조국을 사랑하기 때문이다

그렇다고 나는 정치를 하는 놈들처럼 시시한 애국자는 아니고

선생님 오늘 밤은 심각하신데요

미제라불 미제라불

건강에 해로울 텐데 선생님 웃어요

웃어볼까

선생님은 웃으면 참 좋아요

나하고 연애를 할까

난희하고 지희는 가령 이런 남자를 찾겠지

키는 오 척 칠 촌에

얼굴은 야윈 편이고 턱은 억세고 어깨는 떡 벌어진 데다 몸매는 날씬
하고 엉덩이는 작은 편 길고 빠르게 놀리는 손에다 매력과 유모어가 있
고 속은 알 수 없으며 때로는 인정스럽고 또 때로는 쌀쌀한 남자 눈은 검
고 슬픈 눈동자에 목쉰 남자

이를테면 나 같은 스타일의 남자 남자

저를 유혹하지 마세요

저같이 약한 여자를
약하다 여자는
이것은 우울한데
귀족이다 약하다 귀족이다 약하다 갈대와 같이 약하다
저는 약하고 선생님은 강한 밤인데
밤은 깊은 게 좋다
우리는 제각기 쥐구멍을 찾으면서
우리는 필요 이상으로 인생을 이야기한다
선생님의 취미는 뭐예요
내 취미는 자살이지
고상하신데요

우정과 여자를 이야기하며

구공탄 스토오브를 좌시하면서 흘러온 지난날을 꿈같이 생각한다
우리들 화려한 세월은 없었다
오늘은 십 년 만에 웃어본다
복잡하게 살아왔으니 다급하게 지난날을 웃어본다
가늘게 길게 야단스럽게 엮어서 아무렇게나 살아갈 수밖에 없는
그러나 나는 나의 청춘을 지극히 사랑한다
소중한 것은 이것뿐이다
돈이 있는 것도 아니다
명예 역시 있는 것도 아니다
오직 있는 것은 마음과 몸밖에는 없다
친구의 얼굴과 어깨 너머로 비스듬히 내다보이는 바다 친구의 얼굴
과 그러한 것이
자꾸 눈시울을 적시는
당인리발전소 밤섬 건너 김포평야가 지긋이 내다보이는 신촌 막바지
에서
낯선 손님들 틈에 끼어 합승에 흔들리면서
비비며 인생을 생각한다
오직 살아 있는 것은 입밖에는 없다
허비며 뜯으면서도 다정하게*
우정과 여자를 이야기하며 우정과 여자를 이야기하던 우정과 서로의

| * 1966년 『시문학』 4월호에 다시 발표한 작품에는 '비비며 ~ 다정하게'의 3행에 「 」 표시가 되어 있다.

모진 가슴을 헤치면서

우리들은 우정과 내일을 이야기했다

비록 내일 세계의 종말이 오드래도 오늘

나는 사과나무를 심겠다

깊은 학문과 높은 덕성이 있으면서도 일생을 안경닦이로 자적한 스
피노오자의

이 말을 외우면서

사랑과 빵을 찾아서 흩어졌다

그대들의 이름을 나직이 불러본다

사랑과 빵을 찾아서 타락했다

그대들의 이름을 나직이 불러본다

지금은 모두들 얼마나 천해졌을까

그로부터 십 년이 흘러갔다

태공이며 거사며 태공에 거사* 거사며 개떡이며 갈비씨 경상도 촌놈
이며 그리고 각별하던 복이며 임이며 하나 위에 미스터 박 웃음과 자금
을 조달해 주던 미쓰 홍

오오마 가이야의 시를 구수하게 이야기하면서 사므세트 모옴에 달과
육펜스 즐겨 고오강을 이야기하던 *꼬꼬와*** 빼빼 뭇 친구들

우리의 옛사랑은 가고

지금은 아버지가 되고 서로 어머니가 되어 서로서로의

시간과 비애 가시밭에 살면서

흘러온 지난날을 꿈같이 생각한다

<hr />

* 1966년 『시문학』 4월호에는 '태공이며 거사며 태공에 뺄으리 거사'로 되어 있다.
** 1966년 『시문학』 4월호에는 '개단이와'로 되어 있다.

일천구백육십일 년의 고개에서
주께서 사공이 돼주십사 하시던 이 언덕에서 아현동에서 종이 울리고
아침과 밤이 가면 종이 울리는
이 네거리에서
자유와 역사를 공부하면서
학문과 진리와 논리
현실을 기웃거리면서
정치와 딸라
생활과 질서 제각기 빠다 냄새가 나는 인생을 달래면서
무너진 일천구백오십 년을 생각한다 벗이여
깨어져 산산히 찢기운 일천구백오십삼 년을 생각한다 벗이여
받고 차고 떼밀고 돌아서 누워서 조용히 잠을 청한다 꽃나무 옆에서
아름다운 것은 이것뿐이다
서울에서 부산에서 서울에서
남포동에서
필요 이상으로 흥분에 감격을 나누면서
안개 낀 영도다리 위에서
청춘과 패스포오드를 제시하면서
슬픈 조국에 태어난 것을 확인받던 지난날이 눈물겨웁다
나무를 가지고 바위라고 우기던
정말 이건 가난한 이야기다
우리들 화려한 세월은 없었다

사립동물원私立動物園

　나는 지금 가냘픈 몸 하나 마음 하나로 식솔 십여 명을 거느리고 생
활이라는 것을 되지못하게 한다
　직업은 학교 선생님이다
　일생일대의 사업이라고 나선 이 길이 험하고
　아리고 쓰다보니 이것이다
　어제와 같이 장춘단 이 고개에서
　아침 일곱 시 삼십 분엔 강의노오트 기타 전문서적 기타 도시락 기타
필요한 것
　기타 하루의 일과를 가쁘게 생각하면서
　지엠씨를 개조한 뻐스를 다시없이 기둘린다
　수없이 기름진 배들이 먼지와 바람을 불러일으키면서 두더지를 몰고
간다
　삼남 이녀의 처량한 아버지는 점잖지 못하게 이 나이를 하고
　잠시 사색에 혼돈에 잠긴다
　손수건을 바지포켓에서 끄집어내어 입언저리와 코밑 가생이를 두루
닦으면서 입맛을 다신다
　따분하다는 듯이 기일게 헛기침을 한다
　오이김치에 밥을 말아서 훌훌 아무렇게나 마시고 뛰쳐나온 중년신사
치고는
　삼 년 전에 믹은
　된장찌개에 풋고추 마늘 냄새가 풍긴다
　확실히 재래종의 체취다

그러나 씽글 국산양복에 국산와이샤쓰에 국산넥타이를 매고
제법 날씬한 포오즈
남들과 같이 한번은 쑥스럽게
이렇게 포오즈를 취해 본다
아무리 보아도 국산품 스타일임에는 틀림이 없다
열쇠꾸레미와 도장을 어루만지면서
행복했던 과거를 찾는다는 것은 지금이 불행하기 때문인가
오늘도 어제와 같이 동료들과 이 교무실에서
가지가지 성격을 가진 신사 남자 여자
영양실조의 학생들 틈에 끼어 남자 선생님들은
어느 누구를 원망하는 찌푸린 표정이다
여자 선생님들은 긁어서 닦아서
정형을 한 지극히 평온하면서도 어딘가 짧은 꼭 화장실에 뛰어갈 자
세를 취하고 앉아 있다
이 여자 선생님들은 결혼을 하고 아이 배고 열 달이 채 못 되어 배불
띠기를 이기지 못해 씩씩거리면서
육칠월의 더위를 지지며 먹으면서
비지땀에 얼음을 찾으면서 선풍기와 바람 앞에서
제 남편 자랑 끝에 시어머니 시누이 흉을 본다
지극히 교육적으로 지극히 대단히 나쁘다
아니꼽게도 여자들이 김 선생이니 심 선생이니 진 선생이니 이 선생
이니
아니꼽게도
여자들이 무슨 선생님이니 수다를 떨면서
학교가 어떻고 사회가 어떻고 누구 남편이 어떻다고 벼락맞을 소리

를 함부로 되는대로 지껄이다보면

한 달에 한 번씩 월급이라는 것을 받아 간다

이것은 몸치레 값에 계돈에 이것은

히스테리 값이다

세상의 흔한 남편의 고기반찬 값이다

여자들이란 모두들 스스로를 높이고 스스로를 깎고 헐고 따지다보면

여자로 태어난 자랑이 아니라 자학을 한다

이것은 학교가 아니다

사설 동물원이다

그러나 이 여자 선생님들도 일단 가정이라는

울에 돌아가면 남자들의 밥이다

지난날에는 그래도 여왕에 태양이었다

세월이 가면 여자는 늙는다

어제와 같이 명동 이 다방에서

오늘도 어제와 같이 친구들과 아주 우수한 이 친구들과 이 술집에서

시간은 남도록 있다

국가에서 정한 통행금지 시간까지 시간은 남도록 있다

집안에서의 천덕꾸러기들이 밖에 나와서는 울분에 폭발에

가족적 분위기가 좋다

교육자적 양심에서 좋다

죽일놈들이다

직장에서 학교에서

문단속 불단속을 하는 이 지옥에서

우리들은 절름거리면서 왔다

오늘 밤 오이짠지에 독한 쇠주면 좋다

나는 지금 가냘픈 몸 하나 마음 하나로 식솔 십여 명을 거느리고 생활이라는 것을 되지못하게 한다

한 달 월급 구만 오천 환에서 원천과세 교육세 등등을

빼고 나면 팔만 삼천 환이다

쌀 한 가마 반에 삼만 환 보리쌀 반 가마에 오천이백 환 밀가루 한 포대 삼천사백 환 이것이 주식이다

두부에 콩나물에 감자 다마네기 풋고추 오이 열무 기타 식물성에 설탕에 달걀에 쇠고기에 기타 동물성 하루에 천 환을 잡아서

한 달에 삼만 환 이것이 부식이다

아이들의 학비 만 오천 환에 아이들 어른들 교통비 만 환에 연료대 잡비 기타에 만 환이다

합계 십만 삼천육백 환의 가계에 이만 육백 환의 적자재정 이것은 줄이고

경제를 하고 최소한도의 생계에

생활이다 그뿐이 아니다

일 년에 두 번씩 호별세 소득세 가옥세 대지세가 있다

전기 요금에 수도 값 동회비 야경비 이름 모를 돈 돈

돈 어찌 하겠이다

나는 지금 가냘픈 몸 하나 마음 하나로 식솔 십여 명을 거느리고 생활이라는 것을 되지못하게 한다

이것은 횡설에 수설 비틀거리는 것이 아니다

이 개자식들 귀가 있으면 들으라는 말이다

나는 지옥에서 왔다

나는 지옥에서 산다

니도 지옥에 산다

대체로 지옥의 풍경은 이런 것이다
오늘 밤 팔만 삼천 환짜리 인생
이 사람이 외상술을 낸다는 말이다

호박

나는 한 장의 사진을 손에 들고 외면하다 못해 지긋이 눈을 감아본다
역시 호박엔 틀림이 없다
엉뚱한 질문으로 선생님을 곧잘 당황하게 만들던 소녀기로부터
점차로 성장하던 한 여인의 생애에는
아름다움과 슬픔을 머금는
몇 고비의 실속 없는 순서가 있었다
안개 낀 가슴에 구름이 자욱히 도는 얼굴
파도치는 이 바다에서
자살을 생각는 지극히 평온한 얼굴이다
그 전세기의 미소에는 다분히 고전적인 것이 있어 좋다
그 얼굴에 과거를 가진 얼굴이 좋다
두드러진 광대뼈에 뾰쪽한 조개턱이 말 못할 사정을 이야기한다
네모난 관상에 솟아오른 코는 사내였다면 일국의 재상은 못 되어도
분명히 한 번은 천하를 호령했을 것이다
대꼬치 같은 아버지의 말이다
시집가서 아들 낳고 차분한 어멈이 되어
열무오이김치 담가놓고
시어머니 시중을 들면서
밖에 나간 외톨이 남편을 걱정하는 것이다
이것은 몹시 부드럽던 어머니의 말이다
사람은 이 세상에 태어나는 일도 저 세상으로 가는 일도 단단히 각오
를 하는 것이 무엇보다도 중요한 것이라는

리어왕의 구절을 외워본다

그리고 죽은 사람들은 다시 무덤에서 일어나지 않는다는

토마스 그레이의 에레지를 나직이 불러본다

그대의 날씬한 키 달콤하고 친절한 목소리를 찾아나선다

눈을 꼭 감은 이대로 잠이 들었으면 살이 찔 것만 같다

구름이 머물다 간 마음의 창을 열면 무너진 것은 이것뿐인가

귀하신 도련님도 아가씨도 모두들 굴뚝소제부와 마찬가지로 그대들 또한

땅으로 가지 않을 수 없다는

더블유 에잇치 오오든의 시는 현실이다

선생님 이것은 모두 화려하던 지난날의 문과대학 강의실에서

오 나의 태양이여 오 나의 천사여 오 나의 여왕이여

그리고 오 나의 사랑하는 사람이여

구린내 나는 남자들 틈에 끼어 여자로서 듣던 차마 들을 수 없는

모욕적인 언사도 있었다

오 나의 호박이여

그로부터 세월은 가고 나는 남아서

다시 빵 한 조각 때문에 십구 년의 징역살이를 했다는

정말 이것은 미제라불한 이야기다

사나이의 타는 가슴에 눈물도 말랐다

떠나는 마음에 편할 리 있을까

이런 마디마디 귀절에

지금은 수줍다 못해 꽃을 보고 흐느껴 울던 나를 생각한다

비오는 날 쏘파에 앉아 창밖을 내다보면서

길게 한숨을 짓던 나

나를 생각한다
하치않은 인생과 무서운 진리에 보답하는
여자의 일생을 생각한다
창고지기와 같은 여자의 일생
한 남자의 도구치고 여자의 일생을 잔잔하게 이어왔다면 거짓말 같
은 사실이다
그렇고 그렇다 나는 이 세상에 밥 먹으러 온 것이다
나는 이 세상에 늙기 위해 온 것이다 나는
나는 이 세상에 죽기 위해 온 것이다
또 한 장의 사진을 뚫어지게 보면서
호박이다 호박이다 하면서도
이것은 내 소녀 때 사진이라고
내 굳어진 표정을 엄하게 지킨다
피어야 할 얼굴에 수심이 있어 좋다면서
아무렇게나 살아왔다는 과거는 아름답다
다짐을 받으면서 꼬집어온 인생치고는
흠이 없다
그러나 거울 속을 들여다보면 호박치고는 가살스러운 지금은 이마에
태평로와 같은 주름
주름이 지난날을 흥분케 한다

왜 이 짓 나쁘냐

오늘 밤은 봄이 발밑에서 짓밟히는구나
이 친구 벌써 마시기도 전에 취하는 거야
아니야 이 집은 계집이 많아 좋다는 말이야
뱃놈이 오대주 항해에서
낯익은 항구로 찾아든 기분인가
어이 여자 이리 좀 와
우리 영감님 되실랴구
벌써 나한테 반한 건 아니겠지
아이구 선생님한테 반한 줄 아우
돈에 반했지
술이 들어오고 우랑에 곱창에 우족에 그리고 간 천엽을 찾으면서 다
시 술이 들어오고 육회에
갈비에 여자가 들어오고
가락에 노래가 나오는 이 집에서
우리들은 돈에 못지않게 인생을 이야기한다
테이블 귀퉁이에 내노라고 앉은 그는 몇 마디의 대화를 주고받더니
제법 구실을 한다
거짓으로 사는 것이 생활이라면서
눈을 아래로 흘기고는 갑자기 웃으면서 그의 목을 끌어안는다
자고 가 응
어떻게 자고 가
꼭 이렇게

응 정말

나이 몇이냐

갓 스물에 둘

아직 철부지

그러면 싫어요

부모하고 형제는

부모가 있으면 여기서 이 짓을 해요

왜 이 짓 나쁘냐

흥 나도 사람이야

그래 나도 사람이야

그래 나는 네가 신선인 줄 알았더니 인제 보니

아아니 사람이 아니라 여자야

이 목을 놓고 말하라는 말이다

우리 마누라한테 볼기짝 맞고 쫓겨난다

그러면 나한테 와서 나하고 살지 여기 내 빚 삼십만 환만 갚아주면

되지

겨우 삼십만 환이야

내가 돈 있어 보이니

돈 소리가 절렁절렁 나는데

돈이다 천 환짜리다 한국은행이다

이 세상은 돈이면 제일이다

바늘방석에 앉은 것같이 엉덩이를 이리 비틀 저리 비틀

엉석을 부리다가도 계집은

이 새끼 사내답지 않게

이 새끼 저 새끼를 연발하다가도 계집은

변소로 간다

여자 어딜 가나

응 나 취하다보니 오줌을 누러 가지

여기 요강이 있는데

한반도만 한 엉덩이를 내놓기 부끄러워서

똥 싸러 가는 모양이지

아니야 뽕 따러 가는 거야

오줌에 똥 싸러 뽕 따러 간다

이 우주는 공동변소가 아니면 공동묘지라는데

어이 이 여자 돈 구경하러 가지

뭐 어떻다구

돈 구경한 지 오래됐기에

그렇지 황금을 낳으러 가는 거야

이 여자 인제 보니 금광이구만

국보적 존잰데

그렇지 남대문 같은 거지

요새 국보 남대문은 보오링한다는데

그렇다 오늘 밤 마시고 취하면 되지 낡은 것 수리하면 얼마나 갈랴구

이렇게 따지기를 좋아들 할까

그런데 돼지족은 얼마요

술안주는 최고야

이 사람 자네 취하만 먹으니 살이 안 찌고 마르지 이 사람 술이 취하
면 자세를 바꿀 거지

로댕의 생각하는 사람같이 이마에 손을 짚고

그렇게 재수 없이 인생을 생각하는 거야

자식과 집에 있는 계집을 생각하니 자연 생각이 깊어지는 거야

이년이 이제 보니 밖에 서방이 있는 모양이야

안에는 없고

그러니 팔자가 세지 뭐야

돈만 줘 밖에고 안에고 어디고 간에 돈만 줘봐

돈에 애정을

오늘 밤 돈만 있으면 마다하는 이 집에서

입씨름을 한다

마담 계산을 하시오

이천삼백오십 환이라니까

다섯이서 다섯 시간을 마시고 먹었는데 겨우 고거야

어이 여기 있는 여자

여자값은 얼마지

나야 고기값밖에는 안 받으니 안심해요

어두운 다릿목에서

술이 깬 아침의 무엄한 표정은 쓸쓸한 어쩔 수 없이 횔스타프 허풍선
뚱뚱보의 얼굴을 닮는다
간밤엔 얼마나 비참했으면 석고 같은 상을 찡그릴까
이것은 꽃나무 앞에서 취한 술이다
바람 앞에서 먹은 술이다
제각기 봄과 아네모네의 청춘은 있었다
곤드레만드레가 된 나는
여러 장의 흰 도화지를 펴놓고 한 장에 압록강 두만강에 해안선을 따
라 한반도를 구질구질 그려 넣고
거미줄 같은 철도를 그려 넣고 굴뚝에서 연기 나는 공장을 세워본다
인구 밀도를 조절한다
산아제한을 하는 나라를 꾸며본다
국토의 칠 할이 산악인 이 나라에서
나라 사랑하는 국회의원들같이 필그림 와이샤쓰에 넥타이를 매고 씽
글 양복을 걸친 신사는
텁텁한 웃음으로 안타깝게 웃어본다
나는 거울 속의 나를 발견하면서 나는 되도록이면 남자로 태어난 것을
지독하게 후회한다
마음 아프고 곤한 것은 이것뿐인가
어두운 다릿목에서
쉬어가는 언덕에서 고개마루에서
높은 산 낮은 들을 굽어보면서

삼천리금수강산을 지키면서 여기는 백두산이다 여기는 한라산이다
여기는 주을온천이다 만포진에 중강진이다 여기는 태백산맥 금강산이다
지리산이다 해인사다 여기는 동백꽃 피는 울릉도다

남쪽바다 다도해다 해로 칠백 리 떨어진 흑산도다

약소민족에 아우성에 깃발이다

이것은 삼십육 년 만에 얻어진 삼팔선이다

대포와 탱크 엠완으로 지키면서 하늘에서 바다에서

오로지 백오십오 마일 전선에서

여러 가지 인생과 여러 가지로 슬픈 조국을 여러 가지로 한꺼번에 생
각다 여러 가지로 다짐 끝에 여러 가지로 꾸짖는 여러 가지 여러 가지로
자유와 민주주의를

여러 가지로 지키며 꿈꾸면서

비 내리는 우리의 서울을 창밖으로 내다본다

화초를 가꾸듯이 조용하게

꽃을 사랑하듯이 인생을 생각한다

지금 나는 인생을 이야기하는 것이 아니다

나는 인생을 생각하는 것이다

우리의 서울에 비가 내린다

이것은 어쩔 수 없는 사실이다

우리의 소공동에 주먹이 내린다

우리의 무교동 일대에 바람과 발길이 내린다

우리가 사는 이 세상은 진리 없이도 살 수 있다

진리란 몇 개인의 농락물이다

오늘날 우리들의 주변에서는 이것마저 돈 주고

사고팔고 한다

얼마나 슬픈 이야긴가
우리들은 제각기 자기비판을 할 단계다
운명과 숙명을 혼돈하듯이 나무와 바위 이 우주의 지평선에서
내일을 걱정하듯이 오늘을 사랑한다
지금 나는 인생을 모방하고 있다
그러나 나는 자살 같은 것을 열심히 생각한다
인생과 토요일을 생각하듯이 지극히 평범한 철학이다
오늘은 굳이 있고
내일은 어쨌든 다시 없다
영원한 것은 이것뿐이다
흰 도화지 위에 철도를 그려 넣듯이
공장을 세워보듯이 인구밀도를 조절하면서
인생을 짓궂게 그려본다
도화지 위에 인생을 창작하는 것이 아니다
도화지 위에 돈과 권력을 창작하는 것이다
이것은 감정이 아닌 그것이다
이곳엔 현실이 없다
이곳이 시인이 사는 조국이다
산다는 것 이것은 거짓말이다
우리들에게 생활이라고는 없다
우리들 불안한 표정은 여기에 있다

돼지

1. 오빠 자유와 빵 어느 쪽이 귀중해요

삼십육 년 만에 나라를 찾아서 십오 년 동안 무얼했어요
아무것도 없지
이놈들 아무것도 없다
그러니까 우리나라 사람들은 똥 만드는 기계지 뭐예요
돈 들여 충주니 나주에
비료공장 세울 필요 어딨어요
우리 모두 개개인이 비료공장인데
아버지는 비료공장 일 호 엄마는
이 호 오빠는
삼 호 너는
나는 비료공장 오 호지
그런데 아저씨는 왜 비대할까
닭을 털도 뽑지 않고 먹고서는
걱정 끝에
속이 썩어 비료가 되니 뚱뚱할 수밖에
돼지 돼지들
이것은 현실이다
슬픈 조국이다
오빠 우리 브라질에 이민을 가요
픽 웃어 본다

일전에 대서특필로 신문에 났는데

면적은 팔백오십일만 육천삼십칠 평방키로에 인구는 육천만 일 평방
키로에 일곱 사람 꼴 언어는 폴튜갈 말 인종차별은 없고

간혹 정변은 있어도 지상의 낙원이라고

우리는 왜 잘 사는 조건이라고는 하나도 없어요

아저씨 같은 분이 있기 때문에

정치란 그런 사람을 기르고 보호하고 두둔하고

데모크라시이란 무어에요 오빠

선거 때마다 투표하고 데모하고 잘 살자고 협잡하고

오빠 자유와 빵 어느 쪽이 귀중해요

난 무식해서 잘 몰라 나는 무식해서

그럼 오빠는 왜 시를 써요

배운 도적질이 그것밖엔 없으니까

미친개 눈엔 몽둥이만 보인다든가 도적놈의 눈엔 훔칠 물건만 보인
다는 격이겠지

쓸쓸한 이야긴 그만해요

나는 본시 갈대와 같은 사람이지

오빠는 중심이 없는 사람

도적놈과 결탁하는 이웃에서

오빠는 삼 호 너는

나는 비료공장 오 호

냄새 나요 냄새

매일 술만 먹고

외롭고 괴로우니까 그렇지 외롭고

주정뱅이 주정뱅이 외롭고 외롭고

쓸쓸한 우리의 오빠는 명동 백작이라면서

누가 그래 누가

취하면서 사는 조국이다

경자 주역을 알지 중용지도에 태극에 무극인데

태초에 하느님 말씀이 인생은 비극이고 사랑은 꿀 같고

오빠 이 세상에서 술을 아편과 같이 금하면

나는 자살한다

아이 싫어 듣기도 싫어요 나가요

나가면 밖은 사막인데

나를 이렇게 학대를 하니 나가도 지옥 들어와도 지옥이지

나를 이곳에 버려두기를 바란다

한 달에 박봉에 세금을 붓고

바쳐도 구제품 하나 돌아오지 않는 서울에서

나는 술을 마신다

얼마나 슬픈 얘긴가

2. 우리 모두 이민을 가요

오빠 우리는 왜 이렇게 지독하게 못살아요

난들 어떻게 알아

오빠는 정치문제만 나오면 요리조리 피하기만 하고

본시 사상이 빈곤해서

소설 속에서 살지 말아요

보헤미안이기 때문에

너의 오빠는 인간으로 태어난 죄 더욱이 사내로 태어난 죄밖에는 없다
너는 여자로 태어난 죄밖에는 없다
소낙비에 젖으면서 막대기처럼 서 있고 싶은
우리들 불안한 표정은 여기에 있는가
종로 네거리에서
명동 막바지에서
경자 네가 사랑하는 서울에서
삐에로 삐에로는 술을 마셨다
일천구백육십 년 십이월 이십육 일 이것은 감정이 아닌 이것은 생활
이 아니다
오빠 우리 아름다운 얘기를 해요
미라보 다리 아래 쎄느 강이 흐르고 우리의 옛사랑은 가고
멋진 시지
좋은데
부라보 부라보 우리 술잔을 높이 들까
우리의 명동을 위해서
부라보 부라보 우리 술잔을 높이 들어요
우리의 서울을 위해서
또 시작이구만
오늘 오늘 밤은 살려주는 밤이구만 기분이 나이쓴데
넌 연애를 하니
비료공장이 어떻게 연애를 해요
차원이 높은 데 있는데
시시한 말씀 연애는 데데해서 못해요
너는 왜 그렇게 뚱뚱해

나는 돼지띠니까

돼지 돼지들

일전에 타임인가 뉴우스 위크에

미국의 저명한 어떤 대학교수가 한국을 시찰한 소감에서

공장보다 교회가 많고 중세가 어떻고 후진성을 면치 못했다는

우리나라는 유엔에 의하면 세계에서

둘째로 못산다면서

밥 먹고 죽벌이를 하는 나라에서

나는 술이 취했다

오빠 취미는 무어에요

내 취미 그렇지 자살이지

취미는 그쯤 되면 고상하신데요

자살할 수밖에 없는 나라

죽어도 이 땅에 묻히고 싶은 오빠

오빠 우리는 왜 이렇게 못살아요

지도를 펴놓고 봐

지리적으로 애국자가 많이 나오는 나라 지리적으로 민족 반역자가 많이도 나오는

나라 이 나라에서

나는 술이 깬다

냉수를 찾을 수밖에

오빠 수도물이 안 나오는데

물 사정이 나쁜 나라에서 나는 술이 깬다

전기 사정이 나쁜 나라 여러 가지로 이해하기 곤란한 나라에서

나는 인제 자는 수밖에 없다

돼지 돼지들
나는 네가 브라질에 이민을 가자는 그 의미를 안다
오늘 밤은 꿈속에서라도
조국과 민족을 원망하면서
아프리카의 희망봉을 거쳐서
나는 브라질에 이민을 가야겠다
땅과 하늘을 찾아서 나는 브라질에 이민을 가야겠다

노예선奴隷船

내가 이사해 온 로타리 중심의 이 신촌에는

가난하고 돈 없이 사는 어진 친구들이 셋집에 들고 있다

학벌은 대학하고도 최고 학부를 나온 양복장이다

저마다 지난날에는 청춘과 꿈은 있었다

그러나 지금은 가냘픈 몸 하나 마음 하나에 의지하면서

서울하고도 문밖 옛 고양군 망각지대에서 산다

구차스럽게 늘어놓으면 버림받은 군상이다

오늘은 우정과 술을 빚어놓고

대포집 외딴 구석지에서 쓸쓸하게 인생을 이야기한다

황해도 연백 천태에서 공산당에 쫓겨 온 내 친구 강신을 위시해서

충청북도 갑상 괴산군 불정면 정미소 주인집 맏이 이은 같은 동도 동
향까지는 아니지마는 음성 양반에 정치학도인 홍태며 경상북도 선산군
출신의 옹시판 고집장이 소인이며 중국 중경에서 그리운 고국산천을 찾
아온 영문학자 김 교수며 우리들의 이웃이 생명과 생활의

아무런 보장이 없이 이것에 매어서

내일을 걱정한다

우리들은 해방 후 혼란한 틈에서도 나라에 충성을 다해 왔다

쇠주잔을 권커니 받거니 주고받으며 취하면서

두부찌개와 오징어를 훌훌 마시며 질근질근 씹으면서

괴로웠던 일 슬펐던 일 그리고 즐거웠던 가지가지

수수께끼를 조심스럽게 풀어헤치면서

다짐을 한다

두드러지게 도맷금으로 살아온 더럽고 치사한 반평생은

빈털터리들이다

우지끈 꺾어 든 이 역사는 너무나 기복이 많다

먹지 않고 입지 않고 쓰지 않고 이백 자 원고지 한 장에 삼백 환씩 치고 하루에 오십 매를 오천 년을 써야 한국의 거부 이 아무개만큼 된다 먹지 않고 입지 않고

이건 신화가 아니다

홧김에 서방질한다는 속담이 있듯이 이건 홧김에 먹는 술이다

이건 홧김에 오고 간

말고기같이 질긴 대화들이다

에잇에잇 이놈의 세상을 아첨을 하면서까지

아무쪼록 살고는 싶지 않다

메마른 이 땅 이 사막에서

평안북도 중강진에서 이미 십오 년 전에 월남해 온 소설가 김 선생을 위시해서

우리들은 모두 학교 선생님이다

이 마을은 노고산 동서남북으로 대학이 넷이나 있다

한강을 끼고 당인리 화력 발전소와 연희 송신소가 있고 상수동 하수동 그리고 신수동 건너에는 밤섬과 여의도 비행장과

굴뚝이 높이 솟은 영등포가 한눈에 보이고

김포가두가 포플라나무 사이에 멀리 내다보인다

늠름한 고지와 비탈진 언덕이 깔린 문산 가깝게는 수색이 논밭을 끼고

아득히 까마득히 내다보인다

제트기의 폭음과 함께

도로 공사장에는 모래와 자갈을 트럭에서 내려 까는 이 무딘 금속성

은 땅값 집값을 올린다

　안개가 도는 금화산을 위로 연희고지에는 하느님이 보호하는

　내 모교도 소리치면서 있다

　오늘 밤은 함경남도 홍원에서 집과 재산을 송두리째 빼앗기고 등살

에 견디다 못해 북어 대가리를 뜯으면서

　곳간차 꼭대기에 실려 흔들려 온

　북도사람 최식

　저마다 방언이 다른 이 마을 이 이웃에 모양 없이 사는

　우리들은 우정과 술을 나누면서 인생과 두 토막이 난 조국을 염려하

듯이

　희망과 그러한 희망과 불안에 싸여서 우리들은 우정과 술에 취해서

　언제나 유모어와 위트 서정을 잊지 않은 최식

　부산에서 신교 장로의 사위가 되고 아버지가 된

　내 친구 최식을 이야기한다

　여자를 생각한다는 것은 정조를 생각하는 것이다

　이 말은 최식의 일생일대의 명언이었다

　충청북도 옥천에서 옥천농업을 졸업하고 대학에서 철학을 전공한 뒤

다시 경제학에 석사학위까지 받은

　한국은행 행원 박광

　미꾸라지 용이 됐다는

　내 친구 박광을 이야기한다

　갓따구로숀에 매개개념의 부주연이 어떻다는 박광이었다

　같은 문과대학에서 역사학을 전공한 지난날의 애인 손목조차 한 번

잡아보지 못한 그 사람 지금은 남의 아내가 되고 어머니가 되었다는

　미쓰 박을 이야기한다

그들은 내 청춘의 동창생이다

오늘 밤 우리들은 형이상학적 명예를 찾아서

술을 마시며 인생을 이야기한다

벗이여 술을 들어야겠다

내가 이사해 온 로타리 중심의 이 신촌에서

우리들은 잔뼈가 굵었다

오늘 밤 나는 몇 해 전의 벤 허라는 영화의 씬을 잊지 못한다

로오마에 사로잡힌 한 유태 청년이 쇠사슬에 발목을 묶이우고 수천

수백 명의 노예와 함께 배에서 강제노동을 당하고 있는데

때마침 순시하던 사령관을 쏘아보는

그 청년의 눈과 마주친다

너는 여기 온 지 얼마나 되느냐고 사령관이 물었다

벤 허는 침을 배알듯이 네놈의 달력으로는 이 년이지마는

내 달력으로는 이백 년이다

사령관은 어이없다는 듯이 벤 허를 뚫어지게 마주 보다가

부관에게 명령을 내린다

저놈을 쇠사슬에서 풀어주라 저놈은 노예가 아니다

분명 자유혼을 가진 놈이다

벗이여 벤 허를 위해 술을 마셔야겠다

내가 이사해 온 로타리 중심의 이 신촌에는

벤 허의 후예들이 살고 있다

벗이여 이러니 내 몸에 살이 머물지 않듯이 내 호주머니엔 돈이 머물

지 않는다

돈이 없다는 것은 노예다

직장에서 기업주에게 호령을 받아가면서 그날그날 먹을 풀을 위해

소와 같이 본의 아닌 천대를 받고 있다
　　가난하다는 것은 죄악이다
　　우리들은 본질적으로 죄악을 위해서 태어났다
　　선과 악은 종이 한 장 차라는데 이러실까

낙화유수

1. 필경 내 생각 높은 데 있다

신촌에는 한강상회 주인 노용식 씨가 있어 좋다
루오의 자화상을 생각케 하는 그이다
이 집은 두 평 반밖에 안 되는
선술집이다
저녁마다 가난한 선비들이 모여든다
백묵가루를 마신 하루의 피곤을 약주로 잊는 어진 친구들끼리
생활을 이야기한다
이 집 벽에는
대동 양화점의 신용본위와 최신유행을 다짐하는 카렌다의 여인이 비
스듬이 비껴 웃고
우리들은 국책 형광등 밑에서
한강상회 주인 노용식 씨가
손수 만든 모래무지 장어에 대합조개를 안주 삼아 한 되 삼백오십 환
짜리 김포 특주를 마시면서
김장 걱정을 한다
어깨를 일으키다가도 한 달에 칠만 환짜리 어깨를 일으키다가도
쭉지를 드리우고 기인 한숨 끝에
이 집을 찾아야 하는 밤은 즐겁다
인생은 시시하고 술맛은 좋고
이러한 밤이다

이렇게 생활이라는 것은 피곤한 것이다
국토건설 서울특별시
신촌지구 작업장에서 들려오는
부르도오쟈의 엔징 소리
돌 깨는 소리
밤을 깨는 소리가 들려온다
대포 한 잔에 오십 환짜리를 빚어놓고
오늘 내가 살아 있다는 시범을 하기 위해서
나는 잠시 지독하게 살아온 나를
씩 웃어본다
낙화유수와 같은 나이 앞에서
낙화유수와도 같은 세월을 가슴에 안고
모진 지난날을 웃어본다
내가 먹는 이 술은 내
가정 내
경제와 비할 때
과분한 것이 아닐까
속으로 속으로만 파고드는 계산이 나로 하여금 옹졸하게 하고 비굴
하게 하고 끝내는 비겁하게
타협하지 않으면 아니 되는
이것이 생활이라면 차라리 죽고 싶다
오동잎 지는 가을을 이야기하면 바람이 몰아서는 언덕
저편 하늘이 자꾸 높아진다는 것은
필경 내 생각이 높은 데 있다는 것인데
비지땀 같은 인생을 생각는가

모순이 많은 나라에 태어나서
여러 가지 백 가지로 조국을 생각한다
미싱 기술과 자동차 면허가 지난날을 흥분케 한다는
노용식 씨에게
아리랑 담배를 권하면서
중국 태원에서
청춘을 바쳤다는
흘러간 낙화유수를 부탁한다

2. 무허가건축 삽화揷話

내가 얻어든 동교동 전셋집 토방에서 내다보아야
허허한 것뿐이다
가난이 쌓이고 쌓여서는 굶주리는
사돈의 팔촌이 된다는 이웃이다
나는 지금 내 인생의 중간지점을
모나게 통과하면서
두 칸짜리 구공탄 온돌방에서 하도 답답하기에 고등학교를 다니는
조카를 불러 지리부도를 찾는다
해 저무는 산허리에 앉아서
아이들과 세계지도를 펴놓고 뚫어지게 본다
이렇게 위도가 북에 있는
민족치고 가난한 나라는 아무리 의미 깊게 살펴도
꼬레밖에는 없다

목에 가시 걸린 개같이 돈이 무엇이기에 이렇게 괴로와하고 이렇게
탓하는 것도 많아야 하고

어쨌든 살아간다는 것이 지극히 따분하고

하루에도 생각을 몇 번씩 다시 고쳐먹어야 하는

우선 생활을 딛고

그는 싸락눈이 뿌리는 김포가두를 비스듬히 넘어다보며 그는

학교를 나온 책상물림이라는

죄밖에는 없다고 중얼거려본다

그는 이슬에 젖은 민들레같이 행복했던 지난날을

안타깝게 웃어본다

저마다 두방망이치는 청춘은 있었다

지금 남아 있는 재산이라고는

어떻게 보면 이것밖에 없다

비지떡이다

언덕바지에 무허가건축을 짓고 촛불에 어두운 생각을 나누는

메트로 호텔 소제부

이 친구는 보리밥이다

이 마을의 실직한 아버지들은 지게를 질 것을

열심히 생각하고

김이 번지는 아내는

때 묻은 목치마에 시루떡을 함지에 이고

노동판을 찾아나서는

이것은 낙화암이다

꿈이여 다시 한 번 유행가의 귀절이지마는

인생은 시시히고 구역이 나고

우리들에게 무의미한 것은 이것뿐이 아니다
한 해가 가고 새해가 오면 으레 올해는 작으만한 집이나마 꾸미고
오랍뜰*에 화초를 심고
제법 사내구실은 하리라던 맹세는
지금은 다 어디가고
구정물이 얼어붙은 십이월의 바늘방석에서
벽에 걸린 달력을 기인 한숨으로 쳐다보는가
어느 누구를 탓하지는 않는다
세상은 험한 바다
파도치는 이 바다에서 나서 이 바다에서
잠시 머물다 가는 나그네
쓸쓸히 이 고개 위에서
혀끝으로 맴도는 이름들
친구의 얼굴과 흘러간 지난날의 동료
그리고 가파로운 이 고갯길이 눈물겨웁다
에잇 호랑이는 죽어서 가죽을 남긴다지마는
나는 무허가건축이나 남길까

3. 지난밤에 마신 술은 기침이 되어 나온다

하루에도 몇 차례씩 토방 너머로
어둡게 친구를 기둘리다 해는 저문다

| * '오래뜰'의 강원도 사투리. 대문이나 중문 안에 있는 뜰.

하루가 천년 같다는 그대

하숙에 가세요 아저씨

다방 마담이예요 열여덟이예요 선생님 아저씨하고 선생님하고도 사장님만이 산다는 나라

어쩌자는 소리 볼멘인 소리 절규

고독하다는 것은 이것뿐이 아니다

예측이 없는 미지의 우편을 자꾸 들창 너머로 기다리게 하는

독서삼매 속에서

평범하게 인생을 생각하다가도 못나게 아내에게 대낮부터

술상을 차려 올 것을

규칙 있게 호령한다

물론 냄비에 조기 두부찌개의 안주가 아니다

오징어에 쇠주면 족하다

간밤에 마신 술은 기침이 되어 나온다

오가다보니 종점이요 살다보니 인생이요

실의에 살아온 역사

설렁탕이나 냉면 한 그릇보다 못한 조국을 사랑한 죄값이 이것이라면

도대체 국법 몇 조에 해당하는가

고기기름에 포둥피둥 살찐 포도대장을 모욕하는 것은 아니다

깨어진 사기그릇같이 찡그러진 얼굴

당신을 말하는 것은 결코 아니다

다만 오늘 하루의 일과가 시시하기 때문이다

황금빛으로 채색되는 노을을 질서 없이 쳐다보면서

돈과 명예

그 어느 쪽이 부피가 있고

무게가 있고 근량을 따지다가도 민주주의와 권력 시시비비에
이 좋은 나이를 하고 예수를 믿으면서까지
역시 타협하기는 싫다
진로 두 홉에 취해서
한칸방 남짓한 구공탄 온돌방에 고침에 절단 난 한반도처럼 되는대
로 마구 누워서
어제까지의 바쥬카포 대포 소리를 생각하면서 천정을 치어다본다
하루에 스무 번이 뭐냐 하루에
골백번도 더 되는 기와집을 지었다가는 헐리운다
정말 우스워 죽겠다
이것은 분명 내 의지가 아니다
신념에 살아야 한다는 옛 격언을 모르는 바도 아니다
오뉴월 보리고개에 앉아서
무슨 생각을 못할까
인생엔 방학이 없다
자기들은 텔레비에 냉장고를 놓고 자가용을 그것도 부부가 따로따로
타고 다니면서
말끝마다 전매특허처럼 양심과 하느님을 찾고
내 말은 법이요 진리요 가난한 선비들에게 신생활운동을 신신당부가
아니라 강요한다
뱃속에서 날 때부터 어려서부터
신생활에 내핍을 해왔는데
새삼 골덴양복을 입어야 한다
커피 대신 생강차를 먹어야 한다
칠면조와 같이 구체적으로 하루에도 다사하게 변해야 한다는

그의 히스테릭한 금속성 음성이 귀밑을 예고 없이 스친다
소위 기독교를 믿으면서 불공은 왜 드리느냐고 물으니 신은
어느 신이구 모두 믿는 게 좋다는
이것은 신화가 아니다
한국적 현실이다
살다보니 별일이 다 있다
이것은 노신의 말이다
나는 열심히 인생을 살아왔다고 자부한다
허지마는 지금 생각하면 머언 십칠 세기나 십팔 세기 그렇지 않으면
지난 이조 오백 년의 노예와 같은
지독한 생활의 연장이다
나를 위해 살아온 것 아니다
그렇다고 동포를 위해 이바지한 것 아니다
더욱이 국가나 민족의 이익을 대변한 것도 아니다
몇몇 개인의 치부를 위해 피땀을 흘려왔다
끝내는 이용을 당하고
국가와 민족의 이름으로 지극히 따분한 처분으로
우리 사람들은 깨끗이 물러나야 하는
지독한 신사숙녀 지독한 애국애족의 지도자만이 사는 나라에서는
이것은 흘러간 낙화유순가

4. 귀거래사초歸去來辭抄

청포도는 찬 이슬을 받아가면서도 익어간다는

친구의 객담을 주저리주저리 다시 외우면서

흘러간 낙화유수를 생각한다

지금은 남이 된 그들

아득한 옛 기억

화려하던 꿈과 우정

그리고 묵직한 설계와 사업 소중하게 가꿔오던 연인 다정도 병이요

병치고는 사치하고 변덕스럽다는

그들은 다 어디갔는가

가난은 본시 날 때부터의 숙명이다

오늘 나도 운명을 믿지 않는다

나와는 종교도 믿음도 값싼 동정까지도 어쩌면 아니 사실은 인연이

멀다

두 칸 남짓한 셋집 셋방에서

신문삼면과 같은 비극을 생각한다

산다는 것은 지극히 어렵고 따분한 철학이다

법과 비애 조국이라는 그늘에서

우선은 멀미 나는 생활을 걱정한다

죽과 밥의 차이 짐승과 사람의 차이 돈과 열등의식

슬픈 연대에 태어난 기가 막힌 결론은 이런 것일 수는 없는데

얼마나 메마르고 아둔하고 소시민치고 딱하고 아둔한 현실인가

저마다 이유는 묻지 않는 것이 좋다

뱃고동만 들어도 가슴이 설레는 계절이 있었다

좀더 절박한 것이 있었는데

이런 것일 수는 없는데

이런 것에 이것인가

너저분한 보따리와 이삿짐을 덜그럭거리는 트럭에 싣고 신촌에서
계동으로 계동에서 다시
문밖 돈암동에서
셋방에서 여름이 가고 가을이 접어들었을 때 영하의 겨울을 생각하고
동짓달의 추위가 오면서부터
담요와 여편네 치마를 커텐 대신으로 치고 자야 하는
밤마다 자정마다
술이 곤드레가 되어야
우지끈 꺾어 든 꽃나무 옆에서 천정의 별을 헤이다가는 잠이 왔다
무상한 것은 이것뿐이 아니다
위로 일곱 살짜리 아래로 다섯 살
그 밑으로 한 달 채 못 되는 핏덩어리의 아버지는
오늘 하루의 종점에 앉아서
독한 쇠주잔을 기울인다
즐거운 시간은 이때뿐이다
낡은 집에서
이밥을 먹던 어제의
나를 새삼 찾자는 것은 아니다
오늘 하루를 보내고 오늘
하루의 종점에 앉아서
이런 것일 수는 없다면서
내일을 생각한다

5. 아 낙환들 꽃이 아닌가

살다보니 별의별 꼴을 다 본다는 어진 친구들끼리
세종로 근처 중국집 워디 니디 이층에서 칠월은 잔인한 계절
인생과 조국이 싫어진 오늘
우리를 슬프게 하는 것이 있다
지난해 미국에서 돌아온 피에잇치디 선우진 선생은
모교 문과대학에서
영문학을 담당하던 소장교수
디 에잇치 로오렌스의 이마를 닮은 이 친구는
독한 빼주를 기울이면서
도대체 인천손님을 찾고
아 인생은 노력이라면서
옆에 앉아 있는 전직 국문학 교수
불정거사 이은에게
도연명의 귀거래사를 부탁
낙화 낙화도 꽃이라고 우긴다
창밖엔 소낙비가 내린다
한국에서 정신적으로 실업자가 아닌 사람이 어디 있는가
이것은 그것이 아니고 검은 것이 아니고 흰 것이다
아즈바이의 나라 아라스카에서 온 김 선생은 정치엔 신물이 난다면
서도 줄곧 정치와 경제를 따지고 지도자가
어떻고 한국이 어떻다는
세종로 근처 중국집 워디 니디 이층에서
이 자식 개새끼

점잖지 못하게 사대주의가 어떻다면서
자의식의 과잉 이런 힘든 말이 있지마는
굳이 심리학의 어려운 어느 한 대목을
인용하며 주석을 붙여가면서까지
인생을 설명하고 싶지 않다는 오늘
우리들은 독한 빼주를 마신다
백과사전에서 본 기억이 있는 프로이드의 사진을 더듬으면서
밤에 취한다
길게 담배연기를 내뿜으며 한숨을 쉰다
슬픈 것은 이것뿐이 아니다
된장 고추장 설렁탕을 먹을 때 마늘과 파 김치 깍두기를 삼킬 때마다
이 맛만 들이지를 않았던들
열두 하늘 건너 미국이나 불란서
너무 담담하다는 그대의 목쉰 이야기를 가슴에 안고
포우나 마리야 로오란상의 애인
아쁘리네르의 봄을 찾으면서
손도 차고 마음도 차다는
내 어진 사랑과 함께
지금은 그리운 벗이나 조국을 걱정할 것이 아닌가

속續 낙화유수

1. 형이상학적 근처近處

매달 스무하루가 되면 월급봉투를 들고 이 새끼들 하고 냅다 팔개치
면서
이게 생활이다 현실이다
무슨 축조금 무슨 적립금 무엇에 빼고
덜고 까다보니 칠만 육천에서
육만 이천 환인가
쌀 한 가마 삼만 환인데
아홉 식구다 이걸 가지고 한 달을 살아야 한다
육만 이천 환을 일천삼백 대 일의 딸라로 나누면 사십칠 딸라 육십구
센트
우리가 알기에는 미국에서는 최하 월급이 삼백 딸라라는데
사사오입하는 나라에서 아무리 사사오입을 하더라도
오십 대 삼백은 육 대 일
에이 형이상학적 동물들
이건 하늘과 땅이 아닌가
대학에서 문화산가 미술사에서
라파이엘이 그린 것 중에
아리스토틀과 푸레이토의 그림이 있다는 것을 들은 것 같다
그 한 폭의 그림에서 검지손가락으로 아리스토틀은 하늘을 찾고 푸
레이토는 땅을 가리킨다는

하늘과 땅 그런 땅일까

옳다 땅에서 죽으라는 말이다

오전 중의 잔무를 정리하면서

형광등과 같이 국책에 가깝게 장려하는

도시락 알미늄 도시락에 눈을 돌린다

오늘 하루의 일과에 하루의 반이 간다는 열두 시 싸이렌이 따분하게
들려온다

시간은 오는 것도 가는 것도 아니고 있는 것이라는 이 진리는

꼭 내가 처음 하고픈 말이었는데

어느 개자식이 먼저 지껄였는지 그놈은 죽은 놈인가

하여튼 이놈의 세상에서 죽은 자식이다

냉수대신 급사를 불러 어쨌든 보리차를 찾는다

알미늄 도시락 뚜껑을 열고 젓가락을 든다

우선 잡곡 섞인 점심에 구미를 돋구어본다

살기 위해 먹는다는 것보다 이건 의무를 위해 배를 불려보는

아 이건 죽기 위해 먹는 것이다

비 오는 창밖을 내다본다

기독교대학에 적을 둔 친구의 말이 생각난다

대한민국 의무를 다 안 하는 거 많아요 권리도 주장도 못해요 돈 많
은 사람 세금 적게 내도 돼요 권리도 많고 잘사는 사람 군대도 적게 해요
가난한 집 아들 교육 의무 하지 않고 있어요 권리요 주장도 못해요 하구
싶은 말 하두 못해요 투표 어디 있어요 선거 어디 있어요 권리 어디 있어
요 이래서 민주주의 돼요

이 말은 미국 선교사가 삼천여 명의 학생들 앞에서 한 설교라는데

굴비에 밥이 목 구멍을 넘어간다

세상의 애국자란 오늘날 독립한 나라에서 세금을 고지서대로 기일대로 어김없이 내는 위인이 애국자지 허튼 소리 꼬부라진 소리 정치를 한답시고 애국이니 정당이구 이것이 그것이구 어느 것이라는 놈일수록 뇌물이나 바쳐 탈세를 한 자들이 아닌가

　　고지식하고 착하고 어진 자들만이 못사는 나라

　　이 나라 수도 서울에서

　　목구멍은 포도청이라면서

　　굴비에 밥이 목구멍을 넘어간다는데

　　정치를 한다는 놈 정권을 잡았다는 자들 이 친구들을 믿으면서

　　닭과 토끼를 기르고 돼지를 칠 것을 열심히 생각한다

　　지난날에 남도 사람들이 바가지를 등에 지고

　　이민열차에 흔들려 만주에 살길을 찾아가듯이

　　브라질에 이민을 할 것을 생각한다

　　마음은 이미 쌍파우로 아마쫀

　　구름을 보면서 산과 바다를 생각하듯이

　　날이 흐리고 비가 올 때마다 죽은 자식 생각하듯이

　　열두 하늘 건너 조국을 생각할 것이 아닌가

2. 술이 없어도 청년靑年은 취한다

　　일찍이 경제적으로 부한 아브라함 링컨의 나라 정치적으로 진통을 겪은 선진국에 태어날 것이지

　　하필이면 우라질 엽전으로 태어났는가

　　더럽고 치사하게 늙은 당신을 책망하면서

나는 쓸쓸히 가을을 생각하면서 하늘을 찾는다

지난날의 바다나 산 오곡이 무르익는

벌을 하나하나 다짐하면서

흥부와 놀부 심청전 홍길동전에 나오는 조국

당신은 사천하고 이백하고도 아흔여섯 살인가

그 점잖고 구수한 나이를 하고도

이 나라 어진 백성을 굶기는가

이건 무엇이 어떻다면서 잡곡에

보리밥에 고추장을 먹을 것을 걱정하면서

우리들은 소금을 안주 삼아 쇠주를 마신다

안과 바깥 사정이 어떻고 집안 살림살이가 이렇다는 오늘

우리들은 무엇인가

이 세상에 던지고 가야겠다

나로 인해 세상의 한구석

또는 손톱자국이라도 좀 달라져야겠다

집을 지닌 사람들은 포로수용소와 같이 가시철망 속에서 전전긍긍 불안 속에 살아야 하는 나라

집 없는 사람들도 국유지나 시유지나 공로 한 모퉁이나 철로연변 무허가 주택에서 전전긍긍 불안 속에서 살아야 하는 나라

이 나라에서

오 자유여 그대 이름으로 얼마나 많은 죄악이 범하여졌느냐는

로랑 부인의 명언을 외우면서

술이 없어도 청년은 취한다는 괴테의 명언에 취한다

동회나 싸전 앞을 지날 때마다 쌀밥에 고기반찬을 먹여 주는 나라

여름에도 김치 깍두기를 담가 냉장고에 넣고 먹을 수 있는 정부

월급으로 아이씨에이 주택이나 아빠트에 살 수 있도록 따스한 선심을 쓰는 정권

막걸리나 약주 화학 쇠주보다도 정종정도는 마실 수 있는 정치와 경제

중앙청이나 국회 앞을 지날 때마다 세금을 낸 만큼 사회보장제도가 돼 있는 사회

새나라 자가용까지는 내 몫으로 오지 않더라도 텔레비나 세탁기 전화가 일반 서민의 애용물이 되어 주기를 원하는

십이월의 어두운 길목에서

술이 깬 아침이면 밥보다도 도마도나 딸기쥬스 그렇잖으면 꿀이라도 먹구 싶다는 친구들끼리

허물없이 이놈 이 자식 죽일놈이라면서

술잔을 권하면서 받거니 취하면서

이렇게 치사하게 못살 바에는 형무소에 갇혀 있는 거나 정신적으로 같은 것 아니냐고

목청을 돋구면서

이것이 한국이라면서

산아제한을 목이 찢어지도록 부르짖으면서

우리들은 돈과 백오십오 마일의 전선을 걱정하는 것이다

3. 마인 캄푸 마인 낙화유순가

이억 칠천 만에 육백 만 대군의 대열에서 초대권이 없다고

억지로 밀어내는 이유는

아무쪼록 정신적으로 불건전하고 비판력이 강하고

가슴이 절단 났다는 병치고는 사치스럽고 철학적인 병이라는

무서운 불문율이 붙는다

특권의식보다 열등의식에 지쳐서 살아온 이 자식을

왜 이리도 못살게 구는가

어쨌든 알고도 모를 일이다

선생님 분명 이놈의 세상에 구경하러 온 것은 아닌데 하고

기가 막히게 하여튼 웃어본다

모란과 장미 미지근한 밤과 어제와 오늘 그리고 열기꽃이 피는 북쪽 고향 바다

산이나 여름의 실의

희망이 없는 우리들 세대

그러한 희망이나 이상이 없는 나라에서

우리는 어떻고 어쩌란 말인가

아무렇게나 되지못하게 절벽이 아니드라도 죽고 싶다

그렇다고 지금 살아 있는 것은 아니다

이것은 목숨이 아니다

헌 고무신짝이다

오늘 밤 헌 고무신짝끼리 값싼 이 술집에서

문경 새재에서 나는 두릅에 약주를 마셔야

그것이 진국 진미라는

헌 고무신짝은 군침을 삼키면서

즐겁게 봄을 얘기하며 오늘 밤을 마신다

밤과 술 밤과 나 밤

과 친구

종가집 맏자식은 집안이 망해도 종중땅이나 위토를 팔아도

살 수 있는 세상은 있었는데
밤과 술 밤과 나 밤과 인생 조국을 얘기하면 자꾸
이렇게 슬퍼지는 이유는 무엇인가
기로쩽 기로쩽 이런 것을 생각하면서
우리들 헌 고무신짝끼리 취한다
오늘 우리는 희망과 이상 인간은 연애와 혁명을 위해 낳았다면서
내가 이 나라에서 만약 말이다
결코 있을 수 없는 일이지마는
되지못하게 총통이 된다면 재무장관에 국방과 내무장관을 겸하고
절대로 말썽 많은 국회는 소집 않고
내 술친구 자네는 공보장관에 앉히고 신문에 두 번 이상 이름이 난
놈은
모두 천당 일번지에 잡아넣고 생명이고
부활이고 무어고 모두
한 손에 쥐어잡고
정당이고 야당이고 민주주의가 어떻든 간에 이 자식
개자식들은 잡곡인가
이억 칠천 만에 육백 만 대군의 대열 앞장에 서서
바야흐로 밀가루값이 오르는데
마인 캄푸 마인 캄푸 마
인 낙화유순가
오동나무에 달빛 뿌리우는 이 집에서
오늘 오늘 밤 헌 고무신짝끼리 고무신짝을 움켜쥐고 달려라 전차 달
려라
고문신짝 달려라 뻐스 달려라 고무신짝 달려라 택시 달려라 고무신짝

에잇 달려라 달려라 고무신짝
오늘 밤 헌 고무신짝끼리 곤드레만드레가 되어
국수당 앞을 지나면서
침을 뱉는다

1962년

나는 종일 책상을 벽으로 앉아서 스피노자의 안경을 생각한다
하루의 출퇴근이 수입과 무엇을
좌우한다는 이 집
어둡고 괴로운 구석지에서
인제는 인삼이 든 육미탕을 먹을 때라고 자탄하면서
친구들의 이름이나 민족 조국
이런 것을 아무렇게나 원고지 위에 썼다가는 찢어버린다
머언 어제의 웃음 짓던 얼굴들이 저마다 생활에 지친 꼬깃꼬깃한 표
정을 하고
중무장에 트럭에 실려 떠나는
외인부대의 병사같이 투박한 손을 흔들며
이리로 오면
말없이 낙엽에 묻어둔다
국화꽃 옆에서
굳어진 붓끝으로 낙엽을 밟으며 보낼 곳 없는 편지를 쓴다
호수에 돌을 던진다
둥그렇게 원을 그리며 사라지는 파문 위에 또다시 돌을 던진다
한 달 월급에서 세금을 제하면 사만 칠천오백 환
이걸로 일곱 식구가 산다
살아 있다는 것이 기적에 가깝게 고맙지마는
참 재미없는 생활이다
싹싹 비벼서 코풀어 버렸으면 좋겠다

서울특별시 서대문구 응암동 오십삼의 이십일

이렇게 구차스럽게 늘어놓고 따분하게 문밖 변두리 친구의 주소와
아직 싱싱한 그의 성명을 엽서에 옮겨놓고는

팔뚝시계를 보고

아리랑 담배에 불을 붙여 피워물며

안나 카레니나와 같이 여인은 언제나 이토록 슬프다는

친구의 여성론에 귀 기울이면서

하늘을 찾아 창밖을 내다본다

헛기침에 때 묻고 구겨진 넥타이를 매만지며 여름의

산이나 기울어진 봄바다를 생각하면서

연기 나는 삘딩 굴뚝에 걸린 구름을 찾는다

인생은 이런 것이 아니라면서

황소가 저만치 있는 저편 언덕 아래 볏짚 지붕의 원두막을 지나 다
자란 무 배추

빠알갛게 물든 고추밭 건너

과수원을 눈앞에 두면서도

능금을 따먹을 수 없는 시간을 딛고

질화로의 참나무 숯불에 토장찌개가 보글보글 끓는 북도 고향의 할
머니나 백부

이웃의 안부

그리운 얼굴들을 기억에서

하나하나 더듬으면서

오늘 하루도 무사하다는 의미와 함께

전화로 삼백 환짜리 설렁탕을 시킨다

그렇게 어여쁜 여자와 우유 속에 점심을 함께 먹고 싶다던 동안도 기

가 막히게 잔주름이 얼굴에 번진 사나이가 되어
　흩어진 머리카락을 매만지며
　그대들같이 회전목마에 앉아서
　구획도 말뚝도 박혀 있지 않는 론메루장군 휘하의 사막을 달린다
　아무런 사전 예고도 없이 콩 볶듯 기관총 소리 간간이 들려오는 박격
포 대포 소리에 놀라 아득한 지평선을 내다보면
　보병이 뒤따르는 탱크와
　십이월의 찬바람뿐인가
　서울하고도 태평로 거리 코리언 리퍼브릭 이웃
　포도청 옛터 가깝게는 정동이나 영국 대사관
　머얼리는 북악이 아스라이 보이는 오층에서
　아침부터 여덟 시간을 두 다리를 책상 위에 얹은 척추가리에스의
　영남 유림의 후손 건너에서
　짜장밥 두 그릇에 잡탕밥 한 접시를 거뜬히 소문 없이 저작하는 풍경
을 엷은 미소로 비스듬히 내다보면
　계집 같은 흥분 끝에
　혈압이 높아진다는 동맥경화증의 강원도 값싼 돼지는
　어쩐지 지각이 없어만 보인다
　우리나라엔 왜 이다지도 돼지가 많을까
　돈돼지 벼슬돼지
　일전에 공리주의라는 책을 읽다가는 만족하는 돼지이기보다는 불만
스런 사람이 되고 만족하는 어리석은 자보다는 불만스런 소크라테스가
되는 편이 옳다는
　제임스 스트어드 밀의 돼지 돼지 돼지들
　코끼리 비스켓 먹듯

세 그릇 먹고 식곤증에 낮잠을 청하는
만족하는 돼지의 이쪽에서
따스한 추억이 없으면 얼마나 겨울은 추울 것이냐면서
나는 초점이 흐려져 가는 스피노자의 안경을 열심히 닦는다

1963년

그림을 그리는 내 어진 친구 또길이 선생과 오늘 하루의 종점에 앉
아서
흘러간 청춘을 생각한다
어제까지도 화려한 꿈에 내일을 약속하고
오늘을 걱정 없이 다짐하던 그대
지위나 명예 돈이 다 울고
돌아서던 시간을 딛고
지금은 어버이가 된 그대들을 찾아 이 술집에서
흩어진 친구와 늙으신 부모를 찾아 오늘
우리는 다정하게 취한다
정치와 국회의원을 공부하던 친구는 어디 갔는가
경제와 한국은행 총재를 지망하던 친구는 어디 갔는가
다사다난하던 인생과 철학
파도스가 어떻고 메타피직스에 우주가 어떻고
그것이 어떻다는 친구는 어디 갔는가
꽃이 피고 새가 우는 봄 잔디밭 위에서 물이 오른 버드나무 가지 사
이로
흘러가는 구름을 잡고 명상에 잠기던 내 친구
라이나 마리아 리르케는 어디 갔는가
아리랑을 피워물고 양지 바른 언덕에 누워
여름의 바다나
즐거운 산을 생각하면서

죽고 싶다던 그대의 친구는

여기 이렇게 살아서

마늘하고 파를 안주 삼아 독한 쇠주잔에

봄을 마시면서

뮨헨 비엔나레 간딘스키와 우리들의 사랑을 이야기하는데

그대들은 지금 어디에 묻혀서 사는가

도미에의 돈키호오테 이런 상식에서부터

비잔틴 로마네스크 고딕그 바록그 모던 아트 다다

바우하우스 자유의 실험실에 앉아서

그림을 그리는 내 어진 친구 또길이 선생과 오늘 하루의 종점에 앉

아서

다시 그대들을 찾아나서야겠다

청춘은 가고 우리들은 남아서

봄을 찾아나서는 것이다

그리운 얼굴들을 찾아나서는 것이다

1964년*

가슴을 앓던 지난날의 내 청춘을 생각하면서
봄빗소리를 듣는다
십대에 읽던 고전의 기억
봄잔디 밭에 누워서 흐르는 구름을 찾던 어제의 소년
여름방학 때마다 스땅달이나 모팟상의 소설 아뽀리네르의 시집을 고
리짝에 넣고
북국의 바다
선산과 백부를 찾던 어제의 나
나의 의미와 그대 지혜의 시간을 딛고
내 어진 친구의 얼굴을 찾으면서
보고 싶은 마음 호수만 하니 눈감을 수밖에 없다는
지용의 시
나의 화려한 사랑을 생각한다
나는 여자와 사랑을 하기 위하여 태어난 사나이
그들 한 여인과 꼭같이 살리라 하고
여자는 될 수 있으면 살찌게 그리지 말라는 그대
그 대신 값비싼 보석으로 푸짐하게 그리라는 돈겐
그처럼 여자가 좋아 여자만을 많이 그려온 반 돈겐
돈벼락이 여자에게 있다는
반 돈겐을** 생각한다

*이 작품은 『세대』 1966년 1월호에 「한국적 빵」이라는 제목으로 다시 발표되었다.

길고도 고통스럽고 달콤한 꿈에서 깨어나면서

연구실 창가에 가서

몸을 기대어본다

팔짱을 끼고 잠시 빠스깔이 되어본다

한국적 빵을 생각하고는 잠시 우울해진다

서울의 굴뚝을 내다보면서 자문자답에 용기를 잃는다

이것은 부질없는 마음의 질서가 아니다

마르셀 푸르스트의 소년같이 삼층에서 이 몸을 던져볼까

빚도 후회도 꽃도 친구도 데모크라시도 모든 것 버리고

여기 몸을 던지면 모든 것이 끝난다

오직 있는 것은 현실이다

정치와 데모 철모를 쓰고 말뚝처럼 서 있는

슬픈 조국의 파노라마가 비에 젖는다

일천구백육십사 년 오월

오늘 스무여드레 거리로 봄비를 찾아나선다

우산 없이 비에 젖어보는

오후의 나

나는 시장끼를 느낀다

하루에도 몇 번씩 시장끼를 느낄 때마다 조국이 싫어지는 이유를 나
이 사십에서야 깨달았다면 묻지 않는 것이 좋겠다

꼬오 스톱 건널목에서

지우산을 든 사람들 틈에 끼어 흐려진 안경 안으로 눈감고

비밀은 재산 비밀은 재산이라는 이상의 수필의

| **『세대』에는 '돈겐 반 돈겐을'로 되어 있다.

한 구절을 외우면서

다정했던 지난날의 체온을 생각한다

좁은 언덕길 예순넷의 계단을 딛고 올라서면서

지금 빠리에서도 가장 오래된 쌍 제르망 데 프레 성당 근처의 카페 뽀나빠르트의 이웃 낡고 헌 아빠트에 자리 잡고 있는 그대

철학이라든가 종교라는 것은 죽음을 생각하는 도구에 지나지 않는다는 나

그대와 나의 안에서 지성과 낭만과 사랑이 공존하는

우리의 발끝은 무서운 전쟁과 도태가 끊임없이 이루어지는

세계의 땅끝으로 한 발자국

두 발자국씩 옮겨가는가

발끝에 채이는 것이 있다

서울의 아침은 정치의 빈곤한 표정이다
야수파의 한 폭의 그림이라면 어떨까
옛 광화문 지금은 세종로 네거리 이곳에서
삼백 미터 떨어진 대한 교육연합회 앞 뻐스 정거장에서
내 모교로 가는 여덟 시 삼십 분의 뻐스를 눈을 비비며 기둘린다
시인은 식민지에 잘못 태어난 것이 아닌가
사뭇 착각을 한다
문밖 약수동 고개에서
이화여자대학을 다니는 누이동생과 털거덕거리는 합승을 비벼타고
오기까지의
과거를 더듬는다
될 대로 되겠지
그러나 마음대로 되지 않는 세상 잠시 이층 다방으로 기어 올라가서
백오십 환짜리 커어피와
제한된 시간을 앞에 놓고
지난날의 청춘과 천대만 받은 나이를 손꼽아 세어본다
나이 안팎으로 사십이다
다시없이 빙그레 웃어본다
어쨌다는 건지 이건 정말 모르겠다
제임스 죠이스에 버어지니아 울프 아이 에이 리챠아드에 도연명
푸로이드에 정신 분석학 심리학자의
인제는 정말 갈기갈기 찢기운 동구 밖 인생을 생각한다

옛 광화문 지금은 세종로 네거리 이곳에서

저 삘딩은 부정의 상징이다

아직 애국에 애족을 미끼로 파는 자가 있다

피로 물들여 얻어진 것은 이것뿐인가

새삼 나는 타락한 나를 발견하다

될 대로 되겠지

될 대로 되겠지

이화여자대학으로 가는 통근삐스는 개나리 같은 웃음을 무더기로 싣고 떠나간다

일천삼백 대 일의 질서에 틀림없다

이것은 관념이다

빠다에 엠에이

치이즈에 피이에잇치디이 관념이다

바삐 오가는 인정을 두루 살핀다

기인 겨울 정이월은 다 갔다

어깨를 치는 어깨너머 지척에 친구가 있다

남쪽나라 포구에서 왔다는 이 친구는

우울한 표정을 애써 지우면서

손을 내밀어 악수를 청한다

바다 가까운 곳에 새살림을 꾸몄다는 벗의 안부를 차분차분 묻는다

일주일에 이틀 두 강좌에 여섯 시간을 얻었다는

지나치게 아름다운 이야기에서부터

이건 돈벌인데 이러실까

다정한 웃음은 파도와 같이 밀려왔다가는 아시다시피 무너진다

될 대로 되겠지

신촌행 뻐스에 몸을 맡기면서 무엇인가 자꾸 생각한다

통근뻐스가 아니다

마치 나는 망우리 공동묘지로 향하는 영구차에 실리어 가는 기분이다

여기 사월은 돌아와 있어도 아직 삼월은 차다

차창 밖 가난한 시민에 시선을 옮긴다

우리 모두가 정든 거리 정든 골목이다 큰고개에서

허구한 님 가시던 이 고개 골고다의 언덕 위에서

서로 얼굴이 선 선배 동배들 틈에 끼어 좌석을 양보하면서

들뜬 눈으로 따듯이 인사를 한다

노고산을 지나 연희궁 입구에서

속된 미소를 지어본다

연희고지를 자욱히 덮고 있는 안개가 있다

사도세자의 어머님이 누워 있는 유경원 이 무덤을 지나면서

나는 잠시 눈시울이 뜨거워옴을 느낀다

친구의 얼굴과 다소곳이 나누던 이야기에 꿈이며 인생의 무상함이 새삼 친구의

얼굴과 번갈아 지나간다

경제적 독립도 없이 이건 독립인가

지난날 강의실에서 외국군대가 주둔하는 한 완전 독립이란 있을 수 없다는

다급한 금언을 외우면서

다시 어제의 어깨를 일으킨다

지금은 아버지가 된 그대들 지금은 남의

아내가 된 야속한 그의

미소를 더듬으면서

나는 십여 년 만에 흥분과 긴장 무딘 감정이 얽힌 포오즈를 취하면서
노스승의 뒤를 따라 뻐스에서 내린다
될 대로 되겠지
발끝에 채이는 것이 있다

제 5 부 │ 원인遠因의
삼별초三別抄의
근인近因

서장序章, 청자靑磁에서 지紙 · 필筆 · 묵墨 · 선扇까지

『천년千年의 꿈, 고려청자기高麗靑磁器!』
이것은 월탄月灘 박종화의 시 「청자부靑磁賦」의 한 구절.

고려의 비색翡色, 그 푸른 하늘을 생각한다.

병甁에서, 꽃병에서 술병에서
호壺에서, 잔盞에서, 술잔에서 접시에서 사발에서 항아리에서
주전자酒煎子에서 다관茶罐에서 향로香爐에서
연적硯滴에서 수분水盆에서
화분花盆에서
소나기 한바탕 퍼붓고 지나간 가을 하늘
비취, 무성한 하늘에서.
국화를 찾는다, 그 무늬.
연꽃을 찾는다, 그 무늬.
석류를 찾는다, 그 무늬.
죽순을 찾는다, 그 무늬.
앵무를 찾는다, 그 무늬.
원앙을 찾는다, 그 무늬.
봉황을 찾는다, 그 무늬.
원숭이를 찾는다, 그 무늬.
거북을 찾는다, 그 무늬.
토끼를 찾는다, 그 무늬.
용을 찾는다, 그 무늬.

사자를 찾는다, 그 무늬.
조국을 찾는다, 그 무늬.

이제 국화에서, 연꽃에서, 석류에서, 죽순에서, 앵무새에서, 원앙에
서, 봉황에서, 원숭이에서, 거북에서, 토끼에서, 용에서, 사자에서 이제
민족을 찾는다, 그 무늬 그 무늬 무늬에서
다시 고려를 찾은 것이다.

고려의 산이 다가서는 아침, 고려의 바다가 다가서는 아침, 그 아침
에서
고려의 바다에서 고려의 산에서 고려의 고개마루에서
구름 구름이 아니면, 물결 물결이 아니면, 구슬
구슬이 아니면, 칠보七寶.
금과 은으로, 다시 유리琉璃로 마노瑪瑙 · 파유玻瑠 · 호박琥珀 · 산호珊瑚
로 상감 아롱진 것은
뜬구름에 날으는 학인가 하면, 갯버들에 앉은 물새……오월의 모란
이요, 칠월의
조롱박이요, 포도요, 당촌가.
어느 무에의 의지인가.

그 영원 속에는 정병淨瓶이 있다, 촉대燭臺 · 경감鏡鑑이 있다.

어제, 어느 무에의 의지는 정적靜寂.
그 정적 속에 석부도石浮屠가 있는가 하면, 홍법대사弘法大師의 실상탑
實相塔이 있는가 하면, 지광국사智光國師의 현묘탑玄妙塔이 있는가 하면, 현

화사玄化寺의 칠층탑七層塔이 있는가 하면, 월정사月精寺의 구층탑九層塔이
있는가 하면, 관촉사灌燭寺의
　　미륵불彌勒佛이 있는가 하면은 아미타소상阿彌陀塑像이 있다.

　　칠七층 구九층의 번뇌煩惱.
　　별빛에 씻기우는 번뇌가 있다.

　　부석사浮石寺의 무량수전無量壽殿에서, 심원사心源寺의 보광전普光殿에서,
석왕사釋王寺의 응진전應眞殿에서, 수덕사修德寺의 본당本堂에서, 신륵사神勒
寺의 사리석종舍利石鍾에서, 그리고 경천사敬天寺 십층탑에서
　　오늘은 고려, 당신을 이야기하는가.

　　석관石棺의 사신수四神獸에서 십이지신상十二支神像의 선각에서, 그 아
름다움에서
　　오늘은 고려, 당신을 이야기하는가.

　　서예, 구양순체歐陽詢體로 이름 높은 유신柳伸에게서 탄연坦然에게서 최
우崔瑀에게서, 송설체松雪體로 이름 높은 조맹부趙孟頫에게서
　　오늘은 고려, 당신을 이야기하는가.

　　그림, 예성강도禮成江圖를 그린 이영李寧에게서 그 아들 이광필李光弼에
게서, 그 뒤의 천산수렵도天山狩獵圖에서 고려대장경高麗大藏經의 조판彫板에
서 상정고금예문詳定古今禮文의 주자鑄字에서
　　오늘은 고려, 당신을 이야기하는가.

김부식金富軾에게서 삼국사기三國史記에서, 일연一然에게서 삼국유사三國
遺事에서, 이승휴李承休에게서 제왕운기帝王韻記에서, 박인량朴寅亮에게서 수
이전殊異傳에서, 이인로李仁老에게서 파한집破閑集에서, 이규보李奎報에게서
백운소설白雲小說에서, 이제현李齊賢에게서 역옹패설櫟翁稗說에서

다시 이규보에게서 동명왕편東明王篇에서

사대부의 경기체가景幾體歌에서 어부가漁父歌에서, 서민의 장가長歌에
서 청산별곡靑山別曲에서 쌍화점雙花店에서

오늘은 고려, 당신을 이야기하는가.

『아국 즉고구려지구야, 고호고려我國卽高句麗之舊也故號高麗』, 그 고려

고려 개경開京의 문호 예성항禮成港에서는

인삼人蔘과 송자松子를 비롯하여, 금은金銀에서 동銅까지

그뿐인가, 지紙 · 필筆 · 묵墨 · 선扇에서 하늘까지 수출, 바다 건너 송宋
나라에까지

다소곳 인정을 심어놓기까지

오늘은 고려, 당신을 이야기하는가.

그러나 고려의 어제와 오늘의 의미, 그 의미는 북방北方.

눈보라 치는 것은 북국인가. 변방인가.

이제 변방의 고려장성高麗長城에서

거란契丹과의 싸움, 여진女眞과의 싸움에서, 반란과 내란에 이은 최씨
정권崔氏政權에서

몽고蒙古, 몽고와의 싸움에서

항몽전, 오랑캐 저고여著古與의 죽음에서, 다시 오랑캐 살례탑撒禮塔의

죽음에서 시작하는가.

이 산성山城에서

저 해도海島에서

오랑캐 차라대車羅大와의 싸움에서······.

1. 어제의 고려와 오늘의 고려

어제의 고려와 오늘의 고려, 그 고려의

오五백 년, 그 오백 년의 사직 앞에서

태조 왕건王建 앞에서······ 성종成宗 앞에서······

어제의 고려와 오늘의 고려, 그 고려의 내실과 단결은 성종에 이르러서 흔들리는가.

북방의 외적 거란의 침입······ 성종에서 현종(顯宗＝8대＝1009~31AD)에 이어서······, 북방의 외적 여진의 침입······ 숙종(肅宗＝15대＝1095~1105AD)에 이어서······, 안에서의 이자겸李資謙의 난과 묘청妙淸의 난······ 인종(仁宗＝17대＝1122~46AD)에 이어서······ 안에서의 지방의 난 조위총趙位寵에 이어서 망이亡伊에 이어서······ 만적萬積에 이어지는

고려, 그 고려는 거란과 여진의 오랜 침범에서, 오랜 싸움에서

끝내는 고려의 안에서 무신과 무인武人의 반란으로 번지는가.

서적西賊과 남적南賊, 초적草賊이 일어나는가.

이들 반란은 모두 최충헌崔忠獻에 의해 진압, 이제 최씨의

세상, 무신武臣의 난 이후

새 권력으로 등장, 도방(都房＝사병私兵단체)을 중심으로 정권을 잡는가.

무신의 난, 이자겸의 난에서 만적의 난까지 무신들은

중방重房을 중심으로 정권을 행사.

상·대장군上大將軍의 합좌기관인 중방.

그 중방은, 그들의 정치적 욕구를 충족시켜주는 기관인가.

그러나 무신들은 저마다 이해가 상반, 무인 서로가

서로 대립하는가 하면, 서로 항쟁 싸움을 거치는 동안, 무인들의 연합정권의

구실을 하던 중방은 뒤에 처지고

최씨의 독재정권이 등장, 중방 대신

새 권력기구 교정도감敎定都監이 들어서는가.

최충헌은 교정도감의 권력을 손에 넣으면서

곧 왕으로부터 진강후晉康侯에 흥녕興寧의 봉작封爵과 입부立府를 받고 세워서

무인정권을 합리화하는가.

한편 최씨의 무인정권을 뒷받침한 것은 사병, 이때 무신들은

저마다 권력을 과시하듯이 문객(門客=세력 있는 대가의 식객)과 가동(家僮=세도가의 어린 종)으로 무장, 저마다

저마다의 세력을 자랑, 하늘 높은 줄을 모르는가.

문객에서 가동까지의 상하의 조직은

원래 정중부鄭仲夫의 난을 진압한 청년장군 경대승慶大升의 도방 조직에서

그 조직을 활용한 깃이 최충헌의 도방, 최충헌은

최충헌은 도방을 여섯 조로 나누어서 자기 집을 당직케 하는가 하면,
최충헌은 자기가 출입할 때에는 여섯 조가 하나가 되어서 자기를 호위케
하고는

세력이 확대되면서 여섯 조는 서른여섯 조로 확대, 경대승의 도방이
불과 백여 명이었는 데 비해, 최씨의 도방은 삼백여 명으로 거점을 확대
하는가.

관군官軍보다는 사병, 이 결과는

최씨의 사병이 되는 것이, 장차의 인생을 약속받는가.

이 도방의 사병 조직은 최충헌의 아들 최우(崔瑀·이怡)*에 이어져서는
더욱 확대, 도방 외에도

마별초(馬別抄=기병騎兵)를 조직, 사병중의 사병 의장병義仗兵까지 두어서
어쩌면 최씨의 영구 정권을 획책하는가.

최충헌의 도방에 이어서 최우의

마별초, 마별초에 이어서 야별초夜別抄, 도둑을 막는다는 구실로 야별
초까지 설치.

그 수가 증가, 야별초병이 늘어나면서

야별초는, 다시 좌와 우로 나누이는가.

최우는 도방, 군사력에만 의존하지 않고, 정치에도 크게 관심, 그의

---

* 동화출판공사판에는 '최우(崔瑀·怡)'로 되어 있으나 한글 우선 원칙에 따라 이와 같이 표기한다. '이(怡)'
  는 최우의 개명한 이름.

사제에 정방政房을 설치, 이제 최충헌의 아들 최우에 이르러서

겨우 정권은 안정, 제도와 인사人事를 쇄신, 어제의 무인 일변도에서

오늘은 새삼 문사들을 끌어들여서

서방書房의 문인들까지 끌어들여서, 어제와 오늘보다는 문무양반文武
兩班의

내일을 걱정하기에 이르는가.

최우는 어제는 도방에서 오늘은 정방에서, 다시

내일은 서방에의 순례, 착실히

권력을 다져가던 이즈음, 실은

북방의 국경이 걱정, 몽고의 성길사한(成吉思汗＝Tehingkizkhan)이 압
록강을 건넌다는

통보, 몽고는 거란의 유민遺民을 쫓아서

드디어 고려장성을 넘어오는가. 침범하는가.

최우는 뜻하지 않았던 외적의 침범에

당황, 원래의 이군육위二軍六衛를 강화하면서

한편 삼별초三別抄를 조직, 마별초에 이어서 야별초에 이어서 삼별초
까지

원래 삼별초는 최충헌의 아들 최우가 집권하면서

조직, 최우는 그의 집권과 동시에 개경의 도적떼를 막기 위한 수단으
로 야간 순찰병 제도를 설치 그 명칭을 야별초라고 명명, 별초別抄는 특
수 군대라는 뜻, 그 특수 군대는 처음에는 개경을 중심한 것이었지만, 점
차 개경에서 지방까지도

파견, 지방의 초적이나 남적까지도 토벌, 드디어는 지방의 난까지도

진압, 이에 야별초의 수는 증가, 그 군액軍額도 늘어나면서
　　세력은 확대, 최우의 특수병 구실을 하면서
　　음으로 양으로 최우를 후원, 그의 사병으로 발전, 고려 정규군正規軍
위의 군사로서
　　군림, 어쩌면 헌병과 같은 존재로 등장, 그 조직이 커지면서
　　야별초는 다시 좌우로 나누어 좌별초左別抄와 우별초右別抄가 되는가.

　　이때 고려는 몽고의 침공에 직면, 최우는 고려군이 서전에서 몽고군
에 패하자, 고려군의 전후방에서
　　좌·우별초로 유격전을 전개, 그 성과가 커질 무렵, 몽고군에 끌려갔
던 고려인이 몽고 쪽으로부터 탈출 귀국하면서
　　적개심에 불탄 이들, 이들을 규합하여
　　군을 조직, 항몽의 전위군으로 조직, 그 이름을
　　신의군神義軍이라 명명, 신의군은 여러 싸움에서
　　용맹과 승리의 상징이 되면서 좌·우별초에 이어서
　　최우의 별초군에 편입, 이리하여 최우는 좌별초군과 우별초군에 이
어서 신의군을 가지니, 역사는
　　이를 삼별초라고 부르는가.

　　그 뒤, 이 삼별초는 역대 권신權臣의 특수군인 사병으로
　　등장, 최우에 이어서 최항崔沆에 이어서 최의崔竩에 이어서
　　김준金俊이 최의의 목을 베인 것도, 임연林衍이 김준의 목을 베인 것
도, 송송례宋松禮가 임유무林惟茂의 목을 베인 것도
　　그 모든 목을 친 것은 삼별초들, 그들은 철저한
　　사병, 정치적인 군대로서

몽고 침입 삼십 년의 전쟁에서
크게 활약, 고려의 정규군으로서가 아닌 정규군의 독전대로서
주로 강도(江都＝강화江華)에서 내륙으로 진출, 유격전으로 몽고군을
격파, 몽고군의 주력은 무찌르지 못했지만 신경전으로
그들 몽고군을 유달리 괴롭히는가.

(이제 몽고군이 압록강을 건너서
고려장성을 넘어서 남하, 고려의
국토를 짓밟는 삼십 년의 전쟁, 그 전쟁을 찾아서
고려의 관군 이군육위를 찾아서, 최우의 사병 삼별초를 찾아서
다시 유격군遊擊軍을 찾아서
끝내는 반란군이 되는 삼별초를 찾아서
이제는 그 원인遠因과 근인近因을 찾아나서는 것이다.)

2. 사막과 초원草原의 후예들

우랄산맥의 동쪽은 몽고, 초원의 나라 사막의 나라 몽고는
초원에서 사막에서 자란 테무진(鐵木眞＝Temoutchin)의
나라, 테무진이 몽고를 통일하면서
동방은 그 형세가 크게 변하는가.

테무진은 몽고의 여러 부족을 하나로 묶어놓고 통일국가를
수립, 그 여세를 몰아서
대한大汗의 위(位＝왕위王位)에 오르니, 그가

오늘의 성길사한인가.

초원과 사막의 동서를 주름잡은 성길사한의 기병, 그 기병들은
서하국西夏國을 누르고 금국金國을 정벌, 북에서 남으로 영토를
확장, 이제 금국이 망하면서, 거란의 유종遺種은 안주의 땅을 잃고, 쫓
기우는 신세, 쫓기우는 거란인, 쫓기우는 걸노(乞奴＝거란의 유종＝왕자王
子),* 쫓기우는 아아(鴉兒＝거란의 유종＝왕자), 쫓기우는 포선만노(蒲鮮萬奴
＝거란의 유민), 쫓기어서
고려의 영내로 쫓기우는 거란인의 뒤를 쫓아서 구실을 삼아서
몽고의 성길사한의 기병은 압록강을 건너
고려장성을 넘어서, 고려의 땅을 침범하는가.

(이는 마치 어제의 성종 12년[993AD]의 거란의 고려에의 침범을
방불케 하는 사건, 거란의 소손녕(蕭遜寧＝부마附馬. 동경東京＝요양遼陽유수
留守) 군軍은 압록강을 건너
국경을 넘어서, 고려의 땅을 침범하는가.)

고려의 북방은 어제도 오늘도 불안, 그 오늘의
불안은 몽고의 성길사한에게서, 어제의 불안은 소손녕에게서
우선 오늘은, 어제의 거란을 살피는 데서 시작하는가.

고려 조정은, 몽고의 침입설에 대비…… 고려는 거란과의 전쟁 기록
을 뒤지면서 적의 침입로를

---

* 동화출판공사판에는 '걸노(거란의 遺種＝王子)'로 되어 있다. 이어지는 인명 표기 형태와 맞추어 '걸노'의
한자 이름을 표기러었다.

점검, 전략상의 위치를 살핀다.

그 문제의 거란의 동경의 전방진지 내원성來遠城과 고려의 서북 전방
진지 강동육주江東六州, 그 문제의

그 문제의 내원성과 흥화진(興化鎭＝의주義州)의 거리와 시간.

그 문제의 내원성과 용주(龍州＝용천龍川)의 거리와 시간.

그 문제의 내원성과 통주(通州＝선천宣川)의 거리와 시간.

그 문제의 내원성과 철주(鐵州＝철산鐵山)의 거리와 시간.

그 문제의 내원성과 구주(龜州＝구성龜城)의 거리와 시간.

그 문제의 내원성과 곽주(郭州＝곽산郭山)의 거리와 시간.

강동육주, 그 문제의 거점을 딛고, 어제의 자료와 문헌을 놓고, 갑론
을박으로 언성이 높은가.

고려 조정은 시간과 거리에 이어서

거란과의 일차전에서의 서희徐熙를 찬양하면서

나무라면서 거란과의 이차전에서의 강조康兆를 나무라면서

찬양하면서 거란과의 삼차전에서의 강감찬姜邯贊을 찬양하면서 찬양
하면서, 그 승리를

그 승리를 길이 청사靑史에 남기는가.

이제 압록강에서 서경(西京＝평양平壤)까지의 거리와 시간.

이제 압록강에서 개경(開京＝개성開城)까지의 거리와 시간.

이제 거리와 시간을 딛고, 어제의 적 소손녕을 매도罵倒, 어제의 적 거
란의 성종聖宗을 매도, 어제의 적 소배압蕭排押을 매도하는가.

언덕과 하천, 그 산천은

그로부터 이=백년의 세월이 흘렀는가.

오늘 고려는 몽고의 침입 앞에서
어제의 적, 어제의 승리, 어제의 적과 승리를 교훈 삼아서
다시 군사와 군비, 전략을 정비하는가.

몽고는 거란을 멸한 뒤, 나라 잃은 그 유민을 쫓아서
몽고의 성길사한은 고려로 침입.
고려의 최우도 몽고군에 호응이라도 하듯이
강동육주에 쫓겨 온 거란의 유민을 협공…….
드디어 고려의 최우와 몽고의 성길사한은
죽은 자 거란인의 목덜미를 잡는가.

피차, 권력의 영원을 위해서 죽은 자 이외의 사로잡은 자까지도 죽이
는가.
이리하여 거란인은 금국이 망할 무렵 잠시 독립,
다시 망하는가.
전쟁은 비극, 그 비극 앞에서
역사는 돌고, 그 역사의 수레바퀴에서
이제 죽은 자까지 죽는가. 모든 것은 끝나는가.

이 죽음의 역사는 고려 고종高宗 6년(1219AD)의 일,
거란인의 죽음 앞에서
처음으로 고려와 몽고는 얼굴을 대한다.
두 나라의 국교國交도 이때부터 열리는가.

서로 얼굴을 대하고 국교가 시작되면서

몽고의 성길사한은 합진哈眞과 찰라扎剌의 두 사신을 고려에 보내어 거란인을 쫓아서 추방하면서

죽이면서 쫓은 대가를 요구.

고려와 몽고는 형제국이라면서도, 몽고는 고려로부터

억지로 공물貢物을 취하여 가는가.

이 뒤 몽고는 자주 고려에 사신을 보내어서 국신(國贐=시문詩文 또는 금품金品 등의 선물, 또는 전쟁 배상금)을 요구, 예물禮物을 요구, 이 뒤

고종 11년(1225AD) 동지달에는 몽고의

사신 저고여를 위시한 찰고야扎古也를 위시한 찰고아扎古雅를 위시한…… 열 사람의 사신, 그들이

국경을 넘어 함신진(咸新鎭=의주義州 지방)을 거쳐 입국하는가.

두 달 남짓한 체류 끝에, 해가 바뀐 정월

초순, 저고여는, 고려의 국신을 마차에 싣고 예물을 당나귀에 싣고 눈보라 치는

북쪽, 개경에서 북쪽으로 걸음을 재촉, 이제 청천강淸川江을 뒤로 압록강鴨綠江을 건너서면서, 추위와 곤비困憊 끝에 갖고 가던 공물 중 수달피(水獺皮=물개 가죽)만 남기고는

나머지 세포(細布=명주) 등은 모조리 길가에 버리는가. 들에 버리는가.

마음에 차지 않은 물건들이었던가.

몰래 몽고의 사신 저고여를 뒤따르는 도적.

도적은 살아남은 거란의 유민.

쫓기다보니 어쩔 수 없이 도적으로 변한 거란 유민들.

그들은 원수를 갚기 위해서
생존을 위해서 먹고 살기 위해서
국경 안팎에서 약탈에서 살인까지 일삼는가.

그 사실을 모르는 저고여와 그 일행은 길을 재촉하면서
북행, 산골짜기에 이르러서
뜻하지도 않게 도적과 상봉.
급한 김에 고려에서의 공물 수달피만 갖고
도망, 나머지는 길과 들에 팽개치고 도주하는가.
이때, 저고여는 도적 거란 유민들에게
포로, 복수를 당해 죽는가.
몽고는, 이 사건을 고려의 장난으로 착각, 고려를
의심, 몽고는 국교까지 단절하는가.

이즈음 몽고의 성길사한은 서역西域 정벌에서 돌아와서
서하西夏 정벌을 친히 지휘.
뜻밖에도 진중陣中에서 죽는가.
저고여의 죽음으로, 몽고는 고려와 국교를 단절하면서도
성길사한의 죽음(몽고 태조太祖 22년＝고려 고종 14년＝1227AD)으로 인
해서
이즈음 몽고는 고려에 트집을 잡지 못하는가.

그러나 성길사한의 뒤를 이은 와간태(窩澗台＝성길사한의 제삼자第三
子 · 태종太宗)
아버지의 유업을 계승, 서하를 치고 금국을 친 다음 살례탑을 시켜서

요동반도 쪽에 숨은 금국 패잔병까지 소탕, 다시 남하南下, 다음 해,
와간태는 살례탑에게 명하여 고려의 국경을 넘는가.

압록강을 넘는가. 저고여의 피살을 구실로 삼아서 압록강을 넘는가.

(이후 몽고의 고려에의 침략은 삼십 년을

계속, 파상적인 침공

전쟁은 삼십 년 동안 이땅에서

강산이 세 번씩 변하면서 계속되는가. 계속되는가.)

3. 고종高宗 18년 8월 그 무덥던 새벽

몽고의 세계 정복, 서역(西域＝유럽)을 손에 넣고 서하를 손에 넣고,
다시 금국을 손에 넣은 다음, 몽고는 세계 정복의 꿈을, 그의 이웃인 고
려까지

거란 유민의 추격에 이어서, 저고여의 죽음을 구실로 삼아서,

이제 고려까지 침공하는가.

고려를 친 다음 남경(南京＝서울)까지 일본日本까지 치기 위해서

우선 고려를 침공하는가.

이후 삼십 년 전쟁, 몽고의 고려에의 제일차 침략은 고종 18년(몽고
태종 3년＝1231AD)

팔월, 팔월도 다 가는, 어느 무더웠던

새벽, 이후 삼십 년의 전쟁은 시작되는가.

살례탑은 날이 새기 전 이른 새벽의 어둠을
이용, 철가鐵哥의 몽고군과 당고唐古의 몽고군을 앞세워서
압록강을 뗏목으로 건너
함신진을 포위, 이 싸움에서
몽고는 고려에의 첫 침략의 교두보를 얻는가.

살례탑은 몽고군의 함신진성咸新鎭城의 포위망을 좁히면서
그 성 위를 향해 소리소리 고함.
(…우리는 몽고병, 우리는 너의 성을 굳게 포위했으니,
항복…아니면 성을 함락, 모두 죽일 것…)
이 같은, 몽고 살례탑의 기세에, 고려의 부사副使 전간(全侃)에서 방수
장군防守將軍 조숙창趙淑昌까지, 성 아래의 몽고군의 운집을 보고는
기진, 싸움하지 않고 성을 들어 항복하는가.
그로부터 조숙창은 몽고의 앞잡이.
그는 삭주(朔州＝의주 동쪽)의 싸움에서, 철주의 싸움에서, 그는
몽고의 앞잡이로서, 진성鎭城의 고려군에게 몽고군에의 항복을
권고, 이제 고려에 반역하는가.

조숙창의 반역은 고려 북방의 강동육주에 번져서
구주진성(龜州〈龜城〉鎭城)의 홍복원洪福源의 이적을 가져오는가.
홍복원은 편민編民 천오백을 거느리고 살례탑에 항복, 조숙창에 이어
서 이제 홍복원도 몽고군의 앞잡이가 되어서
드디어 구주공방전龜州攻防戰에서 이적하는가.
저 몽고군을 안내하여, 고려의 진지를 공격하는가.

이 구주의 싸움은, 항몽抗蒙 전선에서 가장 치열했던 전쟁, 이 싸움에서

이때, 고려는 정주(靜州=의주 지방)의 장군은 물론 수령까지, 삭주의 장군은 물론 수령까지, 위주(渭州=위원渭原)의 장군은 물론 수령까지, 태주(泰州=태천泰川)의 장군은 물론 수령까지 동원, 이때

서북면 병마사 박서朴犀에서 장군 김경손金慶孫까지 선전, 구주의

승리, 그 전략과 용맹은 후세에 길이 빛나는가.

(그로부터 구주성의 수호는 김경손에게 맡기어지는가.)

이제 박서에서 김경손까지의 철통같은 수비에 살례탑은 포위를

풀고, 어쩔 수 없이 후퇴하는가.

삼순三旬 동안 성을 둘러싼 백가지 방법의 전략도 무너지는가.

살례탑의 몽고군은 후퇴하는 척하면서

실은 병력을 증강, 다시 구주성을

공격, 팔월의 공격에 이은 시월의 공격, 두 번째 공격은

그 공격은 시월에서 십이월까지

계속, 이 사이, 살례탑은 구주성에 밀사를 보내어 항복을 종용, 이에

김경손에서 박서까지 결사 항전을 통고, 더욱 싸움은

치열, 몽고군은 성을 점령키 위해 최후 수단으로 운제(雲梯=사다리)를 동원, 최대의 희생을 무릅쓰면서까지, 성을

공격, 그 운제의 가설을 고려군은

방해, 드디어 적의 운제 작전도 격퇴되는가.

구주성에서 공방전이 한창일 때, 함신성을 함락한 살례탑의 몽고군

주력은 일로 남하.

진격, 벌써 구월 초에는 서경까지

서역을 치다가 동으로 나와서 황주黃州까지 봉주(鳳州＝봉산鳳山)까지

다시 철도(鐵島＝황주 지방)까지 공격하는가.

이 무렵을 전후, 고려의 북방 진지들은

살례탑의 몽고군에 차례차례 무너지는가.

용주성(龍州〈龍川〉城)이 함락되는가 하면, 선주성(宣州〈宣川〉城)이 함락되는가 하면, 곽주성(郭州〈郭山〉城)의

함락, 차례로 질서 없이 함락되는가.

이때, 고려는 구주성만 남겨놓고, 초전에서

실패, 전군을 동원, 역시 실패, 전략을 바꿔서 전군을

고려군을 동선역(洞仙驛＝황주 지방)에 집결, 몽고군을 맞아

대회전, 싸움은 승패를 가리지를 못하고, 서로

후퇴, 서로 전비를 가다듬는가.

동선역의 싸움에 이어서, 안북성(安北〈安州〉城)에서 대회전, 고려의

전군은 장군 이언문李彦文이 전사하는가 하면, 장군 정웅鄭雄이 전사

하는가 하면, 우군판관右軍判官 채식蔡識의 전사, 삼군三軍은

수많은 군졸을 잃는가. 크게 패하는가.

안북성의 싸움을 계기로, 고려군은 두 사람의

북계분대어사北界分臺御史 민희閔曦와 병마판관兵馬判官 최계년崔桂年을

살례탑의 몽고군에게 보내어서 강화를

제의, 이에 살례탑은 즉시 항복하든지 아니면 싸움에서 승패를 가릴 것을
제의, 이를테면 무조건 항복을 요구하는가.

살례탑은 고려의 답이 시원치 않으니까
그의 휘하의 포도蒲桃에서 적거迪巨까지 당고까지
세 장군을 시켜서 평주에서
다시 남하, 십이월에는 개경의 사문四門까지
도착, 동서남북의 출입문을 제압하고, 개경을
포위, 이제 개경 십사十寺 중의 홍왕사를 첫 공격하는가.

이때, 개경에는 젊은이들은 모두 출정, 모두들
북방으로 징발, 남아 있는 사람은 부인과 아녀자들, 인심까지
흉흉, 이에 고려 조정은 어사 민희를 개경 포위의 몽고군에 보내어 굴욕의 강화를
요청, 우선 몽고군을 크게 대접하고 받드는가.

고려의 강화 요청과 전후하여, 몽고의
살례탑도 고려에 세 사람의 사자를
파견, 살례탑은, 사자는 전날의 저고여 사건을 지적, 그 죽음의 책임을 고려에 전가, 그 책임을 지고
속히 고려는 몽고에 항복할 것을 종용하는가.

오늘의 패자, 고려 고종은 오늘은 친히
몽고군의 사자를 인견引見, 그들과 개경의 사문까지 점령한 포도에서

적거까지 당고까지 인견, 그들에게 선물로 금주기金酒器를 주는가 바치는가, 대소잔반大小盞盤을 주는가 바치는가, 은병을 주는가 바치는가, 수달피를 주는가 바치는가, 명세明細를 주는가 바치는가, 저포紵布를 주는가 바치는가, 선물로

바치면서, 그들을 어루만지면서

어쩔 수 없이 현종의 칠세손인 왕족과 왕제王弟인 회안공淮安公 정侹을 살례탑의 전방 지휘소 안북(安北＝안주安州)으로 보내어서

고려 국왕 고종의 참뜻, 강화의 뜻을 전하는가.

몽고의 살례탑은 고려 고종의 강화 제의를 받아들이는 조건으로

개경 남쪽의 고려 땅, 미점령지까지 요구하는가 하면, 국신물로 막대한 금은과 주자珠子와 수달피를 요구하는가 하면, 말 이만 필을 요구하는가 하면, 왕손 남자 천 명을 요구하는가.

한편 몽고군이 입을 의복 백만 벌을 요구하는가.

(어쩔 수 없는 굴욕의 강화는 맺어지는가.)

몽고의 요구에 고려는 장군 조시저曹時著를 사신으로 몽고군 진지로 보내는가.

이때, 고려는 살례탑에게는 황금 열두 근 여덟 냥까지, 금주기 일곱 근과 백금 스물아홉 근까지, 은주기 사백서른일곱 근과 은병 백열여섯 구까지, 사라금수의紗羅錦繡衣 열여섯까지, 차사오자此紗襖子 둘과 은도금 요대 둘까지, 명세유의明細襦衣 이천까지, 수달피 일흔다섯 영까지, 금식안자마구金飾鞍子馬具 한 필까지, 이때 고려는

살례탑에게는 산마散馬 백쉰 필까지 바치는가.

한편 몽고 태종에게는 사서四書를 보내어서
전날의 저고여의 죽음은 고려의 짓이 아님을 변명까지
이로써 고려와 몽고는 화평을 다시 찾는가.

(몽고는 승전에 취하고, 고려는 패전에 번민, 허덕이는가.)

몽고의 살례탑은 전승의 기치를 넓히기 위해서
그들이 점령한 서북의 경京에서 부府까지 주州까지 군郡까지, 그들은
군정을 실시, 일흔두 사람의 군정관 다루하치(達魯花赤=Darughachi=
지방장관)를 임명, 고려의 구석구석을
감시, 그 댓가로 살례탑의 몽고군은 철수하는가.

고종 19년(몽고 태종 4년=1232AD) 정월의 일, 고려의 조정은
그들 살례탑에서 포도까지 적거까지 당고까지의 몽고군을 위송慰送
키 위해서
어쩔 수 없이, 회안공 정을 딸려서 수재首宰 김취려金就礪까지 딸려서
다시 대장군 기윤숙奇允肅까지 딸려서 북으로 따라 보내는가.

(고려와 몽고가 강화를 맺은 뒤에도, 북방의 구주성의
박서에서 김경손까지는 성을 사수.
끝내 버티었으나, 조정의 권유로 마침내 항복하는가.)

이리하여 사 개월여의 전쟁은 고려의 무조건 항복, 굴욕의 항복은,
고려의 군신君臣을 더욱 몽고에 대한 적개심으로 유도, 번져서
끝내는 군신이 소계십이조(所戒十二條=항몽을 위한 관민의 단결과 내핍

등의 결의)를 서약,

　백왕천상제白王天上帝와 모든 영관靈官에게 서약을 하는가.

　이제 전쟁 뒤의 질서를 위해 항몽을 제기, 몰래 숨어서 궐기하는가.

4. 삼별초의 등장, 살례탑의 죽음

　몽고군의 위송 사절로 갔던 회안공 정은, 몽고

　사절 도단都旦 등과 함께

　귀국, 개경을 떠난 지 한 달여 만인 고종 19년*

　이월, 어느 눈 내리는 날 돌아오는가.

　도단은 원래 거란 사람, 그 사람됨이 교활, 거란이 몽고에 망하면서

　몽고에 귀화, 동족 거란인을 멸한 자.

　그 도단은 개경에 들어와서

　고려 국사國事를 도통都統키 위한 차사(差使＝원이 죄인을 잡으려고 보내

는 관하인)라면서

　횡포, 고려에 대한 무모한 주구(誅求＝무리하게 제물을 요구),

　고려는 그 요구

　해선海船 서른 척에 수부水夫 삼천을 요구……, 응하여 수부를 뽑아서

보내는가 하면, 수달피 천 편을 요구……, 응하여 구백일흔일곱 영을

　구입, 묶어서 멀리 몽고에 보내는가.

* 동화출판공사판에는 '十九年(一二三二AD)'로 되어 있다. 앞으로 같은 연도가 반복될 경우 괄호 안의 서
기 연도는 생략한다.

이밖에도 몽고는 개주관(開州館＝만주 봉황성)에서 농토 개간을 위한 농군을 요구하는가 하면, 이밖에도 왕자와 공주와 군주郡主와 대궁인大宮人에서 동남동녀童男童女 각 오백 명을 요구하는가 하면, 이밖에도 수놓는 이밖에도 꽃수 자수에 능한 여자를 요구하는가.

그 같은 요구, 몽고의 압력에 견디다 못해 참다못한 고려 조정은

개경의 지세를 검토, 개경은 북으로 천마天摩와 성거聖居의 두 산을 거느리고 적을 방위, 그때마다 막아내지 못한 사실을 환기하면서

이제 강화도江華島의 천도遷都를

계획, 싸움에 지고 전쟁 배상에 지친

궁책, 그 최초의 발설은 승천부(昇天府＝풍덕豊德)의 부사 윤인尹繗과 녹사 박문의朴文穊, 이들은

몽고군의 침입에, 가족을 강화로 피난, 이때의 강화도 견문을 교정도감教定都監 최우에게 설명, 강화도 천도를 종용, 최우는 이를

국왕에 보고, 다시 강화도를 조사한 뒤, 재·추宰樞 중신 회의 끝에 재·추 정묘鄭畝의 주장이 관철되어, 고종 19년

유월, 급속히 강화도 천도가 결정되는가.

강화도 천도의 묘책은 지난해의 몽고와의 싸움에서 얻은 경험, 전해 구월 몽고군은

황주에서 봉주까지 한시에 침범, 이때 황·봉 이주의 수령은 이민吏民을 이끌고 철도(鐵島＝황주지방·섬)로 피난, 전해 십이월 몽고군은

함신진을 침범, 이때 부사 전간은 몽고군을 무찌른 뒤 이민을 이끌고 신도(薪島＝용천지방·섬)로 피난, 서로

전후하여 선주에서도 창주(昌州＝창성昌城)에서도 운주(雲州＝운산雲山)

에서도 박주(博州＝박천博川)에서도 곽주에서도 맹주(盟州＝맹산盟山)에서도
무주(撫州＝영변寧邊)에서도 태주에서도 은주(殷州＝순천順川)에서도 해도로
피난, 몽고군은
　　싸움에 이기면서도 물 건너 바다 건너 섬에의 추격은
　　포기, 몽고군은 물과 바다에 더없이 약한가.

　　고려 조정은 몽고군의 약점을 십분 이용, 물 건너
　　바다 건너서, 강화도로 옮겨 앉을 것을 고려 조정은
　　결의, 강화도는 고려 서안西岸의 중간에 위치하여 개경과도 가까운
　　거리, 그 위에 혈구穴口와 마니摩尼는 적의 침범을 막을 수 있는
　　고지, 한편 육지에 가장 가까운 갑곶의 나루터는 적이 접근할 수 없는
　　갯벌, 고지와 갯벌은 고려의 제해권을 더욱 돋보이게 하는가.

　　강화도 천도를 결의한 고려의 조정과 최우는
　　다시 살례탑에게 지의심池義深에서 송득宋得까지 두 사자를 보내어서,
다시
　　몽고의 진의 참뜻을 살피는가.
　　이에 살례탑은 고려 사신을 인견, 몽고에의 고려의
　　막중한 국신을 요구하면서, 이를 실행치 않으면, 또다시
　　고려의 국경을 넘어, 고려를 침범할 것이라는
　　살례탑의 무례한 요구.
　　그 같은 지의심의 보고를 받은 최우, 그는
　　몽고의, 그 오만불손에 철저한 항몽을 내외에 선언하는가.

　　이제 강화도 천도를 반대하는 이제

참정 유승단俞升旦의 반론을, 지유 김세충金世冲의 반론을 억제하면서
강화도 천도의 대의 앞에서, 그 대의를 유리한
김세충의 목을 베이면서까지
최우는 고종에게 속히 강화에의 서행西幸을
간청, 물 건너 바다 건너서 강화도로 천도하는가. 옮겨 앉는가.

최우는 개경의 민심은 아랑곳없이 천도를 위하여
녹전차祿轉車 백여 량을 동원, 왕가의 가재를 강화도로 옮기는가 하
면, 강화도에 궁궐을 지을 것을 지시하는가 하면, 성안에 방을 붙여서
백성들은 개경을 떠날 것을 종용, 산성까지
해도까지 옮길 것을 명령하는가.

고려는 철저한 항몽과 강화 천도가 결정되어 안팎으로
바쁠 무렵, 몽고는 고려에 사자 아홉을 보내는가.
몽고의 국서를 휴대한 사자는 개경의 선의문宣義門 밖에서
성안에도 들지를 못하고, 성밖에서
꼬박 나흘을 머무르다가 푸대접 끝에 돌아가는가.

한편 최우는 지문하성사知門下省事 김중구金仲龜와 지추밀원사知樞密院事
김인경金仁鏡을
왕경유수병마사王京留守兵馬使로 임명, 개경을 사수케 하고는
강동육주의 진성에 밀사를 보내어서
몽고의 다루하치의 무장을 해제하는가 하면, 혹은
살해, 살례탑을 분노케 하는가.

필경 다루하치의 살해는 몽고의 고려 침입의 구실을
제기할 것은 틀림없는 일.
고려 조정은 급히 고종을
위시, 최우를 비롯한 백관은 신도新都 강화도로
천도, 강화도 천도 결정에서, 불과 이십 일 만인 고종 19년.
칠월의 일, 비 내리는 가운데 인마人馬가 움직이는가.
진흙과 정강이에 개경의 달관達官과 부녀자들은
혼란, 의지할 곳을 잃고 호곡하는가.

이 틈을 타서, 어사대御史臺의 조례皁隷 이통李通은 개경의 노예와 경기
의 초적을 모아서
반란, 유수병마사를 내쫓는가 하면, 도망병을 규합하며 사찰의 승도
를 소집하여 전곡을 약탈하는
반란, 난세에는 반역자가 나오기 마련.
고종은 강도江都에서 이통의 반란을 듣고, 군사를
파견, 승천부昇天府의 동쪽에서 반란을
진압, 이통과 그 일당의 목을 베이는가.

천도와 반란, 이에 최우는 야별초에서 다시 좌우별초에서
그 조직을 확대, 신의군을 두면서
이제 삼별초를 강화, 강화의 방위에서 내륙의 침투까지
이군육위의 이군의 정규군과 삼별초의 별동대의
삼군, 그중 삼별초는 최씨정권의 사병으로 항몽의 결사대로서
천도와 반란 뒤에는 이군을 독전, 해도에서 산성에서 유격전, 때로는
이군의 최전방에서 삼군으로서

등장, 최우를 위해서 국왕과 고려를 위해서
출정, 육지로 나가는 강 건너 전선으로 출전하는가.

고려의 철저한 항몽과 임전 태세를 위한 천도의 소식에 접한 몽고.
그 몽고의 태종은 살례탑에게 명하여, 고려를 다시 치게 하는가.
장마가 걷힌 팔월, 살례탑은 고려의 반역자 홍복원을 앞세우면서
국경을 넘는가. 압록강을 넘어 침범하는가.

살례탑은 압록강을 넘으면서의
제일성第一聲, 고려 국왕과 고려 조정이 강화도로 천도한 것을, 우선
힐난, 고종의 출륙出陸은 물론, 최우의 출륙을 수삼차 요구.
고려는 모두 거부, 이에 살례탑은 그의
휘하의 몽고군을 이끌고 남하……
개경과 강화를 침공하지 않고 우회, 다시 남하…… 한양산성(漢陽山城
=서울)을 점령, 또다시 남하…… 수주(水州=수원水原)의
남쪽 처인부곡處仁部曲의 소성(小城=용인龍仁)에 이르러서
비로소 접전, 진격하는 몽고군과 수비하는 삼별초와의
대전, 몽고군을 맞아서 삼별초는
이군육위 소속의 정규군은 물론, 그 뒷받침의 농민은 물론, 관악산의
초적은 물론, 충주의 노예군은 물론, 특히 노예의 지광수池光守 등의 거국
거족의 도움을 얻어서
드디어 처인소성의 싸움에서 격전에서
유격전, 적 전후방에서 활약하던 삼별초의 김윤후金允侯의
화살에 살례탑은 죽는가.

(고종 19년 십이월의 일, 몹시
춥던 날, 눈이 내리던 날인가.)

살례탑이 전사한 뒤를 이은 자는 부수副帥 철가, 그도
살례탑과 같이 고려 국왕과 최우의 출륙을 요구하면서
패전의 땅 처인성에서 이동…….
그 요구도 육지[김포]와 섬[강화도], 이쪽 언덕에 서면 저쪽 대안對岸
이 손에 잡힐 것 같은
거리, 좁은 강수 하나를 건너 눈앞에 강화도를 바라보면서도 몽고는
고려의 군신을 향해서
육지로 나오라고만 소리칠 뿐…….
호령에, 고려의 대답은 몽고군이 고려에서 철군하면 육지로 나가겠
다고, 그 거부에 몽고는 고려에서 육지로 나오면 철군하겠다는
몽고와 고려의 입씨름, 철가는
육지와 섬 사이의 강과 바다와 물이 있는 이상은
도저히 강화도의 점령은 불가능하다고
판단, 철가는
어쩔 수 없이 몽고군을 이끌고서
홍복원을 대동, 서북으로 철군하는가.

이때 철군하는 몽고군을 따라 반역자 홍복원도 동행, 이때
철가는 홍복원에게 서경과 강동육주를 관장할 것을 명령, 몽고군은
고려에서의 완전 철수가 아닌 부분 철수, 개경과
그 남부의 점령을 포기하는 대신, 다음 기회를 위해서
북방을 장악, 일부의 몽고군에서 홍복원까지의 일당을 남기는가.

5. 곳곳의 산성에서 유격전에서

살례탑의 죽음, 고려 중부 이남에서의 철군, 죽음과 철군 뒤에는
몽고의 태종이 도사리고, 자못
강경, 소위 고려에 대해 오죄五罪, 몽제蒙帝는 고려 국왕에 대하여 전
날 저고여의 죽음에 대한 사죄 사절의 거부, 전날 몽고의 사절을 선의문
밖에서 맞아 푸대접 끝에 돌려보낸 사건, 전날 강화도로 천도한 것 등의
다섯 가지 죄목을 들어 책하면서
그 대신, 고려 국왕 고종의 출륙과 친히 군사를 이끌고 국경지대의
포선만노를 칠 것을
요구, 다시 고려 국왕 고종의 친조親朝를 요구
이를 거부하면 오죄 이상의 것이 있을 것이라는 경고를 남기고는
몽고군은 전세를 서역〔유럽〕 방면으로 돌리는가.

서경에서 압록강에서 다시 국경에서, 고려는 반역자 홍복원을
추격, 전날 홍복원은 고려에서 철수하는 철가의 명을 받고
서경 낭장으로 강동육주에 주둔, 일부 몽고군과 일부 고려 변민邊民을
거느리고 서경과 강동육주를 점령, 몽고와 철가를
대신, 고려를 괴롭히다가 고려의 북계병마사 민희에게 쫓겨서
최우의 삼별초에게 쫓겨서
요동 땅으로 도주, 그 뒤에는
고려 장성에서, 고려는 잠시 조용, 한 해 고종 20년(1233AD)이 가고,
또 한 해 고종 21년(1234AD)도 가는가.

고종 22년(1235AD)에 접어들면서, 다시

압록강에서 국경에서 고려 장성에서는 즐겁지 않은 풍문, 몽고에서는

　　대회(몽고는 왕위를 결정할 때나, 큰일을 앞두고는 으레 큰 집회를 가짐)

를 갖고 이후의 이웃 정복을 위해서 논의, 그 대회에서

　　발도拔都에서 귀유貴由까지의 몽고군은 서성(西城＝유럽) 방면의 원정

에, 개단開端에서 곡출曲出까지의 몽고군은 남송 원정에, 다시 당고에서

홍복원까지의

　　당고의 몽고군이 고려를 쳐들어온다는 소문.

　　소문이 소문을 낳아서 걷잡을 수 없이 압록강에서

　　국경에서 고려 장성에서 즐겁지 않은 풍문은 번지는가.

　　삼월이 가도 풍문은 새끼를 칠 뿐, 사월이 가도 풍문은 새끼를 칠 뿐,

오월이 가도 풍문은 새끼를 칠 뿐, 유월이 가고 칠월이 접어들면서

　　칠월의 녹음을 타고 풍문은 풍문에 끊이지 않아서

　　드디어 소문은 소문난 당고의 몽고군은 동북 방면에 주둔하던 일부

몽고군은

　　어이버이 황초령黃草嶺을 넘어서, 어제의 윤관尹瓘의 구성(九城＝정평定

平 · 함흥咸興 평야에서 홍원洪原까지＝함주咸州 · 황주黃州 · 웅주雄州 · 길주吉

州 · 복주福州 · 공험진公險鎭 · 통태진通泰鎭 · 진양진眞陽鎭 · 숭령진崇寧鎭)을 넘어

서, 고려 장성을 넘어서

　　동계東界의 도련포都連浦를 넘어서 등주(登州＝안변安邊) 도호부부터 쳐

들어오는가.

　　드디어 몽고는 삼차의 침공, 세 번째 고려를 짓밟는가.

　　이에 고려 조정은, 최우는 몽고군에 대비, 강화의 방위를 위해서

　　국왕과 고려를 위해서, 고려군의 전후좌우 군진주軍陳主와 지병마사知

해안의 방위를 엄히 할 것을 다짐하면서

광주(廣州＝경기)와 남경(南京＝서울지방)의 백성들을 강화로 불러들여서

합류, 또한 주와 현의 일품군(一品軍＝공병工兵)을 징발, 강화의

제해提海, 적을 막기 위해서 해안에 뚝을 쌓는가.

칠월의 일부 몽고군의 동계 침범에 이어서, 팔월에는 당고의 몽고군

주력군은 압록강을 넘어서

국경을 넘어서, 다시 강동육주를 침범, 국경의 용강(龍岡＝강서지방)을

점령, 함신을 점령하면서,

그곳 수령을 포로

수령들을 잡는가. 잡히는가.

동계의 등주를 점령한 몽고군은 남하……,

팔월이 가고 구월에는

용진진(龍津鎭＝덕원德源지방)까지 진명성(鎭溟城＝덕원지방)까지 점령하

고는 안동(安東＝경북지방)까지 진출, 포로한 안동인들을 앞세워서 동경

(東京＝경주지방)까지 진출, 고려의

동남을 석권, 구월이 가고 시월에는 강동육주의 용강, 함신까지 삼등

(三登＝안변)까지 점령한 몽고군은

이제 증원군을 동원, 동주성(洞州城＝단흥端興지방)까지 점령하고는 남

하……, 지평(砥平＝양평楊平지방)까지 진출, 고려의

서남을 석권, 동북에서 동남까지, 서북에서 서남까지 석권하는가.

이에 고려도 상장군 김이생金利生을 동남도지휘사東南道指揮使에 임명,

청주도안찰사淸州道按察使 유석庚碩을 부사에 임명, 전열을 가다듬으면서

특히 최우는 강도에서 삼별초를 엄선, 출륙케 하여서

몽고군에 대항, 몽고군은 지평에서 고려군과 접전, 이때의

고려군의 주력은 삼별초, 삼별초는 유격전으로 대항, 수많은

몽고군을 무찔러 크게 적을 살상하는가.

지평 유격전에서 삼별초는 크게

활동, 몽고군에 대한 삼별초의 공격은 커지는가.

동남으로는 동경까지, 서남으로는 지평까지, 동서남으로

전선을 뻗친 몽고군의 선발대에 이어서

해가 바뀐 고종 23년(1236AD)

유월에는 증원군이 대거 압록강을 넘어서

의주에서 안북부(安北府＝안주)까지의 서북은

몽고군의 세상, 다시 서북을 석권한 당고의 몽고군은 이제 대동강을 건너면서

황주를 거쳐서 신주(信州＝신천信川)를 거쳐서 안주를 거쳐서 남하, ……유월에 이어서

팔월에 황초령을 넘어서 구성의 동계를 넘은 당고의

몽고군은 옛 여진을 앞세워

화주(和州＝영흥永興)를 거쳐서 남하……동서북에서

남하한 당고의 몽고군은 계속 남하……고려 전역을 짓밟는 초토작전焦土作戰, 지평까지 동경까지 진을 치고 있는 몽고군과 합세, 그 전해 내려온 당고의 몽고군과 합세하고도

몽고의 주력은 강도의 침공은 시도치 않고 남경을 거쳐서는

일로 진격, 평택까지 점령하고는 진격, 아주(牙州＝아산牙山)까지 점령

하고는 진격, 하양창(河陽倉＝직산稷山)까지 점령하고는 진격하는가.

당고의 몽고군은 점령과 진격의 연속인가.

몽고군의 공격에 고려군은 후퇴를 거듭, 몽고군은

고려군을 추격, 또 추격, 몽고군의 그 일부는 온수(溫水＝아산지방)까지 이르러서 고려군의

후방에서 고려군을 독전하면서 진을 치고 기다리던 삼별초의 반격에 직면, 몽고군의 그 일부는 죽주(竹州＝죽산竹山＝안성지방)까지 이르러서 고려군의

후방에서 고려군을 독전하면서 진을 치고 기다리던 삼별초의 반격에 직면, 당고의 몽고군은 고려군과 삼별초를 포위 공격, 몽고군 상투적인 전술을 익히 아는 고려군과 삼별초에게 패하는가.

역전의 싸움에서 삼별초는 이기는가.

한편 전주全州와 고부(古阜＝정읍지방) 방면으로 진출한 당고의

몽고군도 삼별초에게 패하는가.

마침내 몽고군은 많은 병력을 소모, 마침내 무기까지

소모, 어쩔 수 없이 공격의 기구를 불살라 버리고 후퇴하는가.

이 무렵 강도에서는 평시와 다름없이 상원(上元＝1월 15일)의 연등회燃燈會와 중동(仲冬＝11월 15일*)의

팔관회八關會 등, 고유한 관습과 결합된 불교 행사까지

제불諸佛과 천지신명天地神明을 위해서

---

* 동화출판공사판에는 '一월 十五일'로 되어 있으나, 중동仲冬이 음력 11월 15일을 뜻하므로 11월로 표기한다.

군신이 함께, 음악과 춤과 백희百戱를 다루는가.

강과 바다 하나를 사이에 두고, 해도 강화에서는 연등과 팔관의
여유 있는 행사와 생활을 갖는 대신, 육지에서는
곳곳 산성 중심의 삼별초의 유격전으로 몽고군에게 대항, 이제 최우
는 더 많은 삼별초를 훈련, 더 많은 삼별초를 육지로 보내는가.
계속 몽고군을 무찌르는가.

싸움이 장기화함에 따라서
고려의 군신은 불력佛力을 빌어서, 국난을 풀려고
각종의 도량을 지어서 전승을 기원.
그 기원의 한 사업으로 몽고의 병화兵火로 불타 버린 대장경판大藏經板을
다시 새기고 쪼으기로 하는가.

이제 싸움이 오래 계속되니, 산성과 해도에
피난한 백성은
항몽에도 한계가 드러나서
의식주에 궁핍, 입고 먹는 데까지 한계가 드러나서
국토까지도 황폐, 사람과 땅도 지치는가.

이 같은 현실 앞에, 고려 조정은 고종 25년(1238AD)
십이월, 장군 김보정金寶鼎에서 어사 송언기宋彦琦까지를 몽고에 보내
어서
몽제 태종에게 몽고군의 고려에서의 철군을 비는 한편, 몽고 원수 당
고에게도

글월을 보내어, 그의 휘하의 몽고군의 철군을

요청, 이에 태종과 당고는 고려 사신 김보정에서 송언기까지를 몽고
에 머무르게 하고는 은연중 인질로 잡아두고는

몽고의 특사로 보가甫哥에서 아질阿叱까지의 이십여 인을 고려의 강도
에 보내어서

고려 고종의 친조를 요구, 이를 통보하고는

보가에서 아질까지의 특사는 서둘러 귀국, 그 뒤를 쫓다시피 몽고군도
철군, 끈질긴 삼별초의 역습에 지쳐서 떠나는가.

고려에서, 서역에서 남송에서

이제 오랜 싸움에서 당고의 몽고군도 지치는가. 몽고군도 지치는가.

몽고의 친조 요구에 고려는 고려 왕실의

거상居喪, 고종의 모후 유씨母后柳氏의 죽음으로 몽고에의

친조가 어려움을 통고, 사절하니, 몽제는

해가 바뀌면 친조할 것을 요구하면서

억류했던 김보정에서 송언기까지를 석방, 억류를 푸는가.

어쩔 수 없이 고려 조정은 고종 26년(1239AD)

십이월, 왕족인 신안공新安公 전(佺＝현종顯宗의 팔세손八世孫)을 몽고에
파견, 고려 왕족으로서 몽고 본국에 들어간 최초의

사신, 그가 고려 고종의 친조를 대신하는가.

해가 바뀐 고종 27년(1240AD) 봄에, 다시

몽제는, 그의 사신을 고려에 보내어서 고려의 내정을 간섭, 해도에
피난한 고려인은 육지로, 산성에 피난한 고려인은

고향으로 돌아갈 것을 요구하는가.

거의 십 개월 여의 체몽滯蒙 끝에 고종 27년

구월, 귀국길에 오른 신안공 전은

몽고의 다가多可에서 파하도波下道까지 아질까지의 사신과 더불어 몽제의 조서詔書를

휴대, 이에는 고려 고종의 친조를 강력히 요구, 왕국으로는 마땅치 않다는 내용, 이에 고종은

그 이듬해 고종 28년(1241AD)

사월, 영녕공永寧公 준(緯=전의 종형從兄)을 친자親子라 하고 귀족의 자제 열 사람과 같이 독로화禿魯花로

입몽, 몽고에 가니, 이때 몽제 태종이 사망, 대한(大汗=황제皇帝)을 선정하기까지

소강상태, 고려와 몽고는 잠시 평화를

유지, 여몽麗蒙 사이에 평화가 오가는가.

6. 최우의 뒤를 그 아들 항沆이 잇는가

몽고는 태종이 죽은 뒤, 오년여 만에 그의

장자, 귀유貴由가 대한의 자리에 오르는가.

이제 정종定宗이라 칭하는가.

정종은 몽제에 오르면서, 즉시 신복의 아모간阿母侃을 고려 침범의 원수로 임명, 그를 시켜서

그해 겨울, 몽고인 사백을 풀어서 고려의 서북 제성諸城의 산과 골짜
기에 보내어서

고려와 고려군의 진지를 염탐하고는, 그 뒤 뜻밖의 아모간의 몽고군의

침공, 다시 고려는 몽고에 역습을 당하는가.

정종은 대한의 자리에 오른 일 년 뒤 그의 아버지 태종의 뜻을 받들
듯이, 고려

고려를 침범, 고종 34년(1247AD)

칠월의 일, 살례탑에 이어서 당고에 이어서 이번에는 아모간, 몽고
원수 아모간이 몽고군을 이끌고 고려를 침범, 때는

녹음과 장마철, 폭우를 무릅쓰고 압록강을 건너서

국경을 넘어서 위주(威州＝희천熙川)까지 뺏고, 평로성(平虜城＝영원寧遠)
까지 치고는

고려의 반역자 홍복원을 앞장세워서

남하, 염주(鹽州＝연백延白)까지 다시 남하하면서

진격, 개경까지 바라보면서 진을 치는가.

아모간의 몽고군이 서북을 휩쓰니, 고려의

강도 조정은, 최우는 북계병마사 노연盧演에게 삼별초를 보내어 난을
수습, 삼별초의 지휘하에 북계의

제성의 백성들을 모두 해도로 옮겨서

몽고군의 약탈과 난을 피하는가.

그 대부분은 삼별초의 도움으로 위도(葦島＝정주지방)로 피난, 그곳
섬을

개간, 뚝을 쌓고 씨를 뿌려서

식량의 자급자족, 저수지를 만들어 우수雨水를 저장, 우물을 파서 물 걱정까지

해소, 하나 둘 걱정이 해소되면서

이제 삼별초는 밤을 이용 육지로 나아가서

유격전, 아모간의 몽고군을 괴롭히는가. 무찌르는가.

거국의 항몽, 나라를 들어 싸우면서도 한편은

협상, 워낙 적이 호전적인 까닭에, 싸움과 협상으로 몽고를 대하는 수밖에

이리하여 강도 조정과 최우는 아모간의 진영에 기거사인起居舍人 김수정金守精을 보내어서

몽고군에게 군량을 제공

그들 침공의 진의를

타진, 몽고측은 고려 고종의 출륙과 세공歲貢이 목적, 한마디로 강도에서 개경에의 천도와 전쟁 배상의

요구, 그 진의를 듣고 고려 조정은 몽고에 사신을 보내어서

우선 고려에서의 아모간의 몽고군의 철수를 간청,

이때 뜻밖에도

몽제 정종이 사망, 그들 국내 사정으로 몽고군은 고려에서 물러가는가.

(고려 침공 9개월 만의 일, 고종 35년〈1248AD〉 삼월의 일인가. 봄의 일인가.)

몽고는 정종이 죽은 뒤, 삼 년여의 분쟁 끝에

헌종(憲宗 -성깉사한의 네째 아들인 타뢰拖雷의 장자)을 선출, 그도

몽제에 오르면서, 역시 선제先帝와 같이, 고려에 대하여
또다시 출륙과 친조를 요구하는가.

이 같은 끈질긴 요구에, 고려는
우선 출륙의 의사를 보이기 위해
눈가림으로 강화의 건너편 승천부(昇天府＝장단長湍) 백마산 기슭 임해
원臨海院 구기舊基에
궁궐을 짓기 시작, 그것은
임시적인 방편일 뿐, 오히려 강화에 강도로서의
방비시설을 강화, 몽고를 속이는가.
한편 고려는 고종 39년(1252AD)
정월, 추밀원부사 이현李峴을 몽고에 사신으로 보내는가.

(고려 사신 이현이 몽고로 떠나기 직전
권신 최우는 죽고, 그 뒤를 그의 아들 최항〈崔沆＝?～고종 45＝?～1258AD〉
이 이음으로써
최씨의 무인정권은 다시 계승되는가.)

이현은 최항의 훈령, 태자의 친조와 강화에서의 출륙.
그해 오월 고종 39년 출륙의 의사를 몽제 헌종에 전달, 이어
헌종은 이현을 억류, 그해 칠월 따로이 몽고의 사신 다가에서 아토阿
土까지를
고려에 보내어서, 고려의 진의를
타진, 최항의 훈령이 거짓임이 드러나면서
몽고는 노발, 이에 고려의 조야에서는

최항의 얕은꾀로 나라의 대사를 그르쳤다고 이구동성, 반드시
이제 다시 몽고의 침공이 있을 것이라는 중론, 이제
다시 재침에 대비 곳곳 산성에 방호별감防護別監과 삼별초를 파견하는
한편 모든 군력을 동원, 총동원령을 내리는가.

다가에서 아토까지의 보고를 받은 몽고 헌종은
고려의 거짓에, 야고也古를 고려 침공의 원수로 임명, 그를 시켜서
그해 시월 고종 39년, 당고에 이어서 아모간에 이어서
이번에는 야고, 몽고 원수 야고가 몽고군을 이끌고 네 번째로 고려를
침범, 때는
가을, 고려의 반역자 홍복원을 앞장세워서
서북 일대를 또다시 점령하는가.
몽고 헌종의 고려에 대한 첫 위협 신호인가.

고려의 서북방은, 몽고의 여러 차례의 침공으로, 이미
이 지대의 고려 사람들은 산성이 아니면 해도로 피난하여 사람의 그
림자조차 찾기 어려운 무인지대, 그 일부는
경기와 서해도 지방으로 옮겨져서
압록강과 국경을 넘은 몽고군은 저항 없이 대동강을 건너서
육지를 석권, 강도를 고립시키려는 전략을 쓰는가.

해가 바뀐 고종 40년(1253AD) 칠월 야고의
몽고 침략군과 같이 귀국한 영녕공 준, 그는
실로 십이 년 만의 귀국, 최항에게 글월을 보내어 출륙을 권고, 한편
이현도 이 년 만의

소식, 최항에게 글월을 보내어 출륙을 권고하면서

국왕이 아니더라도 동궁(東宮=태자) 아니면 안경공(安慶公=고종의 둘째 아들)이 몽고군을 출영하면은

몽고군이 고려에서 철수, 돌아가리라는 편지.

영녕공과 이현은 체몽중에 세뇌, 변절, 이에 최항은 세 차례의 사절, 영녕공 등 삼백여의 사절을 돌려보내지 않는 몽고, 그 몽고에서

동궁에서 안경공까지를 인질로 붙잡아 두고 성하城下에 이르러 항복을 요구하면, 그땐

어떻게 하겠느냐고 거절, 최항의 거절은

다시 여몽 사이에, 서로 공방전 싸움이 크게 일어나는가.

최항의 삼별초는 야고의 몽고군을 금교(金郊=금천金川)에서 홍의(興義=금천)에서 공격, 이때 교위校尉 대금취大金就는 삼별초를 이끌고, 선봉에서

몽고군을 무찔러, 몽고군의 말과 활 등을

노획, 그해 팔월 크게 이기는가.

금교에서 홍의에서 이후의 약산성(掠山城=황해도) 싸움에서는

몽고군에게 크게 패배, 이때 삼별초의 방호별감 권세후權世候는 자책의 자살, 야고의 몽고군은 그들의 잔인성을

발휘, 성안의 고려인 사천칠백여를

학살, 남자는 물론 아녀자까지도, 그해 구월 많이도

죽이는가.

이제 몽고군은 서북의 곳곳에서

동계의 고주(高州=고원高原)까지 화주(和州=영흥永興)까지 철령(鐵嶺=

신고산新高山)까지 넘어서 동주산성(東州山城＝철원)까지 동주에서

진격한 야고의 몽고군 일부는

춘주성(春州城＝춘천春川)을 공격, 그들은 춘주성을 여러 겹으로 포위, 방패물을 만들고는 공격에 또 공격, 성안의 삼별초의 항복을 종용, 삼별초는 항복보다는 최후 일인까지

항전, 우물이 말라서

마실 물이 없어지면서

돌격, 그해 십일월 전멸하는가.

춘주에서 진격한 야고의 몽고군 일부는

양근(楊根＝양평楊平)까지 공격 점령하고는, 다시

천룡(天龍＝여주麗州)까지 공격 점령하고는, 다시 충주까지 진격, 야고의 몽고군은 칠십 일간의

포위 공격, 충주의 삼별초의 방호별감 김윤후의 분전에, 포위를 풀어 걸어가지고

북상, 그해 십이월 떠나가는가.

야고를 따라 영녕공도 따라가는가.

전주까지 진격한 몽고군은 전주성 남쪽 반석역班石驛에 이르러서

뜻하지 않은 유격병, 삼별초 지유 이주李柱의 고려군을 만나 공방, 이 싸움에서

야고의 몽고군은 패배하는가.

고려는 금교의 싸움에서, 충주의 싸움에서, 전주의 싸움에서, 고려는 극히 일부 전투에서 이겼을 뿐, 여타에서는

거의 완전 패배, 이에 고려 조정은

영안백永安伯 희(僖＝신종神宗의 손자)에서 복야僕射 김보정金寶鼎까지를, 우선

충주를 포위하고 있는 야고에게 보내어, 몽고의 회군을 간청, 이때

마침 야고는 몽제 헌종의 소환을 받고 아모간에게 지휘권을 넘기고 북환北還, 그 뒤를

따른 영안백 희는 개경에 이르러서 야고에게 국신 예물을 바치니, 야고는 영안백 희를

책망, 고려 국왕이 강도에서 출륙하여 나의 사자를 맞이하면, 곧 철군할 것이라면서

야고는 몽고대蒙古大와 그 일행 열 사람의 사자를 고려에 보내는가.

고려는 몽고의 사자를 정식으로 영접.

드디어 고종은 갑옷을 갖춘 삼별초를 거느리고 강을 건너 승천신궐 (昇天新闕＝장단)에서

몽고의 사자 몽고대의 일행을 영접, 강화

천도 이후, 국왕이 강도를 출륙하기는

처음, 고종 40년 십이월의

일, 실로 이십 년 만의 일인가.

그 뒤, 야고는 다시 사자를 고려에 보내어서

협상, 고려에서 몽고군을 철군하는 대신, 그 일부 만 명만 주둔케 하고는 개경에 다루하치(達魯花赤＝감독관監督官)를 둘 것과 강도의 성곽을 허물 것을

제의, 고려에서는 받아들이기 어려운 조건, 이를

거절한즉, 다시 야고의 몽고군은, 고려의
곳곳에서 싸움을 일으키는가. 약탈을 일삼는가. 죽이는가.

이에 고려 조정은 재·추를 모아들여서 중신 회의, 중신은 고종에게
건의, 안경공安慶公 창(淐=고종의 둘째 아들)을 몽고에 보내어서
몽고군의 회군을 빌도록 건의, 고종은 이를 승낙, 창은
드디어 고종 40년(1253AD) 십이월, 강도를
출발, 선물로 금은에서 포백까지를 휴대, 나라의 부고府庫는
이제 탕진에 가까운 정도, 창은
출륙과 동시에 아모간의 진지를
예방, 그에게 향연을 베풀어 호의를 보이니, 그 또한
야고의 뒤를 따라 회군하는가. 철군하는가.

(이렇게 싱겁게 몽고군이 회군하니 강도의
조정은 해가 바뀐 정월 십일, 계엄戒嚴을 해제하면서
몽고에서 세뇌, 반역한 이현에서, 그 일족까지 죽이는가.)

7. 거듭 출륙과 친조를 요구

야고의 뒤를 이은 아모간의 몽고군의
철군, 그 철군은 고려의 동정을 살피자는 속셈, 철군 뒤에도
몽고 헌종은 여전히 고려에 대하여
구경舊京에의 환도와 국왕의 친조를
고집, 그 고집에 어쩔 수 없어서

고려에서는 안경공 창에 이어서

고종 41년(1254AD) 삼월에는 비서소경秘書小卿 이수손李守孫까지 사문박사四門博士 김양형金良瑩까지, 유월에는 중서사인中書舍人 김수정金守精까지

동원, 몽고에 사신으로 보냈는데도 몽고는

전날의 고려 국왕의 승천부 출영이 환도를 위한 진심의 출영이 아니라는 것에서

이현 등 반역자 처단에서

노발, 이제 몽고 헌종은 차라대車羅大를 몽고군 원수로

임명, 또다시 고려를 침범할 것을 선언하는가.

차라대의 원수 임명과 동시에 몽고는 다가 등의 사절을 고려에

파견, 몽고는 화전和戰을 함께

시도, 한편 침공 한편 사절 파견의 소식에 접한 고려 국왕은

저자세, 우선 전쟁을 막기 위해서 백성을 위해서

삼별초의 호위를 받으면서 강도를 떠나서 바다를 건너서

승천신궐(昇天新闕＝몽고군의 출륙 독촉에, 전일 승천부에 지은 새 궁궐)로 나아가, 그곳에서 다가를

영접, 다가는 고려에 대하여

국왕의 출륙 영접은 고맙지만 시중侍中 최항에서 상서尙書 이응렬李應烈까지 주영규周永珪까지 유경柳璥까지 보이지 않으니, 이래서야 되겠느냐고

트집, 또한 성을 들어 항복한 신하를 죽인 것을

반문, 이에 고종은 조방언趙邦彦에서 정신단鄭臣旦까지 유배지에서 불러 올려서 죽이지 않았음을

확인, 다가 등의 몽고 사절은 반신반의, 돌아간 뒤를 이어서

기습, 차라대의 몽고군은 압록강을 건너서 국경을 넘어서 전격적으

로 서해도까지

남하, 그로부터 육 년 동안(고종 41~46년=1254~59AD) 파상적으로 고려의

내륙 곳곳을 침범, 짓밟는가.

칠월의 몽고군 침공에, 팔월에는

안경공 창이 귀국, 고종은 아들의 귀환을 기뻐할 겨를 없이 강도의 방위를

독려, 최항은 다시 경상도에서 전라도에서의 삼남까지 삼별초를

선발, 강도의 방위는 물론, 내륙에서의

유격전을 위한 훈련을 쌓는가.

차라대는 여속독餘速禿에서 보파대甫波大까지의

몽고군을 이끌고 홍복원까지 앞세워 경기 광주까지

다시 괴주(槐州=괴산槐山)까지 남하, 그곳 성하에 진을 치고는

본국 몽고에 증원군을 요청, 고려는 이 틈을

이용, 산원散員 장자방張子邦의 삼별초를 시켜서

공격, 괴주에서 몽고군을 괴롭히는가.

괴주에서의 피격 손상에도 불구, 차라대의 몽고군은

증원군의 도착 즉시, 다시 남하

충주산성과 상주산성을 포위하고는

공격, 또다시 남하 합주(陜州=합천陜川)의 단계현丹溪縣까지 진출, 충주 까지 상주까지 합주까지의……

도중에서 삼별초의 공격을 받는가.

삼별초는 산성에서 내륙에서 유격전, 동북의
등주에서도 철령에서도, 곳곳에서
공격, 차라대의 몽고군을 무찌르는가.

삼별초의 활약, 그 공격은 삼별초의 유격전은 신출
귀몰, 몽고군의 허를 크게 찌른 대신, 그 보복은
차라대의 몽고군이 통과한 광주 일원에서 괴주 일원에서 충주 일원
에서 상주 일원에서 합주 일원에서 차라대의 몽고군이 통관한 일원에서
고려는 막대한 손실, 이 싸움에서
이십만 육천팔백여의 인명 피해와 재산의
손실, 살인과 방화로 주군州郡은
그 어느 때보다도 쑥밭이 되는가.

그 같은 엄청난 살인과 약탈에 고려도 몽고와 같이 일면은 전쟁, 일
면은
강화, 삼별초로 몽고군을 공격하면서
한편, 차라대의 몽고군 진지를 찾아서 강화를
제의, 몽고군이 괴주에 남하할 무렵에는 고려는
대장군 이장李長을 보현원(普賢院＝장단長湍)에 보내어 차라대를 만나게
하는 한편, 몽고군이 합주로 남하할 무렵에는 참지정사參知政事 최인崔璘을
합주로 보내어 차라대를 만나게 하는가 하면, 차라대가 북상하여 구경(舊
京＝개경)의 보정문保定門 밖에서
전세를 살필 때에는 최인을 몽제 헌종에게 보내어, 고려의 진의를
전달, 몽고의 철군을 요청하는가.

어쨌든 전쟁은 이기든가, 만일 패하더라도 조건이 좋으면
강화하는 것이 상책, 몽고의 차라대는
고려의 저자세에 호감을 갖고 회군을 결심, 이제는
틀림없이, 이번에는 고려에서 출륙과 친조를
실현할 것을 의심치 않고
고종 42년(1255AD) 정월, 북상하는가.

차라대의 몽고군이 북상하면서, 강도에서는 그해 이월 계엄을
해제, 그해 삼월에는 산성까지 해도까지
피난한 백성들을 모두 귀향시켜서 출륙케 하여서
일부 군현의 백성의 굶주림과 아사를 면키 위해서
경작, 좌둔전左屯田과 우둔전右屯田을 설치, 군량 생산에도 힘쓰는가.

한편, 북상한 차라대의 몽고군은 국경을 넘지 않고 의주 지방에서
대기, 고려 국왕의 출륙과 친조를 고려, 고려의
움직임이 전과 다름이 없으므로 몽고는
다시 차라대에게 남하를 명령, 고종 42년 구월 차라대는
고려의 반역자 영녕공 준에서 홍복원까지 앞장세워서
서경으로 진출, 삽시간에 승천부까지 충주까지 영광靈光까지 담양까
지 해양(海陽＝광주)까지 나주까지, 전라도를
석권, 서북에서 서남 일대의 고려의 국토를 일 년여에 걸쳐서 짓밟
는가.

이에 최항은 장군 이광李廣과 송군비宋君斐에게 수군과
삼별초 삼백을 주이 전라도 연해를

방위, 한편 최항은 진헌사進獻使 김수강金守剛을 몽고에 보내고는 곧 대장군 신집평愼執平을

차라대와 영녕공이 진을 치고 있는 담양에 보내어서

강화를 간청, 차라대는 신집평에게

만일 고려 국왕이 출륙하여 친히 몽고 사자를 맞이하고 고려 태자가 친히 몽제 헌종을 찾는다면, 몽고군은 돌아가겠다고……

이에 고려는 재·추회의를 열고, 몽고 철병책을

논의, 별다른 묘안이 없어, 다시 나주까지 이동한 차라대를 찾아서

통고, 이리하여 고려 국왕은 승천신궐에서 나와 신집평을 따라온 차라대의 몽고군 사신을

영접, 고종 43년(1256AD)

오월, 그들에게 향연을 베풀고 금품을 주어서

환대, 몽고군의 회군을 종용, 몽고 사신이 돌아간 뒤 차라대는

영녕공과 홍복원 등과 몽고군을 이끌고 그해 팔월 나주에서 북상, 수안현(守安縣＝김포)의

통진산通津山에서 강도를 바라보면서 진을 치는가.

차라대가 통진산에 진을 친 다음 달 구월,

김수강이 몽제 헌종에게 고려에서의 몽고 회군을 간청하고는 몽고로부터

귀국, 이때 김수강은 몽고 사신 서지徐趾를

동반, 서지는 몽제의 몽고군 회군 명령을

휴대, 이리하여 차라대의 몽고군은 또다시 북상하는가. 서북에 주둔하는가.

김수강의 지혜로 일단 차라대의 몽고군은 회군, 그렇지만

조정의 대몽 정책은 불변, 재 · 추 회의를 거듭, 해가 바뀌면서

전통적인 항몽을 고집하던 중서령中書令 최항이 죽고, 그의

아들 최의崔竩가 교정별감으로 앉아, 뒤를 이어서

집권, 역시 그의 할아버지 최우, 그의 아버지 최항에 못지않게, 그 손

자에 그 아들인 최의도

항몽에는 불변, 그같이 변하지 않는가.

(몽고는 고려에 대하여 철저한 굴복을

요구, 고려는 몽고에 조건부의 항복, 이제 몽고와 고려 사이에는

침공과 강화의 교섭이 되풀이, 강화와 침공의 연속인가.)

최의의 집권과 항몽, 이에 차라대는

다시 몽고군을 이끌고 남하, 서북에서는 청천강을 건너서 용강까지

함종(咸從＝강서)까지, 동북에서는 등주까지

침공, 주 · 군을 거칠 때마다 약탈과 살인, 이에

고려 조정은 내륙의 제성에 새로운 방호별감에서 삼별초까지 보내

어서

방위, 한편 강도에 계엄을 선포하고는

고종과 최의는 영안공 희를 차라대의 진지에, 이어서 김식金軾까지 차

라대에게 보내어서

고려의 뜻을 통고, 이에 동의한 몽고군은

곧 회군, 고종 44년(1257AD) 구월, 차라대는 보파대 등과 염주(鹽州＝

연안延安)까지

후퇴, 고려 안팎의 움직임을 살피는가.

(이제 고려는 나라 안팎이 황폐.

다만 불당佛堂과 신사神祠에 의존하여 기도할 뿐, 관민은

지칠 대로 지쳐, 더 이상 난국은 헤어날 수 없는 지경에

직면, 백성은 항몽보다는 강화, 평화를 바라는가.)

8. 암살, 약탈과 살인만 있는가

차라대의 몽고군이 염주까지 후퇴한 직후, 고려 조정은

최의는 안녕공 창과 좌복야 최영崔永을 몽고에

파견, 차라대와의 약속대로 몽고 헌종에게 사죄, 이 무렵을

전후, 고려의 강도에서는 중대사건이 돌발, 대사성 유경을

중심으로 별장 김준金俊에서 장군 박송비朴松庇까지 도령낭장都領郎將

임연林衍까지의 일당이 암살, 고종 45년(1258AD) 삼월의 일

최충헌 이후의 아성이 무너지는가.

형식적이지만 왕정이 복고되고, 고려의 항몽 정책에 변화가 오는가.

최의의 암살을 전후, 몽제 헌종은

의주에 병참 기지를 마련하는 듯 성을 쌓고는

또다시 홍다구洪茶丘에 명하여 고려를 침공.

한편 차라대는 사자를 강도에 보내어 출륙상황을 정탐하러 온다는

보고.

침공과 정탐에 놀란 고려는

몽고의 신경을 건드리지 않으려고 부심 끝에

왕명으로 직접 백관百官을 승천부에 내보내어, 저자를 옮기고 궁궐과

관료들의 가택을

수리, 그해 오월, 고종은 바다를 건너 승천부의 신궐에서

차라대의 사자 심양沈養을 인견.

심양을 만나고, 다시 고종이 강도로 건너가니,

다시 그 뒤를 쫓다시피 차라대는 부장 여수달余愁達에서 보파대까지의
몽고군을 가주(嘉州＝박천)까지 곽주까지 침공, 다시

그 뒤를 쫓다시피 차라대는 사자 파호지波乎只를

제포관(梯浦館＝강화)에 보내는가.

파호지는 고종에게 고려가 진실하게 나와서 항복하면, 비록 닭 개라
할지라도 죽이지 않을 것이며, 그렇지 않으면 수내(水內＝강도江都)를 공
격할 것이라고…….

차라대는 군사적 공격과 평화적 사자 파견을 겸하면서

고려를 협박, 이에 고종이 응하지 않으니, 차라대는 다시 남하, 이번
에는 개경을 침공하고는, 이번에는

사자로 몽고대를 강도에 보내어서

비록 태자라도 출륙하면 회군하겠다고…….

이것마저 고려는 거절, 몽고의 요구에 응하지 않은 것은

오랫동안 몽고에 항전한 책임의 소재를 우려, 그 어느 누가 책임을
질 것인가.

고종은 태자와 함께 고심하는가.

몽고의 사자 심양과 파호지와 몽고대 등의 연이은 설득에도

고려는 항복을 회피, 차라대는 화가 나서

전면 공격, 개경을 떠난 몽고군은 승천부까지 공격… 삼별초의 전멸,
교하까지 공격… 삼별초의 전멸, 수안까지 공격… 삼별초의 전멸, 봉성
까지 공격… 삼별초의 전멸, 용성까지 공격… 삼별초의 전멸, 전멸하는

가. 개경에서의 진격에 이어서 동북에서도 진격, 고주까지 공격… 삼별
초의 전멸, 화주까지 공격… 삼별초의 전멸, 정주까지 공격… 삼별초의
전멸, 문주까지 공격, 삼별초의 전멸, 열다섯 주·군을 공격… 열다섯
주·군에서 삼별초는 전멸하는가.

　　종전의 진격에서, 새삼 공격으로 전략을 바꾼 몽고군은
　　가는 곳마다 약탈과 살인, 그 어느 때보다도 잔인한가.
　　가장 참담했던 전쟁, 곳곳에 죽음만 있는가.

　　(이제 몽고는 점령지역에 총관부總管府를
　　두고 군정을 실시, 한편 서경에서는 고성을
　　수축, 오래 체류할 전략을 세우는가.
　　이때를 전후하여 전화와 기아에 허덕이던 백성들, 그들은
　　산성의 방호별감과 그 휘하의 삼별초 등 관원을 죽이고, 스스로
　　몽고군에 항복하는 일이 곳곳에서 일어나는가.)

　　이에 고려의 군신은 마침내 몽고의 요구에
　　굴복, 최의가 죽은 뒤, 최씨일문의 뻗침도 이제는
　　굴복, 드디어 고종 45년 십이월 말일을 기하여
　　장군 박희실朴希實과 조문주趙文柱, 산원 박천식朴天植 등을
　　몽고에 보내어, 지금까지 출륙치 못한 것은
　　권신의 제약 때문, 이제 최의가 죽었으니 출륙케 되었다고 통고하고
는 차라대의 몽고군의 회군을 요구, 그 제청이 받아들여져서
　　박희실 등은 귀국, 박희실은 차라대의 사자 온양가대溫陽加大 등을
　　대동, 강도에 안착, 고려 태자는 온양가대를 후히 대접, 몽고에의
　　친조기일을 고종 48년(1259AD) 사월 이십 일로 정하니, 몽고는

서북으로 후퇴, 이에 고려 조정에서는 주·현의

수령에 지시, 피난민을 산성에서 해도에서 나오도록 하는가.

고려 태자는 약속대로 참지정사 이세재李世材에서 추밀원 부사 김보정

까지 사십 명을 거느리고

국서와 국신을 가지고 출발.

(이때 부왕 고종은 노환.)

태자가 요동에 건너가니, 그때 마침 차라대는 폭사, 차라대를 대신한

여수달과 송길松吉 등이 요양에서 또다시 고려 침공을 획책, 이에 태자는

자초지종을 설명, 몽제에의 인견을 요구, 이에 여수달은

헌종은 송국宋國 친정親征 중이니, 고려는 우리들에게 맡기어 있다고

호언, 고려는 여러 번 몽고의 뜻을 거역했으니, 어찌 태자의 말을 믿겠느

냐고, 또다시

사자 주자周耆와 도고陶高 등을 태자와 함께 강도에 보내는가.

이리하여 여수달의 사자 주자와 도고의 감독하에

강도의 내성과 외성 방비 시설 등은 허물어지고 무너지는가.

이때 강도의 귀족들은 저만 살겠다고 도피를 준비, 배를 매점, 선가船

價가 등귀, 그 아우성 속에서

고려 고종은 고종 46년(1257AD) 유월 삼십 일

예순여덟을 일기로 사망하는가.

이때, 전일 몽고에 사신으로 갔던 박희실과 조문주 등은, 몽제를

남정 행재소인 송국까지 찾아가서 알현, 그 뒤를 태자 전(佺=뒤의 원

종元宗)도 찾아갔으나, 그때는 몽제 헌종도 병사, 이렇게

고려는 몽고에 항복을 제의하고 화해를 갈구, 드디어 그 실을 거두어
서, 박희실 등은
　　몽사蒙使 시라문尸羅門 등과 더불어 귀국, 시라문은 구경 즉 개경에의
　　환도를 감시, 완전 환도까지 삼 년의 유여를 얻는가.

　　몽제 헌종을 찾아간 고려 태자 전은, 헌종의 병사로
　　헌종의 둘째 동생 홀필렬(忽必烈＝khbuilai)을 만나, 고려의 뜻을 전하고
　　귀국, 선왕 고종의 뒤를 이어서
　　왕위에 오르니, 곧 원종(元宗＝24대＝1260∼74AD),
　　원종 원년 사월의 일인가.

　　(고려 원종보다 한 달 앞서서
　　몽고의 홀필렬도 대한의 위에 오르니, 그가
　　후일의 몽제 세조世祖인가.)

　　몽제 세조는, 그가 즉위 직후
　　고려 국왕 원종에게 국서를 수교.
　　이를테면 원종이 태자로서, 제위에 오르기 전의 홀필렬을 찾아 두 나
　　라의 관심사를 걱정, 크게 홀필렬을
　　알아준 전날을 기쁘게 여긴다면서
　　이제 여몽은 삼 년간의 적대행위를 씻는, 화해의 친서를, 몽고의 사
　　신 기다대其多大가 갖고 오는가.

　　이로써 여·몽의 일차 화해는 성립, 고려는
　　몽고의 선의에 대해서

원종 2년(1261AD) 사월, 태자 심諶을

몽고에 보내어 몽제가 아리불가阿里不哥를 공격, 제승制勝한 것 등을

진하進賀, 그 뒤 원종은 나라 안이 평정되고, 백성들이 한숨을 돌리면서부터

이제 몽고에의 친조를 실험에 옮기는가.

원종 5년(1264AD) 팔월, 원종은 몽고길에 올라서

몽제 세조를 만나 국교를

돈독케 하고는, 그해 십이월 귀국하는가.

9. 그 진통, 김준에서 임연까지

몽고의 고려 침공은, 일차(고종 18년)

이래, 무려 여섯 차례에 걸친

침공, 고려 태자 전이 고종 46년 몽고에 입조하여

항복의 뜻을 전하기까지, 무려 삼십 년의

전쟁, 고려는 최우에 이어서 최항에 이어서 다시 최의에 이어서

최씨정권은 최의의 비명의 죽음으로 최씨는

몰락, 새 권신 김준이 등장하는가.

몽고의 고려 침공은 저고여의 죽음이 계기, 그로부터 몽고는

살례탑에 이어서 당고에 이어서 아모간에 이어서 야고에 이어서 몽고대에 이어서 다시 차라대에 이어져서

몽고는 고려장성을 넘어서 고려 서북의 강동육주를 거쳐서 동북의 구성을 거쳐서

서경에서 개경까지 약탈에서 살인까지.

개경에서 남경까지 약탈에서 살인까지.

남경에서 동경까지 약탈에서 살인까지.

산성에서 해도까지 약탈에서 살인까지.

몽고는 고려의 방방곡곡에서 삼십 년 동안 약탈에서 살인까지

끝내는 몽고에의 고려 국왕의 친조와 강도에서의 개경에의 환도

실현, 이제 무자비했던 전쟁은 끝나는가.

어느 의미에서는 최의의 죽음이 전쟁의 끝장, 주전파인 최씨정권의

타도에서, 문신 유경 등의 후원하에 일부 무신 김준 등에 의한 군사

정변으로 전쟁은 끝나는가.

그 무자비했던 싸움은 끝나는가.

김준은 유경과 박송비와 임연 등과 공모, 정권을

잡은 뒤, 다시 권력쟁탈, 그 결과는

김준이 고종께 참소, 이에 어제의 동지였던 문신 유경이 승선직承宣職

에서 쫓겨나고, 그와 가깝던 장군 우득규禹得圭까지 지유 김득룡金得龍까

지 별장 양화梁和까지 참살되고, 낭장 경원록慶元錄까지 섬으로 유배, 이제

패자에

새 승자 무신 김준의

등장, 다시 권력은 무신에게로 넘어가서

최씨에 이어서, 김씨에게 대권은 계승되는가.

이리하여 김준은 유경 등을 강등하고는, 원종의 즉위.

동시에 김준은 추밀원부사 어사대부御史大夫 익양군개국백翼陽郡開國伯

에, 다시 수태위守太尉 참지정사參知政事 판어사대사判御史臺事 태자소사太子

少師에 또다시
　　최고 최상의 교정별감에 이르러서
　　원종의 부재중에는
　　새삼 이 나라의 제일인자로
　　국정을 보살피는가.

　　원종은, 원종 5년 십이월에는
　　몽고에의 친조에서 돌아오면서
　　최우 이후의 전례에 따라서, 김준을 시중에
　　임명, 이제 최씨정권과 같이, 김씨정권도 이제
　　그 일족과 가신들이 등장
　　점점 눈에 띄게 백성을 괴롭히는가.

　　원래 김준도 최씨정권과 같이 몽고에 대해서는
　　좋지 않은 감정, 내심 적의를 품고 있었는데
　　때마침 원종 9년(1268AD) 삼월, 몽고는 고려에 사신을 보내어 징병
에 관한 국서를 전하면서 김준의 부자와 그의 아우 충沖을
　　경사(京師＝연경燕京)에 오도록 명령.
　　이에 김준의 일당은 매우 두려워하던 끝에
　　몽고 사자를 죽일 것을 장군 차송우車松佑 등과 협의, 이를 안 김충의
반대로
　　그 계획은 실현치 못하고, 몽고의 명령을
　　거부, 그 뒤에는 몽사가 올 때마다, 김준은
　　영접치 아니하고 오히려 욕설.
　　이에 원종은 속을 태우다 못해서

낭장 강윤소康允紹와 상의, 김준과 사이가 원만치 못한 임연을 이용, 김준을

제거할 것을 계획, 드디어 임연은

환자(宦者＝내시) 최은崔璁과 김경金鏡 등과 꾀하고 김준을 궁중에 불러 들여 참살, 그 뒤를 이어서 김준의 여러 아들과 김준의 아우 충, 그의 일 당을 죽이는가.

(이리하여 자칫 악화 일로를 내딛던 여·몽의

관계는 위기에서, 다시 정상으로 회복하는가.)

김준에 이어서 새 권신으로는 임연이 등장, 원종 9년

십이월의 일, 임연은 권력을 쥐면서

역시, 그 어느 권력의 실력자와 같이, 자체의 주변부터

숙청, 어제 김준의 목을 베이기 위해 모의했던 내시들.

그들이 원종의 총애를 받으며 세력을 뻗치기에

이제 그들 최은과 김경 등의 목을 베이는가.

한편 은과 경을 둘러싸고 있던 자들 어사대부 장계열張季烈까지 대장 군 기온奇蘊까지

멀리 해도로 귀양 보내고도

임연은 안심할 수 없어서 국왕의 폐립을 꾀하기에 이르는가.

원종 10년(1269AD) 유월의 일.

임연은 삼별초의 육번도방六番都房을 구정毬庭에 모아, 그 위력을

과시, 재·추들에게 보이며 제의하기를

(나는 왕실을 위하여 권신을 제거하였는데

그 뒤 원종은 김경 등과 공모, 나를 죽이려 하니, 나 또한

앉아서 죽을 수는 없는 일, 이제

나는 큰일을 행코자 하니, 그 일을 위하여

국왕을 섬으로 귀양 보내고자……)

선언, 임연은 차례로 재·추들에게

이것을 질문, 이때 시중 이장용李藏用은, 이를 제지 못 하고, 또한 예측

할 수 없는 암살이 두려워서

손위遜位, 이를테면 국왕의 자리에서 다만 원종이 물러날 것을

건의, 이에 참지정사 유천우兪千遇는

때마침 태자로 몽고에 입조차 가 있으니 돌아온 뒤에 행하여도 늦지

않을 것이라고

종용, 그 즉석에서 결론을 얻지 못한 임연, 그는

상기된 얼굴로 폐립을

결의, 직접 임연이 삼별초 육번도방을 무장시키고 거느린 아래에서

폐립 단행, 원종의 태자 아닌 둘째 아들 안경공 창을 옹립하는가.

안경공 창은 왕위에 오르면서, 즉시 임연을 교정별감으로

임명, 집권체제를 갖추고는 원종을 상왕으로

추대, 그러나 임연의 의외의 행위는

기실 내외에 반향이 좋지 않아, 드디어는

국내에서는 최탄崔坦과 한신韓信 등이 서경 일대에서

반기, 몽고 쪽에 붙어 몽고와 내통하면서

대외적으로는 몽고의 간섭을 불러일으키는가.

태자는 나라 안에서의 임연의 정변을 알 길 없이, 몽고에서

귀국의 길, 그 소식을 들은 임연은
이번에는 태자를 납치하려고 삼별초를 의주에 파견, 매복시키는가.

태자는 의주 건너편의 파사부에 이르렀을 때
의주의 관노 정오부丁五孚가 건너와서
개경에서의 정변을 알리고 입국치 말 것을
간청, 이에 고려 태자는 파사부에 머물면서 동반한 몽고 사자를 의주
로 보내어서
고려 조정의 정변과 의주의 삼별초의 매복 등을
의주 방호역어防護譯語 정비鄭庇 등에게서
그 사실을 확인, 몽고 사자는 이 사실을 태자에게
보고, 다시 몽고의 연경으로 되돌아가는가.

고려 태자의 북환으로, 고려에서의
임연의 정변, 그 폐립을 알게 된 몽제 세조는
노발, 이 기회를 이용 철저한 간섭을
시도, 고려 태자를 끼고 명분론을 내세워 임연에게
압력, 몽제는 우선 알탈아불화斡脫兒不花와 이악李㦎 두 사자를 고려에
보내어서
고려 국왕폐위의 잘못됨을 꾸짖고…, 또한 몽고에도 알리지도 않
고…, 신하로서의 사리에 어긋나고…, 감히 국왕 및 세자와 그 권속 가운
데의 한 사람이라도 피해를 입었다면, 몽고는 반드시 용서치 않겠다
고…, 거듭 역설, 임연에게 항간의 사정을
몽고에 보고토록 명하는가.

이에 임연은 추밀원부사 김방경金方慶과 대장군 최동수崔東秀를 사신
으로

임명, 몽고 사자와 동반, 몽고에 보내어서

폐립의 이유와 안경공 창의 양위의 경위를

설명, 국왕이 병으로 인해…, 또한 태자가 부재중…,

만부득 그 아우에게

국왕의 자리를 물려줄 수밖에 없었다고

굳이 위증을 꾸미는가. 거짓말을 하는가.

임연의 거짓 주장에 몽제도 거짓임을

확인, 임연의 괘씸한 처사에 몽고는 대군을 동경(東京＝요양)에 소집,
고려 태자를

앞세워 고려 침공을 계획, 이에 앞서

우선 몽제는 병부시랑 흑적黑的과 치래도(菑萊道＝산동지방) 총관부판
관 서중웅徐仲雄을 고려에 보내어서

국왕 안경공 창과 임연 등이 직접 몽고에 찾아와서, 그 전말을 설명
할 것을

요구, 그렇지 않으면 몽고군을 이끌고 국경을 넘을 것이라고

위협, 그 요구와 위협에 임연은

굴복, 어쩔 수 없이 임연은 원종 10년(1269AD) 십일월, 안경공 창을
국왕으로 옹립한 지 육 개월 만에 폐위하고는

원종을 복위, 이리하여 안경공 창과 임연은 몽고에 건너가지 않고,
원종만이 몽고에 건너갔으니, 이것은 틀림없는

친조, 드디어 오랜 적대관계는 원만히

정산, 고려는 이제 남은 것이라면 구경에의

환도, 이제 고려는 남은 것이라면 임연 등 권신의

제거, 이제 고려는 남은 것이라면 환도와 제거, 이 실질적인 평화에의

길, 그 길 앞에는 많은 난제들이 산적, 하나하나 정리하기에는

너무 오래 얽히고설킨 사연, 그 사연까지도

몽고는 압력을 넣어서 해체할 것을

추궁, 이에 권신 편의 무신과 무인들은

초조, 끝내는 삼별초의 난을, 난동을

유발, 마침내 강도에서 내란이 일어나는가.

10. 반역과 내란, 배중손裵仲孫 일당 등

외적의 침공, 그들이 물러난 뒤에는 반드시 안에서는

내란, 임연의 폐립 단행은 그 일례.

어쩌면 고려사에서 보이는 정중부 난(鄭仲夫亂=의종毅宗 24년＝1170AD) 후의

타성, 대내적으로는 무신 전권에서 온 것, 대외적으로는

국왕의 친몽 정책에 항거하는 고려 무인의 불안에서 온 것.

이를테면 태자의 몽고에의 입조, 이어서

원종의 몽고에의 친조, 출륙, 환도에의 의사

표시, 몽고의 요구에 진일보하면서

고려의 강도에서는 임연의 측근에서는

출륙과 환도를 반대, 나라와 백성은 버려둔 채

어쨌든 권력 유지에 부심하는가.

이에 원종은 몽고에 청병, 출륙과 환도를 반대하는

임연의 일당을 제거키 위해서

고려 국왕 원종은 친조에서 돌아오는 길에 동경행성장 두련가頭輦哥

의 몽고군을 앞세우면서

귀국, 이에 임연도 거역코자 지유 지보대智甫大를 시켜서

삼별초를 이끌고 황주에 진을 치고는

한편 삼별초의 하나인 신의군을 초도(椒島=송화松禾)에,

또 한편으로는 좌우별초를 전국에 보내서 백성들이 모두 해도에 피

난할 것을

종용, 한때 몽고군의 침공에 대비하던 전술로서

국왕과 두련가의 몽고군에 항거하는가.

그러나 대세는 이미 기울어져서

임연은 몽고의 강력한 압력에 허덕이던 끝에

발병, 등창이 나서 병사, 드디어 죽는가.

(그 뒤를 이어서, 임연의 둘째 아들 유무惟茂가

등장, 교정별감을 계승

권신의 직위를 얻는가.)

귀국 도상에 있던 원종은 중도에서

상장군 정자여鄭子璵와 대장군 이분례李汾禮 등을 앞질러 보내어서

구경환도를 고유告諭, 나라 사직의 안위가 강도에서 개경에 돌아가는

데 있으니, 속히 움직일 것을

명령, 그러나 임유무는 그의 아버지 연과 다름없이, 중의를 물리치고는

단연코 항거, 전국에 새로 수로방호사와 산성별감을 보내어서
새로 네 사람의 삼별초를 보내어서
백성들이 산성과 해도로 피난할 것을
종용, 또한 장군 김문비金文庇를 시켜서
삼별초를 총동원 강화 교동에 진을 치게 하여 몽고군에 대비하는가.
어쩌면 어리석은 전략, 대세는 이미 기울어졌는데도
이에는 아랑곳없이 항거와 반역만을 일삼는가.

새 교정별감이 된 임유무의 졸책, 이제 다 끝난 싸움에서
새삼 항몽을 내세우는 임유무, 그 어리석은 임유무에 대하여
귀국도상의 원종은 명분론을, 먼저 나라와 백성을 생각해야 한다는
명분 앞에서
임유무의 제거를 결심.
이리하여 원종은 비밀리 이분성李汾成을 강화에 보내어 임연의 사위요
임유무의 매부이며, 그의 심복인 어사중승御使中丞 홍문계洪文系를
근왕의 대의로써 설파, 홍문계는
다시 그의 직속 부하 직문하성사 송송례와 모의, 송송례의 동의를 얻
어서
마침 송송례의 아들 송분宋玢이 삼별초의 하나인 신의군을 통솔하매,
그를 움직여서
삼별초를 동원, 드디어 홍문계와 송송례와 송분은 삼별초를 이끌고는
임유무의 집을 습격, 임유무와 그의 심복 대장군 최종소崔宗紹를 체포,
저자에서 그들의 목을 베이는가. 죽이는가.
원종 11년(1306AD) 오월의 일, 그 뒤를 이어서
그의 도당인 사공司空 이응렬李應烈까지 추밀원부사 송군비宋君斐까지

그 형제들까지도 귀양 보내는가.
인질로 몽고에 보내는가.

원종은 임유무의 죽음을 귀국도상의
용천역에 이르러서
청문, 이에 원종은 구경 환도의 기일을 정식
결정, 곳곳에 방을 붙여서 고시하는가.

이때 삼별초는 구경 환도에 반발, 이심異心을
품고, 나라의 부고를 파괴하고 약탈하는 행동을
자행, 분명 군란의 서막, 그 시작인가.

원종은 세자와 더불어 구경인 개경에 돌아오면서
즉시 강화의 군란을 청취, 그 수습을 위해서
상장군 정자여를 강화에 보내어 우선 삼별초를
무마, 삼별초는 항몽을 요구, 왕명을
거역, 이에 원종은 단안을 내려 난을 진압할 것을
결의, 드디어 장군 김지저金之氐를 강화에 보내어 삼별초를
혁패革覇, 파면하면서
삼별초의 명부를 압수.
처음의 산발적인 항거에서 끝내는 총반란까지
파면과 명부 압수에 놀란 삼별초
장군 배중손을 중심으로 한 삼별초
지유 노영희盧永禧까지 총반란을 일으키는가.

(때는 원종 11년(1270AD) 오월의
일, 원종과 세자가
개경에 돌아온 지 불과 이틀 뒤의 일인가.)

이를테면 삼별초의 반란은, 이를테면 삼별초의 철저한
항몽, 몽고에 대한 적개심과 국왕 부자가 몽고군을 끌어들여 강도의
군민을 위협하면서까지 구경환도의
강행, 생존에의 보장이 없는 데
기인, 몽공에서의 전범 색출의
위협, 그 불안과 초조가 결국은 반란으로 번지는가.

이리하여 배중손에서 노영희까지 김통정金通精까지의 삼별초의
반란은 삽시간에 강도를 휩쓸면서
선동, 강도의 백성을 구정에 모이게 하여 또 선동,
이제 출륙환도하면 몽고군이 강도를 점령…, 강도의 백성을 죽일 테
니 모두들 일어나서 몽고군에 항거할 것을
호소, 이에 놀란 강도의 주민들은 강도를
탈출, 저마다 배를 타고 다투어 강과 바다를 건너서
도망, 또는 익사, 이 사실을 안 삼별초는
강도에 계엄을 선포, 강변을 순찰, 배를 저어 개경을 향하는 자 있으
면은
배로 쫓아 잡아서 목을 베이는가.

강도는 일대 혼란, 섬사람들은
섬을 빠져나와 강화지방의 촌락에서 산까지

피신, 이즈음 배중손에서 노영희까지 김통정까지의 삼별초는

금강고(金剛庫＝무기고)의 무기를 탈취 중무장, 거리로 쏟아지면서

한편 왕손인 승화후承化候 온(溫＝8대 현종의 왕자인 평양공平壤公 기基의

후손. 당시 몽고에 인질로 가 있던 영녕공 준의 장형임)을 받들어서

온을 국왕으로 삼고 관부를 마련하고는

삼별초에 호응치 않은 장군 이백기李白起와 몽고의 사자 회회回回를 거
리로 끌고 나와서

그들의 목을 베이는가. 목을 치는가.

이같이 배중손 등의 삼별초는

승화후 온을 국왕으로 옹립하고 새 정부를 세운 것은

몽고에 굴복한 원종을 국왕으로서 인정치 않겠다는

의미, 마치 임연이 원종을 폐위시켰을 때의 것과 비슷한

행위, 일언이폐지하면 항몽을 위한 체제의

확립, 그 필요성에서 새 국왕과 관부에 이어서 관원을

임명, 구경에 돌아간 개경 정부에

대립, 새 정부를 세우고는 항몽을 적극 추진하는가.

이 같은 배중손 등의 삼별초의 작당을 마땅치 않게 생각는

일부 조관은 육지로 빠져나가기도 하고, 또 일부

강도의 삼별초도 밤을 이용, 육지로

도망, 날이 갈수록 강도는 허해지는가. 그 수가 주는가.

이에 삼별초의 배중손에서 노영희까지 김통정까지의 일당은

전세의 불리함을 늦게나마 깨닫고

이제 승화후 온을 받들고 더 이상 강화를 지킬 능력을 갖지 못한 것
을 깨닫고는
　강화에 매어 두었던 배와 함정을
　동원, 공사의 재물에서 백성까지 그 노비까지 싣고
　출항, 드디어 삼별초의 배중손 등은 승화후 온을 앞세워 천여 척의
　배가 줄을 이어서 남으로 떠나는가.

　남으로 줄행랑하는 삼별초의 배에 실린 재물은 나라의 재화와
　기물, 남으로 줄행랑하는 삼별초의 배에 실린 사람들은
　고려 백관의 처자들, 이때 백관들은 몽고에서 건너오는 왕을 맞이하
려 육지에 나가 부재중, 삼별초의
　반란, 삼별초에 백관들은 처자를 납치당하는가. 처자를 빼앗기는가.

　(때는 원종 11년 유월 이삼일의 일, 삼별초의
　첫 반란 오월 이십 일에서
　불과 삼사일 사이에 엄청난 사건이
　발발, 드디어 강화도는 진공상태로 변하는가.
　다시 강도 이전의 강화로 돌아가는가.)

11. 그 후, 몽고마는 제주의 특산인가

　반란에서 항몽까지, 항몽에서 반란까지, 재화에서 백관의 처자에서
노비까지
　싣고, 미련 없이 강화를 떠난 삼별초, 삼별초 장군 배중손에서 삼별

초 지유 노영희에서 김통정까지의

    삼별초는 서해 일대의 섬들을 거치면서 서서히

    남하, 강화를 떠난 지 육십여 일 만에 남해까지

    진출, 진도를 점령하면서

    육지와 강화의 거리 가운데 지척의 바다를 사이에 둔 육지와 진도,

그 진도에서 거점을

    확대, 서해와 남해의 섬들을 확보, 제해권을

    확보, 그 세력 안에 넣는가.

    삼별초가 점령한 진도는 강화와 같이 육지에 가까우면서도

    많은 인구를 수용할 수 있는

    이점, 그 주변에 또한 수많은 섬들이 산재해서

    두루 살핀 결과, 서해의 도서보다는 남해의 도서 진도를 택하는가.

    (이에 개경에서는 삼별초의 진도 점령에

    실색, 크게 당황, 몽고에 보고하면서

    새삼 삼별초를 역적으로 모는가.)

    이제 삼별초는 진도에 도성으로서의 시설을

    구축, 용장성을 쌓고 석축궁전을 짓는가.

    남해 일대를 비롯, 창선(彰善＝진주晉州의 속도屬島)을 비롯, 거제를 비

롯, 머얼리 제주를 비롯

    삼 십여의 섬을 관장하면서 해상 왕국을

    건국, 이웃 남해도에는 삼별초의 중견인 유존혁劉存奕 등이 웅거하면서

    남해 일대를 시끄럽게 하는가. 세력을 확장하는가.

진도를 거점으로 남해 일대를 잡은 삼별초는

이제 바다에서 섬에서 다시 육지를 넘어다보면서

활약, 삼별초는 먼저 육지의 민·물民物을 섬으로 옮겨서

항몽을 충실히 도모, 이어서

멀리까지 원정, 장흥까지 원정, 합포까지 원정, 금주까지 원정, 동래
까지 원정, 나주까지 원정, 전주까지 원정, 저 멀리 금성산성(錦城山城＝나
주羅州)까지 원정, 산성을 포위 칠주야에 걸친 치열한 격전까지

삼별초의 위력은, 그 세력이 크게 삼남을 떨치면서 삼남의 주군에서는

이제 승화후 온을 진주(眞主＝왕)로 우러러 받드는가.

그 일례는 밀성의 경우, 밀성군인 방보方甫를

위시, 계년桂年을 위시, 박평朴平을 위시, 박공朴公을 위시, 박경순朴慶純
을 위시, 경기慶祺를 위시

그들은 진도의 승화후 온과 삼별초에 충성을 다짐하면서

밀성부사 이이李頤를 죽이고, 공국병마사攻國兵馬使의 이름으로 군현에
삼별초를 따를 것을

권고, 방보 등은, 이웃 청도군을 공격 청도감무 임종林宗까지 죽이고
는 멀리 선현을 공격, 안찰사 이오李敖까지

추방, 백성들을 진도의 삼별초를 따를 것을

선동, 지방의 반란은 대부도까지 번지는가.

배중손에서 노영희까지의 삼별초가 승화후 온을 옹하고 강화에서

인물을 휩쓸고 배로 남하…….

그 뒤를 쫓다시피 개경과 몽고는, 즉시 역적추토사로 김방경을

임명, 고려 관군은 몽고군과 함께 해상으로

추격, 한편 참지정사 신사전申思佺을 전라도 토역사로 삼아서
서해 연안의 주 · 군의 방어에 당케 하는가.

그러나 여 · 몽의 연합군은 곳곳에서 삼별초를 당하지 못하는가.
해상에서 연안에서 육지에서
곳곳에서, 삼별초를 당해 내지 못하고
패배, 신사전 등은 쫓겨서 허둥지둥 쫓겨서 남경까지
도망, 그 같은 현실 앞에서
어쩔 수 없이 고려 조정은 몽고에 몽고군의 증원군을
요청, 그 요구에 몽고는 여 · 몽 연합군의 구성을
제의, 두 나라의 혼성군이 조직되면서
고려와 몽고는 진도 침공을
계획, 고려에서는 김방경을 전라도 추토사로, 몽고에서는 흔도忻都를
몽고원수로
임명, 두 장수 밑에 고려 장군 양동무楊東茂에서 고여상高汝霜까지, 몽
고 장군 홍다구에서 송만호까지
일선 지휘관에게 침공전략을
지시, 여 · 몽군 육천과 함선 사백을 갖추고는
다시 고려에서는 문무산직文武散職에서 백정白丁까지 잡색雜色까지 승도
僧徒까지
징발, 주사(舟師＝수군) 삼백까지
동원, 군마에서 군량까지 집기까지 총동원하면서
여 · 몽의 연합군은 진도 이쪽 건너편의 삼견원三堅院의 뒷산에 집결,
훈련에 훈련을 거듭 쌓으면서
다시 홍다구의 몽고군의 증원군이 도착하면서

새벽을 기해 진도를 총공격, 연합군은 좌·우·중 삼군으로 나누어서
동·중·서의 세 방면으로 상륙,
삼별초의 힘을 분산시키면서
우선 수군이 기습, 삼별초를 이기는가.
원종 12년(1271AD) 오월의 일, 삼별초의
강도 반란에서 거의 일 년 만의 일인가.

진도 기습에서, 여·몽 연합군은
도망가는 삼별초를 추격, 남녀 일 만여와 전함 수십 척과 섬 안에 쌓
아 두었던 군량미 사천 석과 재보와 기물을
노획, 개경으로 이송할 것을 명하고는
홍다구는 다시 추격, 이 추격에서
삼별초의 국왕 승화후 온과 그의 아들 환桓은 사로잡혀서 무참히 살
해되는가.
삼별초 장군 배중손도 죽는가.
삼별초 지유 노영희까지도 죽는가. 죽는가.

진도 거점을 잃은 삼별초는 살아남은 일당의
김통정을 중심으로 김희취金希就에서 오인봉吳仁鳳까지……, 탐라로
탈출, 그들은
최후의 항쟁을 탐라에서 갖기로
결의, 최후의 거점 탐라에 당도한 삼별초는
이제 탐라에 안팎으로 성을 쌓는 일부터
시작, 해안에는 장성을 쌓아서
방어시설을 이중 삼중으로 굳히는가.

진도에서 패전하고, 진도에서

탐라까지 탈출에 성공한 김통정 일당의

삼별초는 이제 진도의 패배를 교훈 삼아서

즉시 전열을 정비, 탐라 도착 육 개월 뒤에는

벌써 본토 해안의 출격까지

그 위세를 만회, 드디어 남해 도서에서 서해의 연안까지

진출, 탐라 도착 십 개월 뒤에는

회령까지 기습, 이곳에서 조선 열세 척을 탈취하는가 하면, 해제(海際 =함평)까지 기습, 이곳에서 조선 일곱 척을 탈취하는가 하면, 해남까지 기습, 이곳에서 군량미 삼천이백여 석을 탈취하는가 하면, 이곳저곳에서

신출귀몰 살인과 약탈을 일삼는가.

이제 김통정의 삼별초는 해적으로 탈바꿈, 항몽의

슬기는 여·몽의 연합군에 쫓기우다보니, 그 슬기는 어쩔 수 없이 생존을 위해서

원종 13년(1272AD) 오월, 진도에서 제주까지, 그 일 년 뒤에는

대포(大浦=정읍)까지 기습, 탐진耽津까지 기습, 다시 회령까지 기습……, 곳곳에서

신출귀몰 살인과 약탈을 일삼는가.

그뿐인가. 이제 김통정의 삼별초는 선단을 구성, 육척의 배를 이끌고 북상, 서해 연안을 거쳐서

다시 고조도孤調島를 거쳐서 영흥도(靈興島=남양南陽)를 거쳐서

안남도호부(安南都護府=부평富平)까지 기습, 이곳에서 부사 공유孔愉와 그의 가족을

납치, 주로 지방관리를 괴롭히는가.

몽고인을 찾아서 죽이는가.

그뿐이 아니다. 이제 김통정의 삼별초는 특공대를 조직, 합포까지 기
습, 거제까지 기습. 이곳에서 조운선(漕運船＝공미貢米 운반선)과 전함에 방
화, 조선관造船官과 몽고군을

납치, 사로잡는가. 죽이는가.

이를테면 합포와 거제는 몽고군의 탐라 침공과 일본 정벌을 위한

조선소, 여·몽의 해상작전을 교란키 위해서

또 하나의 살인과 약탈인가. 전법인가.

삼별초는 진도시대에 비해서

그 세력이 점차 약화, 진도에서의 주세력의 붕괴에도 있지마는

탐라에서 본토까지의 머언 거리, 내륙 깊숙이 침투치 못하고 기껏 연
안 습격 정도로 그치는 사기의

저하, 그 위력은 점차 약화를 면하지 못하는가.

이즈음 몽고는 국호를 원元으로 개칭(改稱＝이후는 몽고가 아닌 원으로
호칭하기로 함), 원종 13년 삼월의 일, 원나라는

고려 조정에 이르기를 탐라의 삼별초를 회유할 것을

공작, 이에 고려의 원종은 합문부사閤門副使 금훈琴熏을 탐라 역적초유
사逆賊招諭使로

임명, 탐라에 파견, 금훈의 일생은 중도 해상에서

삼별초의 김희취에서 오인봉까지……이끄는 네 척의 배에게 붙들려서

탐라 아닌 이웃 추자도楸子島로 끌려가 억류당하는가.

금훈이 휴대한 고려 조정의 초유문은 김희취 등이 빼앗아 김통정에게
전달, 김통정은 진도의 원한이 풀리지를 않아서
적의는 아직 충천, 초유문을 퇴각하면서
금훈만을 낡은 소선을 주어서 돌아가게 하고는
그 나머지 일행은 다시
억류, 뒤에 모두 죽이는가.

고려 조정은 금훈이 실패하고 돌아오니, 고려는
당황, 그 사실을 알리기 위해서
장본인 금훈을 직접 원나라에 파견, 급히 전후 사정을
보고, 이에 원제와 홍다구는 재차의 회유를 고려에게
종용, 원나라는 삼별초를 초유해 보다가 듣지 않으면 공격해도 늦지
않다고…….
  이리하여 고려 조정은 부득이 김통정의 조카인 낭장 김찬金贊을 단장
으로 이소李卲에서 환문백桓文伯까지……, 다섯 사신을 탐라에
  파견, 거듭 초유를 거듭 역설, 김통정은
귀찮다는 듯, 그 조카만 살리고 모두 죽이는가.

(그 결과는 여·원 연합군의 탐라에의 공격을
자초, 전부터 내세우던 고려 조정의 무력 토벌에의 길은 열려서
이제 파도를 헤치며 멀리 바다를 건너가게 되는가.
어제의 적은 오늘의 동지가 되어 같이 배멀미를 하게 되는가.)

이제 원나라에서는 삼별초의 회유공작의
실패, 그 보고에 접하면서, 곧 원정군을

편성, 고려 염주에 주둔중인 원나라의 둔전병屯田兵 이천과 한군漢軍
이천.
　　그리고 고려군 육천과 고려 수수水手 삼천을
　　요청, 탐라의 삼별초를 치기 위해서
　　여·원은 모두 만 삼천의 병력 동원을 계획하는가.

　　이에 고려 조정은 원나라의 요청에 의거 전국에
　　초군별감을 파견 장정을 징모, 수로감선사水路監船使를 보내어서
　　모든 전함을 남해로 집결시키고는
　　그 행영중군병마원수(行營中軍兵馬元帥＝사령司令)에 김방경을 임명하는가.

　　고려 원종 14년(1273AD) 이월, 모든 준비는
　　완료, 드디어 고려의 원수 김방경은 휘하의
　　정병 팔백을 거느리고, 원장 흔도에서
　　홍다구까지 기병의 몽고마까지
　　출정, 여·원의 연합군 만 삼천은 반남에
　　집결, 다시 삼군의 부서를 점검하고는
　　중군(中軍＝주력부대)에서 좌군과 우군으로 나누어서
　　지휘, 중군은 김방경과 흔도가 이끄는
　　작전, 어제의 진도 공격 때의 전법을 사용하는가.

　　여·원의 연합군은 서남해의 연안에서 도해渡海 작전의
　　연습을 거듭한 끝에 기상의 순조를 염려하면서
　　그해 사월 대견원에서, 그 건너 진도에서 출발, 전함과 병선 모두 백
육십 척에 수륙군 일 만여의 승선, 파도 높은 추자도를 거쳐서

이제 바다 건너 탐라를 기습
예고 없는 공격을 가하는가.

김방경과 흔도가 지휘하는 중군은 함덕포에서
상륙, 삼별초를 동으로부터 맹공격, 좌군은 비양도(飛揚島＝제주 서쪽
해상)에서
상륙, 삼별초를 서쪽으로부터 맹공격, 내성으로 밀고 들어가서
추격, 이제 여·원의 연합군은 외성을 넘어 들어가
화시(火矢＝활 끝에 불붙인 화살)로 추격, 또
추격, 화염에 싸인 성을 버린 삼별초는
지리멸렬, 김통정은 그의 일당 칠십여 명과 한라산으로 도주, 이때
도중에서 김통정은 나무에 목을 매어 스스로 목숨을 끊는가. 자살하
는가.
그의 부장 이순공李順恭에서 조시적曹時適까지 나와서
항복, 사로잡힌 김윤서金允敍 등은 목을 잘리는가.
이제 삼별초의 친당親黨 서른다섯과 군졸 천삼백을 포로, 육지로 이송
하는가. 잡혀가는가.

여·원의 연합군에 의해서 삼별초와 탐라는
항복과 점령, 이에 원나라와 흔도는 홍다구 등 원군 오백을 탐라에
주둔, 김방경도 장군 송보연宋甫演 등 고려 관군 천여를 탐라에
주둔, 탐라에는 천오백의
여·원의 연합군이 유진留鎭.
삼별초의 항몽(원) 세력의 아성은 무너지고, 삼별초는 역사에 길이
남으면서

이제 탐라는 원나라의 관리하에 들어가는가.
그로부터 몽고마는 제주의 특산이 되는가.

제**6**부 시집 미수록
발표작

산장일기초山莊日記抄

소리 없이 낙엽이 지고
저기 소리 없이 낙엽이 구을르는 하늘 아래에서
목당木堂은 낙엽 지는 소리에
꽃나무가 되고
가을, 봄, 여름, 여름 없이
저기 구름이 흐르고, 저기 구름이 흐르는 하늘 아래에서 석당石堂은
조약돌 줏어 모으다 바위가 된 우리, 우리들의 아름다운 결의決意, 결
의 때문에
시간時間, 시간이 싫으면서도
비 오는 길에서
비 오는 언덕 길 위에서
우리들은 그 무슨 이야기에 꽃나무
꽃나무처럼 웃어야 하는 까닭은
바위, 바위처럼 영원과도 같은 것을 위해
비 오는 언덕 길 위에서
시간이 싫으면서도, 시간을 딛고 일어서야 하고, 죽음이 싫으면서도
죽음과도 같은, 그렇다. 죽음보다도 굳은 결의를 가져보는 것이다.
산 너머 언덕 아래에는 무거운 흐름, 무거운 무거운 흐름이 흐르고.

―《조선일보》, 1955. 11. 6.

쎄라뷔 쎄라뷔

해 저무는 산허리에 앉아 소나무 가지 사이로 하늘을 찾으면서
우리들은 서로 뜨거운 두 볼을 부벼댄다
쎄 라 뷔 인생을 여성으로 생각하는
불란서 사람들 쎄 라 뷔 쎄 라 뷔
그것이 인생이라는 오늘 밤
아 내 어진 친구와 부부가 되고 싶다는
오늘 밤은 정말 즐겁다
땅 끝 어디면 어떤가
초가삼간 오두막을 짓고 우물을 파고
봄이면 꽃나무를 심어놓고
종달이 우짖는 노오란 보리밭 사이에서
선생님보다 당신이라 부르면서
그림을 그리는 또길이 선생과 함께
이것이 인생이라면서
. . . .
검은 머리 파뿌리 될 때까지
오래 오래 살구 싶다
오래 오래 살구 싶다

— 《신동아》, 1964. 10.

잃어버린 웃음을 찾는 방법

다시 경인가도 팔십 리를 달린다

얼룩진 푸르름의 언덕을 따라 머얼리 개 짖는 마을

칠월이면 청포도 익는다는 과수원과 황토산 위 교회당 종소리의 여운을 뒤로 구비구비 바다로 달린다

왕복 백이십 원이면 그리운 얼굴 따스한 가슴을 찾을 수 있는 제물포

삼십 년 전 보통학교 때 수학여행 쌍통성과 짱크 화려했던 지난날의 차이나 따운과 소금배들이 잔잔하게 머리를 스쳐간다

그로부터 오늘 살아 있다는 의미와 함께

서울에서 비에 젖은 가슴을 안고

그림을 그리는 내 어진 사랑을 찾아왔다

월미도 썰물 밀물에 씻긴 그 바위 위에 섰다

미모보다는 지성이 앞서던 그대

다변보다는 침묵과 신비에 살뜰하던 그대 우수 경칩이 지나면 성급히 순이 돋아난다는 봄보다는

가을의 낙엽이 한결 구수하다던 그대

그대의 다급한 목소리를 더듬으면서

수평선 이쪽 덤덤히 앉은 섬과 똑딱선 가까운 바다 위에 닻을 내린 외국화물선 이쪽에서

이놈아 매일 낮잠만 자니 서른두 살이 아깝구나 너는 성욕도 없느냐는

내 다정한 친구의 아버지의 독설 이 아버지는 아들이 그 좋은 나이를 하고도 장가를 들려고 하지 않은 데서 참다못해 폭발한 독설 지독하게

쓸쓸한 독설을 외우면서 나는 얼음이 풀린 바다와 이야기한다.

—《신동아》, 1966. 7.

1968년

타락한 놈이 없으면 이 세상의 중년과부들을 어떻게 하란 말인가
그는 글 냄새 나던 여자였었는데
그는 그림 냄새 나던 여자였었는데
역시 그 여자도 미끈하게 씻은 배추통같이 잘생긴 얼굴이었어
아니야 지독하게 그는 사내 냄새 나던 여자였었는데
그무슨말씀 여자는 사내의 늠름한 체구 기름진 얼굴이면 좋단 말이야
애정이 없어도 좋아 그까짓것
제임스 조이스의 율리시이즈의 브룸 부인의 독백과 같이 여자라는
동물은 젊음과 아름다움을 간직하는 한 사랑하거나 사랑을 받거나 간에
하루에도 스무 번도 더 뭇 사나이의 품에 안기고 싶어하는 것이 여자 뭇
놈팽이라도 없으면 하나님의 품에라도 안기고 싶어하는 것이 여자라는
여자
사나이들 우정 그까짓것 무어냐
친구를 속이고 친구보다 잘났다고 한들 그까짓것 무어냐
사내자식들 인생을 산다면 얼마나 산다구
다만 몸이 부딪치면 불이 나고 기운이 빠지면 피곤한 세상이 세상에
여자 없이 무슨 취미냐던 친구
이 사람은 왜 침묵을 지켜 남의 말을 듣지 않고
오늘 예순여덟의 고개마루에서
술에 취하는 밤
이렇게 밤을 벗 삼으며 밤을 마시며 밤에 취해야 하는 밤이여 친구여
이 거사여

세월은 눈으로 보이지 않는 것

세월은 귀로 들리지 않는 것

가난이 죄라는 선비들끼리 술을 마신다

오늘 밤 나는 내 남편이 내 몸에 손끝 하나 대지 않은 지 이미 석 달 열흘이니 헤어질 수밖에 없다는 친구의 객담을 외인다

아니야 오늘 밤 나는 이십 년 전의 열일곱 소녀를 생각하는 거야

나이를 먹는다든가 늙어간다는 것은 확실히 타락하는 것이다 쓸쓸한 것이다.

—《동아일보》, 1968. 11. 7.

오명고汚名攷

　　나의 일월日月, 나의 해와 달은, 우리 우리의 위씨조선衛氏朝鮮, 그 언덕
아래 대동강 능라도 굽이굽이 물줄기를 찾아서
　　마음의 바다, 명멸하는 수평선 이쪽, 능선 위 광개토왕廣開土王의 고구
려高句麗 신비
　　잠시 연가칠년명延嘉七年銘 금동여래입상金銅如來立像의 미소를 찾아서
　　서경별곡西京別曲, 그 풍만한 여인의 가슴을 찾아서
　　건곤乾坤, 풍수지리 배외파로 몰리는
　　평양대도호부平壤大都護府. 오늘은, 그곳을 찾아서, 우리는 고려高麗의
서북으로 말을 달린다.
　　오늘, 우리의 일월, 우리의 화구禾口는, 오늘
　　우리의 해와 달을 찾아서
　　갑옷에 칼해 잡고, 말 위에서 말 아래서
　　달려라 일월 달려라 만월대滿月臺 달려라 화구 달려라 선죽교善竹橋 달
려라 일월 달려라 경천사십층석탑敬天寺十層石塔 달려라 화구 달려라 해동
통보海東通寶 달려라 일월 달려라 솔거노비率居奴婢 달려라 화구 달려라 송
악산국사당봉수松岳山國師堂烽燧 달려라 개경파開京派 달려라 달려라 대동강
大同江이 보일 때까지, 하늘을 모아서
　　오늘, 우리의 일월, 우리의 화구, 우리의 목자木子는, 오늘
　　우리의 해와 달을 찾아서
　　갑옷에 칼해 잡고, 말 위에서 말 아래서
　　달려라 일월, 달려라 산 넘어 서해도西海道에서
　　날려라 화구, 딜려리 강 건너 곡주谷州에서 평주平州에서

달려라 목자, 달려라 산 넘어 동주洞州에서 안주安州에서

달려라 왕화王火, 달려라 강 건너 봉주鳳州에서 황주黃州에서 중화中和에서

달려라 유학파儒學派, 달려라 달려라 을밀대乙密臺가 보일 때까지, 하늘을 모아서

오늘, 우리의 일월, 우리의 화구는, 오늘

우리의 해와 달을 찾아서

갑옷에 칼해 잡고, 말 위에서 말 아래서

달려라 사대파事大派, 달려라 달려라 산 넘어 평안도平安道까지까지

달려라 거국擧國, 달려라 달려라 강 건너 영명사永明寺까지까지

이제 개경인開京人 김부식金富軾이 꿈꾸는 금수산錦繡山 목단봉牧丹峯이 아스라히 보이는가.

고려 귀족 이자겸李資謙을 쫓던, 그 일당 척준경拓俊京을 추격하던 국력을 모아서, 하늘을 모아서

나의 일월, 나의 해와 달은, 우리 우리의 왕씨고려王氏高麗,

그 언덕 아래 대동강 능라도 굽이굽이 물줄기를 찾아서

전투개시. 히죽이 웃는 온달溫達고개에서

—《현대문학》, 1981. 2.

자산잡초 慈山雜艸
— 1940년 전후의 북국 노트

그해 칠월에는 푸르름이 무성하고 나무나무에 영글은 과일들은 푸짐한 가을을 다짐했다.

집집의 웃음은 미닫이문을 열고 이웃으로 번졌다.

마을 사람들은 싸리담장을 기어오르는 호박넝쿨을 가리키면서

오랜만에 이밥을 욕심껏 먹을 것 같다고 했다.

길목을 돌아서면서 한여름의 햇볕에 감자꽃은 텃밭에서 유난히 물결쳤다.

서울에서 함흥에서 방학에 고향으로 돌아온 중학생들은 이웃 능금나무 아래 돌각담에서 밤마다 반딧불을 벗 삼아 동네 소년들에게 꿈같은 얘기를 했다.

장발잔은 빵 한 조각을 훔친 죄…… 빵과 은촛대 때문에 십구 년의 징역살이를 하지 않을 수 없었던 장발잔은

밤마다 이웃 능금나무 아래 돌각담에서 반딧불을 벗 삼아 동네 소년들에게 꿈같은 얘기를 했다.

일본 동경에서 방학에 고향으로 돌아온 유학생들은 이웃 사랑채 건너 마당에 멍석을 깔고 밤마다 모닥불을 피워놓고 동네 청년들에게 압박과 설움을 얘기했다.

아담 스미스와 마루사스, 아나키스트…… 부르조아는 자본이고 프롤레타리아는 노동이고 인류의 해방은 계급이 무너져야 한다는 아나키스트는

밤마다 이웃 사랑채 건너 마당에 멍석을 깔고 모닥불을 피워놓고 동

네 청년들에게 압박과 설움을 얘기했다.

반딧불이 사라지고 모닥불이 꺼지면서 성큼 가을이 다가오고 귀뚜리 울면서

다시 수수밭 뒷산에서 뻐꾹새는 둥지에서 날으고 미류나무엔 묏새들이 조용히 진을 쳤다.

이제 마을에서 쟝발잔도 떠나고 아나키스트도 떠났다.

그들은 다시 공부하러 떠난 것이다.

동네 소년들은 빵을 귀로 읽은 것이었다.

동네 청년들은 계급을 귀로 읽은 것이었다.

저마다 바쁘게 텃밭에서 나락을 거둬들이고 추수가 끝나면서 집집 마당의 낟가리들은 풍년을 자랑했다.

동네 쟝발잔들은 미류나무 그늘에 앉아서

동네 아나키스트들은 밤나무골 잔디밭에 길게 누워서

저마다 익히 해석을 달리 했고, 익히 주석을 달리 했고, 저마다 익히 감격을 달리 했다.

바람은 함경산맥을 넘어 성채를 돌아 마을을 찾아 집집의 문턱을 넘었다.

한가위를 기해 가설극장을 차려놓은 가설극장은 한가위를 기해

연극, 눈 내리는 북국의 카추샤와 네플류토프의 사랑은 은은했다.

머리는 인두로 지지고 서툰 솜씨의 루바시카를 입고 읍내에서 빌어 왔다는 가죽장화를 신었다.

막간의 피리와 코사크 땐스는 흰 손수건과 함께 더욱 관중의 흥을 돋구었다.

동네 쟝발잔들은 앞줄에 앉아서 신나게 박수를 쳤다.

동네 아나키스트들은 뒷줄에 서서 신나게 발을 굴렀다.

그 무대 위에 뜻밖에도 제모에 제복차림에 칼을 차고 코밑에 오만하게 수염을 기른 낯익은 순사가 서서 고라고라를 연발하는 것이었다.

지독하게 밝은 달밤이었다.

그날 동네 청년들은 주재소로 잡혀가서 주재소 유치장에서 하룻밤을 보낸 동네 청년들은 그다음 날

유독 여역으로 분장한 카추샤와 당당한 공작 네플류토프는 무릎을 꿇고 심하게 매를 맞았다.

콩밥을 먹고 혹독한 심문 끝에 주재소의 변소 똥을 퍼내야 했다.

그중 한 아나키스트는 가시철망 이쪽에서

비바람을 이기며 밟히면서도 오기 있게 자란 잡초를 뚫어지게 보며 무서운 생각을 했다.

―《동서문학》, 1986. 12.

심야분서深夜焚書

오늘 밤, 훈민정음으로만 말하지 말고, 고려 한림학사들의
주제, 한문도 섞어 쓰자는
오늘 밤, 오늘들은 그들과 삼각동 뒷골목에서, 동동에서
그 여자의 사랑이, 그 여자의 미움이 어깨너머로 고통스럽게 밀려오
는, 이웃에서
밀회. 고작 술친구들의 술 마시는 모임이다.
잠시 교양과 지식이란 옷을 벗는다.
한마디로, 우리가 살아온 근대는 법이 통치하는
곳. 그 이름으로 수많은 사람들이 고통을 받았다.
해가 가고 달이 가면서 낙엽에 묻혀서
열심히 산다는 것이, 짓밟혀서 쫓겨서 숨어서 죽어서 살아야만 했다.
걷잡을 수 없는 간교와 폭력과 죄악이 활개 치는
이 혼돈의 허무에서
오늘만이 존재하고 자기만이 옳고 남은 데데하고 긁어서 속여서
빼앗아서, 나 나만이 배부르면 된다는
몹시 오염된 바다, 그 바다 수면을 핥고 지나가는 매운바람의 서울에
서 부산에서 삘딩에서 안양에서 공장에서
이 세상에서 현실에서 뭇 계집 뭇 사내 뭇 영감을 피해서, 에헴, 이
영감 망할놈의 영감을 피해서
우리들은 모든 오만과 편견 밖에서
오랫만에 만나는 친구들, 오랫만에 잃어버린 시간을 찾아 마시는 술,

오랫만에 나의 조국과 함께

오랫만에 쇠주 쇠주에 술에 취하는 우리 우리들은

그까짓 청춘, 그것은 공해, 죄그만한 몸둥이 나무토막보다도 못한 가난한 인생, 그것은 공해, 아이자지 가풀뿐이라는 해학, 그것은 공해, 오래지 않아 소득이 천 불이 된다는 덕담, 그것은 공해, 오늘의 신화에 취하는, 우리 우리들은

오직 난초만이 정이월의 추위를 좋아한다면서

우리들은, 저마다 저마다의 작은 가슴에 심어놓은 한 포기의 난초, 난초잎을 떨리는 붓끝으로 조심스럽게 어루만지다가도

휘파람이 문틈 사이로 새어들면서

세상은 입으로 살인해도 죄가 구성되는 곳.

사회는 입으로 주먹을 휘둘러도 벌 받는 곳이라면서

문전옥답, 땅 위 무성한 잡초를 하나하나 손끝으로 가려뽑는 것이다.

오늘이라는 그늘에서, 이상의 시 오감도의 막다른 골목에서

겹겹으로 묶여 있는 자아의 감옥에서

우리들은 술에 취하면 때로는 가시가 되는 것이다.

그 순수의 가시밭에서, 우리들의 카타르시스는

어쩌면, 드디어 시 삼백이면 일언이 폐지하고 왈 사무사가 되어 신선이 된다는데

이윽고 고운 달 아래 피리 소리에 취하는데

오늘 밤, 해와 달을 동시에 안고, 그 주신의 입에서

푸로메테우스, 하늘과 무한과 영원과 전체를 안고, 내일이 어떻다는 체중에서는

비둘기가 비상하는 가슴에서는

가끔 프랑스 시민혁명의 당동과 로베스피에르의

미라보의, 그 폭탄 같은 언어는 민주주의가 되는 것이다.

—《동서문학》, 1988. 5.

아 황량荒凉

1. 사색思索과 무위

하루의 일과를 마치고 쇠주잔을 기울인다.

나이를 먹으면 서럽고 늙으면 외로워진다.

만일 문명이 불멸의 것이라면 폭력과 선혈 속에서도 결코 문명은 멸하지 않는다.

그러나 문명은 아무도 모르게 서서히 멸해가고 있다.

자연과 구능, 그 지평에 기우는 황혼의 저변에서

이웃에 공장과 크레인의 이웃의 고층 아파트 이웃에서

어둠이 잔잔하게 밀려오는 베르코르의 창밖을 내다보면서

그 창밖은 돈 때문에 모든 문명이 콘크리트 사막이 되어간다.

사막 이편 어두운 골목 안 구석진 곳에서

굳이 속되게 표현하면 녹번동 백삼십삼의 십이 호 잡목 우거진 이 집에서

때로는 바람 앞의 등불이 되고 때로는 멋있는 목숨이 되어서 때로는 정의롭게 때로는 요염하게 때로는 심연에 침전되면서

우리의 사막의 돈은 걱정 끝에 우울하다고 한다.

우리의 사막의 지위와 명예는 값싼 상품이라고 한다.

그런 것들이 오늘의 우리의 우리를 속이고 수식할런지는 몰라도, 내일의 지혜는 아니라고 다급하게 지적한다.

이웃 양옥의 지붕을 타고 혼돈과 함께 조용히 음악이 흐르는

내 자그마한 오랍뜰에 숨 쉬는 나무가 무성하고

내 자그마한 서재에 목숨의 책이 가득히 있으니

그 친구들의 맥주집에서의 오고 가는 객담이 어떻든 살아가는 데는 불편이 없다.

나를 시기하던 이들, 나를 등 뒤에서 치고받던 비겁한 자들을 위해 잔을 든다.

나는 내 생의 고통을 덜기 위해 술을 마신다.

죽는 것보다는 술을 마셔가면서라도 사는 것이 가족을 위하는 것이라는 몹시 가난한 생각이 모아져서

여름의 꿈꾸는 나무와 벗하면서 술잔을 비운다.

방구석 한쪽에 흩어져 정리되지 않은 책들을 넘어다보면서 술잔을 비운다.

기우뚱하게 서편 벽에 걸린 무서운 한 폭의 그림을 뚫어지게 보면서

아직 젊으니 좀더 이 세상에 남아서 나쁜 짓을 더 하고프다던 정직한 화가, 그 친구의 작품이다.

그 화면에는 움직이지 않는 산천이 있고 고개 아래에는 바람에 흔들리는 초목에 가리워진 얼굴, 그들은 멋진 산자수명을 위해서

어느 날 그와 같이 산이 되었다가 학살을 당할 뻔했다.

바위와 산, 그곳에 한때 청년들은 안식을 위해 모여들어 똑같은 말 똑같은 거리 똑같은 커피 똑같은 영화 똑같은 논리 똑같은 사회구조에 똑같이 지쳐서 아무 일도 하지 않고 술을 마시며 담배를 피우며 칼을 갈며 되는대로 문명을 경멸했다.

무딘 칼을 갈던 청년은 바위를 안고 산 아래로 굴렀다.

다시 바위를 안고 산 위로 기어올랐으나 역시 산 아래로 굴렀다.

그 산천초목에 화조풍월의 하늘에는 무섭게 이글거리는 태양이 그림의 구도에 알맞게 노오랗게 채색되어서

천성이 일보다는 깊은 사색과 무위를 좋아하는
내 영혼 내 영혼을 달래는 것이었다.

2. 약속約束한 땅

그 바위산 위에 나무와 책을 심기 위해 삼십여 년, 오늘의 태양을 섬
기면서
때로는 형이상학적 하늘.
때로는 꿈속에서 그리던 하늘.
때로는 순이가 사랑하던 하늘.
때로는 원고지 위에서 숨 쉬던 하늘.
그 많은 시간과 공간에서 오늘의 하늘을 섬기면서
때로는 가슴을 두방망이치던 청춘 때로는 광야의 늑대 같은 저돌 때
로는 잔인하게 윈스턴 스미스에 가해지던 당과 빅 브러더의 고문 때로는
에르아데의 샤머니즘에 정리된 무당춤 때로는 융의 외디푸스의 근친상
간의 간음 때로는 잭슨 포록의 페인팅의 추상 때로는 에잇치 지 웰스의
공상소설의 우주 때로는 버트란드 럿셀의 행동적 자유 때로는 죤 뚜이의
실용주의의 아메리카 때로는 아이아코카의 포드 자동차에 대한 보복의
한방 때로는 포니 투의 가속의 질주 때로는 눈부시던 밋셀 몰간의 젊은
날의 오기 때로는 철의 삼각지에서의 네이팜탄 때로는 꺼삐단 리의 주인
공 이인국의 변신 때로는
때로는 이문식당의 설렁탕 속에서 황소가 고함을 지르는 것이었다.
이 더러운 인간들 염병 끝에 죽어야 마땅하다는 것이었다.
어둠에서 와서 어둠으로 가야 하는 인식.

무한과 영원에서 오로지 달빛 아래에서

그 모든 것이 나무나무에서 책에서 폐허가 되고 반동이 되는 책에서 나무나무에서 그 모든 것은

때로는 허기를 참던 많은 세월 때로는 비지땀 같은 노한 인생 때로는 폭풍우를 동반한 천둥에 필사의 탈출 때로는 나운규의 아리랑의 시퍼런 낫 때로는 나도향의 벙어리 삼룡이의 냉가슴 때로는

그 모든 것이 오해로 인해 불꽃과 함께 화염에 싸인다.

꿈같은 세월을 술잔으로 달래면서

오랫만에 잃어버린 시간을 찾는다.

박달나무 숲을 헤쳐 머루와 다래의 산마루에서

싸리나무를 등지고 잠시 흘러가는 구름을 잡고 명상에 잠기다가도

산새들이 지저귐에 가슴을 쥐어뜯는다.

우리가 살던 시대의 준엄한 증언, 그 작업을 위하여

나의 가장 안에서 별빛 모두어 피리소리를 내며 피리소리에 호기 있게 생명의 나무는 타고 있다.

나의 가장 안에서 별빛 모두어 북소리를 내며 북소리에 호기 있게 생명의 책은 타고 있다.

이제 번역이나 논문을 쓰는 것은 창작을 하는 것보다는 무의미한 일.

그 욕망의 강은 수많은 사람들이 양심과 오기를 안고 건넜던 그 욕망의 강은

그 어느 누구도 원망하지 않고 흐른다.

지난날의 모든 것을 떠나보내놓고 인간으로 태어난 숙명을 위해

나의 가장 안에서 하루에도 몇 번씩 갈기갈기 찢기우던 내 이름 석 자를 모아서

이 세상에 꼭 남기고 싶은 한 편의 시

술 한 잔과 한 권의 시집을 위해

이곳 산 너머 강을 끼고 언덕을 따라 해와 달이 요란하고 진정 별이 빛나는 약속한 땅에서

귀뚤이 우는 가을의 문전에서

올라갈 필요도 없고 내려설 필요도 없는

내 인생 내 인생을 그 어느 누가 무어라고 하든 용기를 잃지 않고 용기를 잃지 않고 결사 결사적으로 살아갈 것이다.

—《현대시》, 1990. 1.

이념 유희遊戱

오월 훈풍에 돛을 달던 충격 속에서도 진주를 거부하고
꽃을 외면한다면 잡초 더미의
목석. 그의 가슴에서 잠자던 갈대는 무의식의 숲에서
칼 쿠스타브 융의 주먹 같은 언어로 집단은 이렇고 에릭 프롬의 자유
의 향방은 어떻다고 화염병 같은 궤변과 비유를 엮어놓고는
잉여가치와 계급, 혼돈의 저변을 따지고
병든 자 가진 자를 추구하는 내면에서
무장. 각목과 쇠파이프를 휘두르는 무대에서 가두에서
낡은 가면을 쓰고 교양과 지식의 옷을 벗으면 남는 것은
광대. 그의 가슴에서 잠자던 하늘은 천둥과 먹구름을 청하고 한차례
소낙비 뒤에는
무성한 여름의 수목 나무나무들이 뿌리째 흔들리는 것이다.
이윽고 능선을 지키던 바위도 흐느끼고 의지할 곳 없는 풀잎도 눕고
이슬 같은 별이 쏟아지던 무서운 밤이 무겁게 무너지는
거점에서 온실에서 곱게 가꾸던 난초잎을 꺾어 들고
간음. 외디푸스를 의식, 그와 함께 살면서 그의 아이를 갖고 싶고 그
와 함께 한세상을 소꿉장난을 하고 싶은
욕망은 도덕적 평등을 위해 이기적인 개인보다는 시민으로서의 변신
이 필요했던 것이다.
오늘의 시민을 달래는 교과서는 그 의지를 잃었다면서
한마당 뒤, 목쉰 지혜의 목소리는 죽은 자만이 존경을 받는다는 것
이다.

어둠과 함께 동거하는 지하에서 고층빌딩에서의 비명은

무법. 유리씨즈의 불드쉬프의 고음보다도 잔인한 외마디 기침 끝에

금홍이가 살던 막다른 골목 십팔 번지를 향해

구보가 아침잠을 설치던 서린동 청계천을 향해

형이상학적 폭탄을 안고 폭력과 거짓이 싫다면서

함경도 시인 함형수의 사변과 데카단의 시 여자는 모자를 찾고 남자
는 고무신짝을 찾는다는

그 못생긴 모자와 못생긴 신짝은 존재의 그늘에서

시간에 쫓기는 테크놀러지의 이웃에서 중산층이 되기 위해 피를 토
해야만 했던 것이다.

아 당신의 가슴에서 잠자던 갈등과 소외는 창문을 열고

생존의 분노와 생명의 개탄은 무의식의 무덤에서

현실에서 무쇠 같은 고집과 모가 난 가난으로 점철된 전통을 딛고

초록의 지평과 보리밭, 바람을 싫어하는 흉년을 밟으면서

무한 영원을 안고 나팔을 불고 북을 치고 다급하게 피리를 불면서

해변에 밀려오는 파도를 밀어붙이다 못해

이 시대 동반자로서의 이념은 몸부림 맘부림 심한 구토 끝에 바다에

투신. 우리 우리 모두 산으로 고래 고래를 잡으러 가는 것이다.

―《현대시》, 1990. 1.

자신있게 낙관落款하고픈 한 폭의 산수화

― 북청도호부北靑都護府 본고구려구지구위여진소거本高句麗舊地久爲女眞所據 고려예종이
년高麗睿宗二年 유윤관축여진遺尹瓘逐女眞……『신증동국여지승람新增東國輿地勝覽』―

1. 병풍屛風

눈이 덮힌 산마루, 멧돼지 여우 오솔이 놀고
까투리 날으는 산아래 골짝
바위 돌 틈을 숨어서 소리 내며 흐르는
시냇물, 한 그루 노송이 지키는 통나무집 배재태 안팎으로 쌓여 있는
콩 낟가리, 그 싸릿문 밖은 고국천왕故國川王 고구려의
땅, 예濊나라를 비롯 옥저沃沮를 비롯 북부여北夫餘를 비롯 발해渤海가
차례로 망하면서
물러서면서, 윤 관에게 여진女眞이 북으로 쫓기면서
북국의 언덕에도 바람이 잦기
시작, 안북천호방어소安北千戶防禦所가 들어서고, 워들렁거리는 낯선
남도 군졸들이 동구 밖을 지키는
두뫼, 북두칠성이 자리를 옮기면서, 홍도동산성 붉게 타는 진달래,
거산역居山驛 근처 하입석 돌각담 맞은편의 살구 앵두꽃을 병풍으로 삼고,
부엉이 묏새 소리를 들으며 송편 가래떡 시루떡을 빚으며 뽑으며 찌면서
웃음 짓던 아지마이들의 안도의 얼굴도 잠시, 우물가에서 집집에서
마음마다 인심을 걱정하는
억센 방언이 비에 젖으면서 어둠이 오는가
풍우대작. 독수리가 날으던 날, 조선왕국이 개국되면서

너욱 함경도는 변방, 그 함경도 이씨의 푸대접을 받는가.

이지란이후 벼슬하고는 담을 쌓다보니, 장작불에 감자조밥에, 콩
수수밥에 끼니를 이었다는

신증동국여지승람新增東國興地勝覽 사십구四十九의

북청은, 그 옛날 삼살三撒으로 불리다가

옛날 청주靑州로 불리우면서 옛날 청해靑海로 불리우면서 백의의 호패
이민號牌移民만을 받아서 오가작통五家作統에 묶여서 살았다는, 그 옛날, 북
청은

가죽짚신을 신고, 도호부都護府 성 밖 도랑 징검다리를 건너 자갈밭을
밟고 산길을 넘으면은

그 동쪽 칠십 리 밖 이웃이 이원 이웃이 단천 이웃, 그 서쪽 육십 리
밖 이웃 홍원 이웃이 함주 이웃, 흉년이 들면 소금을 싣고 당나귀를 앞세
우는

그 북쪽 백칠십 리 밖 이웃이 삼수갑산 이웃, 그 갑산과 함께

북청 북청은 이름 높은 정배 정배의 땅이다.

2. 감자꽃 물결치는 한여름

그 남쪽은 해별 쏟아지는 버덕*이라고는 하지마는

손바닥만 한 조심스러운 전답

신라 유민들이 벼씨를 옮겨 심었다는 고장, 이밥을 먹는다는

남쪽, 오십 리 밖 이웃에 바다 이웃에 오십 리 밖, 북쪽

| * '늘'을 뜻하는 함경도 사투리.

북청은 아저씨의 서울길 천 리하고도 백 리 밖 백 리하고도 천 리 길 아재비의 북청은

산골, 증보문헌비고增補文獻備考 전부田賦에도 토박하다고 지적된 땅, 길 잃은

사슴이 마을을 찾아드는 곳이다.

백두산 줄기, 함경산맥의 하늘에서 잡히는 대로 크게 쥐어져 점점이 던져진 대덕산에서 중산에서 입석산에서 자산성재에서

함경산맥의 하늘에서 바람부는 대로 씨앗이 뿌려진 다래에서 송이버섯에서 오미자에서 밤나무에서 도라지꽃에서

마본령봉수馬本嶺烽燧, 화전의 옥수수 수염에서

물살 빠른 오천에서 남대천에서 동천에서

호망포까지 해안장진까지 흘러 흘러서

바다까지, 명태 대구 고등어 이명시 정어리 가재미 털게 미역의 바다까지 흘러서

마랑이도馬郎耳島에서 송도에서 금모래사장 각씨바위까지

풀잎 눕는 포구에서 기암절벽 홍진까지의

굽이굽이 바다풍경은 수평선을 안고 바위에 부서지는 오색무늬의 파도와 함께

연분홍 열기꽃 이쪽 나룻터 뱃머리를 돌아서

밋밋한 황철나무 푸른가지 사이로 번지는 아침안개 속을 갈매기가 날으는가.

어유등잔불 밑에서의 다듬이 소리도 요란한 촌가, 개 짖는 마을을 벗어나면은

삼밭, 산마루 국수당 고개 가파른 비탈길을 힘겨웁게 오르는

우차, 오월단오의 삼판씨름에서 황소를 탔다는 베잠뱅이 진개바우의

우직한 발걸음은

　터밭 사흘갈이에서 감자꽃 물결치는 한여름과 함께

　산천은 진하게 채색된 산수화 · 떡갈나무 금잔디의 먹물도 마르기 전
에 서슴치 않고

　낙관, 자신있게 낙관하고픈 한 폭의 그림, 그림 그림이다.

—《현대시》, 1990. 1.

설화풍월서방雪花風月書房 주인主人 『이기위주以氣爲主』 후기後記

1. 바다

오늘 밤, 우리들은 조국의 안방에서 서울에서 종로에서 술이 취한다는 말이다.

설화풍월서방의 주인, 역시 그 하찮은 지식을 버리기 위한 수양을 쌓기 위해, 아직 동백기름에 박가분의 냄새가 난다는 청진동 뒷골목, 이름 없는 주막에 앉아서 시시하게 쇠주에 취한다는 말이다.

마루셀 푸루스트의 우울한 바다에서

저마다 가슴에 희미하게 남은 어제의

의식의 제임스 죠이스의 흐름의

유리씨즈의 부름 부인, 말끝마다 아일랜드의 더블린은 선창가, 말끝마다 내면의 파도에 밀려서

생활을 걱정하고 도시를 이야기하고 하수도가 어떻고 지하철과 공업단지가 어떻다는

지성, 랑케와 슈펭글러와 헤르베르트 마르쿠제……, 칠십 평 아파트가 어떻다는 말끝은 흐려서

우리 모두 상심한 쇠주병이 된다는 말이다.

욕심 많은 인간세상은 위선자의 집단, 그 이웃은

캐피탈리즘, 빚을 지지 않은 인생은 인생이 아니라는 카라일, 본시 돈은 더러운 것이라는 토마스 카라일, 그 그늘에서

부찌부르, 우리들은 돈을 위해 태어났다는 말이다.

돈을 싫어하는 자, 오늘 밤, 그의 인생은 죽을 것이다.

부찌부르, 우리들은 명예를 위해 태어났다는 말이다.

명예를 싫어하는 자, 오늘 밤, 그의 인생은 죽을 것이다.

부찌부르, 지위와 권력을 위해 태어났다는 말이다.

지위와 권력을 싫어하는 자, 오늘 밤, 그의 인생은 죽었다는 말이다.

부찌부르와 죽음과 마조히즘의 이웃에서 그늘에서

개인주의를 찬양하는, 오늘 밤 그의 인생은 죽었다는 말이다.

이미, 그의 인생은 죽었다는 말이다.

2. 형이상학적 별이 하나둘 떨어질 때[*]

우리들 세상은 원래 빚장이와 죽은 자들만이 사는 작은 우주, 바위
위의 박달나무 가지에서 새가 울고 먼 산맥 위에 그믐달이 걸리고, 그 무
한과 영원을 달래는, 우리들 세상에서

나는, 나의 인생에서 내가 하고자 생각했던 일을 단 한 번도 할 수 없
었다는 미세스 토마스 만은

여자, 그 항아리의 끈질긴 사설에 귀 기울인다는 말이다.

죽었다 태어나도, 또 한 번 여자가 되구 싶다는

목청, 피투성이가 된 목소리는 페시미즘의 포탄, 그 무쇠 파편들의
지옥의 별이 된다는 말이다.

형이상학적 별이 하나둘 떨어질 때마다 철렁거리는 가을이 찾아오고

---

[*] 「형이상학적 별이 하나 둘 떨어질 때」는 《동서문학》 1989년 6월호에 따로 발표되었다. 전영경은 이 작품을
일부 수정하여 《현대시》 1990년 1월호에 「설화풍월서방 주인…」의 연작 두 번째 작품으로 다시 발표하였
나. 여기에는 연작 중 한 편으로 수정하여 발표한 작품을 수록한다.

홍분된 기억은 낙엽이 되어 떨어지고

그 잔인한 바람의 여운에 술병이 쓰러지면, 우리들은 그 넘어진 술병 속에서 흐느껴 운다는 말이다.

하늘과 자유 구름과 평등 잡초와 데모크라시, 그 많은 비극적 자연과 대립되는 그 많은 비극적 문화의 세계에서 살고 있다는 죄밖에

오늘을 옛 경기도 고양군 은평면에서 산다는 죄밖에는

그 많은 오해를 위해서 살았다는 죄밖에는 없다는 말이다.

그렇다. 취객의 언어는 무죄, 악법도 법은 법이라는 법정, 그 법정에서도 취객의 언어는 무죄라면서, 내가 운다는 말이다.

오늘 밤, 우리들은 조국의 안방에서 서울에서 종로에서

오늘의 우리가 생각하는 고독은 그리스도교적인 것이라면서

우리들은 술 마시는 시간만은 인생과 나라를 구하는

시간. 저마다 때 묻지 않은 나를 찾는 시간이라면서

그 많은 사람들이 거쳐 간 청진동 뒷골목에서, 그 많은 사람들이 거쳐 간 이름 없는 주막에서, 그 많은 많은 사람 사람들이 버리고 간 넘어진 술병 속에서

이제, 우리는 유두분면, 순이의 역사를 딛고

한 폭의 동양화가 된다는 말이다.

설화풍월서방의 주인도 달빛 뿌리우는 오동나무를 안고 신선이 된다는 말이다.

—《현대시》, 1990. 1.

북청北青

1. 그 아재비는 독립군

불란서 극동함대의 함포 소리에 이어, 야소교의 아펜셀라가 배재학당을 세우고, 존 반양의

소설 천로역정의 역술, 몰래 중인들 사이에서 어렵게 읽혀졌다.

삼일천하의 주역 김옥균도 죽었다.

한강을 건너 대동강을 건너서, 청나라가 쫓기고, 일본군이 압록강을 넘으면서

우리는 유길준의 서유견문에 놀랬고

우리는 서재필의 독립협회 연설, 독립신문 기사에 놀랬다.

다시 아라사가 쫓기고, 일본군이 압록강을 넘으면서

우리는 우리의 이준을 헤이그에 보냈다.

나라 안팎에서, 궁중과 부중에는 큰 도적이 날뛰고, 고을 관아에는 작은 도적이 소리치는, 나라 안팎에서

나라가 기울기 시작, 나라가 기우는 것은 산이 무너지듯이, 어쩔 수 없었다.

곳곳에서 의병이 일어났지만, 끝내는 경술년에 나라를 잃었다.

어느 때나 백성의 힘이 나라 힘이라면서

애국을 위해 많은 동포들이 마우재의 연해주나 두만강 건너 북간도로 떠나갔다.

가족을 이끌고 이시영 형제도 고국을 떠나갔다.

시북의 안창호도 고국을 떠나갔다.

경향에서 파고다 공원에서 독립운동이 불같이 일어나면서, 상해를 찾아서

망명. 가난하고 순박한 북부 사람들도 산천을 버리고, 가슴을 찾아, 보이지 않은 조국을 찾아서

우선 후치령을 넘어, 이웃 풍산이나 삼수갑산으로 떠나갔다.

여진족 이지란이 말을 달리던 험한 개마고원, 다래 머루 칡, 이끼 긴 바위, 양지바른 돌각담 이웃, 토박한 화전에서

바람에 곱게 번지는 귀리 옥수수 감자밭, 한 폭의 진한 산수화 앞에서

노루 멧돼지 여우 오소리 곰도 힘이 겨워 쉬어간다는 황초령과 마주 앉아서

찬 조밥덩이에 목이 메이는

오늘, 아람들이 소나무 거목들이 하늘로 곧게 뻗은 태산에서 준령에서

아재비는 소금 실은 당나귀가 숨 가쁘게 달려온 산길 가파른 외길을 뒤돌아 삼기쪽 남으로 발길질을 할 때마다 소금만 팔리면 고향으로 돌아가리라던 아재비, 그 아재비는

독립군이 되어 아질간령을 넘어서 혜산진으로 달아났다.

아재비는 신갈파 헌병분대의 습격에 가담했다.

언젠가는 살아서 꼭 돌아가리라던 아재비는 죽어서, 밤에 몰래 그립던 고향산천 부모형제의 품으로 돌아왔다.

함박눈이 내리던 날의 갑산사건에 희생된 것이다.

사면절벽, 죽어서 땅 속으로 들어갈 수밖에 없었던 마을에서는

정월 대보름의 사자놀이, 읍내에서는 가설극장에서 유랑극단의 카츄사가 공연되었다.

막간에 로서아 땐스도 있었다.

해묵은 장한몽과 해왕성의 독자 앞에, 드디어 무정의

신청년 이형식이 나타났다.

십일월회의 김영일의 사에 이어서, 윤심덕은

동네에서 얼어붙은 집집에서, 톨스토이와 춘원, 윤심덕은 새 시대의 등불이었다.

내일을 위한 새 시대의 조형, 그 거점을 딛고

우리의 등불은 황가라산을 넘었다.

우리의 등불은 만령을 넘었다. 만춘고개를 넘었다. 넘었다.

2. 화륜선

낡은 쇠사슬이 끊어지고, 춥고 배고프던 겨울이 가고

이제 삼월이 가고 춘사월이 돌아왔다.

백두산 줄기 함경산맥의 연봉에는 아직 흰 눈이 덮혔어도 일손이 바쁜 계절이었다.

이웃 연덕산 대덕산 죽파산 성대산 대동산 입석산 중산 송학산 마본령 허건노이령 향령 이명지봉 김창기에는 소나무를 비롯 잣나무 전나무 자작나무 향나무 노가지나무 참나무 피나무 벚나무 아가위나무 오미자나무 사시나무 박달나무 가래나무 떡갈나무 싸리나무 오리나무를 비롯 엄나무 가지에서 바람이 자면서

새들이 지저귀고 바위 아래로 졸졸 흐르는 시냇물 소리만 들렸다

봄이면 산천은 더욱 청명, 진달래 붉게 물든 산허리에서 살찐 까투리가 날았다.

통나무집 물방아간에는 아바이 어마이도 살고, 푸짐한 마음도 있었다. 나무꾼이 등짐을 지고 하산한다.

그 산아랫마을은 토박한 곳이지만, 지조 높은 산들을 의지하면서 밭갈이에 바빴다.

　사람들은 산같이 황소같이 믿음직했다.

　굽이굽이 오천 벌성포천 이동천 황수천 독산천 산북파천 동천 서천을 흐르는 시냇물은 바다를 찾아서 마양도를 찾아서 송도를 찾아서 장진을 찾아서 홍진을 찾아서 흐르는 시냇가에서

　묵은 빨래에 손이 바쁜 여인도 있었다.

　황철나무 사잇길을 헤치면서

　이 변경에도 신문이 들어오고 석유가 들어오고 박가분이 들어왔다.

　골방의 새색시 전갑선은 노란저고리에 다홍치마, 아주까리기름으로 머리를 단장하고, 복사꽃이 피면 나들이에서 돌아오리라는 새서방을 기다렸다.

　석 달 열흘이 지나도 새서방의 소식은 알 길이 없었다.

　실속 없이 몇 차례 밤나무골 친정을 다녀왔다.

　별이 총총이 돋고 달이 오동나무 가지에 걸리는 밤에는

　시에미 몰래 냉수를 떠놓고 자꾸 하늘을 찾았다.

　단오날에는 칼 찬 주재소 순사가 마을을 두루 돌았다.

　전갑선은, 그 짐승 같은 주구의 거동을 배재태 뒤에 숨어서 멀리서 살폈다.

　전갑선의 새서방은 집을 나갈 때 명지 바지저고리에 두루마기 차림, 장가들 때의 옷차림에 개똥모자를 깊게 눌러쓴 전갑선의 새서방은

　우리 우리의 북청을 떠나갔다. 우리의 성대에서, 우리의 하거서에서, 우리의 상거리에서, 우리의 이곡에서, 우리의 덕성에서, 우리의 가회에서, 우리의 후창에서, 우리의 속후에서 우리의 거산면에서, 우리의 신북청에서, 우리의 양화에서, 우리 우리의 북청을 떠나갔다.

그 아재비의 조카도 떠나갔다.

몰래 바다를 찾아, 항구에서 신포에서 화륜선을 타고 떠나갔다.

몰래 바다를 찾아, 항구에서, 신창에서, 화륜선을 타고 떠나갔다.

우리의 새색시 전갑선의 새서방도 우리의 아재비의 조카도 공부하러 공부하러 떠나갔다. 떠나갔다.

뒤늦게 호만포를 거쳐 홍원 방면의 황가라산 언덕길 뒤늦게

고갯길을 오르는 다부진 청년이 있었다.

그의 시야에서 산삼 송이 더덕이 명산 승방동산이 멀어지는 그의 시야에서

영마루 소나무 가지 위에서

그의 가슴에서 안방 병풍에서 훨훨 학이 날으는 것이었다.

3. 전갑선 전갑선이도 잡혀갔다

또 뒤늦게 건자개 자갈밭을 거쳐 이원 방면의 만령, 가파른 언덕길을 고갯길을 오르는 다부진 청년이 있었다.

고갯길에는 윤관의 여진정벌 전첩비 아래 시중대 아래에는

파도치는 겨울바다 명태를 비롯 대구, 넙치, 삼치, 정어리, 가재미를 비롯 숭어, 황어, 홍합, 미역, 고리마를 비롯 털게의 파도치는 겨울바다에는

그 고갯마루에는 구름을 찾으면서

멀리 마운령의 신라 진흥왕 순수비를 찾으면서

잠시 청년은 길주호적 이시애가 앉았던 넓적바위 위에 앉아서

담배를 종이에 말아 물며 비지깨로 불을 붙였다.

아바이의 화류문갑 서랍 속 쌈지에서 훔친 노자를 셈하고 있었다.

그 황가라산 고개의 청년도, 그 만령 고개의 청년도

우리의 북청 북청을 떠나갔다.

몰래 바다를 찾아, 항구에서 낯선 부두에서 화륜선을 타고 떠나갔다.

우리의 새색시 전갑선의 새서방과 같이, 우리의 아재비의 조카와 같이, 그와 같이 청년도 공부하러 떠나갔다.

이웃 함흥으로, 이웃 원산으로, 멀리 서울로 공부하러 떠나갔다.

바다 건너 일본 동경으로 공부하러 떠나갔다.

가끔, 타향에서 이국땅에서, 오뉴월이 되면, 가끔

감자밥에 소금구이 젓어리 생각이 났다.

계절이 바뀌면서, 가을이 오면서 싱그러운 능금 생각도 났다.

이제 일월을 딛고, 새서방도 조카도 청년도 대학을 다녔다.

서울에서, 새서방은 물장수가 된 아버지의 도움으로 공부를 계속, 김동환의 시 북청물장수가 탄생한 것이다.

그 뒤 학업을 마친 새서방은 벼슬길을 마다하고, 고향에

돌아와서, 호미 들고 씨 뿌리는 농군이 되었다.

동경에서, 그 조카와 청년은 고학, 마루노우찌 빌딩 공사장에서 노동판에서 지축이 흔들리던 날 가와사끼에서

후까가와 시궁창에서 시체로 변했다.

관동대지진 소용돌이 속에서

부정선인으로 몰려 학살을 당한 것이다.

그 많은 동포와 함께, 그 많은 죽음과 함께

그도 억울하게 죽은 것이다.

낙동강에서 영산강에서 삼남에서 물난리를 겪은, 그 이듬해에 육십만세 운동이 일어나던, 그 이듬해에 관북에선 한발로 흉년이 들었다.

최서해의 좁쌀, 썩은 만주좁쌀에 대두박 초근목피로 목숨을 이었다.

함경선 철도가 개통되면서, 북으로의 군화 소리 요란하면서

국경에서 장고봉에서 사건이 터졌다.

대륙에서 만주에서 쟈무스에서 전쟁이 일어났다.

중국 상해에서 여운형이 잡혀오고, 또한 안창호도 잡혀 압송되어 왔다.

가갸운동에서, 브 나로드운동이 일어나면서

지하에서 농민운동이 심화되고, 그 전단이 동네마다 뿌려지면서

우리 우리의 북청에서도 잡혀갔다. 우리의 당포에서 우리의 세섬리에서 우리의 양천에서 우리의 경동에서 우리의 토성에서 우리의 덕음에서 우리의 경안대에서 우리의 나아대에서 우리의 안곡에서 우리의 자산에서 우리의 이망지에서 우리의 유월리에서 우리의 중산에서 우리의 소만춘에서 우리의 상세동에서 우리의 포천개에서 우리의 양화에서, 우리 우리의 북청에서도 잡혀갔다.

동맹휴학으로 맞섰던 농업학교 학생들도 잡혀갔다.

우리 모두 거점을 위해 살아왔는데, 우리 모두 거점을 잃으면서

곳곳에서, 우리의 이형식이 잡혀갔다.

집집에서, 우리의 허숭이 잡혀갔다.

그 이웃에서, 오랫만에 통나무 장작불에 이밥에 명태국을 끓이던, 우리 우리의 전갑선 전갑선이도 잡혀갔다. 잡혀갔다. 갔다.

—《현대시》, 1990. 1.

산꿩이 알을 품는 조용한 산맥山脈

바다를 끼고 삼호 퇴조를 거치면 통나무 고깃배 다도에 곱게 밀리는 마랑이도馬郎耳島가 아스라히 보이면서

홍원 황가라산 봉수烽燧가 높푸르게 보인다.

때로는 생의 고통을 덜기 위해 바다가 되고 산이 되어 보는가.

그 육로 승방동산 너머는 산꿩이 알을 품는 조용한 산맥에 둘러싸인 땅.

소나무 박달나무 구름나무 가죽나무 가래나무 싸리 수풀 우거진 산길, 산삼 감초 더덕 도토리 진달래 꽃길을 헤치며

조심성 있게 말없이 가마에 흔들려 가는 사람은 백사白沙 이항복李恒福이다.

옛부터 북청은 귀양살이 후예들이 목숨해 온 고장이다.

어쩌면 당대의 지평선 끝이다.

고을에 노덕서원이 세워지면서, 곳곳

산골 이망지에서 버덕 속후에서 세섬리에서 산골 상거서에서 버덕 허천평에서 양천에서 산골 거산에서 버덕 덕음에서 포청에서 산골 안곡에서 버덕 경동에서 당포에서

이윽고 단천에서 갑산에서 함주에서

백사를 따르는 젊은 선비들이 모여들었다.

이항복은 꼬장꼬장한 성미, 몹시 당쟁을 싫어했다.

선비들에게 벼슬보다는 학문하는 길을 권했다.

북청은 이직李稷의 시 토풍숭맹사土風崇猛士의 북청

이직은 황희와 더불어 고려에 나서 예문관제학藝文館提學까지 지내면서 이씨 조선왕국 개국공신이 되어 좌의정까지 올라 두 나라를 섬긴 이

직은

실은 초토에 묻힌 영원한 야인이었다.

그로부터 나라 안에서는 임진의 왜란으로 국토는 황량 인정이 메마르면서

드디어 서인을 업고 세검정을 거쳐 창의문을 들어선 인조의 반정, 골육상잔 끝에, 병자의 호란 끝에는

남한산성 어구 섬전도에 굴욕의 청태종 송덕비가 세워졌다.

임진과 반정과 병자의 호된 난이 지나면서

퇴계의 사단칠정론과 이기이원론이 번지면서

율곡의 기발이승일도설이 대립하면서

성리학은 절정, 나라 안의 수신제가치국평천하는

우암에 이르러서는 안방에서 부엌까지 끝내는 무덤에서

논쟁. 유배와 죽음의 사색당쟁은

바람이 세차게 불던 날, 북국 함경도를 거쳐 바다를 끼고 퇴조 삼호를 지나 마랑이도를 거쳐서

홍원 황가라산 봉수를 거쳐서

몹시 눈보라 몰아치던 날, 눈보라와 함께

승방동산 소나무 박달나무 구름나무를 헤치면서

산꿩이 알을 품는 조용한 산맥에 둘러싸인 땅.

땅끝 머얼리 북청까지도 들려오는가.

—《현대시》, 1991. 1.

명월明月

서울에서 종로 네거리에서 청진동 우리 집에서

오기 있는 산천 요란한 봄의 요정 매화도 병풍 앞에서

가가호호 저마다의 공간에서

명월은 우아한 웃음이며 이빨 이빨 밖 무수한 피투성이의 주먹 속에서도 웃어야 하는 오해가 아니면 익살이다.

박하분을 풍기면서 화사한 나들이 길에 오르던 여인의 옥색무늬 저고리 다홍치마 자락의 천변풍경은 간데없다.

어젯밤 주색에 해장술 민어국의 사나이들은 모두 산으로 갔다.

이곳 광화문 네거리를 중심으로 동서남북으로 거대한 콘크리트 사막의 조형이 시도되고 있다.

삼일로 고가도로에서 삼각동 건너 하수도 공사장에서

망각의 역사 병든 언어 때문에

명월은 달려라 버스 명월은 달려라 택시 명월은 달려라 지하철 명월은 명월은 달려라 달려라 광교에서

어느 몽둥이의 낡은 빌딩에서

명월은 하늘과 땅 사이 오로지 무한에서

구름이 머무는 고개 너머 산마루 소나무 가지가지에 걸려서

이윽고 학이 되어보다가도 무너진 가슴을 휘어잡고

에잇 바다에서 에잇에잇 무교동에서

파도치는 수평선 고동 소리 무성한 서린동 뒷골목으로 사라지는 것이다.

희미한 등불에 의지하는 어두운 사념과 함께

육십 년 전 순이가 사랑하는 오빠를 찾던 담벽 낙서가 비바람을 견디
고 있었다.

오십 년 전 화물차에 실리어 가고 남은 청년들의 발자국도 남아 있었다.

북쪽 오랑캐 오랑캐꽃이 어떻다면서

거점 없이 떠돌이 신세를 한탄하던 오빠와 청년들은 어디 갔는가.

이윽고 소설가 구보 씨의 일일의 주인공이 살았다는

이웃 골목 안 막다른 술집에서

그 황량한 건넌방에서 낯익은 몽둥이의 권하는 술잔에 취해서 낯익

은 몸둥이는 그 황량한 안방에서

지난날의 군더더기 같은 청춘을 탓하면서

강남달이 밝아서 님이 놀던 곳

넉살좋게 불러보다 목이 메인

우리의 명월은 쓸쓸히 흐느껴 우는 것이다.

곤드레만드레가 된 쇠주병을 의지하면서

아 문패도 번지수도 없는 주악 젓가락 장단에 맞춰서

우리의 명월은 찢어지는 가슴을 부벼안고 목놓아 우는 것이다.

—《외국문학》, 1991 가을.

아 조국祖國

— 세상난작식자인世上難作識字人, 『황매천黃梅泉』

무더위와 함께, 그해 여름에는 더위를 잊기 위해 친구와 함께

동방에서, 강원도 정선 동면에서

이웃 도라지꽃 핀 양지바른 계곡 건너 이끼 낀 바위, 비스듬이 선 노송 위 구름을 비껴 하늘을 날으는 학, 그 한 폭의 화조풍월을 벗하면서

조석으로 이씨 조선왕조실록을 섭렵, 이기이원론과 사색, 남북 노소에서

소위 족벌과 세도정치를 읽는다.

두뇌 이곳도 예외 없이, 그 몹쓸 전쟁, 형제끼리의 싸움이 스쳐 갔다.

그 역사의 그 주역의 그 양반의 그 칼자루의 그 불호령의 그 죽일놈의 그 말발굽의 그 채찍의 그

고함이 설치고 지나 간 뒤에는 산울림만이 남았다.

오직 죽음과 모함 가난만이 있었다.

마음의 바다, 그 언덕 아래 파도치는, 나의 바다에서

오백 년이라는 세월을 안고, 오백 년의 하늘을 안고, 오백 년의 가슴을 안고, 그 가슴의 무덤 앞에서

하나밖에 없는 목숨을 살다 간 인생을 찾는다.

그들의 영혼을 달래면서

오늘은 꽃나무 앞에서 화초를 만지면서, 오늘 하루를 죽어산다.

오늘 하루가 십 년 이십 년……, 그 오백 년을 하루같이 살면서, 새삼 벽을 향해 조국이 무엇인가를 묻는다.

조국은 밭이요, 조국은 흙이요, 조국은 나무요, 조국은 어떤 정당의

구호가 아니요. 조국은 어느 개인의 독점물이 아니요. 조국은 산이요. 조국은

　조국은 순이가 사는 산골 험한 태백산맥 줄기 오대산 골짝 굽이굽이에서 흐르는 시냇물이요. 한강이요. 조국은

　조국은 훈민정음이요. 조국은 경기도 양주별산대 가면극이요. 조국은 곡학아세하는 선우 박사의 논문의 주제가 아니요. 조국은 권력이 아니요. 조국은 홍길동전이요. 조국은 정다산이요. 조국은 전봉준이요. 조국은 지위가 아니요. 조국은 돈도 아니요. 더욱이 돈 돈 따위는 아니요 아니요. 조국은

　조국은 기미만세 독립운동이요. 조국은 백범 김구 선생이요. 조국은

　당신의 십칠 대 조상이요. 당신의 오십오 대 시조요. 우리 모두가 산나물 더덕 송이버섯에 된장 고추장에 김치 깍두기에 통나무 장작불에 민어국 쌀밥을 먹다가. 우리 우리 모두가 죽어서 묻힌 곳. 또 묻히는 곳이요. 당신의

　당신의 어머니 어머니의 어머니인 나라에서

　서울에서 서대문에서 녹번동 백삼십삼 번지의 십이 호에서

　마음의 하늘. 그 언덕 위 바람이 부는. 나의 하늘에서

　오늘 비가 오는데. 소낙비를 맞으면서

　울면서. 일자리를 찾아서 살길을 찾아서

　그 지독하게도 못생긴 돈을 찾아서

　열두 하늘 건너 자유가 무성하다는 민주주의의 나라 아메리카로 이민을 간 친구를 생각하면서

　우리들 이웃에서 돈과 벼슬과 오만 등. 우리들의 눈을 속이는 모든 것을 벗겨버리면 그것이 진정 사람이라는

　그 친구의 색담을 외우면서 술을 마시는 것이다.

취하면서, 오백 년이라는 세월을 탓하면서 술을 마시면서, 취하면서,
오백 년이라는 하늘을 탓하면서 술을 마시면서, 취하면서, 오백 년이라
는 가슴을 탓하면서 술을 마시면서, 취하면서
　　몰래 북간도나 마우재, 중국으로 쫓겨서
　　우리의 이웃을 떠나간 당신을 찾아서
　　당신의 당신들의 생각 옳은 생각들을
　　붓을 들어서, 이씨 조선왕조실록 뒷장의 여백을 찾아서
　　그 가슴의 무덤을 정리하는 것이다.
　　오늘은, 그 가슴의 무덤을 정리하는 것이다.

— 《외국문학》, 1991 가을.

주막동인 酒幕同人

1. 움직이는 숲 속에서

우리는 존재와 소유의 비극을 위해 태어났다.

풀잎이 그렇고 나무나무와 짐승들이 그렇듯이, 인간 또한 그 내면에서

이슬을 딛고 추위와 기아를 이기면서 죽어서 살아서

움직이는 숲에서 무한과 오해의 그늘에서

러시아의 인텔리겐챠와 청년들의 탄식 이웃에서

오늘을 딛고, 도라지와 석탄백탄의 산맥을 딛고 산비둘기 날으는 굽이굽이 고갯마루 돌각담을 돌아서 텃밭 과수원에서 사물과 관념 인식을 딛고

존재의 저변에서, 그는 하늘을 향해 황소같이 고함을 지르는 것이었다.

구름이 머무는 지평에서 얼룩진 공간에서

때로는 신화와 파도를 밀어붙이고 때로는 지혜의 초원에서 숨어서

호반에 돌을 던지며, 그 파문의 확대에 충격을 받고 흐느끼는 가슴의 감성과 애정 속에서 죽어서 살아서

움직이는 숲에서 오해와 갈등의 그늘에서

노한 노한 눈 노한 어깨의 이웃에서

시간을 딛고, 고슴도치와 석탄백탄의 산맥을 딛고 솔개들이 기웃거리는 골짝마다 시냇물에 씻기우는 바위와 사상 소외를 딛고

소유의 저변에서, 그는 별을 향해 무섭게 주먹을 휘두르는 것이었다.

어느 날 마르크 샤갈의 추억과 환상의 그림 속에서

옛날의 남산니 동산의 메기같이 무지에서 무의식에서 깨어나서

존재의 숲에서 디오니소스와 님프의 소유의 숲에서
우리는 움직이는 숲 속에서 꿈속에서 하늘이 되고 별이 되는 것이었다.

2. 백사白史와 일오一悟*

아 지나온 자욱마다 눈물이 고인 서울에서 종로 네거리에서 희미한 등불 밑에서
관수동 순이의 오빠의 거북무늬 화로가에서
살아남아서 선동과 폭력 피투성이로 살아남아서
카페 프랑스의 길은 험하다면서 어둠과 속박에서 도그마와 에토스 에로스의 신전에서 카페 프랑스로 가자면서
그는 명동 뒷골목에서 어진 잡초들이 즐겨찾는 주막에서
이 세상에서 유기적 기억을 더듬으면서 개념에 대한 맹목 직관을 잃은 공허 어두웠던 역사에 항변하면서 녹슨 육혈포를 빼어들고 벽을 향해 이 세상에서 감정적 무색 속에서 모든 것은 거짓 모든 것은 배니티 그 모든 것을 생각하는 것이 싫어서 이 세상에서
넉살좋게도 꽃나무 앞에서 오직 비단이 장사의 비단을 두른 치마만은 믿을 수 있는 천사라면서
우리는 강짜는 하여서 무엇하느냐는 밤마다 인정 없이 사정도 없이 미지의 세계를 향해서
밤마다 그리움과 낙엽을 밟으면서
우리는 가난에 취하고 사랑에 취하는 것이었다.

| *백사는 주막동인 전광용의 호이며, 일오는 주막동인 정한숙의 호이다.

술이 깬 아침 대포 소리에 놀라 나라 사랑하는 사람들을 따라서

눈보라 치던 동지섣달 짐짝같이 곡간차에 실리어 남으로 쫓겨갔다.

땅끝에서 항구에서 남포동에서

다시 화물차를 타고 돌아온 남대문 역두에서

얼어붙은 주먹밥에 위기를 자각치 못하고

그림자를 딛고 조선호텔 건너 소공동 옛 미모사의 낡은 지붕에 걸린

초생달 앞에서

가스통 바슐라르의 불의 향방을 찾는 밤은 깊어가면서

탕자의 무엄은 날라리가 되어서

이 험한 바다에서 가슴에 묻었던 카페 프랑스에서

다시 서럽던 주막을 찾아서

몸부림 맘부림 끝에 곤드레만드레가 되어서 현실에서

에이쌍, 우리는 몽둥이 우리는 개새끼같이 죽어서 살아서 우리우리

는 죽어서

살아서 가죽을 남겨야 한다면서

제우스의 신 앞에서, 존재와 소유의 비극에서 폐허에서

우리 모두의 조국에서, 그는 술병이 쓰러지듯이 아무렇게나 쓰러지

는 것이었다.

―《현대시학》, 1993. 12.

일월日月

　일월日月은, 내가 좋아하는 글자, 화구禾口도, 내가 좋아하는 글자. 눈에서 입에서 귀에서, 그의 얼굴에서

　오늘의 해와 달을 찾아서

　산에서 바다에서

　하늘에서

　생명. 일월화구는, 내가 몹시 사랑하는 글자들이다.

　내가 해와 달을 처음 찾은 곳은

　소나무 가지 사이사이 바람 소리에 귀 기울이던 옛조선, 전한무제의

　한사군 낙랑樂浪의 가을, 고구려高句麗 · 백제百濟의 낙엽에 누워서

　나의 생의 한층 깊은 곳을 찾던 고갯마루, 그 높은 의지에서

　산아래 마을 가가호호 이웃에 살아 있는 삼국지 위지魏志의 동이전東夷傳의, 그 산아래 마을은

　폭우 쏟아지기 전의 마한馬韓, 내 가슴의 바위 위에, 내 가슴의 나무 위에

　그 많은 인정을 심어놓고 떠나간 구름너머에는

　어제의 동맹東盟과 영고迎鼓 · 무천儛天이 있었는데

　또한 오월五月 시월十月도 있었는데

　그들을 찾아서, 나의 일월은 호올로 별빛 모두어서, 호젓이 나의

　얼굴, 나의 가슴, 나의 조국

　우리 모두의 조국이 되는가.

　오늘, 우리의 일월은, 오늘, 우리의 화구는, 우리 우리의 목자木子는

　그 흐름과 물결 앞에서 강물에서

오늘, 우리의 해와 달이 되어서

천년의 사직, 박혁거세朴赫居世의 신라新羅 동경 밝은 달 아래서

오백 년의 사직, 왕건王建의 고려高麗 예성강禮成江 이쪽에서 쌍화점雙花店에서

경기하여체가景幾何如體歌. 한자漢字로 말하자는 한림학사翰林學士들의 사대주의에 부딪친다.

저항抵抗. 이자겸李資謙의 난에서 묘청妙淸의 난에서 정중부鄭仲夫의 난에서, 다시

최충헌崔忠獻의 정권에서, 그의 아들 우瑀에게서, 그의 아들 항沆에게서, 그의 아들 의竩에게서

글안과의 싸움, 몽고의 침입, 철저한 항몽을 배우는 것이다.

오늘, 우리의 일월은 시간과 존재의 현실에서

오늘, 우리의 화구는 물체와 형상의 거리에서

이웃에서, 새삼 권신이 되어보는 것이다.

에잇 중방重房과 에잇 도방都房과 에잇 정방政房과 에잇 서방書房을 두루 살피는 에잇 에잇에서

오늘, 권신 김준金俊도 반역자가 되고.

오늘, 권신 임연林衍도 반역자가 되고.

오늘, 그의 아들 유무惟茂도 반역자가 되는

역사. 우리 모두 역사에 순사殉死한다면서

오늘의 해와 달을 찾아서, 나의 일월은 산너머 산을 넘는 것이다.

오늘의 해와 달을 찾아서, 나의 화구는 산너머 산을 넘는 것이다.

우리 우리의 일월화구는 산너머 산, 또 산을 넘어야만 하는 것이다.

—《현대시학》, 1993. 12.

음악*

오늘의 사막에서 당신은 바다 같은 연인, 해변으로 밀려오는 파도,
그 파도에 부셔지는
그의 가슴은 때로는 화사한 장미, 때로는 다소곳한 해바라기.
초록이 숨 쉬는 꽃나무 앞에서
당신은 하늘과 바다 수평선 같은 한 여인이다.

오늘의 사막에서 당신은 산 같은 연인, 계곡 골짜기를 비스듬히 흐르
는 샘물, 그 샘물에 흐느끼는
그의 가슴은 때로는 장미, 때로는 다소곳한 해바라기
덤불 우거진 꽃나무 앞에서
당신은 하늘과 땅 지평선 같은 한 여인이다.

오늘의 사막에서 당신은 나무 같은 연인, 바람에 흔들리는 달빛을 거
울삼아 안으로 거둬들이는 의지, 그 의지를 굳히는
그의 가슴은 때로는 화사한 장미, 때로는 다소곳한 해바라기
낙엽 쌓인 꽃나무 앞에서
당신은 바다와 땅을 딛고 선 신념 같은 한 여인이다.

오늘의 사막에서 당신은 바위 같은 연인, 풍우대작에도 한결 같은 지

---

* 이 작품은 《외국문학》 1991년 가을호에 「당신」이라는 제목으로 발표하였다가 《현대시학》 1993년 12월호
에 「음악」이라는 제목으로 다시 게재하였다. 다시 발표한 「음악」을 수록한다.

조, 그 지조를 지키는
　　그의 가슴은 때로는 화사한 장미, 때로는 다소곳한 해바라기
　　눈이 덮힌 꽃나무 앞에서
　　당신은 꿈속에서도 기억의 나무나무 무성한 나무가지 숲을 헤치고
높은 산 머언 바다를 우러러 받드는 진정 같은 한 여인이다.

　　아 오늘의 사막에서 당신은 슬기로운 여인, 아침 이슬을 달래 구슬같
이 굴리는
　　손길, 그 손길을 각시같이 모으며 살아가는
　　그의 가슴은 때로는 화사한 장미, 때로는 다소곳한 해바라기
　　나래 접고 무상을 달래는 꽃나무 앞에서
　　당신은 잔잔한 바다요 고요한 산이요 곧고 풍요한 나무요, 그리고 눈
부신 바위요, 바람 잦은 호수 이쪽 양지 같은 한 여인이다.

　　그 당신의 곁에는 구름을 쫓으며 항시 함께 있는 당신의 당신
　　한 쌍의 악기를 연주하는 당신이 있는 것이다 있는 것이다.

―《현대시학》, 1993. 12.

위드마크 이세의 소외疏外

그는 우울한 나날들을 위스키로 자신을 달랬다.

홀로 앉아서 홀로 드럼을 치고 홀로 크라르넷을 불고 홀로 피아노의 키를 미친 듯이 두들기면서

그는 그의 생존을 달래는 것이었다.

위드마크 이세는 장미 한 송이를 들고 뉴욕의 맨하탄의 삘딩벽에 아무렇게나 그려진 포르노 그림과 함께 히히 웃고 있었다.

때로는 허드슨 강이 보이는 고층삘딩 옥상에서 세상을 보는 것이 재미도 있었다.

그 삘딩에서 해가 지면 투신하고 싶었다.

오색의 네온에 황홀한 취기. 잠시 네바다 사막을 자동차로 달리면서 기관총을 난사하고 추격해 오는 사나이들을 피해 핸들을 꺾을 때. 때로는 파도 소리 때로는 꽃나무 가지를 흔드는 바람 소리 때로는 고지를 강타하는 대포 소리 때로는 여자의 앙칼진 비명과 함께 머리 위에는 중무장한 헬리콥터가 날으고 있었다.

이 밤의 문화에 심취하는 순간이었다.

그 헬리콥터의 사수는 월남전쟁에서 전사한 위드마크 소령의 이세였다.

위드마크 이세는 전쟁을 증오하면서도 복수심에는 남달리 강한 민주주의의 신봉자였다.

지상의 목표물을 정확하게 조준. 드디어 드럼을 격파하고 크라르넷과 피아노에 네이팜탄을 발사하고는 양심을 달래기 위해 위스키를 마시는 것이었다.

그는 우울한 나날들을 위스키로 자신을 달랬다.

다음 날 위드마크 이세는 메트로폴리탄의 이웃에 있는 구겐하임 미술관을 관찰하고는* 그다음 날 위드마크 이세는

꿈을 은행의 금고 속에 예치하고 꿈에 이윤이 붙으면 그 돈으로 주식과 마약이 거래되는 범죄를 사는 것이었다.

어느 때나 범죄의 뒤에는 여자가 있었다.

주식과 마약, 그리고 여자는 생존하는 데 모험과 같은 것이었다.

그 모험을 위해 친구가 필요했다.

위드마크 이세는 우연히 알게 된 흑인친구와 더불어 동분서주, 끝내 뉴욕 지하철 역두에서 저격을 받았다.

관통상을 입은 것은 흑인친구였다.

하마트면 지상에서 천국으로 갈 뻔했다.

이 사건을 계기로 교회의 필요성을 느꼈다.

그 뒤 교회에서 위드마크 이세는 새로운 친구 미스터 양키를 알게 되었다.

미스터 양키는 오레곤 주에서 온 야심만만한 청년이었다.

그와 위드마크 이세는 다 같이 술도깨비였다.

두 도깨비는 술을 마시면 으레 사물을 비탄, 정치적 선인장 사회적 선인장 문화적 선인장을 심겠다고 호언하고 장담하는 버릇이 되었다.

어느 날 뉴욕의 마아론부론도의 부두에서 자유의 여신상을 가리키면서

위드마크 이세와 미스터 양키는 인류의 꿈을 위해 네바다 사막을 개간해야 한다면서

| * 《현대시학》에는 '관힐하고는'으로 되어 있다

그 길로 뉴욕 시립공동묘지의 이웃을 돌아서 네바다 사막으로 자동차를 달렸던 것이다.

인류를 위해 네바다 사막에 수로를 열어 옥토를 만들고 기관총으로 씨를 뿌리고 네이팜탄으로 비료를 주면 정치적 선인장과 함께 평화를 위해

우리는 사회적 선인장 문화적 선인장으로 아메리카에서 월가에서 소외, 서부로 가서 억만장자가 되는 것이다.

우리의 서부에는 헐리우드가 있다.

헐리우드에서 카우보이모자에 쌍권총을 들고 멋진 연기를 보이고 싶은 것이다.

―《현대시학》, 1996. 1.

이 대감 망할 영감

그 많은 세월 속에서 현실에서 셋방에서 주막에서

쇠주잔을 기울이며 정치가 어떻고 돈이 어떻다고 늘어놓던 친구도 있었다.

한적한 교외에 칠십 평짜리 빌라와 벤츠가 어떻다는 친구도 있었다.

반골과 속물의 입씨름이었다.

우리들은 그들의 말장단에 놀아나는 무언의 소시민, 어느 심심산천에 멋대로 돋아나서 외면당하는 버섯이었다.

해 저무는 구석진 곳에서 조용히 상대성과 근친상간, 계급을 토론한 때도 있었다.

신은 죽었다는 니체를 들먹거리면서 유물사관도 이야기하였다.

오래간만에 병든 개인 병든 사회를 진단하기도 하였다. 오늘을 살기 위해 지난날은 꿈이었다.

젊은 날 대학 캠퍼스의 외진 곳에서 남들이 화려한 외교관을 지망할 때, 남들이 나라사랑하는 정치가를 선망할 때

그는 기울어진 언덕 바위틈의 늙은 소나무 그늘 아래에서 돌베개를 베고 비스듬히 누워서 하늘을 찾아 흘러가는 구름을 잡고, 꽃이 되고 나비가 되었다.

그는 한때 도스토예프스키의 라스코리니코프가 되었다.

라스코리니코프는 트로이의 목마를 타고 버지니아 울프의 신심리주의의 소설 출범을 읽으며 로오랑샹의 달콤한 수채화의 환상 속에서 조용히 잠이 들었다.

로오랑샹과 아뽀리네르, 그들은 세느 깅의 연인, 피카소의 친구들이

었다.

피카소의 몽마르트의 화실을 몰래 나온 아쁘리네르와 로오랑샹은 콩코트광장 이웃의 마로니에 숲 벤취에서 아쁘리네르의 속삭이는 밀어에 로오랑샹의 즐거운 비명, 그들은 입체적 사랑, 몹시 뜨거운 몸짓이었다.

미라보 다리 아래 세느 강이 흐르고 우리들의 사랑이 흐른다는 아쁘리네르는 대전의 총상 끝에 스페인 감기로 죽었다.

잠시 소나무 가지를 흔드는 바람결에 눈을 뜨는 꿈이었다.

임상실험에서 주고받는 프로이드의 꿈이었다.

꿈속에서, 그의 앞에 등장한 것은 불과 물의 바슐라르에 이어서, 그의 앞에 나타난 것은 김광균의 외인촌 같은 그림, 그 하이얀 모색 속에서 장만영의 순이는 먼 산맥들처럼 조용하고 행복한 내일을 걱정. 호수에 돌팔매질을 하며 울고 있었다.

여자의 눈물은 형이하학적인 것이었다.

지난날 순이가 사랑하던 두뇌와 푸른 잔디밭 고독한 외길은 잡초가 무성했다.

때로는 생존의 이유를 표현하던 바람 소리도 비껴갔다.

이웃에서 들려오는 것은 요란한 불도저의 요란한 소음, 멀리 아카시아 숲 건너 공장 굴뚝에서는 검은 연기를 뿜고 있었다.

자본과 상품, 어느 누구를 살찌게 하는 연기임에 틀림이 없다.

정남향의 아파트 단지에서는 갈등과 문명을 허한 땅 이웃에 묻어두고, 시름과 고통에 시달리던 사람들은 부도난 어음처럼 황량하게 뒹구는 낙엽을 모아서 모닥불을 지피고 있었다. 오늘의 이 대감 망할 대감은 유구무언이었다.

하늘과 땅 사이, 그 많은 세월 속에서 현실에서

우리 모두 산을 벗 삼아 살자는 친구는 있어도

우리 모두 바다를 벗 삼아 살자는 친구는 있어도

우리들의 가슴을 소낙비처럼 속 시원히 적셔주는 사람은 없었다.

동지 섣달, 눈 내리는 토요일 밤 서로 이웃에 사는 반골과 속물 두 사나이는 오래간만에 주먹다짐 끝에 피투성이가 되었다.

서로 영웅이 되고 기사가 되고. 신사는 되지 못한 시민, 선량한 동지는 적이 되었다.

우리의 신, 우리의 제신은 현장에서 죽은 것이다. 오늘의 이대감 망할 대감은 유구무언이었다.

시관과 조형이 어떻다면서

조석으로 아스피린 두 알씩 먹고 머리를 식히는 친구를 위해, 건강과 정력이 어떻다면서 조석으로 인삼 녹용을 복용하는 친구들을 위해서

오늘의 존재는 비판과 욕설 짜증만 남겨놓고

우리들 종합소득세를 낸 사람들의 세월은 가는 것이다.

—《현대시학》, 1996. 1.

곤드레만드레의 인식

박달재는 동네에서 흔히들 박 각하로 불렀다.

그 이웃의 이웃의 이웃에서도 각하로 통칭했다.

어느 날 아흔아홉 칸 대궐 같은 한옥에서 자취를 감춘 것이다.

그의 만년은 대체로 젊은 마누라에 의지하면서 살았다.

젊은 마누라는 그의 세 번째 첩이었다.

그러나 늙은이와 젊은이는 하루같이 부부싸움, 이제 젊은 마누라는 늙은 영감을 대놓고 집을 나가라는 것이었다.

어느 날 젊은 마누라는 돈도 없겠다 그것도 구실도 시원치 않은데 무슨 재미로 사느냐고 손에 닥치는 대로 물건을 던지는가 하면 대문간에 기거하는 마당쇠를 부르더니 이 늙은이를 청계천에 가서 버리라는 것이었다.

마당쇠는 시키는 대로 둘러업고 청계천 근처에서 버리고 돌아왔다.

그날부터 마당쇠는 밤마다 안방의 귀하신 사나이가 되었다.

천구백오십오 년 오월 어느 날 밤의 일이었다.

그 후 동네의 쑥덕공론은, 그가 망령이 나서 을지로 어느 골목에서 쓰레기통을 뒤졌다는 둥, 이웃 어떤 여인은 마포 도화동 극장 앞에서 누더기를 쓰고 구걸하더라는 둥, 종로에서 동대문에서 서대문에서 왕십리에서 한강 가까운 용산에서 가가호호마다 가지가지 소문이 자자, 파고다 공원에서 노인정에서 목욕탕에서 소문이 들려왔다.

소문은 춤을 추면서 장안의 화제는 꼬리에 꼬리를 물고 성장했다.

복덕방 영감은 말쑥한 양복에 도리우찌를 쓴 각하가 다방 출입을 하는 것을 봤다는 둥, 옛 명월관 친구는 하오리 하카마에 게다를 신고 단장을 짚고 조선호텔을 출입하는 것을 머언 발치에서 지켜봤다는 둥, 그의 옛 애인은 종로 네거리의 화신백화점 옥상에서 투신자살한 시신을 목격한 위인이라고 자처하기도 했던 것이다.

그는 일제 때 동경 유학을 가서 부모가 하라는 공부는 하지 않고 당구장에서 살았는가 하면, 긴자에서 일본 계집을 호리는 데만 열중, 끝내는 임질과 매독으로 병원의 피부비뇨기과를 찾는 데 열중했다.

학비는 대체로 임질 매독을 치료하기 위해 육백육 호를 맞는 데 쓰여졌다.

후일 알려진 바에 의하면 귀국 중 관부연락선에서 고등계 형사의 뺨을 늘씬하게 갈겼다는 무용담이 남아 있다.

그의 일본말은 일인 못지않은 유창한 일어였다고 한다.

분한 고등계 형사가 그를 조회하니 그는 틀림없는 박만식 후작의 아들임에 틀림이 없었다.

다시 말하면, 박달재는 죽은 아버지의 후작을 승계하여 실은 각하가 되었던 것이다.

각하의 유일한 애국은 고등계 형사의 뺨을 한 대 갈긴 것밖에는 없었다.

그의 사상은 오직 고대광실에서 호의호식하는 것과 계집과 놀아나는 것이 전부였던 것이다.

그것은 박달재 각하에 대한 장안의 소문이었다.

실은 박달재 각하는 젊은 마누라에게서 쫓겨난 뒤 첫 번째 안식처는 을지로를 거점으로 삼았다.

그는 오줌을 쌀 때마다 개가 개가 오줌을 싼다면서

소리치는 것이 일과, 그의 유일한 인식의 언어였다.

그 언어는 석 달 열흘간 계속되었다.

두 번째 안식처는 마포로 옮기면서 거점은 확대되었다.

이곳에서도 처음에는 오줌을 쌀 때마다 개가 개가 오줌을 싼다면서 소리소리쳤다.

반응이 없자, 이번에는 똥을 쌀 때마다 친일파가 친일파가 똥을 싼다면서

소리치는 것이 일과, 그의 유일한 인식의 언어였다.

어떤 때는 박달재는 바위를 안고 짐승같이 엉엉 울기도 하였다.

그의 세 번째 안식처인 홍제원에 옮겨지면서, 거점을 상실한

그의 오줌과 똥의 인식의 언어는 무상한 나날을 맞았다.

객사. 박달재 각하는 홍제원에 온 지 한 달도 못 되어 죽어야 한다면서

하수구 쓰레기통 옆에서 쓰레기와 같이 쓰레기같이 죽은 것이다.

우리가 사는 이 세상에서 이렇게 여자를 좋아하다보면 박달재와 같이 이렇게 곤드레만드레의 인식의 인생이 되는 것이다.

—《현대시사상》, 1996 여름.

생존生存과 생명生命

서울을 떠난 스위스 여객기는 제주도를 우회 상해에서 이만 칠천 피트 상공, 북경을 거쳐 만리장성을 넘었다.

여객기가 하늘을 나르는 것이 아니고 지구가 돌고 여객기는 제자리 걸음으로 떠 있다.

만리장성을 넘으니 여객기의 실내 항공 컴퓨터 기기 지침은 고비사막을 가리키더니 우랄산맥을 넘고 있었다.

러시아의 대평원 고요한 돈강 지평, 그 초원은 끝이 보이지 않았다.

나는 역사의 뒤안길을 찾기 위해 잠시 눈을 감았다.

우리의 조상인 우랄 알타이어족을 찾는 것이었다.

그 옛날 우랄 알타이어족은 터키를 출발 낙타대상을 앞세우고 일부는 실크로드를 향하고, 일부는 우즈베크에서 동북을 향해 떠났다.

우즈베크를 떠날 때만 해도 눈과 코와 이마와 턱은 입체적이었는데 고비사막의 모진 바람과 모래로 인해 조금씩 변모, 드디어 영양실조까지 겹쳐 안공은 튀어나오고 코는 두리뭉실해져서 평면이 되었다.

모진 모랫바람으로 인해, 그 구레나룻 수염도 나날이 위용을 감췄다.

떠날 때의 수많은 낙타는 대상들의 식수가 되고, 일부는 원주민의 약탈에 희생되었다.

살아남은 짐승은 병고로 죽어갔다.

함께 동행했던 말들도 몽고초원에 도달했을 때는 몇 마리가 살아남았을 뿐이다.

고비사막은 우랄 알타이어족의 공동묘지, 모래 밑 지하에서 화석이 되있을 것이다.

우랄 알타이어족의 동방에의 대장정은 여기서 끝난 것이 아니었다.

그로부터 몇천 년 뒤에는 몽고에서 퉁구스를 거쳐 한반도로 남하, 그것이 오늘의 우리의 조상이다.

압록강 이남은 봄이 한창이었다.

꽃나무 이웃에는 사슴의 무리들이 진을 치고 뛰어놀고 있었다.

옛날 북쪽에 자리 잡았던 고조선과 옥저·읍루·예맥, 그리고 고구려는 우랄 알타이어족의 후예들이다.

나는 기내를 두리번거리다가 기내 컴퓨터 기기의 지침이 사만 구천 피트 영하 육십 도.

여객기는 러시아 대평원을 벗어나서 벨로루시의 상공을 비행하고 있었다.

러시아의 혹한을 생각하다가 스탈린그라드가 생각났다.

독소전 최후의 공방전, 이곳에서 나치 독일군은 추위와 기아로 인해 소련군에 패했던 것이다.

이때 승기를 잡은 스탈린은 슬라브 민족의 단결을 호소하면서

전선의 소련군을 독전, 독일에의 총진군령을 하달, 누더기를 걸친 소련군은

폴란드의 바르샤바로 진격, 에벨 강을 건너 일로 서부로 독일로 야포를 끌고 또 추격했다.

이때만 해도 잉여가치와 계급의식이 투철했던 주이코프 꺼삐단은 이데올로기에 호의를 갖기 시작했다.

베를린이 가까워지면서 나치 독일군의 저항이 심해지자 소련군은 곳곳에서 잔학 행위가 시작되었다.

주이코프 꺼삐단 휘하의 소비에트 적위군은 투항하는 포로를 무차별 총살하기 시작했다.

살아남은 민간인까지 독전대를 동원하여 총살했다.

빵과 목숨을 서로 바꾸기도 했다.

그 주이코프는 원래 제정 러시아의 귀족, 붉은 귀족이었던 것이다.

그도 반동으로 몰려 께삐우에 의해 적전에서 총살당했던 것이다.

주이코프 대신 새로 부임한 코코프스키 꺼뻬단은 스물두 살로 생사
의 개념이 무분별한 열렬한 스탈린주의자였다.

적을 보면 무조건 자본주의자로 몰아 즉결 처분했다.

생존의 역사는 이런 것이었다.

생명의 역사는 이런 것이었다.

스위스 여객기는 오스트리아 국경을 넘으면서 실내 컴퓨터 기기의
지침은 만 피트 영하 십 도로 하강, 스위스까지는 삼십 분 남았다고 가리
키고 있다.

여객기는 알프스산맥을 헤엄치듯 선회하다가 짙게 안개 낀 공항 활
주로를 서서히 미끄러지면서 내려앉았다.

서울에서 쮜리히까지 열세 시간의 기인 항로였다.

—《현대시사상》, 1996 여름.

현실現實과 비현실非現實

여자로서의 가계장부와 설거지 등속이 끝나면 여자로 살지 말고 단순한 인간으로 살라는 충고를 듣고는

남편의 귀가가 늦은 밤이면 여자로서의 직감은 바람이 난 남편이 밉고 야속하기만 했다.

남편은 늦게 돌아와서도 으레 남자로서의 실속은 차렸다.

혜숙이는 자궁에 혹이 있는 것 같다는

의사의 진단을 액면대로 받아들여서 남편의 권고대로 입원, 그 의사의 집도로 자궁을 수술 절제했다.

회복실에서 병실로 옮겨진 뒤, 남편은 아내에게, 이제 자궁이 없으니 코밑과 턱밑에는 수염이 날 것이고 목소리는 소프라노에서 바리톤으로 변성할 거라는 죠크를 뱉어놓고 떠났다.

남편의 독설에 반신반의 하면서도 참고 견디는 수밖에 없었다.

남편은 하루가 멀다 하고 웃음 띤 얼굴로 찾아와서 농담을 던지고는 자리를 떴다.

한 달 남짓한 입원생활에 혜숙의 성대는 변성하지 않았다.

반년 뒤에는 코 밑과 턱수염이 나지 않아 오히려 걱정스럽기만 했다.

다만 여자라는 신분으로 살아 있다는 것에 기적 같고 때로는 우울하기만 했다.

혜숙이는 오빠의 권유로 프로이드의 정신분석 번역판을 읽기 시작했다.

여자라는 생명을 잃고 여자라는 생존에 의존하면서

꿈속에서 거리에서 장미꽃 한 송이를 사들고, 그 향기의 진부를 다짐하기 위해 코끝으로 냄새를 맡으니 젊은 날을 찾는

순간. 뜻밖에 열아홉 살이 되는 것이었다.

혜숙이는 장미꽃을 들고 여자임을 다시 확인한 것이다.

왕성한 체력에 요염한 육체임을 새삼 깨달으면서

대꼬치같이 마른 남편이 새삼 그리워지는 것 같았다.

이번에는 그이는 무병하고 그것을 달래기 위해 오입을 했다면 그것이 무사하지 않을 것 같아 몹시 걱정이었다.

수술을 담당한 의사는 수술부분의 실을 뽑고는 수술이 완벽하니 이제는 시집을 가도 된다는 농담에 가슴 한구석에서 무엇인가 속삭이고 있었다.

남자는 도둑놈, 믿는 년이 죽일년이라면서 채찍을 들었다.

혜숙이는 퇴원하여 집에 돌아온 사흘이 되는 날 밤에 뜻밖에 번개와 소낙비를 동반하는 심야 낙뢰에 놀래어, 그이의 이불 속으로 미끄러져 들어가서

동침. 오래간만에 여자가 되기도 하였다.

생존하는 밤이 아니라 생명하는 밤이 되었다.

혜숙이 군소리 없는 것으로 보아, 남편은 행복한 밤, 즐거운 밤이 되었다.

혜숙이도 그이를 꼬집고, 그이도 시종 애무에 응한 것으로 보아 완벽한 부부가 되었던 것이다.

그날 밤, 혜숙이는 삐걱거리는 침대였지만 자신의 완벽에 자신을 얻었다.

그러나 남녀의 사랑은 이렇게 싱겁고 지저분한 것 같으면서도 낮보다는 밤이 한결 천지가 되는 것 같았다.

그날 밤 남편은 의외로 정열적인 것 같았다.

준사월은 바람과 함께 꽃나무 앞에서

부부는 아교같이 사탕같이 꿀같이 끌어안고 잠에서 깨어나지 않고 있었다.

그들은 꿈속에서 부부라는 미명하에 단지 벌거벗은 남녀였던 것이다.

밖은 사월의 하늘답게 꽃바람이 유리창을 흔들고 있었다.

이웃 담장에서 피어오른 벚꽃은 환하게 웃고 있었다.

— 《현대시학》, 1997. 1.

시베리아의 오몽녀五夢女

아시다시피 오몽녀는 상허 이태준 처녀 단편소설이다.

상허는 오몽녀를 들고 문단에 발을 들여놓고 그 작품으로

그는 일약 신진작가로 주목받았는가 하면, 또한 그의 재능을 약속받았다.

오몽녀는 함경북도 웅기지방의 빈민촌의 한 고아로서

성장. 끝내는 소경이 무당의 양녀로 가서 소경의 지팡이가 되었다.

소경 무당의 수입으로는, 그 가세를 꾸려나갈 수 없어 새벽에는 마을의 이웃 갯가에 나가 낯익은 어부로부터 생선을 받아서 이웃마을 아랫마을에서

소매. 때로 외상으로 때로는 곡식과 등거래로

매매. 하루 세 끼를 먹는다는 것은 지극히 어려웠다.

때로는 마을의 돈 많은 오입쟁이의 유혹을 받기도 했다.

마음은 단단했지만 몸은 불가살이었다.

때로는 갈대밭에서 때론 수풀 우거진 돌각담 건너에서 욕을 보기도 했다.

그때마다 노랭이 자식들은 돈 오 전으로 오몽녀의 몸을 착취했지만, 다음부터는 협박으로 일관했다.

당시 돈 오 전이면 담배 마꼬 한 갑 값이었다.

봄이 가고 가을이 접어들면서 오몽녀는 제법 여자가 되었다.

그의 열일곱 나이는, 그를 토실토실한 여자로 만들었을 뿐만 아니라, 늘씬한 키에 어데 나무랄 데 없는 몸매 얼굴은 달뗑이었다.

오몽녀의 엉넹이는 뭇 청년들이 가슴을 두근거리게 했다.

오몽녀의 웃음은 야성적인 데 비하여 뇌살에 가까웠고, 웅기 일대의 청년들의 가슴을 휘어잡았다.

삽시간에 이웃에서 이웃으로 번져갔다.

밤마다, 그의 집의 주변에서는 휘파람과 피리로서 유혹을 하기도 했다.

어느 날, 오몽녀는 함지를 이고 갯가로 나갔다.

갯가에는 조그마한 범선이 파도에 흔들리고 아무도 없었다.

오몽녀는 덥석 배에 올라탔다.

아침에 잡아 온 생선이어서 고기는 싱싱, 이 생선을 자기의 함지에 주워담고 있는데 배는 벌써 육지에서 먼 바다에 흘러가고 있었다.

이때 어부는 선창에서 나와 웃음 띤 얼굴로 나타났다.

그들은 말없이 어부가 배를 대는 바위섬으로 올라갔다.

오몽녀는 그 어부와 정을 통했다.

그 뒤 오몽녀는 아침마다 선창에 나가서 어부와 놀아났다.

돌아올 땐 생선 한 함지씩 이고 돌아왔다.

날이 궂은 날 주재소 순사가 허리에 찬 칼 소리를 내면서 오몽녀 집을 찾아가 소경이 점쟁이를 찾았다.

이미 오몽녀는 점쟁이의 아내가 되어 있었다.

오몽녀의 남편은 오몽녀의 거동이 수상함을 일찍이 눈치챈, 그 남편은

집을 방문한 주재소 순사의 멱살을 붙잡고 활극. 그의 남편은 오몽녀의 정부가 주재소 순사라고 단정했던 것이다.

서로 주먹이 오고 가고 칼놀음이 한참 오고 갔다.

그리고 얼마 뒤 오몽녀는 어부와 함께 조그마한 범선을 타고 국경을 넘어 블라디보스톡으로 도망갔던 것이다.

그 후 오몽녀는 아들 딸 낳고 시베리아에서

반농반어로 살아 있다는 얘기가 들려왔을 뿐 그 행방은 묘연했던 것

이다.

—《현대시학》, 1997. 1.

18일日 18시時

독자 여러분. 제가 제임스 조이스의 소설 일리아드에 등장한 미쎄스 부룸입니다.

항구도시 더블린의 부두 뒷편에 뉴 더블린 호텔에서 알게 된 한국 시인 김천하를 소개받아서 기쁩니다.

김천하는 후리후리한 키에 눈은 검어서 정열적이고 머리는 반백 아랑 드롱과 같이 호남, 이런 호감에서

미쎄스 부룸은 김천하에게 자신의 자서전을 써달라고 요청해왔습니다.

이 이방의 동양인은 중국인도 일본사람도 아닌 매력 있는 사나이, 몽고 계열의 코리안이었습니다.

허스키한 목소리는 전위음악의 가수를 연상, 첫눈에 호기심으로 포옹, 신사 중의 신사로 섹시한 것이 마음에 들었습니다.

그날 밤 미쎄스 부룸과 김천하는 함께 술을 마시고 헤어져 잤는데

아침에 부룸은 김천하의 침대에 벌거벗은 몸으로 누워 있었고, 김천하는 간밤의 의식을 회복하려고 위스키를 마셔가면서 노력했으나 허사였습니다.

아 인생의 우연은 이런 것이라고 자탄도 했지만, 이미 범한

동침. 다시 김천하는 침대로 기어들어가서

그의 육체에 매료되어, 그를 포옹하니 그도

이 동양인을 보고 미소, 동서의 남녀는

이렇게 비상경계선을 넘어, 국경을 초월했습니다.

아일랜드의 십일월은 우기, 미쎄스 부룸과 김천하는 비 오는 아침의 항구와 바다, 부두를 산책하면서

더블린 중심가의 레스토랑 아일랜드에서 점심을 마치고 시내를
관광.

아일랜드에서의 하루는 귀신에 홀린 것 같은

열여덟 시간. 미쎄스 부룸의 노예, 죽어서도 잊을 수 없는 여자에게
죽어서도 다시 만나고 싶은 여자였습니다.

생사에 순서가 없듯이, 그의 실토는

그날 밤의 즐거움은 살아서 죽어도 여한이 없다는 것이었습니다.

예언자 마르크스도 프로이드도 아우스핏츠의 유태인도 예언으로 죽
었고, 미쎄스 부룸도 김천하는 예언이 없이도 죽을 것입니다.

미쎄스 부룸의 사랑은 완벽한 열여덟 시간.

김천하가 부룸을 만난 시간은 십팔일 열여덟 시간, 부룸과의 열여덟
의 동거 끝에 김천하는

그날 김천하는 미쎄스 부룸과의 더블린 공항에서의 이별도

열여덟 시. 그의 자서전 집필을 위한 자료를 수집키 위해 일단 빠리
로 날아갔습니다.

독자 여러분. 김천하는 미쎄스 부룸의 자서전을 쓰기 위해 이달 십팔
일 십팔 시에 고국으로 갈 예정입니다.

독자 여러분. 김천하의 미쎄스 부룸의 전기를 고대하시기를 바랍니다.

—《현대시학》, 1997. 1

콩크리트 사막에서의 탈출脫出

1. 주먹구구식 캐릭터*

그 소설가는 까페 한쪽 구석에 홀로 앉아서

뉴욕 타임스를 읽으면서도 다음 신문연재소설의 테마와 캐릭터에 신경을 곤두세웠다.

신문소설이라 역시 에로틱한 것, 과부와 노총각의 스캔들을 써보고 싶었다.

이때 검은 베레모에 검은 점퍼에 청바지 차림의 후리후리한 키의 친구 화가가 나타났다.

화가는 장안 화단에서 여자를 몹시 좋아하는 엽색가로 알려진 오입쟁이였다.

잠시 후 소설가와 화가는 의기투합하여 연재소설의 줄거리를 왈가왈부하기에 이르렀다.

화가는 여자가 어떻고 그것이 어떻다면서

기왕이면 신문도 많이 팔리고 독자도 얻고, 단행본이 나오면 짭짤하게 수입도 올리는 작품을 쓰는 것이 어떠냐고 중얼거렸다.

뉴욕 맨하탄 빌딩 숲 뒷골목의 담벽에 아무렇게나 페인트로 그려진 난폭한 포르노 같은 장면도 있어야 한다고 역설하고는

르나르의 그림, 그 풍만하고 앳된 얼굴의 목욕탕의 여자는 어떻다면서

---

* 《현대시학》 1998년 1월호에는 이 작품의 소제목 '주먹구구식 캐릭터'와 '러브 호텔에서의 큐비즘 운동'에 번호가 없지만 여기에는 각각 1과 2 번호를 달았다.

다시 화가는 목청을 높이면서 요염한 사십대 초반의 과부의 엉덩이 이야기를 하면서

그 엉덩이를 이태리의 흰 대리석 같은 엉덩이로 그려보는 것이 어떻냐고도 했다.

이에 소설가는 화가에게 중구난방의 얘기는 그만하고 화가의 엽색 과정의 하나만을 들려달라고 했다.

말하자면 화가가 지난 봄 사십대 초반의 과부와 놀아났다는 러브 호텔 사건을 들려달라는 것이었다.

소설가는 화가를 중국집으로 유인, 대낮부터 빼갈을 마시면서 화가의 그 사십대 초반의 과부와의 엽색 이야기에 귀를 기울이면서 메모하기에 바빴던 것이다.

2. 러브 호텔에서의 큐비즘 운동

화가의 첫마디는 달이 뜨는 세상에서 가장 섹스를 좋아하는 동물은 인간이라고 지적했다.

여자는 중절모를 찾고 남자는 고무신짝을 찾는다는

그 에잇 에잇 시인의 시를 중얼거리면서

그들 남자와 여자는 어떤 기회에 서로 눈이 맞으면서 처음에는 데이트하고 다음에는 산책 끝에 나무가 우거진 숲이나 해변을 찾으면서

수줍고 부끄럽고 어색하던 대화는

이제 시간과 공간을 초월하면서

시기와 질투로 그것과 무엇이 어떻다면서

드디어 사랑을 고백하고 끌어안고 어쩌구 저쩌구의 밀어는

서로의 가슴의 장미를 꺾어 들고 정신적 육체적 고통을

호소. 밤마다 성적 충동의 가시밭길에서

몸부림 맘부림* 끝에 살아서 죽을 수는 없다면서 어두운 밤길을 죽어서 살아서 몸부림 맘부림 끝에는

밤마다 꿈속에서 살아서 죽어서 지옥에서 죽어서 살아서

드디어 어느 날 그 연상의 과부는 연하의 화가의 화실을 찾아서 스스로 누우드 모델을

자청. 화가는 어디서 굴러들어온 떡이냐면서

확실히 문을 잠그고 확실히 창문의 커텐을 친 다음, 확실히 대낮같이 백열등을 밝히고는

정신없이 사정없이 데생, 이태리 대리석같이 흰 육체를 정신없이 사정없이 형상화하고는 확실히 백열등을 끄고 확실히 커텐을 걷우고 보니 확실히 화가의 화폭에는 확실히 풍만하고 요염한 여인이 그려져 있었다.

그 엉덩이는 이태리 대리석 같이 희고 풍만하고 요염한 엉덩이였던 것이다.

그리고 확실히 문을 잠그고, 확실히 그 여자의 확실히 자가용을 타고 확실히 어두운 뒷골목을 빠져서 약속이나 한 듯이 술집으로 달렸다.

화가는 자동차 속에서 르나르가 되고 화가는 마티스가 되고 때로는 뭉크가 되어서

자동차 속에서 머리 속에서, 다시 그 누드에 화필로 굵게 선을 긋고는

채색. 어느덧 낯익은 술집이 아닌 청량리를 빠져서 망우리고개를 넘어서 덕소를 거쳐 달려라 팔당, 달려라 달려라 양수리를 외면하면서 남한강을 끼고 양평가도를 달리면서

| * 발표지에는 '몸부림 몸부림'으로 되어 있다.

오늘의 지평에서 오늘의 수평에서 러브 호텔에서

하차. 연상과 연하의 남녀는 호텔 빠에서 처음에는 포도주로 목을 축이고, 이어서 독한 위스키를 들었다.

연상과 연하의 남녀는 호텔 뽀이의 안내로 호텔 룸에 안내되었다.

혼욕. 연상의 여인은 훌훌 옷을 벗어던지고는 이태리 대리석같이 흰 엉덩이를 과시하면서 탕 속에서 연하의 남자를 유혹했다.

여자가 시키는 대로 남자는 실오라기 하나 걸치지 않은 탕 속에 뛰어들었다.

서로 벌거벗은 짐승이 되었다.

서로 기름진 등과 사타구니를 밀며 당기면서

세속의 온갖 음담패설과 같은 대화가 오고 가는가 하면, 죽일년 살릴놈에서 살릴년, 죽일년이라면서

이 좁은 세상을 웃기고 또 웃겼던 것이다.

목욕탕에서 나온 두 나체는 묵묵히 한 침대에서 한 이불 속에서

상하좌우 운동 속에서 몸부림 맘부림 끝에는

뭉크의 그림 절규와도 같은 비명이 들렸다.

때로는 여우같이 때로는 늑대 같은 짐승으로 변신했던 것이다.

—《현대시학》, 1998. 1.

속續 시베리아의 오몽녀五夢女

1. 사탕 같고 꿀 같고 아교 같고*

오몽녀와 그의 애인이 연해주 두만강 하류의 삼각지 이웃 해변에 도착한 것은 이른 새벽이었다.

그 주변은 어둠과 함께 짙은 안개로 뒤덮여 있었다.

한동안 쪽배에서 남녀는 부둥켜안고 물고 빨았다.

그 무렵만 하더라도 쏘비에트 러시아의 연해주 일대의 국경 경비는 러시아 내전으로 비교적 소홀했다.

오몽녀와 그의 애인은 강변 숲속에서

오몽녀의 치마로 서로의 몸을 감싸고 땅바닥에 누워서 하루해가 서산에 기울기를 기다리면서

포옹. 이제 그들은 흔한 세상의 젊은 남녀가 그랬듯이 어엿한 아내가 되고 남편이 되었던 것이다.

그 이웃에서 짝을 잃은 순록은 언덕과 숲을 기웃거리고, 산토끼는 두리번거리면서 시냇물이 흐르는 계곡에서 조심스럽게 먹이를 찾고, 다람쥐는 음지에서 한가롭게 도토리나무 아래 수풀 속에 산재한 도토리를 쫓고 있었다.

오몽녀의 부부는 오랜만에 걱정 없이 따사로운 자연을 만끽했다.

오몽녀의 부부는 학교문간에도 가보지 못한 일자무식이었다.

---

* 《현대시학》 1998년 1월호에는 이 작품의 소제목 '사탕 같고 꿀 같고 아교 같고'와 '밤마다 연해주에서는 학습과 자아비판'에 번호가 없지만 여기에는 각각 1과 2 번호를 달았다.

오몽녀의 부부는 단지 세상은 산이 있고, 산은 나무와 우거진 숲만 있으면 되었고, 바다는 고기와 밀려오는 파도와 물새만 있으면 되었다.

자연의 논리와 인생의 인식은 단순했다.

그리고 살아가는 데는 돈이라는 존재와 지혜는 필요하지 않았다.

밤마다 서로 그것을 확인하고 밤마다 재미를 보며 사탕이 되고 꿀이 되고 아교가 되는 것이 사랑이라고 생각했다.

남자는 억센 힘과 노동력과 여자를 보호하는 능력과 잠자리 기술만 갖추면 된다고 생각했다.

우둔한 여자는 삼 년에 한 번씩 우둔하게 자식을 낳는 것이라고 믿었다.

그날 밤 만 가지 생각과 언덕과 숲을 뒤로 그 건너 집단 고려인 마을을 찾아나섰다.

우선 마을 어귀에서 등불을 찾아, 그 집 앞에서 헛기침을 하면서, 그 집 주인을 찾았다.

허름한 차림의 장년의 아주머니의 접대로 부엌의 정지로 안내되어, 피차 고려인임을 확인했다.

그 집 주인은 고려인 지도원의 집이었다.

오몽녀 부부는 자초지종을 이야기하고, 고려인 지도원의 권유를 받아들여 당분간 지도원 가족의 신세를 지기로 했다.

오몽녀 부부는 두만강 강변 황무지 개간의 허가를 얻어서, 그 일대의 나무를 찍고 밭을 일구었다.

오몽녀 부부는 밤낮을 가리지 않고 나무를 찍어서, 그 나무로 자작나무숲 이웃에 자그마한 움막 같은 집을 지었다.

다음 해 봄에는 조그마한 감자밭과 수수밭을 장만하여 씨를 뿌리고, 그 밭둔덕에는 옥수수까지 심었다.

그 개간시가 오몽녀 부부의 텃밭이 되고, 뮤전옥답이 되었다.

구름이 연해주에서 두만강을 건너 함경도로 건너가는 날에는
두고 온 고향 웅기와 그리운 산천이 가슴을 휘어잡았다.
추수와 함께 오곡을 거둬들이면 어느 고려인보다도 행복하기만 했다.
닭을 기르고 돼지를 치고, 지난겨울에 제 발로 걸어들어온 사슴을 기르는 것이 살아가는 낙의 하나가 되었던 것이다.

2. 밤마다 연해주沿海州에서는 학습과 자아비판

또다시 추운 겨울과 꽃이 피는 봄이 가고 녹음이 무성한 여름이 찾아오면서 오몽녀는 입덧과 함께 배가 부르기 시작했다.
오몽녀의 남편은 싱글벙글, 아버지가 된다는 현실에서
눈만 뜨면 호미 들고 감자밭과 수수밭 이랑의 제초에 온갖 힘을 쏟았다.
비가 오는 날이면 두만강 삼각주 이쪽에서 쪽배를 띄워놓고 오몽녀가 먹고 싶다는 산천어나 잉어 등 어물을 그물로 낚았다.
혼잣말로 산모에게는 미역이 제일이라면서
반농반어의 생활이 고맙고 즐겁기만 했다.
늦가을부터 겨울에는 마을의 고려인과 더불어 연해주 일대 능선 우거진 숲에서 덫을 놓고 길 잃은 토끼와 순록, 길 잃은 멧돼지 등을 쫓는 북국의 멋진 사냥은 일품이었다.
사냥을 즐기던 어느 고려인은 얼마 전에 웅기를 다녀왔다고 귀띔도 해 주었다.
고국산천은 흉년이 들어 조석이 간 데 없고 남자들은 아오지탄광으로 품팔이 가고, 얼굴에 황달기의 아녀자들만이 집과 마을을 지킨다고도

했다.

그리고 그 동네의 누구는 염병으로 죽고, 아무개는 스파이 혐의로 잡혀가서 소식이 없다고도 했다.

그날 밤 오몽녀의 남편은 아내의 아랫배를 쓸어주면서 자기 이름은 삼돌이라고 처음으로 밝혔다.

날이 새면서 오몽녀는 진통 끝에 이웃 산파어마이의 도움으로 옥동자를 낳았던 것이다.

오몽녀와 삼돌이는 오몽녀의 오자와 삼돌이의 삼자를 따서 오삼이라고 지었다.

그 후 쏘비에트 러시아는 중앙 시베리아에서의 백계 러시아인의 저항을 소탕하고는

갑자기 연해주에 살고 있는 고려인들의 호구 조사를 실시하면서

마을 지도원의 지시로 오몽녀와 삼돌이의 이름은 오몽녀안나가 되고 삼돌이토프가 되고, 아들의 이름은 오삼토프가 되는가 하면 그들의 성씨는 킴스키가 되었다.

어쩔 수 없이 공산당 지도원에 의해 쏘비에트 러시아의 창씨개명으로 쏘비에트 러시아의 소수민족 까레이스키가 되었던 것이다.

킴스키 부부의 러시아어는 기껏해야 다와릿치에서 꾸시꾸시다와이에 이어서 스타린 우라 정도의 외마디가 전부였다.

그리고 연해주 일대에도 공산당 세포조직이 강화 확대되면서

밤마다의 집회에서 학습에서 자아비판을 강요당하고, 밤마다 스파이가 어떻고, 밤마다 반동분자가 어떻다고 했다.

밤이 낮이 되면, 그 누가 잡혀가고, 그 어느 누가 고문과 자백 끝에 총살을 당했다는 소문이 자자하게 나돌았다.

점차 연해주 일대의 고려인 까레이스키의 생활에도 변화가 일어났다.

킴스키 부부는 밤마다 이불 속에서 연해주 두만강변에서의 콩 볶는
듯한 총소리를 밤마다 밤마다 이불 속에서

킴스키 부부는 기관단총의 총소리로 밤잠을 설쳤던 것이다.

—《현대시학》, 1998. 1.

이 풍진 세상의 풍경風景

우리들의 생애에는 그곳에 산이 있었다.

우리들의 생애에는 그곳에 바다도 있었다.

그리고 우리들이 사는 그 이웃에는 폐허가 있었고, 그 이웃에는 사막도 있었다.

폐허와 사막의 그 이웃에는 엠완 소총의 탄흔과 대전차포의 불발탄과 하늘에서 퍼부었던 융단폭격의 구멍과 흩어져 뒹구는 파편만이 널려 있었다.

또한 공산군에 짓밟힌 발자국만이 남아 있었다.

그리고 생존을 위해 복면을 한 칼잡이가 있었고 몽둥이와 주먹이 난무했고, 드디어 살아남기 위해 결사적 흥정도 있었다.

그 거리에는 그 골목에는 가가호호에는 저격병이 있었다.

그리고 심야에는 남대문에서 명동에서

그리고 종로 네거리에는 주정뱅이들이 전신주를 붙잡고 아무렇게나 오줌을 갈기는 수캐도 있었다.

살아남기 위해서는 칼과 몽둥이와 주먹의 흥정 끝에는 파출소와 감옥이 기다리고 있었다.

오늘의 삼국지 뒤에는 범죄의 뒤에는 기어코 앙칼진 여자가 있었다.

산을 사랑하던 위인은 산에서 죽었다.

바다를 사랑하던 위인은 바다에서 죽었다.

기어코 살아남은 사나이의 가슴에는 문패도 번지수도 없었다.

기어코 살아남은 여인의 가슴에는 홍도의 눈물만이 있었다.

아 살아남은 시인의 가슴에는 에이쌍 달이라도 뜨는 에이쌍 어쩔 수

없는 밤이면 고개도 들지 않고 낯익은 술집으로 달리어 가는 에쎄닝의
시도 있었다.

우리들은 술을 마시고 장미 한 송이씩을 꺾어 들고 뱃고동과 함께 열
두 하늘의 날라리가 되었다.

우리들은 프로이드와 함께 악몽과 함께 죽어서 살아서 열두 바다의
날라리가 되었다.

부레이토와 형이상학이 어떻고 어떻다는 그 친구는 죽었다.

죽음만이 인생의 전부가 아니라는 그 이웃에는

민들레와 코스모스, 그리고 해바라기와 같은 생명도 있었다.

그 생명에는 오만과 편견이 있었지만, 그것을 제거하기 위해서

때로는 법으로 때로는 불법으로 중세적인 제재도 있었다.

그 시간과 공간은 엠마뉴엘 칸트를 제쳐놓고 헤겔에서 포이엘밧하에
이은 마르크스의 계급투쟁과 유물사관을 외치던 그 못생긴 오척단구의
천년도 있었다.

오백 년을 살았다는 느티나무의 이웃에서 그 이웃에서

소외의 그늘에서 호수가 되고 나그네가 되었다.

김동명의 파초의 조국에서 정직하게 세금을 내는 소시민도 있었다.

무덥던 그 여름이 가면서 귀뚜리 우는 가을이 오면은

낙엽은 포오랜드 망명정부의

지폐. 김광균의 이 시를 우리들 가슴의 깊은 곳에 묻어놓고는

우리들은 종로나 안국동으로 그리운 벗을 찾아나서는 것이다.

그곳에는 우리들 생애의 멋진 산이 있었다.

그곳에는 우리들 생애의 멋진 바다도 있었다.

그리고 그곳에는 우리들 생애를 위해 미소 짓는 그림 같은 여인도 있
었다.

그 이웃에는 살아서 죽어서 사는 늙은 친구들이 모여앉아 덕담을 늘
어놓던 광장도 있었던 것이다.

—《현대시학》, 1999. 1.

산홍山紅이 이야기

　팔일오 해방이 되면서 산홍이는 남매의 아버지인 마르크스 보이가 꼭 돌아오리라고 믿었다.

　헐벗고 춥고 서러웠던 겨울이 가고 춘삼월이 돌아와도 마르크스 보이는 나타나지 않았다.

　세상은 온통 좌우의 입씨름과 흉흉한 메세지만의 언론이었다.

　그해 여름 아들 딸을 앞세워 마르크스 보이를 찾아 평양까지 가서 수소문했으나 북조선 소련 군정 하에서도 아무도 모른다고 했다.

　그곳에서는 옛 명월관을 드나들던 좌파 정치인과 지식인을 두루 찾은 것이다.

　그들은 한결같이 유구무언이었다.

　산홍이에게는 사회주의가 어떻고 공산주의가 어떻고 어떻다는 구호는 산홍이에게는 다모토리 한 잔보다도 못했다.

　실은 마르크스 보이는 산홍이와 같이 서울을

　탈출. 만주 쟈므스에서 지하생활 끝에 우스리 강 건너 소비에트 러시아로 망명했으나, 이웃의 밀고로 끝내 께뻬우에 체포되어 일본의 제국대학 출신이라는 성분 때문에 스파이로 몰려 고문과 함께

　끝내는 하바로프스크의 고려인 공산주의자들과 함께

　처형. 무고하게도 스파이로 몰려 학살을 당한 것이다.

　천구백삼십칠 년 팔월의 일이었다.

　그는 마르크스의 공산당선언에 이어지는 자본론의 잉여가치와 계급투쟁에 충실했던 마르크스 보이였다.

　그는 헤겔적 좌파에서 포이엘밧하의 유물론적 철학에 심취한 뿌르죠

아적 마르크스 보이였다.

그는 한마디로 일제하의 유교적 공산당원이기도 했다.

그 마르크스 보이는 사대부 양반출신의 부자집 지주의 막내아들이었던 것이다.

산홍이는 남으로 행하는 피란민의 행렬에 끼어 남매와 함께 서울로 돌아왔다.

산홍이는 서울 장안의 용하다는 점쟁이집을 두루 찾았으나 마르크스 보이의 점괘는 끝내 나타나지 않았다.

이웃에 흩어져 사는 명월관 출신의 자매의 도움을 얻어, 그들이 시키는 대로 굿판을 벌였다.

달 밝은 밤을 택해 무교동 무당집에서 돼지 대가리 등을 차려놓고 굿을 벌였지만 무당의 굿에서도 마르크스 보이의 생사는 확인할 수 없었다.

산홍이의 가슴 속 공동묘지에는 마르크스 보이만이 살아 있었다.

산홍이는 밤마다 마르크스 보이가 애용하던 베개를 안고 자야만 잠이 들었다.

그로부터 산홍이는 연 사흘 몸살로 누워 있는데

평양 기생학교 동기인 친구가 찾아와서 늘어놓던 수다 속에 공산주의자인 마르크스 보이는 무신론자이기 때문에 점괘나 굿판에 나타나지 않았다고 했다.

그 말은 분명 명월관 출신들의 입방아임에 틀림이 없었다.

그러나 산홍이는 그 뚱딴지같은 해석에 실망치 않고 살아서 죽어서

죽어서 사는 수밖에 없다는 생각 끝에 그가 사는 삼각동 이웃에 다모토리 술집을 차렸다.

그 옛날 명월관을 드나들던 준녀의 오입쟁이들도 찾아왔다.

그로부터 산홍이는 남매와 함께 먹고 살 만하니, 뜻밖에도 육이오 전쟁이 일어났던 것이다.

—《현대시학》, 1999. 1.

전영경의 생애와 시

_전용호

1. 시인의 길

시인 전영경(全榮慶, 1930~2001)은 1930년 함경남도 북청군에서 아버지 전성우全性遇와 어머니 안형순安亨順의 아들로 태어났다. 본관은 경주慶州이다. 그가 태어나고 얼마 후 그의 아버지는 일본 유학을 떠났고 전영경은 백부의 가르침 속에서 성장했다. 그가 유년기를 보낸 후 다시는 돌아가지 못한 고향 북청에 대한 기억을 전영경은 그의 시 여러 곳에 남겨놓았다. 전영경의 시 중에서 수작이라 할 수 있는 작품 「고향」은 제목 아래에 자신의 백부에게 바친다는 헌사가 달려 있다.

바람이 부는 언덕 아래 돌각담을 끼고 가깝게는 철따라 빠알갛게 익어가는 능금나무가 있고.
능금나무가 있는 마을을 구비 구비 돌아서
남으로는 이씨나 김서방이 산다는, 그 십리 밖에는
파도치는 봄 바다가 있고.
그 바다 수평선 머얼리에는 일찍이 아버지가 청춘을 바쳤다는 이웃나라가 있다는데 어쩌면 구름은 두만강 쪽으로만 밀리어 가는가.

―「고향」 중에서

시인이 기억 속에서 그려보는 북청 고향 마을의 지도는 철따라 빨갛게 익어가던 능금나무를 이정표로 삼는다. 북쪽 지방의 찬바람 속에서 익어간 빨간 능금은 시인에게 시원하고 달콤한 감각으로 고향을 상기시켜 주는 매개물이다. 그럼에도 이 시에는 이제는 돌아갈 수 없는 고향에 대한 회상이나 안타까움 이상의 어두운 정서가 묻어나는데, 그 원인은 아버지의 부재 때문인 듯하다. 십리 밖에 파도치는 바다가 있고 그 수평선 너머 먼 곳에서 아버지는 청춘을 바쳤다. '그 바다 수평선 머얼리에는 일찌기 아버지가 청춘을 바쳤다는 이웃 나라가 있다는데'라는 문장에는 불확실한 추측과 어딘가 원망 섞인 어조가 담겨 있다. 시의 화자는 회상 속에서도 여전히 아버지의 부재를 온전히 이해하거나 받아들이지 못하고 있다. 아버지의 빈자리를 채워준 것은 백부의 가르침과 어머니의 사랑이었다. 유년기를 보낸 고향 북청은 전영경의 시에서 서울에서의 속물적 삶과 대비되어 인간다운 세계가 간직된 근원적 공간이 된다.

일본 유학에서 돌아온 아버지는 금융조합에 취직하였고 이에 따라 그의 가족은 서울로 이주하였다. 전영경은 서울 혹은 서울 근교에서 보통학교를 다녔고, 1944년 6년제 배재중학교에 입학하였다. 간혹 전영경 연구자들이 그를 광복 직후 혹은 전쟁 기간에 월남한 것으로 서술한 사례가 있는데 이는 오류이다. 전영경은 1950년 연희대학교 국문과에 진학하였다. 그림 그리는 데에 재능이 있었던 그는 서울미대에 합격하였으나 아버지의 반대로 뜻을 이루지 못했다.* 국문과 졸업 후 상과대학에 편입

| * 윤정구, 「해학의 시법, 해학 속의 고독―전영경 시인을 찾아서」, 《문학과창작》, 1997. 7, 311쪽.

하였다가 중퇴하였다는 회고*에서도 좀 더 실용적인 공부를 하기를 원했던 아버지와 시나 그림에 빠져 있던 아들의 갈등을 엿볼 수 있다.

연희대학교 국문과 재학 시절 전영경은 서울대의 전광용과 정한모, 고려대의 정한숙 등과 함께 '주막' 동인으로 활동한다. 이들은 동인지를 내지 않는 대신 한 달에 한 번씩 작품 합평회를 쉬지 않고 진행하였다. 전후 서울의 명동과 종로에서 그들의 젊음을 위로한 것은 문학과 술이었다. 전영경은 1955년 《조선일보》 신춘문예에 「선사시대」, 1956년 《동아일보》 신춘문예에 「정의와 미소」가 당선되어 시인이 되었다. 1956년 제1시집 『선사시대』를 수문사에서, 1958년 제2시집 『김산월 여사』를 신구문화사에서, 1959년 제3시집 『나의 취미는 고독이다』를 현문사에서, 1964년 제4시집 『어두운 다릿목에서』를 일조각에서 간행하였다.

양대 일간지 신춘문예로 화려하게 등단하고 등단 후 10년도 되지 않아 네 권의 시집을 간행하였지만, 전영경의 시는 당대 문학계에서 호의적인 평가를 받지 못하였다. 특히 두 번째 시집 『김산월 여사』에서 시인은 비속어와 욕설을 거침없이 사용하여 '상소리 시인'이라는 별명을 얻게 된다. 언어의 절제를 모르는 전영경 시의 형식은 서정주와 청록파가 주류를 형성하고 있던 당시 한국 시의 맥락에서는 일종의 이단적인 것이었다. 전영경은 현대시가 전통적인 서정시와는 다른 언어와 호흡을 가져야 한다고 생각하였고, 긴 호흡의 연작시 형식에 비속한 일상어를 그대로 사용하는 실험을 지속하였다.

결과적으로 전영경의 형식 실험은 당대 문학계와 독자들에게 수용되지 못했다. 네 번째 시집을 간행한 후 전영경은 작고할 때까지 다시 시집을 내지 않았다. 1964년의 네 번째 시집 간행 후 1986년까지 약 20여 년

| * 전영경, 「나의 당선시절—취미는 고독이다」, 《조선일보》, 1960. 3. 5.

동안 전영경은 거의 절필 상태에 들어갔다. 훗날 인터뷰에서 전영경은 1960년대 중반 자신의 시에 대한 평단의 몰이해와 외부 간섭을 절필 이유로 밝히기도 하였다.* 1964년에서 1986년 사이에 그는 1966년, 1968년, 1981년 각 한 편씩의 작품을 발표하였고 1975년 문예진흥원 지원 『민족문학대계』 간행 사업에 참여해 고려시대 삼별초의 항쟁을 소재로 한 장시 「원인遠因의 삼별초三別抄의 근인近因」을 발표하였다. 전영경은 1962년부터 1967년까지 동아일보 문화부장과 조사부장을 지냈고, 이후 대학 강사 생활을 거쳐 1981년 동덕여자대학 국문과 교수로 임용되었다. 1986년 《동서문학》 12월호에 「자산잡초」라는 작품을 발표하는 것으로 문학 활동을 재개한 전영경은 1999년까지 24편의 작품을 발표하였다. 그러나 그의 문단 복귀는 그다지 관심의 대상이 되지 못했다. 2001년 지병이었던 당뇨와 위암으로 작고하였을 때에도 그의 부고를 알리거나 그의 작품 세계를 조명한 문학잡지는 없었다. 오랜 절필이 그를 문학사에서 잊혀진 존재가 되게 한 셈이다. 그럼에도 불구하고 1990년대 이후 한국 전후문학에 대한 연구자들의 관심이 높아지면서 전영경 시에 대한 조명이 꾸준히 이어져 왔다. 대체로 그의 시에 나타난 신랄한 풍자 언어를 당대 사회상과의 관련성 혹은 전통적인 문학 형식의 영향이라는 관점에서 연구하는 한편, 그의 시가 갖는 서사성과 반서정적 성격에 대한 연구로 관심의 폭이 넓어지고 있다. 시어의 확산이라는 관점에서 전영경 시가 한국 현대시사에 끼친 영향을 언급한 김준오의 다음 인용문은 지금까지 나온 전영경에 대한 평가 중 가장 적극적인 것으로 보인다.

그의 요설은 엄밀한 언어 선택과 압축성을 요구하는 전통 시문법을

| * 《경향신문》, 1984. 7. 28.

해체하면서 추악한 삶과 정치적 비리를 남김없이 폭로한다. 이런 시어의 요설화는 당대 연작시나 장시의 시도와 더불어 현실과 인간의 내면 의식을 다양하게 총체적으로 파악하는 새로운 인식의 틀이 되고 있는 점에서 매우 의미심장하다. 전영경의 하급 문체와 요설체는 60년대 김수영을 거쳐 80년대까지 현대시사에서 뚜렷한 문체적 전통을 형성한다.*

그동안 전영경 시 연구는 그가 생전에 간행한 네 권의 시집에 근거하여 이루어졌다. 비록 시집으로 출간하지는 못했지만 전영경은 1986년 이후 1999년까지 한 해에 한두 편씩의 작품을 꾸준히 발표하였다. 시집에 수록되지 않은 전영경의 발표작은 모두 29편이다.** 이제 전영경 시에 대한 연구는 『나의 취미는 고독이다』 재판 발행 시 추가된 10편, 장시 「원인의 삼별초의 근인」, 시집에 수록되지 않은 발표작 29편의 작품까지 포함하여 논의되어야 마땅하다. 여기에서는 첫 시집을 중심으로 한 전후시의 세계, 두 번째 시집에서 네 번째 시집까지 연작시의 형식에 담은 현실 풍자의 세계, 시집 미수록 발표작들에 나타난 주변인의 역사 감각과 자의식의 세계 등 세 단원으로 나누어 전영경 시 세계의 전체상을 그려보고자 한다.

2. 폐허의 풍경

전영경의 첫 시집 『선사시대』는 1954년에 간행되었다. 이 시집은 한

---

* 김준오, 『현대시와 장르비평』, 문학과지성사, 2009, 97쪽.
** 1959년에 간행된 제3시집 『나의 취미는 고독이다』는 이듬해인 1960년 12월 재판을 발행하였다. 전영경은 여기에 10편의 새 작품을 추가로 수록하였다. 그동안의 전영경 시 연구에서 이 작품들이 다루어지지 않았다는 점에서 이 10편은 비록 시집에 수록되어 있지만 실제로는 발굴 작품에 해당한다.

국 전후문학의 범주에 속한다. 전영경은 전쟁으로 파괴된 현실의 모습을
한편으로는 해체적 구문을 통해, 또 다른 한편으로는 기괴한 이미지들을
통해 그려낸다. 등단작 「선사시대」는 자연스러운 읽기를 방해하는 인위
적인 시행 구분을 통해 현실의 불안정성을 드러낸 실험시이다.

> 느티나무 위에 금속분처럼 쏟아지는
> 하늘이 있었
> 고.
> 깨어진 석기石器와 더불어, 그 어느 옛날.
> 옛날이 있었
> 고.
>
> —「선사시대」 부분

　이 시에서 우리는 문법상으로는 독립할 수 없는 '고'를 인위적으로
나눈 시 형태에 주목하게 된다. 자연스러운 호흡을 끊고 나누어진 이
'고'에 시인은 마침표를 반복적으로 사용함으로써 좀 더 분명하게 시적
리듬의 단절을 유도하였다. 자연스러운 호흡의 중단에서 오는 단절적 느
낌은 곧 전후 현실의 불안정성에 대한 시인의 반응이다. 「문화사대계」,
「선의 연구」, 「노자전」, 「사도행전」 등의 작품에서도 지속된 '고.' 시행
의 실험은 전영경의 현실 반응이면서 그가 모더니즘 계열의 시 의식을
갖고 출발하였음을 알려주는 지표이다. 이러한 해체적 구문의 불안정한
율격 실험과 함께 전영경은 전쟁이 파괴한 세계, 전쟁으로 일그러진 현
실의 모습을 독특한 이미지들로 제시한다.

> ―섭씨攝氏 0도度 · 해빙解氷 · 봄 · 초원 · 꽃 · 나비 · 나비가 있어 봄

은 더욱 좋았습니다.

라이락 무성한 그늘 밑에

오월은 있었습니다.

소녀가 붉으스런 얼골을 가리우며 아니나 다를까.

계절을 매혹魅惑했습니다.

솟구친 녹음을 헤쳐 소녀는

난맥亂脈을 이루웠습니다.

라이락 무성茂盛한 꽃가루 속에 묻혀 나비는 바다를 잊었습니다.

바다.

몇 번인가, 파도가

소녀의 유방乳房을 스쳤습니다. 이방인異邦人처럼………

소녀는 붉으스런 보조개에 부끄러움을 가리우는 걸랑,

필시 계절을 잉태孕胎했는가 봅니다.

―섭씨 0도.

그 어느 날 나비는 학살虐殺을 당했습니다.

슬펐습니다.

소녀는 엽서葉書와 더불어 목놓았습니다.

실컨 울었습니다.

병든 잎을 지우며 구구구구구……, 비둘기 날르든 날,

소녀는 배가 불룩했습니다.

―「병든 자각」 전문

　　해빙을 맞이한 봄의 초원은 모든 생명이 소생하는 기원 공간이다. 이
생명의 공간에 라일락이 무성하다. 라일락의 붉은빛과 어울리게 소녀의
얼굴은 붉게 물들었고 나비 또힌 꽃가루에 묻혀 있다. 그런데 이 평화로

운 생명의 공간에 이방인처럼 파도가 밀려온다. '몇 번인가, 파도가 / 소녀의 유방을 스쳤습니다. 이방인처럼'이라는 시행은 이 시 전반부의 평화롭던 분위기에 비상한 긴장을 일으킨다. 소녀의 유방이 상징하는 순결하고 은밀한 세계는 이방인의 낯선 손길에 의해 더럽혀지는데, '나비는 학살을 당했습니다'라는 표현에서 그 이방인의 손길이 곧 전쟁의 폭력성과 연관된 것임을 알 수 있다. 전쟁의 폭력 앞에 순결한 것과 아름다운 것과 생명 가진 것들은 파괴되었다. 라일락 무성하던 초원은 병든 잎의 공간이 되었다. 전쟁은 현실을 기형적으로 일그러뜨려놓았다. 학살당한 나비의 이미지는 한국 전후시에서 하나의 계보를 이루는 것이지만, 배가 불룩한 소녀의 이미지는 전영경의 시에서 독창적으로 구성된 이미지이다. 현실의 일그러짐을 전영경은 순화되거나 미화된 언어로 변형하지 않는다. 그는 전쟁으로 부서진 세계를 기이하고 파괴적인 이미지와 시 형태로 재현하고자 한다. 여기에 한국 전후문학에서 전영경 시가 차지하는 개성이 있을 것이다.

첫 시집 『선사시대』는 한국 전후문학의 범주 안에 놓여 있다. 전쟁의 폭력성에 대한 묘사와 전쟁에 의해 파괴되고 훼손된 세계에 대한 묘사가 이 시집의 대립적인 두 축을 이룬다. 이 시집에서 '전쟁', '악마', '학살', '무덤', '폭군' 과 같은 시어가 전쟁의 폭력성을 드러내고 '소년', '소녀', '나비', '비둘기', '느티나무', '능금'과 같은 시어가 전쟁으로 훼손된 세계를 보여준다. 훼손된 세계에 나오는 인물이 소년 혹은 소녀로 설정된 것은 시인이 그 세계를 자신의 성장기를 보낸 고향의 세계로 설정하고 있기 때문이다. 고향 북청은 시인에게 돌아갈 수 없는 곳이 되었고 회상 속에서만 그려지는 세계가 되었다.

　　　북쪽 바다 가까운 기울어진 파아란 언덕을 따라

버들피리를 불며

소 치는 아이들과 더불어 소 잔등 위에서

소년은 꿈이 많았다.

— 「사십 년간」 부분

소의 잔등을 타고 가는 소년은 가까운 바다에서 불어오는 시원한 바람을 느꼈을 것이다. 버들피리 불며 길을 가는 소년에게는 파란 언덕만큼이나 푸른 꿈이 있었을 것이다. 전영경의 시 가운데 「고향」, 「속 고향」, 「사십 년간」과 같은 고향과 관련된 시들은 대체로 그 형식이 안정되어 있고 시의 정서 또한 균형과 질서를 이루고 있다. 비록 가난했고 아버지는 먼 곳에 있었지만 시인의 유년은 고향의 자연물들 속에서 충분히 정서적 안정감을 유지하고 있었다. 전영경의 시가 회상 속에서만 시의 형식과 정서의 안정을 회복할 수 있다는 사실은 역설적으로 그만큼 현재의 상황에서 그의 내면은 불안하고 빈곤하다는 것을 암시한다. 이제는 돌아갈 수 없는 유년기의 고향과 대비되어 전후 서울의 현실은 세속적 욕망이 들끓는 공간이고 가난하고 쓸쓸한 처지의 시적 화자에게 지속적으로 비애의 감정을 갖게 하는 공간이다.

삼 년 후를 매정하게 쓸쓸하게 가슴 아프게 땅을 치며 울며불며 기둘리는 최돌이네와.

눈과 눈썹 사이에 여러 오리 잡혀 있는 화류계 노파와.

닷돈짜리 호떡에 침을 흘리던 어제의 소년은

끝내는 집도 많은 집도 소개 터도 자동차도 많은 애비도 많은 우리들의 이웃도.

— 「우미관 근처」 부분

어떤 연유에서인가 고향을 떠나야 했던 사람들은 길면 십 년 짧으면 삼 년을 기약하며 서울로 모여들었다. 그러나 현실은 녹록하지가 않아 쉽게 그들에게 안정된 삶을 허락하지 않는다. 쓸쓸하게 울며 기다리거나 몸을 파는 생애로 늙어가는 수밖에 없는 것이다. 소의 잔등을 타고 꿈이 많던 소년은 겉은 화려하지만 그 속은 가난의 비애와 비속한 욕망으로 들끓는 거대 도시 속에 내던져졌다. 번잡한 도시의 수많은 사람들 틈에서 이 소년도 사물과 사람의 틈에 끼어 사물처럼 응고되거나 몸을 팔아 연명하는 삶을 살아가게 될 것이다. 시인은 '~와'로 연결되는 열거의 형식과 병렬 구문으로 시를 구성했다. 서울이라는 도시의 거대한 사물성에 압도된 자의 태도가 이러한 열거 방식을 요구했을 것이다. 이제 시인은 이 거대 도시의 사물성과 비속함을 시에 수용하기 위해 자신만의 고유한 형식을 찾게 된다. 그것이 곧 전영경 시의 독특한 개성인 긴 호흡의 산문성과 비속한 일상어의 시 세계이다.

3. 도시의 언어

전영경의 두 번째 시집 『김산월 여사』, 세 번째 시집 『나의 취미는 고독이다』, 네 번째 시집 『어두운 다릿목에서』는 연작시집이라고 볼 수도 있을 만큼 일관된 형태상 특징들이 있다. 전영경은 이 시집들에서 다음 몇 가지 실험을 하고 있다. 먼저 시에 허구적 인물을 화자로 등장시킨다. 서른일곱 살의 매춘부 김산월 여사, 친일파 관료 출신의 권력자 이간구 각하, 여기에 이간구와 김산월 사이에서 태어나 매춘부로 살다가 자살한 이화자라는 인물의 설정은 이 시집들이 연속된 작업의 결과물임을 보여 준다. 또한 전영경은 이 시집들에서 연의 구분이 전혀 없는 장형의 시 형식을 보여준다. 독자에게 익숙한 시의 형태는 산문과는 다른 짧은 길이의 행과 연으로 구성된 형식이다. 전영경은 짧은 시행이나 연의 구분이라는 시의 관습을 무시하고 산문적 호흡의 긴 시행과 연의 구분이 전혀없는 장형의 시 형태를 일관되게 시도하였다. 여기에 더해 전영경은 욕설과 비속어가 그대로 노출되는 일상어를 시어로 사용한다. 산문에 가까운 시의 문장과 욕설과 비속어가 들어 있는 일상적 언어의 사용은 시는 함축적이며 정서적인 언어로 씌어져야 한다는 관습을 위반한다. 이러한 위반의 정신에서 비롯된 전영경의 시는 당대 시사의 맥락에서 일종의 전위적 실험시의 위상을 갖게 된다. 그리고 이 전위성은 당대 현실과 맞서려는 저항적이며 현실주의적인 태도의 결과이기도 하다. 그동안 1950-60년대 시사에서 전영경이 풍자시인으로 불려온 것은 이러한 맥락에서 자연스럽다. 전영경 시의 풍자는 무엇보다 현실을 바로 보려는 태도의 소산이다. 전쟁 이후 서울은 분단 자본주의 체제의 중심지가 되었다. 전영경의 눈에 비쳐진 서울은 거대한 속물들의 도시였다. 돈이 지배하는 세계, 돈이 있으면 무엇이든 살 수 있고, 돈이 없으면 가난과 비굴과 모멸의 삶을 강요당하는 것이 전영경이 본 현실이었다.

굶주린 이리와 같이 입술을 더듬고, 앞가슴을 더듬고.
그러나 솥뚜껑 같은 손이 와 닿았을 때에는 머리에서 발끝까지
스물두 살이라는 다섯 자 세 치의
긴장은 긴장대로 호흡은 호흡대로 육체는 육체대로 돈과 애정의 거리
에서
하루 세끼의 주식과 몸치장 때문에 원대한 목적 때문에
입술을 허락하고 젖가슴을 허락하고.
사마귀를 날았다고 으시대는 꼴이 차마 보기 싫어서 치마저고리와 속

치마를 훨훨 벗어 던지고 몸까지 허락하는 결의에 살아온 꽃들.

— 「존경하는 음매부」 부분

　　전영경은 현실에 존재하는 폭력과 악을 자신의 시 안에 고스란히 담아내고자 한다. 돈이 권력이 되고 폭력적인 힘이 되는 현실 문제를 전영경은 매춘부의 존재를 통해 드러낸다. 매춘부는 어떤 경우에도 사회의 중심부에 자신을 세울 수 없다. 한 사회가 감추고 싶어하지만 뚜렷한 실체로 존재하는 매춘부들은 도시적 삶의 황폐성을 확인시켜 주는 매개이다. 도시의 어두운 그늘 속에 존재하는 매춘부들은 그 도시의 병과 상처와 악을 감추면서 드러낸다. 전영경은 스물두 살 매음부가 몸을 파는 현장을 그녀의 입술과 가슴으로, 그녀의 감각적인 육체성으로 보여준다. 그녀의 육체는 '하루 세끼의 주식과 몸치장'을 위해 필요한 돈의 제단 앞에 놓여 있다. 그러므로 이 육체는 자본주의 도시를 살아가는 사람들의 몸을 정직하게 보여주는 바로 그 육체이다. 병을 고치고자 한다면 먼저 자신이 병들었다는 사실을 인정해야 한다. 악을 없애고자 한다면 먼저 악이 있다는 사실을 정직하게 인정해야 한다. 전영경은 기존의 시의 언어로는 이 도시의 병과 악을 정직하게 인정할 수 없다고 판단하였다. 전영경은 시의 관습이나 품격 따위는 인정하지 않았다. 미화되고 순화된 언어로는 드러낼 수 없을 만큼 현실의 악이 크고 거칠게 존재한다고 본 전영경은 순화된 언어, 길들여진 언어를 기꺼이 버렸다. 전영경의 시에 등장하는 욕설과 비속어를 읽으면서 독자와 비평가들은 인상을 찌푸리게 되지만 그것은 전영경이 의도한 바이다. 우리 앞에 놓인 폭력과 비속함을 전영경은 정직하게 바로 볼 것을 요구한 셈이다. 그가 자신의 시에 비판의 대상이 되는 허구적 인물을 화자로 내세우는 것 또한 풍자의 대상이 되는 존재를 직접 드러내기 위한 전략이라고 할 것이다.

　　나는 대한 제국에 태어나서 나는 대일본 제국 조선 총독부의 벼슬아
치를 얻어 군수가 되고. / 가장 세도 당당하던 경찰부장이라는 / 높은 자
리 하늘의 별 같은 것을 거쳐서 / 체조 끝에 / 자자손손에 위대할 수밖에
없는 도 참여관이 되고 각하가 되어 / 중추원 참의 이간구 각하가 되었는
데 / 밤과 벽이라는 것은 하난데 / 각하, 각하가 말씀하시던 윤리라든가
도덕, 그리고 각하가 호령호령하시던 삼강오륜은 / 주먹과 발길들이 아래
위로 날뛰는 이 거리에서 / 먼지를 날리는 만또를 걸치고. / 인제 바가지
가 되었고, 바지가 되었고, 저고리가 되었고, 방정맞게 홑바지 저고리가
되었고. / 점잖게 허공이 되다보니 하늘과 땅 사이가 너무 넓어서 / 공허,
마음 한구석이 비었으니 암소 갈비라는 것을 먹어라, 된장찌개라는 것을
훌렁훌렁 마셔라, 김치 깍뚜기라는 것을 씹어라, 마음 한구석이 비었으니
담배라는 것을 피워 물어라, 쪽지라는 것을 써라, 마음 한구석이 비었으
니 연애라는 것을 해 보다가 그것 역시 시원치 않으면 바짓바람으로 냉수
만 찾으면서

　　　　　　　　　　　　　　　　　　—「이간구 각하 – 1. 종과 횡」 부분

　　내가 일찍이 미국에서 교회에서 원조 물자를 수집한 때 본 기억도 새
로운 구제품을 걸친 너덜너덜한 양복쟁이에게 / 감지덕커녕 배은망덕도
유분수라면서 사람을 몰라본다면서 / 나는 삼천만 동포 하고 소리쳤습니
다. / 그 후 정계에서 종교계에서 그 후 특히 교육계에서 / 윗대가리나 엄
지손가락의 비위를 척 척 맞추면서 그것을 붙잡고 늘어지면서 그것을 그
것을 긁으면서 / 정치적 수완이 늘어서 / 가타부타 없이 행정적 사무적
능률이 뛰어나서 / 내가 일찍이의 과거형은 쑥 들어가고, 나의 지금의 현

재형이나 미래형의 설교조나 웅변조가 아니면 팔딱팔딱 뛰는 감정조로 /
자기의 모범적인 입신이나 출세나 회전의자 같은 것을 뽐내기 위해서 /
종횡으로 활약이 약여한 바 있어 무 자라듯이 자라서 나라에서 / 장 차관
이 바뀔 때마다 하마평이 입버릇처럼 오르내릴 때마다, 역시 역시 알아준
다는 말이야, 역시

　　　　　　　　　　　—「오도성 목사 – 1. 에잇치 피이 디」 부분

　　　대한민국 의무를 다 안 하는 거 많아요 권리도 주장도 못해요 돈 많은
사람 세금 적게 내도 돼요 권리도 많고 잘사는 사람 군대도 적게 해요 가
난한 집 아들 교육 의무 하지 않고 있어요 권리요 주장도 못해요 하구 싶
은 말 하두 못해요 투표 어디 있어요 선거 어디 있어요 권리 어디 있어요
이래서 민주주의 돼요 / 이 말은 미국 선교사가 삼천여 명의 학생들 앞에
서 한 설교라는데 / 굴비에 밥이 목구멍을 넘어간다

　　　　　　　　　　　—「속 낙화유수 – 1. 형이상학적 근처」 부분

　　　모두가 알다시피 1950년대 한국은 경제적인 빈곤과 함께 정치적 불
합리가 지배한 사회였다. 그런데 당시의 한국 현대시에 이 현실은 은폐
되어 있었다고 할 수 있다. 드러나야 할 것이 드러나지 않고 감추어져 있
었고 문학에서도 대체로 그것은 표현되지 않았다. 전영경의 시는 이 시
기 문학에서 지배 권력의 부조리와 불합리를 직접 겨냥한 드문 예에 해
당한다. 전영경은 친일 관료이면서 광복 후 남한 사회에서 여전히 권력
을 유지하는 이간구 각하, 미국 신학대학 출신으로 친미 세력이 득세한
시대에 지배 엘리트로 행세하는 오도성 목사 등과 같은 허구적 인물들을
내세워 현실의 정치적 불합리와 문화적 부조리를 신랄하게 비판한다. 전
영경 시에 나오는 다양한 화자들의 장광설은 전통 연희나 판소리에서의

화법을 연상하게 한다. 풍자의 대상이 되는 인물이 화자가 됨으로써 전영경 시의 풍자는 사회풍자와 자기풍자라는 이중의 효과를 거두게 된다. 친일 행위자들이 광복된 한국 사회의 새로운 지배자가 된 현실을 전영경은 이간구라는 중추원 참의 출신 인물을 화자로 내세워 풍자하고 있다. 이때 각하라는 호칭은 직접 당대의 정치 문화가 안고 있던 문제를 환기시켜 준다. 1950년대 시사에서 이런 정도의 정치적 상상력을 보여준 작품도 거의 없었다는 점에서 전영경의 시는 특별한 의미를 지닌다. 미국 신학대학 출신이라는 배경으로 장관이 되겠다는 정치적 야심을 보이는 오도성 목사 역시 외세를 등에 업고 새로운 지배 블록이 형성되는 사회 문제를 날카롭게 풍자하는 인물이다. 「이간구 각하」나 「오도성 목사」와 같은 작품은 1960년대 김수영, 1970년대 김지하가 보여준 날카로운 현실 비판과 풍자의 시들과 같은 계열을 이룬다. 전영경의 시가 1950년대 한국 시사에 정치적 상상력의 맥박을 불어넣었다는 사실을 우리는 높게 평가하여야 한다. 「속 낙화유수」에서 미국 선교사의 발언에 뒤이어 시적 화자의 자조적 태도가 대비되는 데에서 시인 전영경이 당대 현실에서 느끼는 무기력과 비애가 선명하게 부조된다. 전영경 시의 다양한 목소리들은 한편으로는 현실 권력을 비판하고 한편으로는 지식인의 내적 갈등을 드러낸다. 무기력한 지식인의 내면은 1960년대로 접어들면서 점차 소시민적 체념으로 기울어진다.

> 옛 광화문 지금은 세종로 네거리 이곳에서 / 저 삘딩은 부정의 상징이다 / 아직 애국에 애족을 미끼로 파는 자가 있다 / 피로 물들여 얻어진 것은 이것뿐인가 / 새삼 나는 타락한 나를 발견하다 / 될 대로 되겠지 / 될 대로 되겠지
>
> ― 「발끝에 채이는 것이 있다」 부분

나의 생애 허허벌판 허지마는 꺾어서 일흔, 서른하고도 하나 둘 셋 한 숨밖에 / 그밖에 안 되는 작은 인생이올시다. / 시간과 세계 절대라는 우주 밖에서 / 비린내 나고 시시하고 따분하고 데데 메시껍기도 하고, 그리고 전쟁이라는 / 폐허 허무 막막 무지에 이은 불안이라는 안녕과 / 절망이라는 평화 망발 발정 정의 의리. / 기아 아사 사탕 탕진 그것이올시다. / 기아 기하 하수도 도대체 체신 신구 구구한 억척 칙칙. / 그것이올시다. / 그렇다고 이 세상 세월을 탓하는 것도 기타도 아니올시다.

— 「속 불완전유희」 부분

　　저를 유혹하지 마세요 / 저같이 약한 여자를 / 약하다 여자는 / 이것은 우울한데 / 귀족이다 약하다 귀족이다 약하다 갈대와 같이 약하다 / 저는 약하고 선생님은 강한 밤인데 / 밤은 깊은 게 좋다 / 우리는 제각기 쥐구멍을 찾으면서 / 우리는 필요 이상으로 인생을 이야기한다 / 선생님의 취미는 뭐예요 / 내 취미는 자살이지 / 고상하신데요

— 「속 힘든 질문은 싫어요」 부분

　　위의 인용시들에서 시적 화자는 더 이상 날카로운 풍자의 태도를 보이지 않는다. 부정의 상징인 광화문 네거리 빌딩 앞에서 화자는 '될 대로 되겠지'라는 자포자기의 태도를 보여준다. 4·19는 절반의 성공을 거두었다. 혁명의 성공이라고 생각한 자리에서 혁명의 실패를 경험하게 된 것이다. 4·19 이후 전영경의 시는 풍자성을 잃고 허무주의에 빠진다. 세 번째 시집 『나의 취미는 고독이다』의 재판에 추가로 수록된 작품들과 네 번째 시집 『어두운 다릿목에서』에서 우리는 전영경의 시가 정치적 풍자성을 잃고 말장난에 가까운 요설과 소시민적 허무주의로 빠져들었음을 발견하게 된다. 「속 불완전유희」에서 시인은 끝말잇기 게임을 하듯이

요설을 쏟아내지만 그것은 현실을 향한 것이 아니라 화자의 내면 독백이 된다. 「속 힘든 질문은 싫어요」 역시 전영경의 시가 형식상으로는 여전히 다양한 인물들의 목소리가 뒤섞여 나오는 다성적 공간을 구성하지만 그 안에서 만나게 되는 것은 현실의 벽에 무기력하게 좌절한 지식인 화자의 내면 독백이다. 현실과 직접 맞서려는 정치적 상상력과 전위적 실험 정신을 본령으로 삼았던 전영경의 시는 이제 그 가야 할 길을 잃은 듯한 양상이다. 네 번째 시집 이후 그가 다시 자신의 시집을 간행하지 못한 것은 이와 관련되어 있을 것이다.

4. 변경인의 초상

『어두운 다릿목에서』 발간 이후 전영경은 드문드문 작품을 발표하지만 1968년 이후에는 거의 절필 상태에 들어간다. 1960년대 중반 전영경은 대학 강의를 그만두고 언론사에 들어가 문화부장과 조사부장, 출판부장 등의 일을 했다. 그리고 1960년대 후반 다시 언론사를 나와 대학 강의를 진행하다가 1981년 동덕여대 국문과에 자리를 잡게 된다. 이 기간 동안 그는 시 발표보다는 근대 언론과 잡지에 대한 연구와 일제하 프로문학과 연극 활동 등에 관심을 기울인다. 시인으로서보다는 자신이 몸담고 있는 직업과 관련된 일을 진행한 것이다. 이 기간에 그는 한국문예진흥원이 진행한『민족문학대계』간행 사업에 참여하여 고려시대 대몽 항쟁기의 삼별초를 소재로 한 장시 「원인의 삼별초의 근인」을 발표한다.『민족문학대계』는 박정희 정부가 체제 안정을 위해 내세운 민족주의에 기반하여 한국사의 중요 사건이나 인물들을 문학화하는 사업이었다. 전영경은 이 작업에 참여하면서 자신의 고향인 북청과 관련된 역사적 사실들을 확인하게 된다. 「원인의 삼별초의 근인」에서 전영경은 철저하게 사료에 집중한다. 『민족문학대계』에 참여한 작가들의 작품이 대체로 역사적 사실에 근거하였으되 전영경처럼 직접적으로 역사 자료를 인용하거나 노출하지는 않았다. 「원인의 삼별초의 근인」을 발표한 이후 전영경의 시는 역사적 상상력을 보여주게 된다.

> 나의 일월日月, 나의 해와 달은, 우리 우리의 위씨조선衛氏朝鮮, 그 언덕 아래 대동강 능라도 굽이굽이 물줄기를 찾아서
> 마음의 바다, 명멸하는 수평선 이쪽, 능선 위 광개토왕廣開土王의 고구려高句麗 신비
> 잠시 연가칠년명延嘉七年銘 금동여래입상金銅如來立像의 미소를 찾아서
> 서경별곡西京別曲, 그 풍만한 여인의 가슴을 찾아서
> 건곤乾坤. 풍수지리 배외파로 몰리는
> 평양대도호부平壤大都護府. 오늘은, 그곳을 찾아서, 우리는 고려高麗의 서북으로 말을 달린다.
>
> ―「오명고」 부분

1986년 본격적으로 작품 활동을 재개하기 이전 1981년에 발표된 「오명고」는 한반도의 서북 지방을 배경으로 고구려에서 고려로 이어지는 역사를 시화한 작품이다. 고구려와 고려의 역사에 대해 그리고 한반도의 북쪽 지방에 대한 그의 태도는 대체로 그리움과 동경에 가깝다고 할 수 있다. 1950-60년대 전영경의 시가 정치적 상상력으로 날카로운 풍자 언어로 구성되었다면 1980년대 이후 작품 활동을 재개하면서 그의 시는 역사적 상상력과 자기 긍정을 보여준다고 할 수 있다. 그는 자신이 떠나오고 돌아가지 못한 북쪽 땅에 대한 그리움과 연민을 서사적 상상력을 통

해 표현하였다. *그*가 떠나온 곳은 한반도의 변방이고 역사의 변방이기도 하였다. 그는 변방 출신의 주변인이라는 의식을 가졌던 듯하다. 그리고 이제 그는 변경인으로서의 자신을 긍정하고 관조하는 태도를 취하게 된 다. 그에게 남은 것은 비록 한 번도 역사의 중심에 선 적은 없지만 자신 의 삶을 꿋꿋이 살아낸 북청 사람들처럼 꿋꿋하게 자신의 시를 쓰는 일 이었다.

> 지난날의 모든 것을 떠나보내놓고 인간으로 태어난 숙명을 위해
> 나의 가장 안에서 하루에도 몇 번씩 갈기갈기 찢기우던 내 이름 석 자
> 를 모아서
> 이 세상에 꼭 남기고 싶은 한 편의 시
> 술 한 잔과 한 권의 시집을 위해
> 이곳 산 너머 강을 끼고 언덕을 따라 해와 달이 요란하고 진정 별이
> 빛나는 약속한 땅에서
> 귀뚤이 우는 가을의 문전에서
> 올라갈 필요도 없고 내려설 필요도 없는
> 내 인생 내 인생을 그 어느 누가 무어라고 하든 용기를 잃지 않고 용
> 기를 잃지 않고 결사 결사적으로 살아갈 것이다.
>
> ─「아 황량 - 2. 약속한 땅」 부분

'이 세상에 꼭 남기고 싶은 한 편의 시'를 위해 시인은 '아 황량'이라 고 이름을 붙인 세계를 견뎌낸다. 이 시에 오면 전영경의 시는 이제까지 와는 다른 서정성을 회복한다. 초기 시들 중 고향 시편이라고 분류되는 작품들과 그의 후기 시들은 연결되는 것이다. 이 후기 시편들의 정서적 안정성을 얻기 위해 진영경은 현실과 날카롭게 맞서는 전위에 섰었고 오

랫동안 고독을 견디며 발표하지 못한 작품들을 썼다. 부인 이영숙 여사의 회고에 따르면 그는 자신의 시집 제목처럼 집에서도 고독하게 지냈다. 캄캄한 한밤중 홀로 빨간 담뱃불을 밝히며 시인은 시를 썼다. 유년기 이후 그가 자신의 생을 영위한 서울은 고도 성장기를 거치며 화려한 국제도시로 변모하였지만 시인은 여전히 그 세계의 어둠을 보고 그 세계가 사막이며 폐허임을 알고 있다. 그러나 말년의 전영경은 그 세계의 어둠과 직접 맞서지는 않았다. 내면의 불빛을 따라 시를 쓰는 일에 몰두했고 자기 삶과 역사를 긍정하게 된 것이다. 다음 작품은 전영경이 발표한 마지막 작품이다.「이 풍진 세상의 풍경」이라는 제목처럼 그는 흥얼거리며 노래하듯 시인으로서의 그의 생애를 긍정한다. 그곳에 산이 있었고 바다가 있었다고 말하듯이 이제 우리는 전영경이 남겨놓은 시에서 그 멋진 산과 바다를 만나야 할 것이다.

> 우리들의 생애에는 그곳에 산이 있었다.
> 우리들의 생애에는 그곳에 바다도 있었다.
> 그리고 우리들이 사는 그 이웃에는 폐허가 있었고, 그 이웃에는 사막도 있었다.
> 폐허와 사막의 그 이웃에는 엠완 소총의 탄흔과 대전차포의 불발탄과 하늘에서 퍼부었던 융단폭격의 구멍과 흩어져 뒹구는 파편만이 널려 있었다.
> (……)
> 그곳에는 우리들 생애의 멋진 산이 있었다.
> 그곳에는 우리들 생애의 멋진 바다도 있었다.
> 그리고 그곳에는 우리들 생애를 위해 미소 짓는 그림 같은 여인도 있었다.

그 이웃에는 살아서 죽어서 사는 늙은 친구들이 모여앉아 덕담을 늘
어놓던 광장도 있었던 것이다.

—「이 풍진 세상의 풍경」 부분

1930년   8월 22일(음력), 함경남도 북청군 거산면 성천리 880번지에서 아버지 전
        성우全性遇와 어머니 안형순安亨順의 아들로 태어나다. 본관은 경주慶州.
        시인이 태어났을 때 아버지의 나이는 열일곱 살이었다. 시인의 출생 직후
        아버지는 일본으로 유학을 떠나 중앙대학 경제과를 마친 후 귀국하였다.
        1남 2녀 중 장남인 전영경은 두 여동생들과 각각 열세 살, 열여섯 살의 나
        이 차이가 있다. 시인의 유년기에 아버지의 부재를 채워준 것은 백부의
        자상한 가르침과 어머니의 사랑이었다. 1940년대 초 금융조합(현재 농
        협)에 취직한 아버지를 따라 시인의 가족은 서울로 이주하였다. 전영경
        시인의 생존 시 인터뷰 기사를 작성한 윤정구는 그가 서울 재동초등학교
        를 다녔다고 하였고, 전영경 시 연구로 석사학위논문을 쓴 전계림은 시인
        의 연보에서 경기도 양평 소재 용문공립국민학교를 다녔다고 기록하였
        다. 아마도 시인은 취학 연령기에 고향을 떠나 아버지의 직장을 따라 서
        울과 양평의 초등학교를 옮겨 다닌 것으로 보인다.

1944년   배재중학교에 입학하다. 6년제 과정으로 문과를 다닌 시인은 1950년 5월
        에 졸업하였다.

1950년   연희대학교(현재 연세대학교) 문과대학 국문과에 입학하다. 그림과 붓글
        씨에 재능이 있어 서울미대에 합격하였으나 아버지의 반대로 진학하지
        못했다. 연희대학교 국문과에 입학하면서도 아버지에게는 상과대학에 다
        닌다고 하였는데, 졸업 후 이 사실을 알게 된 아버지의 요구로 상과대학
        경제과에 학사편입했다가 중퇴하였다. 그가 국문과를 선택한 데에는 북
        청 출신의 일가이면서 그보다 열한 살 나이가 많았던 전광용全光鏞이 영향
        을 주었다. 연희대학교 재학 시절부터 서울대학교의 전광용과 정한모, 고
        려대학교의 정한숙과 함께 '주막동인'으로 활동하였다.

1954년   연희대학교 졸업하다. 졸업 논문 「산문의 위치와 시대사조의 논리성—개
        화기의 신소설을 중심으로」를 교지 《연희》에 발표하다. 동명여자고등학
        교 국어과 교사로 근무하기 시작하다.

1955년   《조선일보》 신춘문예에 김천하라는 필명으로 시 「선사시대」가 당선되다.

동명여자고등학교에서 만난 이영숙과 결혼하다.

1956년 《동아일보》 신춘문예에 이영숙이라는 필명으로 시 「정의와 미소」가 당선되다. 2년간의 교사 생활을 끝내고 수도여자사범대학(현재 세종대학) 국문과 조교수로 임용되어 대학 강의를 시작하다. 12월, 첫 시집 『선사시대』를 수문사에서 발간하다.

1958년 동덕여자대학교, 건국대학교 강사로 출강하다. 12월, 두 번째 시집 『김산월 여사』를 신구문화사에서 발간하다. 이 시집에서부터 시인은 자신이 직접 그린 삽화로 시집을 꾸몄다.

1959년 세 번째 시집 『나의 취미는 고독이다』를 현문사에서 발간하다. 두 번째 시집과 세 번째 시집 발간 후 전영경은 문학사에서 풍자시인으로 불리게 되고, 다른 한편 거침없는 비속어와 욕설이 시어로 사용되었다는 이유로 '상소리 시인'이라는 비판을 받게 된다. 고려대학교 강사로 출강하다.

1960년 『나의 취미는 고독이다』의 재판을 발행하다. 재판 발행 시 시인은 10편의 신작을 추가로 수록하였다. 연세대학교 강사로 출강하다.

1962년 수도여자사범대학 부교수에서 물러나 동아일보 문화부장으로 자리를 옮기다.

1964년 네 번째 시집 『어두운 다릿목에서』를 일조각에서 발간하다. 이 시집은 그가 생전에 펴낸 마지막 시집이다. 이후 1986년까지 거의 절필 상태라고 할 만큼 작품 발표가 드물어진다. 부인 이영숙 여사의 회고에 따르면 그는 꾸준히 시 창작을 하였지만 좀처럼 발표는 하지 않았다고 한다. 자신의 시집 제목처럼 그는 집 안에서도 고독하게 자신의 방에 칩거하였고 휴가나 방학에는 혼자서 여행을 떠났다. 그의 사후 대부분 소실되고 얼마 남아 있지 않은 시인의 유적遺跡을 보면 전영경은 달력 뒷면이나 학생 보고서의 뒷면, 신문의 여백이나 편지 봉투의 여백 등에 시의 초고를 작성하였다. 시인으로서의 삶, 시 쓰기를 멈추지 않으려는 의지를 역설적으로 보여주는 흔적들이라고 하겠다.

1965년 한일조약의 즉각 파기와 국회비준거부를 요구하는 재경문인 82명 연서에 서명하다. 평전 『고하 송진우전』을 동아일보사에서 간행하다.

1967년 동아일보에서 문화부장과 조사부장을 역임한 후 퇴직하다.

1968년 《사상계》에 「사료 조선총독부 미술전람회」라는 글을 기고하다. 이 글은 그가 동아일보에 재직할 때 수집한 일제하 미술전람회 자료를 소개한 것이다.

1969년 편저인 한국 근대 작고 시인 선집 『영원한 서장』을 일조각에서 간행하다. 국제대학 국문과 부교수로 임용되어 1973년까지 재직하다.

1970년 동덕여자대학 전임대우 강사로 출강하다.

1972년 경기대학 강사로 출강하다.

1973년 이화여자대학 강사로 출강하다.

1975년 한국문화예술진흥원이 주관한 『민족문학대계』 간행 사업에 참여하여 고려시대 삼별초의 항쟁을 소재로 한 장시 「원인의 삼별초의 근인」을 『민족문학대계』 제12권에 수록하다. 동화출판공사에서 출간된 『민족문학대계』 제12권은 서지상으로는 대계 간행 사업이 시작된 1975년으로 되어 있지만 실제로는 1979년에 간행되었다.

1981년 동덕여자대학교 국문과 교수로 임용되다. 직장 변동이 많았던 시인은 동덕여대 국문과에서 안정을 찾아 정년퇴임할 때까지 근무하였다. 국문학자로서 그가 발표한 논문들은 주로 신경향파 문학과 카프 문학, 극작가 박승희와 토월회, 안서 김억 등을 대상으로 한 것이었다. 그 외에 언론인으로서 잡지와 출판물에 대한 연구를 담은 산문들을 발표하였다.

1983년 어머니 안형순 여사가 작고하다. 부인 이영숙 여사의 회고에 따르면 시인은 아버지와 불편한 관계였던 것과 대비하여 어머니에 대한 애정은 남달랐다고 한다. 또한 어린 시절 자신을 돌보아준 백부에 대한 고마움 때문인지 사촌이나 육촌 형제들은 물론 아내의 친정 조카들에게도 남모르게 도움을 주었다고 한다.

1986년 《동서문학》 12월호에 신작시 「자산잡초」를 게재하여 시 발표를 재개하다. 이후 작고할 때까지 시인은 모두 24편의 신작시를 발표하였다. 시인이 남긴 유적에는 시집 발간의 계획을 보여주는 메모가 남아 있는데, '제5시집 안형순 회고록', '제6시집 아 황량'이라는 제목 아래 각각 17편의 시 제목이 열거되어 있다. 이번 시전집에 수록되지 않은 제목들이 포함되어 있는데 이 작품들이 어디엔가 실제로 발표되었을 가능성도 있다.

1993년 동덕여대 도서관장에 취임하다.

1995년 동덕여대에서 정년퇴임하다.

2001년 5월 5일, 지병인 당뇨와 위암으로 작고하다. 유족으로는 부인과 1남 2녀
가 있다.

1953년 「SUCH IS LIFE」,《연희춘추》, 10. 1.

1954년 「십 년」,《연희춘추》, 12. 4.

1955년 「선사시대」,《조선일보》, 1. 5.

「선의 연구」,《조선일보》, 3. 5.

「문화사대계」,《조선일보》, 5. 4.

「목석의 절규」,《조선일보》, 6. 10.

「한목」,《문학예술》 5, 8.

「산장일기초」,《조선일보》, 11. 6.

「사십 년간」,《해군》, 7.

1956년 「정의와 미소」,《동아일보》, 1. 19.

「여성의 항의」,《조선일보》, 1. 30.

「이목당에게 보내는 각서」,《문학예술》 11, 2.

「타락론」,《현대문학》 16, 4.

「봄 소동」,《동아일보》, 4. 6.

「삼등인간」,《조선일보》, 7. 24.

「신 하므레트」,《문학예술》 18, 9.

「젊은 철학도의 수기」,《동아일보》, 10. 18.

「우미관 근처」,《신태양》 51, 12.

「농군」,《연희춘추》, 11. 16.

「불안의 문제」,《중앙일보》

1957년 「존경하는 음매부」,《현대문학》 28, 4.

「라스트 타임」,《문학예술》, 6.

「여색」,《사상계》 48, 7.

1958년 「명동 백작과 종로 씨―제3부 김산월의 증언」,《자유문학》 13, 4.

「인생이란 무엇인가 묻는 주책없는 청년」,《시와시론》, 4.

「양단 치마저고리와도 같은 저항」,《사상계》 57, 4.

「사본 김산월 여사」,《한국평론》 3, 7.

「도라무깡통 같은 질투 때문에」,《현대문학》45, 9.

「돼지 뒷다리 같은 생명과 함께」,《사조》6, 9.

1959년 「조국상실자」,《현대문학》50, 2.

「이간구 각하」,《사상계》68, 3.

「나비」,「나의 마음은 항군가」,「시인 김천하 씨」,《신풍토》(사화집), 7.

「오도성 목사」,《문예》, 10.

1960년 「이화자」,《사상계》78, 1.

「대한민국만세」,《조선일보》, 4. 28.

「아내에게 ―이것은 도깨비집이올시다」,《조선일보》, 5. 27.

「화전민」,《현대문학》66, 6.

1961년 「발끝에 채이는 것이 있다」,《사상계》97, 8.

1962년 「힘든 질문은 싫어요」,「속 힘든 질문은 싫어요」,《자유문학》, 4.

「낙화유수 2」,《사상계》107, 5.

1963년 「낙화유수 3」,《신세계》11, 3.

「낙화유수」,《동아일보》, 8. 13.

「돼지」,《현대문학》108, 12.

1964년 「쎄라뷔 쎄라뷔」,《신동아》2, 10.

1965년 「사재와 국고금」,《사상계》147, 6.

1966년 「한국적 빵」,《세대》30, 1.

「우정과 여자를 이야기하며」,《시문학》13, 4.

「잃어버린 웃음을 찾는 방법」,《신동아》23, 7.

1968년 「1968년」,《동아일보》, 11. 7.

1975년 「원인의 삼별초의 근인」,《민족문학대계》12.

1981년 「오명고」,《현대문학》314, 2.

1986년 「자산잡초」,《동서문학》, 12.

1988년 「심야분서」,《동서문학》166, 5.

1989년 「형이상학적 별이 하나둘 떨어질 때」,《동서문학》179, 6.

1990년 「아 황량」,「이념 유희」,「자신있게 낙관하고픈 한 폭의 산수화」,「설화풍
월산방 주인『이기위주』후기」,「북청」,《현대시》창간호, 1.

1991년 「산꿩이 알을 품는 조용한 산맥」,《현대시》, 1

「명월」, 「당신」, 「아 조국」, 《외국문학》 28, 가을.

1993년 「주막동인」, 「일월」, 「음악」, 《현대시학》 297, 12.

1996년 「위드마크 이세의 소외」, 「이 대감 망할 영감」, 《현대시학》 322, 1.

「곤드레만드레의 인식」, 「생존과 생명」, 《현대시사상》, 여름.

1997년 「현실과 비현실」, 「시베리아의 오몽녀」, 「18일 18시」, 《현대시학》 334, 1.

1998년 「콩크리트 사막에서의 탈출」, 「속 시베리아의 오몽녀」, 《현대시학》 346, 1.

1999년 「이 풍진 세상의 풍경」, 「산홍이 이야기」, 《현대시학》 358, 1.

|연구 목록|

김선학, 「한국 전후시의 일고찰」, 《동국대학교 경주캠퍼스 논문집》, 1986.

김양희, 「전영경 시 연구―요설의 언어와 반서정의 시학」, 《어문연구》, 2011. 9.

김준오, 『현대시와 장르비평』, 문학과지성사, 2009.

김춘수, 「해방 후 20년 시사」, 《문학춘추》, 1965. 9.

민　영, 「1950년대 시의 물길」, 《창작과비평》, 1989 봄.

박목월, 「수운록瘦雲錄―1958년 시문학 총평」, 《사상계》, 1958. 12.

박지영, 「1950년대 후기시 연구―전영경·박봉우·민재식을 중심으로」, 성균관대
　　　학교 석사학위논문, 1995.

박철희, 「현대시의 가능성」, 《세대》, 1965. 12.

신진숙, 「전후시의 풍자 연구―송욱과 전영경의 시를 중심으로」, 경희대학교 석사
　　　학위논문, 1994.

유병관, 「한국현대시의 풍자」, 도서출판 청운, 2004.

유종호, 「사·에·라―1960년의 시」, 《사상계》, 1960. 12.

윤정구, 「해학의 시법·해학 속의 고독―전영경 시인을 찾아서」, 《문학과창작》,
　　　1997. 7.

여지선, 「한국 근대시에 나타난 전통론과 전통 수용 양상 연구」, 건국대학교 박사학
　　　위논문, 2004.

이건청, 「도도한 풍자언어와 현실 응전―전영경의 시세계」, 『해방후 한국시인연
　　　구』, 새미, 2004.

이순욱, 「1950년대 한국 풍자시 연구―송욱, 전영경, 민재식을 중심으로, 부산대학
　　　교 석사학위논문, 1995.

이승하, 「한국 현대시에 나타난 풍자성 연구―송욱, 전영경, 신동문, 김지하를 중심
　　　으로」, 중앙대학교 박사학위논문, 1996.

이어령, 「길에 도표가 없다―상반기의 시와 소설」, 《사상계》, 1959. 6.

이유식, 「전후의 한국 풍자론」, 《현대문학》, 1963. 5.

이재선, 「풍자시론 서설」, 『한국문학의 해석』, 새문사, 1981.

전계림, 「비극적 현실 인식과 서사성의 지향―전녕경론」, 김획동 외, 『한국 전후 문

제시인 연구 2』, 예림기획, 2005.

———, 「전영경 시 연구 —시적 양식과 서사적 양식의 상호작용을 중심으로」, 서강 대학교 석사학위논문, 2000.

정한숙, 『현대한국문학사』, 고려대학교출판부, 1982.

조영복, 「시의 서사화와 풍자의 방법」, 『한국의 현대 문학 연구』, 1997. 8.

조지훈, 「한국시의 동향 —1958년 시단총평」, 《사상계》, 1960. 1.

한국문학의 재발견-작고문인선집

전영경 시전집

지은이 | 전영경
엮은이 | 전용호
기 획 | 한국문화예술위원회
펴낸이 | 양숙진

초판 1쇄 펴낸 날 | 2012년 4월 5일

펴낸곳 | ㈜현대문학
등록번호 | 제1-452호
주소 | 137-905 서울시 서초구 잠원동 41-10
전화 | 02-2017-0280
팩스 | 02-516-5433
홈페이지 www.hdmh.co.kr

ⓒ 2012, 현대문학

ISBN 978-89-7275-604-0 04840
ISBN 978-89-7275-513-5 (세트)